足球理论与实践

——全国体育院校足球论文汇编

邓达之　主编

人民体育出版社

编　委　会

名誉主编
　　　　　何志林　上海体育学院
主　　编
　　　　　邓达之　武汉体育学院
副主编
　　　　　陈易章　北京体育大学
　　　　　郑鹭宾　上海体育学院

编　　委(以姓氏笔画为序)
　　　　　于泉海　沈阳体育学院
　　　　　刘先进　广州体育学院
　　　　　余吉成　成都体育学院
　　　　　张贻琪　天津体育学院
　　　　　袁　野　南京体育学院
　　　　　潘泰陶　西安体育学院

前　言

　　探索是永恒的，无数的人为揭示足球的奥秘付出了不懈的努力；探索是一种精神，召唤着人们勇敢地走向足球天地的未知领域。

　　全国体育院校的足球教师，长期工作在教学、训练、科研第一线，为培养足球人才呕心沥血，为发展足球事业无私奉献。他们在我国足球运动前进的征程中形成了一支强大的队伍，成为足球科研工作和理论建设的主力军。

　　为了增强这支队伍的实力，进一步提高人员素质，在全国体育院校足球教材编审委员会的倡导下，于2004年举行了全国体育院校首届足球学术交流大会。会议期间，各院校的足球教师一方面交流科研成果，从理论上探讨我国足球运动发展中的各类问题，一方面组织小型比赛，对理论探讨中涉及的一些问题通过比赛实践进行更深入的交流，取得了良好的效果。

　　会议交流的内容非常丰富，从足球运动的宏观研究到微观研究，从足球的历史到当前的改革，从教学训练到重大比赛，从足球产业到足球文化，选题的层面多、角度新；采用的研究方法、手段也多种多样，特别是多学科的参与和高新技术的介入，使足球研究摆脱了单一学科的局面，踏上了一个新的台阶。

　　会议交流的成果是一笔宝贵的财富，受益者不应仅仅是到会的人，而应惠及广大的足球工作者，使大家都能从中得到一些启示，汲取一些有益的东西。要做到这一点，最好的办法当然是汇集成书，用文字的方式进行交流，使其成为"永不闭幕"的学术会议。这就是编写和出版这本书的初衷与目的。而对于体育院校和系科的专业师生来说，这又是一本很好的辅助教材，是教学与科研的参考读物。

　　学术交流不会中断，书也会继续出版发行。我们衷心希望通过广大读者的共同努力，把足球的理论研究成果逐步转化为现实的生产力，促进我们的本职工作，以便在更高的起点上，选出更有价值的题目进行研究，不断提高足球的科研水平。

　　由于时间仓促和缺少经验，书中难免有粗糙与错漏之处，敬请读者批评指正。

全国体育院校教材编写组

2006 年 6 月

目 录

◆足球发展史◆

◆其他◆

◆ 足球发展战略研究

初论我国女子足球发展的基本方向及措施

谢朝忠

（武汉体育学院，武汉 430079）

摘　要：在对我国女子足球与男子足球存在差异进行分析的基础上，论述了当前中国女子足球的发展道路与任务，为我国女子足球训练提供参考。

关键词：女子足球；体制；人力资源；技战术风格

尽管人们普遍认为女子足球（以下简称女足）与男子足球（以下简称男足）的共同点远远多于不同点，但对于中国足球而言，女足与男足现阶段却存在巨大差异。深入研究这些差异，可以为我们规划男女足今后各自不同的发展道路提供依据。因为我国男足的情况见诸于世较多，其今后的发展方向也众人皆知，而女足的情况却鲜为人知。笔者近期一直深入女足工作，本文借助对我国女足情况的分析，也吁请更多的人关心支持中国女足。

1　我国女足与男足存在的主要差异

1.1　在世界范围的影响力的差异

我国女足目前排名世界第 5，居亚洲第 1，是世界公认的强队之一。而男足现在排名世界第 76 位，处亚洲中游。我国女足参加了迄今为止已经举办的所有世界重大赛事，男足则经过 44 年的努力才于 2002 年进入世界杯的决赛圈。我国女足曾获得 1996 年奥运会和 1999 年世界杯两次世界亚军，为中国足球赢得了巨大荣誉。中国女足运动员孙雯荣获国际足联“20 世纪最佳女球员”称号，更是中国足球的无尚光荣。这些都是众所周知的事实。

世界现代女子足球运动自 20 世纪 70 年代初产生以来，中国女足一直就以一支重要的力量活跃在世界舞台上，并发挥着积极的作用。1988 年在我国举办的国际女足邀请赛，被誉为是创史性的尝试，人们由此确认了创办女足世界杯的时机与条件已然成熟。3 年之后，我国成功地举办了第 1 届女足世界杯，为世界女足作出了贡献。2003 年国际足联拉开百年庆典的序幕。国际足联又把第 4 届女足世界杯的举办权交给了中国，并声称，庆典活动从中国开始。后因 SARS 疫情的突然爆发，第 4 届女足世界杯易址美国。国际足联旋即宣布，2007 年第 5 届女足世界杯仍在中国举行，显示出国际足坛对我国女足的充分尊重。

我国女足从 1986～2001 年 15 年蝉联亚洲女足冠军。亚足联因此而把捍卫亚洲足球荣誉的重任别无选择地交给了中国女足。尽管我国女足目前的成绩有所下滑，但国际舆论普遍认为，中国和美国现在仍然是全球女足运动开展得最好的国家。我们举办的女超联赛被认为是全球最有影响的女足联赛之一，对国外女足运动员产生着巨大的吸引力。正在逐步形成的"团结、向上、健康、欢乐"的女超文化日益深入人心。正是因为我国女足的强大实力和优异成绩，我们才得以保持与世界顶尖球队之间的经常接触和交流。这是我国男足所无法比拟的。

1.2　在所属体制方面的差异

我国男足自 1992 年洪山口会议之后开始了"作为体育改革突破口"的职业化进程。经过 10 多年的努力，男足已基本完成所属体制的转型，解决了在市场经济中的生存问题。尽管还存在困难，但由于男足的社会化程度较高，国际上又有成功的范例，因此我国男足依然可以在市场经济中存活。这是毫无疑义的。

女足的情况就大不一样了。据笔者对参加 2004 年全国女足冬训的 19 支队伍的最新调查，除大连实德（依附于男足俱乐部）外，几乎所有女足队伍目前仍然主要依赖于地方体育局或足协。即使是在已经成立了俱乐部的上海、北京、江苏、四川等地，地方体育局或足协在俱乐部中依然占据主导地位。我们必须清醒地认识到我国女足与男足这一不同的本质特点。显然，我国女足现阶段所面临的发展方向与男足是有所区别的。

1.3　在人力资源方面的差异

由于文化背景等因素的影响，在我国参与足球运动的女性与男性的比例存在巨大差异。目前我国拥有成年女足队伍近 20 支，U－18 青年队伍 24 支，U－16 少年队伍 26 支。这些队伍加起来不过 2000 人，与我国男足日益庞大的足球人口相比相去甚远。而在美国，注册的足球人口为 1900 万，其中 48% 为女性。每年约有 750 万美国女性以踢球作为主要健身方式。800 多支大学生女足队伍活跃在美国各校际之间。在挪威，有 7 万多注册的女足运动员。与全球逐步形成的女足正成为最受追捧的女性体育运动项目的现象相比，我们仍面临艰巨的挑战。

高水平的教练员不愿到低收入的女足工作，这是全世界共同面临的问题。现阶段我国大部分女足教练员是从男足转过来的。因为我们有奥运、全运战略，而教练员大多由体育局或足协指定工作，因此从男足转入女足也属正常的工作分配。这又是我国女足与男足存在的重要差异。

1.4　在技战术风格方面的差异

由于在世界范围的影响力有限，我国男足的打法特点不会引起他人注意是理所当然的。相反，我国女足的技战术风格却格外引人关注。中国女足在 1999 年世界杯上的完美表现，赢得了国际舆论"在地毯上下棋"的美誉。国际足坛还把中国女足的打法归纳为"位置足球"，称其与美国的力量足球或瑞典的速度足球相比更接近女足的理想境界。我国女足业已形成并备受推崇的技战术风格，被证明是对付欧美强队的有效方法，是我们勇于创新的结果。它与男足不断向别国学习,目前仍处于摸索阶段的情况是有本质区别的。

2　我国女足的发展之路

2.1　发展女足的核心价值观

2002年9月在加拿大进行的首届U－19女足世青赛备受关注。它标志着世界女足发展的一个新纪元的来临——全球青少年女足运动员有了一个尽显才华的靓丽舞台。这项赛事的主题是"SAY YES FOR GIRL"! 全世界都为国际足联的智慧所感动。"踢足球,对女孩说可以!"足球是一项有益于人们身心健康的价值在那时得到了最全面的诠释。作为世界第一运动,长期以来,足球的功能与价值一直为男性所独享。今天,全球已有130多个国家或地区正在大力开展女足运动,反映出人们对这一价值的普遍认同。

我国女足所有的工作都不能背弃这一核心的价值观。把动员和吸引更多的女性参与到足球运动中来放在比竞赛成绩更优先位置,是一种既困难又明智的选择。它不会也不能因为领导人的改变而改变。我们高兴地看到,我国学校四级(大学、高中、初中、小学)女足赛事已经启动。它将日益显示出强大的生命力。如何依靠妇联、共青团、学联等社会力量进一步推广女足运动,是我们面临的更大挑战。

2.2　我国女足的目标定位

普及与提高相互作用的关系在足球项目中表现得最为鲜明。当前我国女足更需要这种良性互动。笔者曾参加了我国女足新的10年发展规划的审议和编制工作。"巩固和发展我国女足业已确立的领先优势,打造一个充满生机且具有可持续发展潜力的女足事业,冲击世界顶峰"既是祖国人民对我国女足的希望和要求,也是全国女足工作者的必然追求。尽管我们目前面临巨大的压力和挑战,但我们有冲击世界女足顶峰的条件和能力。把普及与夺冠协调起来,将近期目标与长远利益结合起来,不断平衡二者之间的比重关系,符合"科学发展观"的要求。这是与男足截然不同的目标定位。

2.3　我国女足发展的基础

根据我国女足现阶段仍然主要依赖政府扶持的客观实际,我们必须坚持和完善举国体制。依托于奥运、亚运、全运战略,我们必须依靠政府和政策的力量发展壮大女足队伍,在我国经济转制的过程中赢得时间,积极创造条件向职业化迈进。这是历史提供的良好机遇,我们既不能裹步不前,又不能操之过急。有迹象显示,世界各国已经开始尝试将女足推向市场,走职业化的道路。但是,从2001年开始的美国女足职业大联盟赛事仅过两年,就因高成本运作而濒临破产。我们应该从中获得启示。另一方面,我们还必须依托世界杯、亚洲杯以及国际青少年女足赛事,建立健全女足运动员的发展提高机制,切实提高竞技水平。中国足协于2001年3月专门成立了负责统筹协调全国女足发展的职能部门——女子部。2002年经上级有关机构批准,全国女足重点发展地区由过去的9个增至12个。由于女足是我国三大球类项目中的优势项目,国家体育总局已将女足列为奥运重点扶持项目。即将召开的历史性的"全国女足工作会议",将最大限度地调动各方面发展女足的积极性。这些都为我国女足更快更好地发展提供强有力的组织保障。

2.4 坚持和完善自己的技战术特点

最近,由于女足比赛的成绩有所下滑,人们对我国女足的技战术风格持有疑义。近期女子部在全国组织开展了"中国女足技战术风格"的大讨论。广大教练员一致认为,我们不能因为暂时的成绩下滑就否定自己的特点,正如我们不能因此而忘记曾经取得的胜利一样。我们注意到世界女足的迅速发展,现阶段在高速度和强对抗方面世界高水平的女足比赛表现尤其明显。但女足运动也有其自身的内在规律。通过 20 多年的努力,提高最快的还是女足运动员的技战术能力。这是全世界的共识。在体格强壮、打法凶悍的欧美强队面前,我国女足的"技术、整体、快速(节奏)、灵巧"的特点非常突出,显示出以小胜大,以巧制强的优势。笔者曾随中国足协考察团赴美考察第 4 届女足世界杯,发现确有一些国家效法中国女足的踢法,如巴西队、法国队。面对世界女足高速度和强对抗的发展趋势,我们必须进一步完善自己的技战术风格。我国女足绝不可走男足过分强调体能与作风致使技战术质量下降的老路。相反在世界各国女足学习和借鉴本国男足成功经验之时,我国女足却可以为男足提供借鉴。

3 我国女足当前的紧迫任务

3.1 迅速扼制成绩下滑的势头

当前我国女足比赛成绩下滑的原因是复杂的,但影响是深刻的。我们必须采取强有力的措施扭转这一局面。近期中国足协内部职能重新划分,将女足各级国家队的管理权划归女子部。这对于整合全国女足的力量,协调国家队与地方队之间的关系显然是有益的。女子部近期也已出台了一系列政策加强女足各级国家队建设。只要工作到位,我们是有能力实现这一近期目标的。

3.2 强化全国女足的组织保障体系

经过几年的努力,我国女足的组织保障体系已基本形成。由于众所周知的原因,一些地方重视男足而忽视女足。我们必须切实加大力度,应用政策杠杆加以引导。即将开始实施的"全国女足发展重点地区检查与考核办法"就是一项有力的举措。应用奥运、全运战略加大政策引导的力度,适当增加全国大型综合性运动会女足比赛的含"金"量,也是必要的。

3.3 进一步提高国内女足联赛的质量

没有高水平的联赛就不可能有高水平的国家队。这是足球运动与其他项目有所不同的基本规律。目前我国女足联赛的质量有一定提高,但与世界最高水平相比仍有差距。主要表现在:技术质量不高;战术组织变化不多;攻防转换偏缓;有才华的运动员不足。这些既是我国女足成绩下滑的主要原因,又是国际舆论对我们的中肯评价。我们的目标是世界冠军,因此必须以最高的标准来要求和衡量自己的联赛。这是我国女足与男足的又一区别所在。

举国体制的一个重要特征就是国家队长期集中以确保比赛成绩,但国家队队员不能回队参加联赛会对联赛造成负面影响。这是我们面临的挑战。一方面我们必须顾及国家队的需要,另一方面又必须兼顾联赛的影响力。据悉,这一状况近期有望获得改善。女子部已明确规定,国家队队员必须归队参加女超联赛和锦标赛。此外,从 2005 年开始,我国女足将实行女超联赛和女足联赛两级赛事的升降级制度。这些都是有力的促进措施。

3.4   切实改进训练

我国女足曾经取得的骄人战绩是刻苦训练、勇于创新的结果。当然也存在体制方面的优势,过去我们是专业体制而国外大多是业余形式。随着女足越来越受到重视,可供训练的时间越来越多,水平的提高也越来越快。尽管如此,我们仍然有优势。目前只有中国、美国、加拿大等少数几个国家的女足运动员是全职的,我们有足够的时间保证训练。我们的优势还在于:过去成功的经验;与顶尖球队的经常交流;日益改善的训练条件。但我们确实也存在挑战:对手的日益强大;对成绩的要求过于迫切;年轻的教练员对女足缺乏足够的了解。

严格地讲,女足运动由于才开展 20 余年,尽管我们曾经取得过良好的成绩,但就这项运动本身而言水平并不很高,仍有巨大的提升空间。这是每一位女足工作者必须清楚的客观事实。根据世界女足的发展潮流,结合我国女足的具体实际,我们必须平衡发展身体与发展技战术能力之间的关系。显然,对于我国女足而言,进一步提高在高速对抗条件下的技战术应用能力是比较正确的选择。

发现与培养有才华的运动员和提高教练员的能力是训练工作不可或缺的两个重要因素。通过几年的努力,我国女足青少年运动员的发现、培养和提高以及激励与竞争的机制已经基本形成。教练员的培训也越来越受到重视。2003 年 11 月在广东举办了"国际足联中国足协 Adidas 中国女足优秀教练员培训营"活动。这是国际足联在我国举办的最高级别的教练员培训。亚足联也为中国女足的教练员培训积极提供帮助。据悉,从 2006 年开始,女足也要实行严格的持证上岗制度。中国足协女子部正逐步加大科研和资讯服务的力度,希望推动训练水平的提高。

总体上看,我国女足现在已经摸索并正在走上一条正确的发展道路。虽然压力和挑战是显而易见的,我们必须居安思危,但全世界目前又有多少国家像我们这样重视女足?我们现在的许多做法仍然是世界领先的。人们有理由对中国女足充满期待。

参考文献

[1]法笛 . 中国女子足球运动状况[J]. 足球世界,1995,(6).

[2]张洪顺,邵恒忠 . 世界女子足球运动的历史起源与技战术发展趋势[J]. 足球世界,1995,(11).

[3]王方 . 我国女子足球运动的现状与设想[J]. 西安体育学院学报,1999,(1).

中、日、德足球后备人才培养体制对比研究

于泉海，杨雷，高明琪，王建明

（沈阳体育学院，沈阳　110032）

摘　要： 运用文献资料法、专家访谈法、对比分析法，对比分析了中国、日本、德国足球后备人才培养体制。将比较的内容确定为以下三个方面：足球天才的选拔和培养、青少年足球教练员的聘用与培训、训练效果的检验和评价，试图通过分析探讨其共性和差异性，以取长补短，促进我国足球后备人才培养体制的不断完善。

关键词： 足球；青少年后备人才；培养体制

1　前言

任何事物的发展必须要有动力，有了动力才会为发展提供最大的可能性。足球运动的发展、竞技水平的提高也是如此。足球后备人才的培养，应该说是足球运动发展的主要动力。众所周知，足球后备人才的培养是衡量一个国家足球运动发展水平的重要标准之一，它决定了一个国家足球运动的兴衰成败。德国、法国、巴西等足球强国能在竞争激烈的世界足坛保持领先的地位，日本和韩国的足球水平之所以能够迅速地提高并在世界足坛占有一席之地，都得益于他们拥有雄厚的足球后备人才储备和比较完善的足球人才培养体制。我国也已经注意到足球后备人才培养的重要性了，并于2003年制订了2003～2012年十年发展计划。该计划以提高我国足球整体水平，增强在国际足坛竞争力为中心，把青少年培养和教练员培训列为重点。笔者通过查阅、研究传统国家和后起之秀等足球强国的青少年培养体制，与我国的培养体制进行了比较研究，目的是找出差距，改进落后的足球后备人才培养体制和运行机制，为提高我国足球整体水平提供有益的帮助。

2　研究方法

文献资料法，调查法，访谈法。

3　分析与讨论

足球后备人才的培养主要涉及到优秀人才的选拔与培养，教练员的聘用与培训，训练效果的检验及评价三个部分。下面就这三个方面的问题分别展开讨论。

3.1 足球后备人才的选拔和培养

3.1.1 德国足球后备人才的选拔和培养

德国为了能够给全国范围内有足球天资的小选手提供接受训练的机会，在全国范围内特设 440 个训练基地，供青少年后备人才进行训练。德国足球协会为了发掘具有天分的小选手，在全国范围内都有搜寻足球人才的工作人员，收集那些有足球天分的小选手的基本资料，然后将他们直接招收到足协直属的训练基地接受正规训练。

德国还从多种途径对足球后备人才进行培养。第一，由德国足球协会通过创建足球训练基地对有天分的小选手进行培养。截至 2003 年，德国全国范围内已经拥有这样的训练基地 500 多个，德国足协每年向这些训练基地直接提供资金支持，各地方足协将用这些资金聘请 1~2 名教练员对基地的小选手进行系统训练。第二，由德国甲级俱乐部对青少年后备力量进行培养。在德国除了足协以外，德国甲级俱乐部对提高青少年后备人才数量和质量有着不可忽视的作用。德国甲级俱乐部已经注意到荷兰、法国、英国、意大利等顶级足球俱乐部都投入大量的资金，系统地培养青少年后备人才，并且已经取得了良好的效果。德国各甲级足球俱乐部也已经开始建立各自的后备人才培养指导中心，负责俱乐部二、三线队的训练和指导工作。第三，与学校合作。德国在青少年后备力量培养上除了上述的两种途径，德国足协同时借鉴了其他国家的先进经验，加强俱乐部、地方足协同学校的合作，以提高足球天才的体育和文化两方面的成绩，培养出具有高素质和较强足球竞技能力的运动员。例如，德国拜仁慕尼黑足球俱乐部和巴伐利亚州足球协会已经和慕尼黑理工大学体育科学系合作，共同培养青少年足球选手。

3.1.2 日本足球后备人才的选拔和培养

日本在选拔和培养青少年足球后备力量方面可以说取得了喜人的成绩，具有独特的风格。日本为了在全国范围内选拔优秀的足球选手，将学校作为培养足球后备人才的重要基地，日本各地的大、中、小学基本建有自己的足球俱乐部和球队。日本足球协会每年都举办中小学和高中比赛，这些比赛有的具有全国性，也有县和地区性的比赛，通过比赛发现和选拔优秀的青少年选手进入日本足协直接管辖的"训练中心"接受训练。

依靠留学培养青少年选手也是日本培养青少年足球后备人才的重要途径之一。日本是一个经济强国，富裕家庭中喜爱足球运动的孩子不在少数，自费到巴西、德国、荷兰等足球强国的足球俱乐部进行学习的也比比皆是。这种形式为喜欢踢足球的孩子尽早接触先进的足球理念创造了良好的机会，使他们开阔眼界、增长知识。这些青少年运动员与当地足球运动员共同生活、学习、训练、比赛，使他们真正融入到所在国家的足球环境之中，其发展效果令日本足球界满意。

日本足球实行职业化以来，职业足球俱乐部也成为培养足球后备人才的又一个有效的途径。在儿童、少年时期，经历了学校足球俱乐部的锻炼和培养，有发展潜力的运动员就会被职业足球俱乐部选中，从而走上职业足球运动之路。每支参加联赛的球队都有非常完善的二、三线队伍，在其完善的竞赛体制下，每年这些后备队伍之间都有许多比赛，使这些后备队伍在比赛中得到锻炼，积累实战经验，将他们培养成为优秀的职业足球运动员。

3.1.3　中国足球后备人才的选拔和培养现状

中国在选拔和培养足球后备人才方面远远落后于德国和日本。第一,我国青少年后备力量选拔的范围过窄,选拔集中在足球学校、各级业余足球俱乐部和职业足球俱乐部的二、三线队伍,这种选拔体制一方面大大地缩小了可供选择的范围,使很多有足球天分的青少年被忽视或漏掉造成我国青少年后备人才的巨大浪费。第二,由于可供选择的范围太窄,即使进入足球学校、足球俱乐部接受训练的青少年不一定适合足球运动,有一部分人可能也被选中,这就严重地影响了我国足球发展水平。第三,在足球发达的部分国家里,大多数职业运动员来自于工薪家庭,以参加足球运动来摆脱贫困。然而在我国青少年人才的培养中存在着比较严重的贵族化的倾向,普通足球学校与业余俱乐部每年的收费在万元以上,在高额的学费面前众多具有足球天赋的孩子被拒之门外,这对青少年后备人才的培养是极其不利的。

到目前为止在青少年后备力量的培养上,我国的培养体制仍然不是很完善,基本上是单一的培养方式。在这种相对单一的体制下,由于我国足球运动普及又不是很好,进而导致业余足球俱乐部、足球学校等上层环节也不可能很好地运转。在足球职业化后,我国大部分职业足球俱乐部并未承担起青少年后备力量培养的重担,大部分球队都没有自己的二、三线队伍,所以说我国职业足球俱乐部在青少年后备力量培养上发挥的作用并不是很大。我国也曾经尝试过留学培养的形式,健力宝曾经派往巴西学习的那批青少年回国后作用十分明显,但是在全国范围内像健力宝这样的俱乐部有多少?自费出国留学深造更是寥寥无几,所以说我国青少年后备人才培养的体制必须进行改革。

3.2　教练员的聘用与培训

3.2.1　德国教练员的聘用与培训

德国将教练员的聘用与培训放在足球后备人才培养的首要位置。德国全国范围内共有 440 个后备人才训练基地,每个基地至少聘用两名专业教练员。被聘用的教练员不仅必须持有国家 A 级教练员证书,而且还要有成年队的执教经验和基本知识,同时还必须掌握符合青少年特点的训练方法,以达到最佳的训练效果。这些受聘的教练员在执教后必须参加由德国足球协会定期举办的青少年教练员培训班,教练员在培训班中不仅可以学习到青少年足球训练的基础知识,而且可以帮助他们解决在训练和比赛中遇到的实际问题。培训期间,德国足协还特别派有经验的足球专家定期地向青少年教练员提供咨询服务。德国足协为了更好地完成这项任务,特建立了训练在线网站,沃勒尔、斯贝基等其他著名的教练员可以通过这一网站为基层教练员提供有力的帮助,解决在日常训练中青少年教练员自己解决不了的问题。德国足协还定期派遣有执教经验的教练员到青少年后备人才培养基地进行实地指导和帮助,为在基层训练的教练员提供先进的足球理念。

3.2.2　日本教练员的聘用与培养

日本足球能在韩日世界杯上取得喜人的成绩,这和他们后备人才的培养不无关系。在日本后备人才的培养体制中,教练员的作用得到了日本足球协会的高度重视,他们坚信只有高水平的教练员才能将具有足球天赋的小选手培养成足球明星。就在这一理念的指导下,日本足球协会不惜重金聘请外籍高水平的教练员,为自己的国家培养具有足球天分的小选手,为日本足球天才的成长提供最大的可能性。但是,日本足球后备人才的培养并没有完全依赖于引进高水平的外籍教练员,日本足球协会也十分重视本国教练员的培养。据统计到 2004 年初,日本公认 S 级教练员 166 名,公认 A 级教练员 100 名,公认 B 级和 C 级教练员分别为 478 名和 1183 名,加上其他级别的教练员人数共计 39320 名。为了提高本国教练员的执教水平,日本足球协会定期举办青少年及各个级别教练员培训班,聘请具有高水平执教能力和执教经验的教练员讲学,向受训的教练员传递先进思想和理念。在 2002 年日韩世界杯上取得惊人的成绩后,日本更加重视青少年教练员的培训工作,并将青少年教练员的培训作为"三位一体"政策中的一个重要环节,将选手的强化训练和青少年选手的培养放在同等重要的位置上。

3.2.3 中国教练员聘用与培养现状

中国足球近几年来几乎没有取得过令国人满意的成绩,表面上看是足球场上的运动员表现不佳,但深究一下便知,我国足球水平落后的根本原因在于我国后备人才培养方面存在着潜在的问题。在青少年的培养过程中,教练员的水平起着决定性的作用,这一点得到了巴西、法国、德国等世界足球强国的共识,并在亚洲的日本和韩国得以证明。由于我国过去只重视成年队的成绩,忽视青少年后备人才的培养,在教练员培训工作中将精力全都投在了成年队教练员的身上,从而导致我国青少年教练员人员匮乏,现有的青少年足球教练员由于缺乏执教经验,也很难培养出高水平的运动员。另外,我国青少年教练员的人数也远远不如德国、法国、日本等国家,这就使得足球运动不能很好地在大众中普及,进而影响了我国足球的发展水平。

3.3 训练效果的检验及评价

检验训练效果的方法有很多,但是最有实际意义的应该是足球比赛,在足球强国实战比赛成为检验青少年后备力量最常用的方法。

3.3.1

德国和日本都具有相当健全的青少年联赛制度和中学生联赛制度,每年参加训练的青少年都参加地区或全国范围的青少年联赛,通过比赛来检验训练效果。在日本除了有青少年后备力量的联赛,还拥有各个级别的学生联赛,通过学生联赛来检验学校足球训练成绩并制定相应的训练计划。

3.3.2

中国检验训练效果的方法和途径恰恰不是比赛,也可以说比赛还没有成为我国检验训练效果的主要手段。在我国至今还没有比较完善的青少年后备力量联赛,至于学校之间的联赛更是少得可怜。这就使参加训练的足球小选手不能在比赛中检验自己的进步,也不能发现自己的不足,教练员也就不能客观地评价受训小选手的训练情况,从而导致我国足球后备人才培养落后于德国和日本等足球强国。

4 对策与建议

(1)青少年后备力量培养在教练员的聘用上,应该聘用外籍具有青少年培养经验的高水平教练员,同时利用外聘教练员对本国的青少年教练员进行指导,提高本国青少年教练员的执教水平。

(2)青少年后备力量培养途径应该多元化。中国足协、地方各级足协、中超、中甲俱乐部、学校应该成立足球后备人才培训基地,并且要互通信息,相互合作。

(3)建立完备的青少年联赛制度。在全国范围内开展中小学生联赛,以便于最广泛地发现具有足球天分的小选手,及时地对其进行培养,并通过比赛来检验青少年后备力量培养的效果。

(4)中国及地方各级足协应该改变旧的青少年后备力量培养理念,组织青少年教练员学习先进的教育、训练理念,在先进思想的指导下进行科学训练。

参考文献

[1]侯海波.德国将从四个不同层次加强对后备人才的培养[J].足球理论与实践,2002(1).

[2]侯海波.德国足协后备力量培养计划[J].足球理论与实践,2002(4).

[3]徐金山,陈效科,等.对日本青少年足球发展进程的研究[J].中国体育科技,2002(5):15-18.

[4]朱宁.日本足协"三位一体"强化训练和青少年培养模式[J].体育与科学,2002(4):18-21.

[5]王彭涛.对日本后备力量培养状况的研究[J].辽宁体育科技,2003(2):17-19.

[6]韩勇,王浦.我国足球后备人才培养体系的研究[J].天津体育学院学报,2001(1):34-37.

[7]丘乐威.青少年足球教练员应具备的素质[J].体育成人教育学刊,2004(6):77-78.

[8]周毅,胡洪泉.中外足球教练员岗位培训模式的比较研究[J].体育成人教育学刊,2003(3):4-5.

浅析我国女子足球在新的奥运
周期面临的重大挑战

谢朝忠

(武汉体育学院,武汉　430079)

摘　要:从2000年悉尼奥运会开始,我国女足逐步步入低谷。未来4年将是我国女足生存和发展的关键时期。文中分析了当前我国女足存在的突出问题,并提出三点建议,为中国女足2008年奥运提供必要的参考。

关键词:女子足球;奥运;周期

以2004年雅典奥运会为标志,我国女足结束了一个为期4年的周期。从2005年开始,面向2008北京奥运会,中国女足开启了一个新的为期4年的奥运周期。2007年第5届女足世界杯和2008年第29届夏季奥运会将相继在我国举行。这对于我国女足既是难得的机遇也是严峻的考验。目前,全国女足正在认真总结过去4年的成败得失,积极筹划未来4年的发展方略。2005年7月召开的首届"全国女足工作会议"将会对过去4年我国女足的整体情况进行全面总结,并出台"08行动计划"和一系列政策措施,对未来4年我国女足的整体发展进行规划。

我国女足于1996年和1999年两夺世界亚军,奠定了世界领先的优势和地位,同时也唤起了国人对女足的信心和期待。然而,从2000年悉尼奥运会开始,我国女足逐渐步入低谷。2001年我国女足失去蝉联15年的亚洲女足盟主地位。2002年首届FIFA(国际足联)U-19女足世青赛,我国女足在亚洲没有出线。2003年第4届女足世界杯1/4比赛中,我国女足被加拿大淘汰,未能进入4强。2004年雅典奥运会我国女足0:8负于德国,继2000年悉尼奥运会后再次在奥运会上小组未能出线,世界排名跌至第六。2006年3月,我国女足在葡萄牙的阿尔加夫邀请赛上排名第七,创历史新低。在过去的4年里,我国女足世界排名由第二跌至第六,令国际足坛为之震惊。4年来女足国家队更换了3位主教练,这在世界女足中更是十分罕见的。由于我国女足一系列不佳的战绩,人们对女足的信心开始动摇。中国女足是像我国女排一样,经历低谷后可以重返巅峰;还是像我国女篮一样,只能在中游水平徘徊;亦或是像乌拉圭男足一样,在前几届世界杯上风光无限,而后就偃旗息鼓了?这是所有关心中国女足的人们共同关注的问题。

所有迹象显示,未来4年将是我国女足生存和发展的关键时期。希望与困难同在,机遇与挑战并存。我们必须冷静分析当前我国女足存在的突出问题,采取强有力的措施扭转目前成绩下滑的颓势,抓住机遇,周密筹划未来4年的行动方略。只要我们思路正确,行动积极,我国女足在2008年北京奥运会上再创辉煌还是大有希望的。笔者从2001年开始进入全国女足工作,亲身经历了过去4年世界和我国女足发生的深刻变化。面对未来4年我国女足面临的难得机遇和紧迫任务,笔者认为,当务之急是全国女足界必须正确应对三大挑战。

1　迅速扭转颓势,重树信心

为了适应世界女足迅速发展带来的挑战,巩固我国女足业已确立的领先地位,中国足协于2001年3月专门成立了女子部。4年来,经过全国女足界的共同努力,我国女足进一步夯实了基础:全国女足的组织管理体系业已建立;青少年女足队伍迅速增加;女足俱乐部体制正在积极创建;全国女足竞赛体系健全规范;各种培训体系已经建立;女足科研和信息服务受到重视。我国女足目前的局面是历史上最好的时期。国际舆论普遍认为,中国和美国仍然是当前全球女足开展最好的国家,我国自1997年开始的女超联赛与美国女足职业大联盟联赛被认为是世界上最成功的女足联赛。尽管我国女足目前成绩下滑,国际女足界仍将中国视为劲旅,AFC(亚足联)甚至将中国女足作为亚洲足球的一面旗帜,把捍卫亚洲足球荣誉的责任交给了中国女足。因此,面对我国女足目前的困难,我们不能妄自菲薄,丧失信心。

雅典奥运会之后中国女足的主帅问题一直悬而未决。经历了长达7个月取舍权衡,率领中超新军武汉队在联赛中获得7连胜的主教练裴恩才终于走上了中国女足主帅的位置。新一届女足国家队也将于近期重新组建。面对紧迫而艰巨的任务,人们对于新一届女足国家队寄予无限的希望。对于经过了7个月漫长等待才浮出水面的有能力有经验的优秀男足教练员,能否在女足领域大有作为,人们更是充满期待。

我国女足在20世纪90年代创造辉煌的一个根本原因,是现代女子足球运动于70年代初期产生时我国就有了女足运动。当时世界女足还处于业余的自发阶段,我们却用专业体制抓女足,因此,我们取得了领先的优势。1996年和1999年创造优异成绩的运动员,是我国也是世界少数几个国家最早参与女足运动的精英。1991年女足世界杯的诞生和1996年女足进入奥运会成为正式比赛项目,标志着这项运动发生了本质的变化:由一种群众性娱乐活动变为一项正式的竞技运动项目。世界女子足球运动这种深刻变化导致的直接结果是:开展女足运动的国家更多,女足的竞技水平提高更快,竞争更加激烈。因此,现在女足创造优异成绩的难度比过去要大得多。

裴帅以及他所率领的团队面临的第一个考验,就是明年相继举行的女足亚洲杯和亚运会。能否将2001年失去的亚洲女足盟主的地位重新夺回来,是新一届国家女足接受的艰巨挑战。也就是说,迅速扭转成绩下滑的颓势,重树信心的第一步,必须从亚洲杯开始。虽然亚洲的朝鲜、韩国以及日本女足发展十分迅速,而且近几年我们几度被朝鲜队击败,但是,我国女足在世界的排名仍然是亚洲第一,在世界杯和奥运会上的表现和成绩仍然好于亚洲其他队伍。因此,重回亚洲女足盟主地位应该是志在必得。

业内人士认为,如果我们希望在2008年北京奥运会上有所作为,完成冲击世界女足顶峰的宿愿,那么,2007年在中国举办的第5届女足世界杯赛中我国女足至少应该进入4强。这是一个更加严峻的挑战。自1999年我国女足获得世界杯亚军以后,再也没有在世界杯和奥运会上进入4强。目前我国女足世界排名为第六,作为东道主,2007年女足世界杯进入 4 强是一个合适的目标定位。当然，必须为此付出不懈的努力。

国家队在世界大赛上的表现和成绩直接影响到我国女足生存和发展的环境。2004 年雅典奥运会我国女足 0:8 负于德国后，一些对女足有兴趣的企业纷纷撤走投资，对我国女足发展造成的伤害是显而易见的。但是，如何保证女足国家队在世界大赛上取得优异成绩，却是一个更深层次的挑战。

2　坚持和完善举国体制，积极探索职业化道路

由于我国女足的社会化程度远不如男足，因此，女足的职业化进程步履艰难。1997 年开始的主客场女超赛事已经连续 3 年没有企业冠名，到 2006 年不得不改为赛会制。计划从 2005 年开始的女足联赛升降级赛制也被迫取消。根据笔者对我国 18 支成年女足队伍的调查，除大连队被实德俱乐部收购，成为名副其实的职业队外，我国女足其他 17 支队伍仍然主要依靠地方体育行政部门划拨指标和经费。由此可见，现阶段没有地方政府的扶持和支持，我国女足生存和发展依然会面临困难。山东女足曾脱离体育局挂靠一企业成立职业俱乐部，但当企业临时撤资后女足队伍无人负责，令这支队伍受到了巨大冲击。因此，依托奥运战略、全运战略和省运战略，解决女足的生存问题是我们目前的必然选择。我们必须继续坚持和完善这种体制。

我国正处于由计划经济向市场经济的转轨时期。2008 年北京奥运会以后，国家对竞技体育的投入会有什么变化，值得我们深入研究。因此，我们仍然必须积极探索女足职业化的道路。美国从 2001 年开始举办的职业大联盟联赛由于高成本运作，两年后濒临破产。欧洲各国也在积极准备开展女足职业联赛。但在以男足为主导的欧洲，开展女足职业联赛也面临诸多困难，因此，他们的行动也非常谨慎。可见，我国女足的职业化进程切不可操之过急。

举国体制为我国女足提供了生存和发展的基础。但是，我们也付出了代价。举国体制的一个基本意义在于全力保证国家队。可是国家队长期集中（据悉，2006 年国家女足将集中 10 个月）会对国内联赛造成影响，没有国家队队员参加的联赛其质量肯定会下降，而这样的联赛对商家也不会有吸引力。我国女足走向市场是必然的趋势，但如何平衡国家队的成绩与联赛质量之间的利益，是我们面临的艰苦挑战。

没有高水平的联赛就没有高水平的国家队，这是足球运动的基本规律。FIFA 和 AFC 反复强调他们的足球价值理念：发展足球运动犹如盖房子，必须先打基础，最后盖房顶。如果先盖房顶，就会形成空中楼阁。我国女足当然有为国争光的任务，但是，如果没有高质量的地方队，没有高水平的国内联赛，国家队就会成为无源之水，无本之木。在中国女足发展的关键时期，我们必须应用智慧，作出一些勇敢而睿智的选择。这不仅关系到我国女足在未来 4 年里的作为，也会影响 2008 年后我国女足的生存和发展。

3　确立正确的训练思路，不断提高训练质量

我国女足在过去 4 年成绩下滑的原因是多方面的。但是，一个重要的原因就是，在1999 年第 3 届女足世界杯后世界各国开始了队员的新老交替，我们仍然沿用一批老队

员。到 2004 年雅典奥运会,需要 1977～1980 年出生的运动员时我们却出现了断档,尝到了当年因为女足不是奥运项目而大面积砍掉女足队伍的苦果。2001 年中国足协女子部成立以后重点抓了 1981 年以后出生的运动员。在 2004 年底举行的第 2 届 FIFAU－19 女足世青赛上,我们的女足国青队勇夺亚军,初显成效。2008 年北京奥运会需要 1981 年以后出生的运动员,我们抓住了这批运动员,所以,应该对中国女足保持信心。

我国女足目前的队伍数量是历史上最好的时期,特别是青少年队伍的数量,至少在亚洲是最多的。2004 年 5 月在我国举行的第 2 届亚洲 U－19 女足锦标赛,获得冠军的韩国队仅有 100 多人可供选择,而我国在这一年龄段有 400 多人可供遴选,然而却在 12 天之内两次负于韩国队。2005 年 4 月在韩国举行的首届亚洲 U－17 少年女足锦标赛上,国少队不敌日本队屈居亚军。分析指出,我国少年运动员身体比日本队强壮,但技战术打法远不如日本队细腻,这是一个值得高度警惕的信号。

尽管世界女足进入职业化还有漫长的路要走,但是,我国女足运动员从青年队开始基本上是全职的。目前世界上只有我国和加拿大的女足运动员是全天训练的,也就是说,我们可供训练的时间是世界上最多的。运动员有足够的训练时间,成绩却下滑,显然,问题在于训练。我们抓住了 1981 年以后出生的运动员,然而,全世界已经开始重视女足了,我们与世界现在是在同一起跑线上。现在比的就是训练,训练质量永远不能为训练数量所取代。这是我们每一位女足工作者面临的挑战。

中国女足过去取得辉煌成绩的法宝是技术和速度。1999 年在美国纽约玫瑰碗体育场进行的中美女足世纪大战被认为是世界女足的经典比赛。FIFA 高度评价中国女足的表现,称之为"在地毯上下棋"。FIFA 归纳中国女足的打法为"位置足球",是世界女足理想的境界。然而,现在我们的训练过多强地调身体。男足进行的身体测试被引入女足就是这种思潮的具体反映。世界女足发展的一个鲜明特点就是,女足越来越受到本国男足的影响。无论是欧洲的德国、挪威,还是美洲的美国、巴西,或是亚洲的日本、韩国,女足的打法和风格都反映出本国男足的特征。在这方面我们没有优势,相反,我国女足不断在为我国男足提供经验。

在与欧美诸强的抗衡中,身体永远不会成为我们的优势。发展身体素质是有极限的,但是提高技术与技巧是没有极限的。应用技巧和速度,努力保持对球和比赛的控制,通过球的移动消耗对方的体能,这是"位置足球"或"控制足球打法"的基本含义,也是亚洲女足的必由之路。日本女足坚定地走技术化道路,受到全世界的广泛关注。上海女足长期称霸中国女子足球的现象值得我们深刻思考,她们的身体条件不是最好的,但她们对球和对比赛的控制绝对是国内一流的,因此她们能够长期称霸我国女足不是偶然的。2005 年初上海女足访问澳大利亚,在对该国国家队的两场比赛中取得一胜一平的成绩(女足国家队近年来对澳大利亚的比赛已没有优势),得到澳方的高度评价。

竞技体育的任何目标都必须通过训练才能实现。但是,并不是所有的训练都是好的训练。不好的训练练得再多不仅无益,反而有害。中国女足的技战术风格必须正确定位。只有思路准确、方法得当的训练才可能实现预定的目标。这是我国女足工作者长期面临的巨大挑战。

参考文献

[1]谢朝忠. 发展我国青少年女子足球运动的几点思考[J]. 武汉体育学院学报,
　　2005, (3): 49 - 51.
[2]中国足协. 2003 年第四届女足世界杯技术分析报告[R]. 中国足协, 2003.
[3]中国足协. 2004 年第二届 U - 19 女足世青赛技术分析报告[R]. 中国足协, 2004.

中国足球院校化研究

张贻琪，张志东，李文柱，邱晓德

（天津体育学院，天津 300381）

摘 要：为促进中国足球稳步发展，采用调查研究等方法对中国足球院校化的必要性、主要思路、可行性等进行论证，并设计出院校化培训、竞赛等框架模式，仅供业内同仁参考。

关键词：中国足球；院校化；训练体制

1 研究目的

随着足球运动的发展，世界足球强国，如德国、俄罗斯、美国、荷兰等，已开始创办足球学院（专业系部），亚洲的日本、韩国实行青少年训练院校化，将国青、国奥纳入了大学体系。我国"职业俱乐部"体制确立后，"业余运动员"进入高校已是必然的趋势。

北京 2008 奥运会申办成功，是我国综合国力和体育实力提高的鲜明标志，而我国的足球运动如何走出低谷，达到世界先进水平，以适应不断提高的国际地位，已是国人关注、业内人士急于探讨的问题。足球院校化是中国足球发展战略研究的重要组成部分，本研究的目的是根据国外的经验和我国的实际情况，为我国足球训练体制改革提供依据。

2 研究方法

2.1 文献资料法：查阅体育法、教育法、高教法，奥运战略与全民健身战略有关文件，国家教育委员会、国家体育总局、中国足协有关法规、文件，通过网上查询国际足球强国训练管理体系、最新动态。

2.2 调查归纳法：对国内外有关体育学院、师大体育院系、体校、传统校、业余和职业足球俱乐部的训练管理、经济运作进行调研，找出规律，总结经验。

2.3 专家咨询法：对国内教育、体育（足球）中、高层主要领导人，管理、训练、教学、经济等专家学者，进行咨询、座谈。

2.4 实践检验法：阶段成果将进行试点，总结经验，进一步论证，以逐步完善，全面推广。

3 结果与分析

3.1 必要性

(1) 足球起源、进化、发展依赖于院校的直接参与(如:欧洲早年的"学校足球",1846年英国《剑桥大学规则》);当代国际足联 FIFA 高层专业管理人员,多来自德国"科隆体院"等院校的高学位者,院校对世界足球运动向高层次发展起到了重要作用。

(2) 历史回顾:上世纪 50 年代首批国脚多为大学生,人文素质较高(1957 年第 6 届世界杯只因体能与大赛经验不足而失利);60 年代纳入体院——运动系体制,实现"教学—训练—竞技—科研"一体化,符合国情,与当时世界潮流吻合,只因 10 年动乱而停滞;70 ~ 80 年代的早期专门化,关键是教育与体育的关系未处理好,但有得有失。得:体能、素质、选材有一定进展;"传统校—业校"体制较合理成功,成才率较高(普及提高均有所得);失:1316 市体校以牺牲学业为代价(脱离正常群体,违背身心发育规律),人文素质难以提高。此外,专业与业余关系失衡,业余训练受到极大影响,难以造就高素质、高水平的人才。

(3) 现状中的利与弊。利:企业赞助、职业化俱乐部与国际接轨,刺激青少年业余俱乐部及相关产业的蓬勃发展,球市火爆,女足稳居世界领先地位。弊:过高的投入使足球变为贵族运动,不符合国情,"投入—产出"出现逆差,水平难有质的变化。

(4) 国际足球发展趋势是制止暴力、公平竞争、鼓励进攻、限制防守、丰富内涵(观赏性),这需要实力足球与科技足球的融合。而高等教育能培养高素质的运、教、裁、管、科、医、新闻、经纪人等相关人才,进而提升中国足球整体水平,因此足球院校化是中国足球体制改革的重要途径。

3.2 主要思路

(1)"基地院校化、院校基地化"变单纯体院办学、体育局办队为"高水平学院化俱乐部"体制,资源合理利用,培养高素质运动员、教练员、裁判员、科研人员、管理人员、医务人员、新闻工作者、经纪人等,树"精品"意识、创综合效应,为中国足球创建新世纪科学化体系,创办具有中国特色的发展模式。

(2)青少年训练管理急需规范化、法制化、科学化,学院可发挥优势,促进青少年训练管理和竞技训练水平提高,为各级国家队培养高水平后备梯队。

(3)体教结合院校化训练管理体制应促进体育与教育水平的全面提高。

3.3 可行性

(1)"基地院校化"

2000 年天津体院在国家体育总局政策法规司立项课题《创建中国足球高等院校方案可行性研究》已于 2001 年 7 月结题。其主要结论是:利用国家体育总局秦皇岛足球训练基地资源、利用北京体育大学与天津体育学院办学资源,通过联合办学,全面开发,共同创建

"中国足球学院",将"中国足球学校"中专学制提升为大专学制,以优化培养环境,形成"一条龙"科学化体系。其主要优势:

以北京、天津、秦皇岛为中心,能充分利用高校聚集的科技优势,地域经济优势,人才资源优势及秦皇岛基地设施优势。

在秦皇岛"中国足球学校"办学经验的基础上,实行"抗大式"军事化管理、"科隆式"科学化训练,使其成为中国足球训练管理规范化、法制化、科学化的样板。

北京体育大学成为中国足球的"智囊团"与"人才库",可创办足球分院。

天津体育学院也有创办"教练员专修科"(大专班)的成功经验。全国其他足球训练基地,可参考"中国足球学院"模式,结合各地的实际情况,构建院校化的基地。

(2)"院校基地化"

上世纪60年代体院创办运动系,积累了"教学—训练—竞技—科研"一体化的经验。

80年代建立了辽宁运动技术学院、南京运动技术学院,天津体院成立了棒球、藤球国家集训队,也积累了一定经验。

当前清华跳水队、东北财大足球队、天津财大女子篮球队、南大女子排球队、工大游泳队已成为高校办高水平运动队的成功典范。

"CUBA全国大学生篮球联赛"、"PHILIPS全国大学生足球联赛"为在高校发现人才和培养人才搭建了平台,充分挖掘和利用全国体育学院、师大体育院系、各高等院校的资源,合理地加以整合,可以实现院校基地化的设想。

3.4 框架模式

(1)院校化培训框架体系

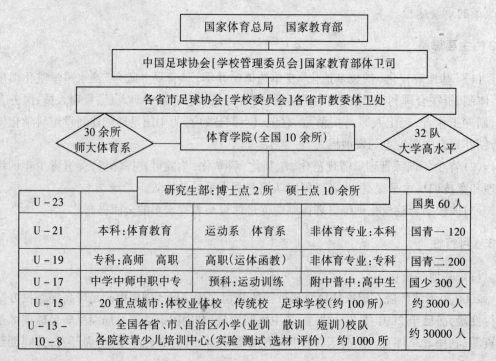

(2)院校化竞赛框架体系

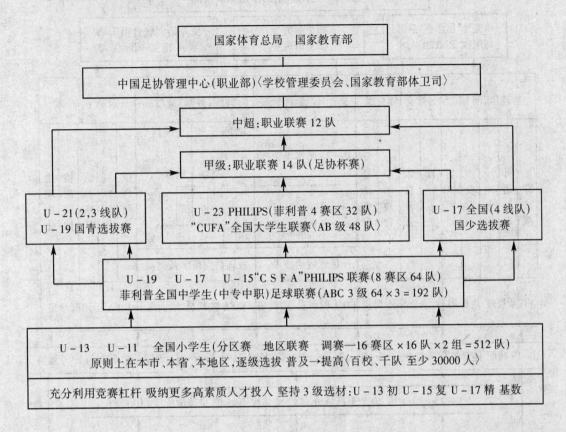

附件:中国足球学院模式研究——基地院校化、院校基地化——足球俱乐部框架体系

4 结论与建议

(1) 世界足球强国的成功经验与中国历史的经验表明:发展足球必须注重基础,而院校化战略是最佳途径和必由之路;在当前的大好形势下,抓住机遇,开展"新一轮中国足球院校化"改革,不仅有必要性,而且有可行性。体育院校首当其冲责无旁贷。

(2) "基地院校化—院校基地化"为战略实施的主要途径,充分发挥院校和基地的优势,创建"中国足球学院"(经有关领导批准,北京体育大学与秦皇岛中国足球学校已联合创办,挂牌试运行),取得成功经验,辐射全国,对中国足球运动的发展具有现实意义和长远意义。

(3) 设计"院校化培训体系"、"院校化竞赛体系"和"中国足球学院"等框架"模式"(各学历层次,系部、专业设置、国际足联四类培训班接轨),供有关领导决策时参考。

(4) 建议:充分利用竞赛杠杆,针对中国足球现状,考虑地区平衡,顾全多数院校利益,将现行的 PHILIPS 菲利普全国大学生足球联赛(决赛 4 赛区 32 队)吸纳全国体育院校加入,扩展为:决赛 8 赛区(东部 5 赛区、西部 3 赛区,每赛区出 6 队)共 48 队(第 2 年分 AB 两级),既提升水平又扩大规模,使之成为更高水准、名副其实的 CUFA 中国大学生

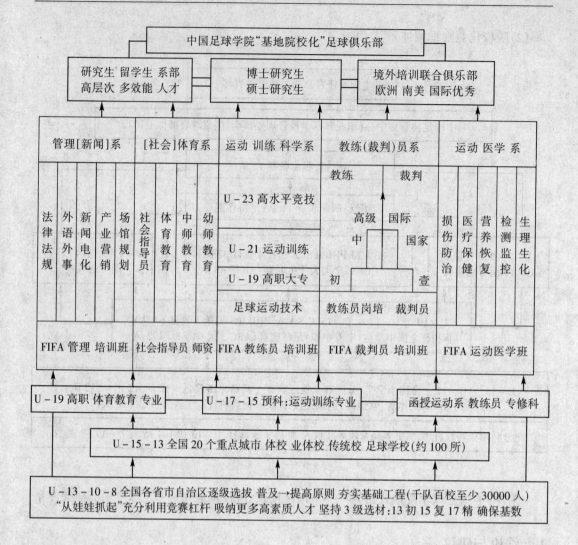

PHILIPS 足球联赛,逐步并行式取代 U－23、U－21、U－19 甲级职业俱乐部 2、3 梯队"集训—调赛"【A24＋B24＝48 队】。

将现行的"PHILIPS(菲利普)全国中学生足球联赛"扩展改为"8 赛区×8 队＝64 队(分 ABC3 级)"的"CSFA 中国中学生 PHILIPS 足球常规联赛",逐步并轨或取代 U－19、U－17、U－15 甲级职业俱乐部 3、4 梯队"集训－调赛";【A64＋B64＋C64＝192 队】使大中小学校(体育院校)真正成为中国足球的人才基地。

附件:天津体育学院足球分院(系部)足球俱乐部框架体系设计

参考文献

[1]中国足球协会科学技术委员会.中国足球事业年鉴.北京:新华出版社,2000.

[2]张彩珍,柯轮,杨秀武,等.中国足球运动史[M].武汉:武汉出版社,1993.

[3]国家体育总局政法司 中国体育发展战略研究会.全国体育发展战略研讨会论文汇编(98)[C].

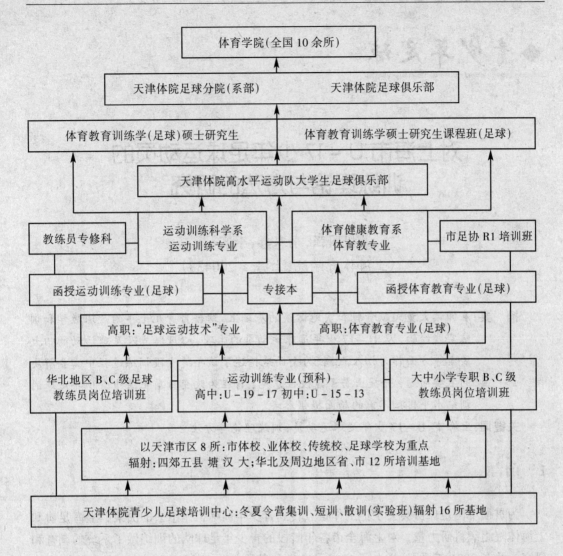

[4]张贻琪,栾开建,秦永生,等.青少年足球训练管理 规范化 法制化 科学化
研究.体育软科学成果汇编,2001.

[5]张贻琪,麻雪田,王钧,等.创建中国足球高等院校方案可行性研究.体育软科学
成果汇编,2002.

[6]年维泗,麻雪田,杨一民.足球[M].北京:北京体育学院出版社,1990.

[7]麻雪田,张路,秦德斌,等.足球球迷宝典[M].江西科学技术出版社,1998.

[8]麻雪田,王崇喜,丁雪琴,等.现代足球运动高级教程[M].北京:高等教育出
版社,2002.

[9]北京体育大学管理学院 编译.美国体育管理理论与实践//体育软科学系列丛书
之五,2002.

[10]何志林,等.全国体育院校统编教材.现代足球[M].北京:人民体育出版社,
2000.

◆青少年足球

对上海市U-17少年足球运动员的
训练理论与方法的研究

胡国强,李双喜,李震

（上海体育学院,上海　200438）

摘　要：在阅读大量文献资料和实地访谈的基础上,结合自身几十年的足球教学和训练实践经验,从U-17少年足球运动员的生理、心理特点及足球运动的四大要素等方面作为切入点,较为全面地论述了该年龄阶段训练过程中需要解决的主要问题,并提出若干建设性意见,旨在为改变目前上海市青少年足球的训练水平徘徊不前的局面提供参考。

关键词：上海市;U-17少年足球运动员;训练理论与方法

1　前言

为贯彻中国足球协会关于把工作重点转到青少年训练工作中去的决策，上海足协和上海体院组织科研力量，对上海全市各年龄段的青少年足球队的训练做了系统的调查和研究。并在2001年夏天，举办了1985～1986年龄段（U-17）和1989～1990年龄段（U-13）全市青少年足球运动员的夏令营，进行了训练实践的交流和理论上的研讨。结合本市青少年足球训练的情况，各年龄档次足球运动员的生理、心理特点及运动技能形成的规律和教练员丰富的实践经验，制订了一整套各年龄段的足球训练指导性计划。U-17是足球运动员从青少年业余训练迈入成年专业化训练的过渡性阶段，这一年龄段的训练质量与水平的高低将对运动员的竞技水平产生至关重要的影响。勿庸置疑，根据这一年龄段足球运动员的生理、心理特点及运动技能的形成规律，运用体育学科的相关理论，结合上海市U-17足球运动水平的实际情况进行有针对性的训练，并在训练的实践中不断地加以改进和完善，是提高上海市青少年足球运动水平的有力措施。本文着重对U-17年龄段的足球训练提出意见，以供广大教练员参考。

2 研究对象与方法

2.1 研究对象

上海市 2001 年夏令营 U－17 少年足球队（杨浦、普陀、有线 02、韩山、东方明珠）。

2.2 研究方法

经验总结法：召开上海市 U－17 各队的教练员座谈会，汇总各队训练小结。

问卷调查法：对该年龄段训练的基本要求、基本任务、生理和心理特点及训练的重点内容和主要方法进行问卷调查。向全市 U－17 足球队的教练员共发放 81 份问卷，回收 80 份，回收率为 98.7%，有效问卷 80 份。

观察法：对各队在夏令营的训练进行技术统计，主要统计各队的训练内容、任务、方法、练习形式、训练的强度、密度、动作次数以及成功率。

文献资料法：收集有关信息、文件、大纲及有关论文。

3 结果与分析

从上海市近 10 年的青少年足球发展情况看，上海有线 02 足球队（1981～1982 年）是一支较为优秀的青少年队伍。在参加 1996、1997、1998 年全国的少年比赛中基本上包揽了冠军，比赛成绩优秀。在 1998 年（当时 16～17 岁）身体形态与身体素质的测试中，成绩也较好（表 1），当年被选入国家少年队的 6 位队员的测试成绩皆高于全队的平均成绩（表 2）。

表 1　上海 02 队运动员体能测试成绩表

	身高(cm)	体重(kg)	30m 跑	100m 跑	12 分钟跑(m)
平均成绩	179.14	68.5	4s09	12s65	3164
最高	190	78	3s88	11s57	3315
最低	170	55	4s41	13s46	2900

表 2　上海 02 队入选国少队体能测试成绩表

	身高(cm)	体重(kg)	30m 跑	100m 跑	12 分钟跑(m)
杜威	185	74	4s07	12s60	3200
孙吉	180	70	3s99	12s06	3200
孙祥	179	69	4s02	12s50	3200
丁铭	176	68	3s90	11s90	3220
于涛	178	67	4s00	12s50	3200
郑伟	183	78	4s08	12s30	3200

我市近年来 U−17 足球队的水平与有线 02 足球队当时的测试、比赛以及训练等情况相比较差距甚大,1985～1986 年龄段(U−17)两支足球队在全国少年足球比赛中,仅处于第 15、第 16 名的水平。为加强我市青少年足球队的训练,提高 U−17 足球队的运动水平,取得更好成绩,在调查研究的基础上,广泛征求了教练员的意见,特提出以下几个应予重视的问题。

3.1　　U−17 训练的基本要求

　　U−17 年龄段是少年到青年的过渡时期,是进入职业足球运动的关键衔接阶段,此阶段运动训练的质量高低将直接影响到该年龄段运动员运动潜力是否能得到充分的发掘,同时也是决定该年龄段运动员今后足球水平高低的关键期。因此,我们在宏观训练计划的制定和具体训练过程的实施调控中,都必须紧紧抓住该年龄段身体生长发育规律及足球运动自身特有的规律,进行有针对性的训练,注重合理衔接,坚持科学育人,把科学训练真正落到实处。

3.2　　U−17 训练的基本任务

　　始终围绕对足球运动的四大要素,即身体素质、技术、战术、心理品质,来组织与实施训练。在身体素质全面发展的基础上,根据 U−17 的身心特点去控制具体训练过程,着重爆发力、速度耐力及力量的训练,根据个人特点,并结合球队实际情况,形成有别于他人的个人动作技术特点及位置特点,理解并熟练地掌握基本的个人战术、局部战术、全队战术。

3.3　　U−17 少年足球运动员训练的生理学、心理学基础

3.3.1　　U−17 少年的生理学基础

　　17 周岁进入了青春发育期的后期,各项生理指标已接近成年人。表现为:下肢骨开始骨化,骨骺基本愈合,长高逐渐减缓;肌肉的力量开始增加,肌纤维开始横向发展,进入肌肉力量增长的高峰期(18～19),体重增加明显;心血管系统的各项生理指标开始发生较大的变化,安静心率开始变低,每搏和每分钟输出量开始增加;吸氧量已明显增长,最大吸氧量和负氧债的能力进一步加强,肺通气量增加,无氧代谢能力和有氧代谢能力均得到加强,能承受较大强度的无氧耐力训练;神经系统方面,第二信号系统机能得到进一步的发展,抽象思维的能力加强,反应的潜伏期缩短,分解综合能力明显提高,能较快地建立动力定型,神经中枢虽易疲劳,但恢复很快,两个信号系统的相互关系已相当完善。

　　综上所述,在组织与实施训练过程中,可以加大专项训练的比重。在注意训练生理负荷调控的基础上,适当采用一些成年人足球职业队的训练手段,为下一年龄段与成年人阶段训练的衔接打下良好的基础。

3.3.2　　U−17 少年的心理学基础

　　此年龄段少年的自我意识有了更进一步的发展, 开始要求深入地了解和关心自己的成长,在生活、学习、训练过程中的一些现象均能引起他们的思索和探讨;自我评价日趋成熟,对自己的评价更加具有连续性、整体性、主动性和稳定性;自尊心和自信心在生

活中不断地得到提高和加强;人生观开始形成,受到年龄、心理发展水平、教育、家庭及社会的影响,人生观的形成与发展具有较大的个体差异性;思维能力进一步发展,思维更具抽象概括性、理论性、组织性、深刻性、独立性和批判性,开始辩证的思考周围的问题;在情感方面得到进一步发展,情感、情绪的时间延长性更长,情感不轻易外露,情感和情绪内容丰富而深刻,波动性较小,但有时也易受外界的刺激和影响,从而出现较大的波动。

3.4　U–17 训练的内容与方法(身体素质、运动技术、战术素养、心理素质)

3.4.1　身体素质训练

强化运动员的身体素质:U–17 运动员由于基本完成了生长发育的高峰期,因此可以采用一些高强度的训练手段来进一步提高运动员的身体素质。在具体实施的过程中可采用以下手段:

(1)活动状态下突然加速 20m 疾跑、25m 折返跑、下坡跑等,提高短距离的冲刺能力;转身追球跑,看信号起跑等,提高反应速度;50m 快 + 50m 慢相结合的变速跑、400m 计时跑、150~200m 的间歇跑等,训练速度耐力。

(2)通过 12 分钟跑、1000–2000m 的变速跑、反复冲刺跑,有球的连续折返跑、1/4 场地 4 对 4 传抢、1/2 场地 6 对 6 传抢来提高专项耐力素质。

(3)U–17 是力量素质发展的敏感期,一定要利用这一时间段提高力量素质。可采用杠铃、拉力器等手段有针对性地提高主要肌群的力量,与此同时,也可采用大量的弹跳练习,提高肌肉力量的弹性。

(4)灵敏和柔韧性练习要继续进行下去,可通过快速条件下接不规则的传球,小场地运球控球等手段来提高灵敏性,通过大幅度的反复肢体动作来巩固柔韧性。

总之,可以加大力量训练在训练中的比重,但不可急功近利,片面地追求短期效果。

3.4.2　技术训练

足球技术水平低,不仅是我国也是我市青少年足球存在的且亟待解决的问题,因此技术训练有必要作为重点来阐述。

在现代足球实战技术训练中,特别强调在对抗、快速的情况下技术的合理正确的运用,主要包括进攻中的射门、接控球、传球、运球过人等,防守中的断、堵、抢、铲与争头顶球等技术训练。

3.4.2.1　进攻技术

(1)接控球训练。接控球训练的要求:突然摆脱,迎球接球,切不可原地等球,并注意动作要便于和下一个动作的合理衔接,即在有利于牢牢控球的基础上,更有利于个人战术或整体战术的进行,也就是根据场上比赛的实际情况,在尽可能短的时间内作出决定,运控球、传球或射门。

接控球训练的要点:首先在接球前要根据球的运行轨迹并结合场上实际情况迅速移动到位,在接球过程中要保持好身体的平衡,并通过身体重心的合理移动,形成有利于突破、传球或射门的姿势。此外,接、控球训练要注意技术动作的衔接速度和突然启动的爆发力,以赢得短暂的时间和有限的空间,这是技术动作成败的关键,也是衡量个人技术实际运用能力的重要标准。

接控球训练的注意事项：由于此前运动员已经过了6～8年的系统化训练，已具备比较扎实的基础技术能力，因此，该年龄段的技术训练不应是单一技术的简单重复训练，一定要强调积极对抗条件下的训练，训练过程中要进一步树立个人技术运用要有利于球队整体攻防实际需要的理念；强调在接球之前的观察与判断能力的培养。在实际训练过程中，可以通过半场8对8一次触球或接、控球相结合的传球练习，4对4小场地传抢球等练习，并根据要解决问题的实际需要，变换训练条件，培养接球前观察和合理及时判断、决策的能力。

(2)传球技术。传球训练要注意的问题：在注重传球的准确性、力量的掌握、时机的选择的基础上，加强传球的迷惑性和隐蔽性的训练。

通过创造各种对抗条件下的训练环境，采用诸如中短传相互结合的不停顿一次性传球练习或连续的长短结合转移传球等手段，改进和提高一次性传球技术实际运用能力和在对抗和快速中传球的能力。

(3)运球过人。运球过人训练要注意的问题：提高运球过人后，创造有效的时间和空间，实施与局部或全局战术配合的能力。加强运球过人时与反方向传球相结合和与反越位相结合的能力培养。加强在不同区域1对1运球过人能力的培养，结合球员自身特点，合理运用运球过人的技术和技巧。

(4)射门技术。加强比赛场上各位置球员射门能力的培养，例如前卫插上射门、后卫远射、头球射门、前锋强行突破射门、抢点射门等训练。提高球员在高速、对抗条件下射门的能力，例如半场3攻1,3攻2,4对3对抗射门训练。注重前场定位球射门配合的训练，有意识选定并培养定位球脚法出众的球员。

3.4.2.2　防守技术

(1)断球技术。进行断球技术训练要始终贯彻结合实战的原则，脱离实战氛围的断球训练是毫无用处的，要通过不同的练习组合，反复强化各种条件下的断球技术。主要包括：准确的判断能力；注意断球时机的把握；断截动作快速、准确且突然；合理并快速衔接下一个技术动作。可以通过不同形式组合的抢截球练习巩固断球技术。

(2)抢球技术。选择合理的技术动作；善于把握最适宜的抢球时机；动作合理且有利于下一个动作的衔接。通过变换练习形式、要求等手段，并结合实际比赛来不断检验和提高。

(3)铲球技术。在巩固原有的铲球技术的基础上，提高运用的合理性、准确性、及时性。同时培养运动员铲抢、铲断、铲控、铲传和铲射的能力。

(4)争头顶球技术。作为争夺空中球的技术动作，在掌握原有技术动作的基础上，提高向各方向和在各种状态下跑动中运用抢、争头顶球技术的能力。

3.4.3　战术训练

战术是比赛中为赢得胜利所采取的对策和行为方法，它的具体实施受到身体素质、技术能力及心理素质的影响。U－17年龄组的运动员已经掌握了较为全面的战术技巧，此年龄段的战术训练主要注重以下几点。

(1)继续强化局部的基础战术训练，熟练掌握各种形式的2过1战术配合。在足球战术中,较大范围的 3 打 2 或 4 打 4 是地域范围的扩大、参与人数的增多,实质上是不同位置的不同地域的演化了的 2 打 1,因此强化 2 过 1 战术配合训练是提高战术能力的基础。

(2)任何形式的战术训练都必须遵循有意识地培养战术意识的原则,此年龄段是足球运动员战术意识培养的关键时期,发展战术意识的灵活性和多变性,鼓励并启发运动员,使其思维开阔,能举一反三,在注重整体性的前提下,发挥并强化个性特点。

(3)训练过程中的训练条件要围绕战术训练所要解决的具体战术问题来调控与确立,以避免战术训练的目的发生偏离,而影响战术效果。在熟练掌握战术的基础上,注重通过实战来检验并提高战术能力,加强战术的实战性。

(4)U‒17 足球运动员已经打下了较为全面的战术基础,需要通过大量的实战来强化个人战术、局部战术和全队战术的实际运用能力。

3.4.4 心理素质训练

(1)经常采用自我暗示训练,使运动员学会在比赛或训练中控制自己的情绪或行为。

(2)在平时训练中有意识地给运动员或整个球队设置各种心理障碍,培养其适应能力。例如,在平时的教学比赛中,可有意采用错误的判罚和偏袒性的判罚,使运动员意识到并逐步适应今后步入职业足球比赛可能出现的各种错误判罚,从而把注意力集中在如何打好比赛上。

(3)采用表象重现法,让运动员对以往经历过的成功比赛进行回忆,在回忆中体验兴奋、陶醉,以增强成功的自信心。

(4)加强思维能力的培养,可以通过全队集体分析某种战术、某次战例,或对个别运动员单独辅导的形式,让运动员提出不同的理解和认识,并通过实际战术训练来提高思维能力。

3.5 足球理论知识的学习

在熟练掌握足球竞赛规则的基础上,了解最新的规则变动;有计划地学习足球战术知识,结合大型或典型的比赛战例具体学习并理解;了解相关的生理学、心理学、解剖学、运动医学等学科的知识;学习职业足球可能涉及到的有关知识,加强相关的理论储备。

4 结论与建议

U‒17 年龄段是青少年足球运动员进入职业足球运动的关键衔接时期。因此,在宏观训练计划的制订和具体训练过程的实施调控中,必须紧紧抓住该年龄段生长发育的规律及足球运动自身特有的规律,进行有针对性的训练,注重合理衔接,坚持科学育人,把科学训练真正落到实处。要始终围绕足球训练的四个方面,即身体素质、技术、战术、心理品质,来组织与实施训练:在身体素质全面发展的基础上,根据 U‒17 的身心特点控制具体训练过程,着重爆发力、速度耐力及基础力量的训练,加强心理自我调控能力。在技战术方面,要根据运动员的个人特点,并结合球队实际情况,形成并加强有别于他人的个人技术特点及位置特点,理解并熟练地掌握基本的个人战术、局部战术、全队战术。

参考文献

[1]徐本力.运动训练学[M].北京:人民体育出版社,1999.

[2]体育学院专修通用教材.足球[M].北京:人民体育出版社,1992.

[3]全国体育院校通用教材.现代足球[M].北京:人民体育出版社,2000.

[4]全国体育院校通用教材.运动生理学[M].北京:人民体育出版社,1992.

[5]全国体育院校通用教材.运动心理学[M].北京:人民体育出版社,1992.

[6]邓达之.足球训练[M].北京:人民体育出版社,1999.

[7]中国足球协会.中国足球训练大纲(试行)[M].北京:人民体育出版社,2003.

对江苏省青少年足球运动员速度素质现状的观察与分析

刘红兵,孟宁

（南京体育学院,南京　210014）

摘　要: 速度素质是足球运动员的基本素质之一。本文根据足球运动员速度素质的内容和运用特点,结合青少年足球运动员的生理特点对其进行分析与研究,并简要地阐述发展青少年足球运动员专项速度素质的训练方法。

关键词: 速度素质;反应速度;动作速度;位移速度;训练方法

1　前言

现代足球运动是一项高强度,非持续性的间歇运动项目。随着足球运动技战术的不断发展,比赛速度加快,对抗程度加剧,运动员职责范围扩大,对运动员身体素质提出了更高的要求。其中速度素质,对于足球运动员来说尤为重要。攻与守的有效性在于突然的变化,运动员凭借着场上的超强的奔跑能力去适应日趋快速的比赛节奏,这一切均有赖于运动员的速度素质的高速发展。随着比赛对运动员快速奔跑能力的要求越来越高,从某种意义上可以说速度就意味着胜利。足球运动员要想获得较好的速度素质,关键是在青少年时期要有目的、有计划、有针对性地进行速度素质训练。根据青少年足球运动员的生理特点,分析与研究足球运动员速度素质理论与训练方法,为提高青少年足球运动员的专项速度提供理论与实践依据,无疑具有重要的现实意义。

2　研究对象与方法

2.1　研究对象

参加江苏省 2003 年男子少年甲组比赛的全部 160 名运动员。

2.2　研究方法

2.2.1　文献资料法　查阅与青少年足球运动员训练有关的文章,以及运动生理学、训练学的相关资料。

2.2.2　测量法　对 160 名运动员进行综合能力测试。

2.2.3　观察法　有目的地对运动员在测试和比赛过程中所表现出来的速度素质进行观

察和记录。

2.2.4　访问调查法　对参赛的 10 支球队中的 8 位教练员、部分运动员及家长进行了访问。

3　研究结果与分析

3.1　足球运动员速度素质的内容与运用特点

足球运动员的专项速度素质应包括：反应速度、完成技术动作的速度、移动速度，以及完成战术配合时的启动速度、途中跑速度等。

足球比赛场上情况瞬息万变。根据比赛中本队的战术特点以及对方队员的位置和意图的不断变化，运动员在场上要不断改变跑动的方向、距离、路线和节奏。为满足比赛要求，运动员还要在慢跑与快跑、急跑与急停、前进与后退时保持低重心、小步幅、快步频，随时控球变向、变速，以及运用娴熟、迅速、有效的技术动作完成攻防任务，完成教练员的战术意图，这都需要运动员具有良好的速度素质作保证。当然，具有较强的腿部和腰腹力量，是足球运动员具有良好速度素质的基础。

3.2　青少年足球运动员的生理特点

比赛中运动员要进行大量冲刺跑和在快速跑动中完成技术动作，经常处于缺氧状态，能量来源主要靠肌肉中的无氧代谢供给。青少年运动员的年龄，一般为 12～16 岁。12 岁以后，由于青少年运动员进入发育阶段，特别要注意合理安排训练内容、训练方法、运动负荷等，因为青少年运动员大脑皮质的兴奋与抑制发展不平衡，11～13 岁兴奋占优势，同时大脑皮质兴奋与抑制转换很快，便于技术训练和速度素质训练。而且孩子们活泼好动，模仿能力强，好奇心强，也利于技术训练和专项速度素质训练。对青少年运动员可多选用一些发展速度力量的手段，如各种跳跃、快速运球急停、急转等练习，这不仅能改善肌肉的协调能力，同时使运动员能提高专项速度素质。速度力量训练负荷的安排可随着年龄的增长而逐渐加大。

3.3　对 160 名青少年足球运动员进行速度素质测试结果分析

3.3.1　4 项测试项目在速度素质中的决定性作用分析

在对 160 名青少年足球运动员进行综合能力测试中，共测试了运动员的立定跳远、30 米跑、转身、运球、头顶球和身高 6 个项目，其中前 4 个项目能较准确地反映出运动员的速度素质状况，尤其能较好地反映出运动员的动作速度和移动速度。立定跳远主要反映的是下肢力量和动作速度；30 米跑主要反映的是动作速度与启动速度；转身和运球主要反映的是结合球的反应速度、动作速度和移动速度(表 1)。

表1　不同测试项目在速度素质中的决定因素作用等级判别

	反应速度	动作速度	移动速度
立定跳远		·☆☆	☆☆
30米跑	☆	☆☆☆	☆☆☆
转身	☆☆	☆☆☆	☆☆☆
运球	☆☆	☆☆	☆☆☆

注:☆☆☆ 决定性作用;☆☆ 重要作用;☆ 基础作用

3.3.2　对160名青少年足球运动员4项测试的成绩分析

采用统一测试方法和要求对160名青少年足球运动员进行了测试,所有测试结果的平均成绩:立定跳远为2.12米,30米跑的成绩为4.59秒,转身的成绩为24.69秒,该成绩只达到《球星技术——青少年足球技术训练与测评标准》(标准由英国 ROBIN RUSSELL 著,被中国足协所采用和推广的测试标准)的一般标准,而运球的成绩为16.21秒,只达到及格标准。从上述平均成绩可以看出,江苏省青少年足球运动员速度素质水平与测试标准的要求存在差距,尤其是结合球的速度的成绩指标都普遍偏低(表2)。

表2　160名男子少年甲组运动员速度素质测试平均成绩

	优秀	良好	一般	及格	不及格
立定跳远(m)	2.3以上	2.29~2.2	2.19~2.1	2.09~2.0	2.0以下
(平均值)			2.12		
30m跑(s)	4.1以内	4.1~4.5	4.6~5.2	5.3~5.5	5.6以上
(平均值)			4.59		
转身(s)	18以内	18.0~21.9	22.0~24.9	25.0~27.9	28及以上
(平均值)			24.69		
运球(s)	10以内	10.0~11.9	12.0~15.9	16.0~17.9	18及以上
(平均值)				16.21	

立定跳远达到优秀标准的人数为24人,占总人数的15%;达到良好标准的为34人,占总人数的21.25%;达到一般标准的为48人,占总人数的30%;达到及格标准的为38人,占总人数的23.75%;不及格的人数为16人,占总人数的10%。160名运动员中大部分人的成绩集中在中间,共120人,占总人数的75%,而两头的人数则较少,优秀与不及格的人数为40人,只占总人数的25%。这样的成绩分布属于正态分布,也就是说江苏省青少年足球运动员的该项成绩水平与测试标准的要求基本一致。

30米跑的测试结果,优秀1人,占总人数的0.63%;良好15人,占总人数的9.38%;一般142人,占总人数的88.75%;及格1人,占总人数的0.63%,不及格1人,占总人数的0.63%。这反映我省青少年足球运动员中缺乏启动速度水平高的运动员,而大部分运动员的启动速度水平一般。

在转身项目的测试中，160名队员中没有人达到优秀标准；达到良好标准的也只有8人，占总人数的5%；达到一般标准的97人，占总人数的60.63%；及格人数为41人，占总人数的25.63%；不及格人数为14人，占总人数的8.75%。

在运球项目的测试结果中发现，160名运动员中不仅没有人达到优秀标准，而且也没有人达到良好标准，达到一般标准的为79人，占49.38%，达到及格标准的为64人，占40%，不及格为17人，占10.63%。转身和运球这两项测试结果表明，江苏省青少年足球运动员的成绩与英国青少年足球技术训练与测评标准相比较，差距很大，13～14岁年龄的运动员测试水平只相当于国外10岁左右运动员的水平。30米跑与立定跳远测试水平差距较小，也就是说不结合球的速度水平差距较小，而结合球的专项速度水平差距较大。导致这种结果的原因是多方面的，但只能就其主要原因进行分析(表3)。

表3 160名男子少年甲组运动员速度素质成绩等级百分比表

	优秀	良好	一般	及格	不及格
立定跳远(人数)	24	34	48	38	16
（%）	15	21.25	30	23.75	10
30m跑(人数)	1	15	142	1	1
（%）	0.63	9.38	88.75	0.63	0.63
转身(人数)	0	8	97	41	14
（%）	0	5	60.63	25.63	8.75
运球(人数)	0	0	79	64	17
（%）	0	0	49.38	40	10.63

3.3.3 对青少年足球运动员速度素质差的原因分析

在访谈多位教练员、部分队员及家长的情况下得知，国内孩子家长注重的是孩子的文化学习，而不愿意让孩子花过多的时间从事足球训练。国内青少年足球运动员的周训练时间为5～6小时，若遇到学校重大活动或雨雪天气时，训练时数还达不到5～6小时；而国外同年龄孩子的周训练时数都在12小时以上。虽然都是14岁年龄段的运动员，国内运动员受训时间一般都在4年以内，而国外受训时间都已在6年以上。国内青少年足球运动员的训练由于受训练时间、经费、训练条件等因素的制约，不能进行有目的、有计划的系统训练，这是导致速度素质差距较大的主要原因之一。

在培养青少年足球运动员的过程中，都要进行科学选材，通常情况下9～10岁年龄段的运动员要进行初选，12～14岁时进行复选，15岁时进行精选。而国内各年龄段的青少年业余足球队的运动员大多未经过选材，所以，这160名运动员的测试结果与测试标准差距较大，其中未能进行科学选材，也是造成差距的主要原因之一。

地方各业余青少年足球队，在参加各级、各类比赛中，注重的是运动队的比赛成绩，而未遵循足球运动员系统培养的发展规律，忽视了对青少年足球运动员结合球的有效的专项速度素质的训练，这也是导致差距较大的主要原因之一。

地方各业余青少年足球队，在训练过程中，注重的是实效性和实用性，而忽视了运动员基本技术训练，运动员完成单个技术动作时的熟练程度不够、动作速度不快，同时在要求运动员完成多元技术动作时忽视了各单元动作衔接速度，这也是导致差距较大的主要原因之一。

4 发展专项速度素质的训练方法及注意事项

发展运动员速度素质最基本、最重要的原则是运动员必须用最大强度的重复练习，并安排好大强度练习之间的间歇时间，使运动员在依次重复下一组练习之前得到充分的恢复。在发展 ATP－CP 系统的练习中，要求每次练习全力运动 10 秒左右，每次最大强度练习之后，一般要等脉搏恢复到 120 次/分，再开始下一次练习。

青少年运动员处在大脑皮质兴奋的敏感期，无球情况下的速度素质训练的关键是改善中枢神经系统，缩短神经传导时间，使运动员习惯于在接受刺激前，肌肉处于有准备的状态，增加刺激强度，提高视觉器官的机能和对各种刺激做出反应的能力，进行反复的练习，以建立巩固的条件反射。

为了提高运动员有球情况下的速度素质而采取的各种训练手段、方法必须针对以上分析的实际情况，遵循足球运动员成长的普遍规律，进行有效的、合理的训练，只有这样才能达到事半功倍的效果。下面提出带球转身和变向运球的训练方法，供大家参考。

4.1 运球转身

运动员掌握了运球跑技术后，就需要训练运球急停启动和变向技术。足球比赛不仅是直线运动，有时为了摆脱对方队员的防守和抢截，继续保持对球的控制，或更好地前传或射门，需要把球从密集的人群中转移或带出，就必须具有良好的速度素质，来保证转身变向技术的发挥。

4.1.1 运球转身几种练习方法："脚内侧扣球"转身、"脚外侧扣球"转身、"跨球"转身、"回拉球"转身、"踩停球"转身、"克鲁伊夫"转身。

4.1.2 运球转身练习的注意事项：开始练习时动作可稍慢，但要注重动作过程的连贯性，一定要屈膝降低重心，"一变就连"，转身后养成良好的加速启动习惯。在不断提高练习熟练程度的基础上，加强动作速度和位移速度要求，减少完成单个动作及多元动作间的衔接时间。

4.2 变向运球

变向运球是足球比赛中最有效和最令人激动的技术之一。有目的的运球可以为传球和射门创造空间和时间，变向运球也可摆脱对方队员的防守和抢截，为完成本队的战术配合创造条件和可能。通过变向、变速的节奏变化，有助于运动员有球速度的提高。

4.2.1 变向运球几种练习方法："马修斯"变向运球、"跨步"变向运球、"两触"变向运球。

4.2.2　变向运球练习的注意事项：训练过程中，要让队员知道运球并不是目的，目的是将球打入对方球门；要学会从运球中获得最大的利益，而不要延误射门或失掉传给同伴射门的机会；同时运球也包含着冒险，在本方禁区附近尽量不运球，中场附近少运球、前场对方禁区大胆运球。

5　结论与建议

(1)江苏省青少年足球运动员与国外同年龄运动员相比，训练年限短，训练时数不足；受主、客观原因制约，不能进行正常系统训练是导致速度素质差的主要原因之一。

(2)各业余球队由于参加训练的青少年足球运动员人数少，一般不具备选材条件；而忽略了青少年运动员基本技术和专项速度素质的训练，也是导致速度素质差的主要原因之一。

(3)各业余球队参加比赛时，重视比赛成绩；教练员在训练中注重实效性和实用性，对运动员技术合理性、完成单个技术动作的动作速度以及完成多元技术动作间的衔接速度要求不够，这也是导致速度素质差的主要原因之一。

(4)速度素质训练过程中，要结合青少年足球运动员的实际情况，遵循足球运动员成长的普遍规律，采用切实可行的训练方法与手段，进行有效的、合理的训练，只有这样才能达到事半功倍的效果。

参考文献

[1]田麦久.运动训练科学化探索[M].北京:人民体育出版社,1988:234 - 259.

[2]全国体育院校教材委员会审定.足球[M].北京:人民体育出版社,1991:306 - 322.

[3]何加才.我国优秀足球运动员体力评价[J].体育科学,1992(4).

[4]尹怀容.现代足球比赛基本特征与规律的研究[J].中国体育科技,1995(11).

[5]莫·戈基克.提高足球运动员素质的练习[J].体育科技,1991(4).

[6] ROBIN RUSSELL.球星技术——青少年足球技术训练与测试标准[M].杨一民,编译.北京:人民体育出版社,1999.

新疆维吾尔自治区培养青少年足球运动员的现状和发展对策研究

杨浩

（西安体育学院，西安　710068）

摘　要： 以新疆15个地、州、市37个青少年足球训练单位74支青少年男、女足球队为研究对象，在查阅大量有关文献资料、实地考察以及专家访谈的基础上，对有关领导、专家和教练员进行了问卷调查，掌握、分析了新疆培养青少年足球运动员的现状和存在的主要问题，提出了相应的发展对策，旨在为新疆青少年足球运动的发展提供思路和方法，也为新疆体育局、足球协会等主管部门提供一些参考和借鉴。

关键词： 新疆维吾尔自治区；青少年足球运动员；现状；发展对策

1　前言

中国足球的决策层早已清楚地认识到要提高我国足球运动水平，塑造中国足球在国际足坛的新形象，关键在于青少年足球运动员的培养。2000年，中国足球协会召开全国足球工作会议，会议决定在今后的10年间把青少年足球培养工作作为我国足球工作的重点，并将培养的范围逐步向西部扩展。2001年，国家体育总局足球管理中心积极响应党中央、国务院支援西部大开发的号召，将重庆、西藏、新疆三地列为足球项目重点对口支援地区，在政策、资金和技术方面给予一定的倾斜、扶持和帮助。

面对历史性的机遇，新疆体育局和新疆足球协会清楚地意识到要提高新疆足球运动水平，改变落后局面，在今后一个时期必须把加强青少年足球运动员的培养作为足球工作的重点。本研究运用社会体育、运动训练、体育管理、体育文化等相关理论，在充分了解新疆青少年足球运动员的培养现状的基础上，找出制约青少年足球运动员发展的因素，并提出相应的发展对策，为新疆足球协会提供真实可靠的信息，以利于新疆足球协会制订正确合理的政策、措施。

2　研究对象及方法

2.1　研究对象

本研究在预调查的基础上确定了2003年新疆15个地、州、市37个青少年足球训练单位 74 支青少年男、女足球队为研究对象。"青少年足球运动员"的概念在本研究中是指上述 15 个地、州、市 37 个青少年足球训练单位 2003 年在新疆足球协会注册和未注册的 U－19、U－17、U－15、U－13、U－11、U－9 年龄段的青少年足球运动员。

2.2 研究方法

2.2.1 文献资料法

通过上海体育学院、西安体育学院、新疆大学等学院图书馆,广泛阅读涉及球类和其他运动项目有关社会体育、运动训练、体育管理、体育经济、体育文化等方面的著作和学术、学位论文,中国足协关于青少年工作的相关文件和领导讲话,新疆足协相关文件和工作计划。

2.2.2 访问调查法

实地考察新疆各级别青少年足球队,先后走访了新疆足球协会、新疆体育局训练处、新疆体育局文史处、新疆竞技体育运动学校等,对部分专家、教练员和管理者进行了访谈,并将谈话笔记认真分类和整理,掌握了大量的第一手资料。

2.2.3 问卷调查法

根据本课题的目的和需要,设计了问卷调查表 3 份。效度检验采用专家法,专家对问卷的认同率为 90%。信度检验采用再测法,3 份问卷的检验结果信度 R 值分别为 R1 = 0.83、R2 = 0.86、R3 = 0.87,说明调查表信度较高,可以作为判别差异的依据。《现状问卷一》发放 74 份,回收有效问卷 74 份,回收率 100%。《现状问卷二》发放 90 份,回收有效问卷 90 份,回收率 100%。《发展对策问卷》发放 90 份,回收有效问卷 90 份,回收率 100%。

2.2.4 数理统计法

所有问卷均在计算机上用 Microsoft Excel 2000 建立数据库,并进行选择频率和常规的百分率统计。

2.2.5 逻辑推理法

运用逻辑推理原理,对以上研究方法得出的观点、结论和建议结合有关学科的知识归纳整理,运用相关学科的知识进行分类统计和辨证分析,并进行演绎推理。

3 结果与分析

3.1 新疆青少年足球运动员培养现状

3.1.1 新疆开展青少年足球运动的有利条件分析

3.1.1.1 国家和新疆的有关政策、措施给予新疆青少年足球工作有利的支持

随着西部大开发战略的进一步落实,国家出台了有关体育专项扶持资金、体育彩票公益金向西部倾斜、"雪炭工程"、对口支援等措施,帮助西部地区发展体育事业,缩小东西部地区体育发展水平的差距,实现优势互补。国家体育总局文件体办字 [2001] 73 号《国家体育总局关于运动项目管理中心与西部各省(区、市)建立对口支援关系的通知》将新疆列

为足球支援的重点地区。[2002]体足字 339 号《关于对新疆足球进行技术援助的征求意见函》已经作出对口支援新疆的具体安排。2002 年 8 月上海体育局与新疆体育局签定了上海对口支援新疆建立和培养新疆女子足球队的有关协议。2003 年由中国足球协会牵头,宋庆龄基金会资助的新疆宋庆龄足球学校在乌鲁木齐成立,经过选拔组建了 2 支 50 多人的新疆 1989～1990 年龄段男子足球队。新疆体育局文件新体字[2003] 31 号将足球列为备战十运会的重点项目。

3.1.1.2 民族文化及人种特点有利于开展青少年足球

新疆是个多民族聚居之地,少数民族人口占全疆总人口的 63%,共有 48 个民族,其中世居民族 13 个,包括维吾尔族、汉族、哈萨克族、回族、塔塔尔族、满族、蒙古族、塔吉克族、柯尔克孜族、锡伯族、乌兹别克族、俄罗斯族、达斡尔族。血缘优势、饮食结构和热爱体育运动的传统造就了新疆人强壮的体魄;从民族性格、文化传统上来说,这里的少数民族性格外向、热情奔放、崇尚英雄,这些都是踢好足球的重要素质。

新疆自古以来就是东西方交通要道,也是东西方文化交汇之地。所以东西方人种、民族也在新疆融会、演化。从人种意义上说,具有古代形态的西方高加索人种特征的居民,体质上与地中海东支类型接近的居民和以短颅为特征的西方人种,以及蒙古人种都是古代新疆远古居民的种族起源。近几年,科研人员对新疆维、哈、柯、蒙、锡、汉民族青少年进行了生化指标、骨发育水平、身体成分形态、身体机能、心理机能和免疫功能的测试,发现,仅从血红蛋白和血清睾酮两项指标对比,新疆这 6 个民族 17 岁青少年的血红蛋白指标均高于北京康比特运动营养研究所所检测的我国参赛九运会获金、银、铜牌的运动员 147.5g/L,达到 149.78g/L,其中南疆的少年达到 157.12g/L。在血清睾酮方面新疆 17 岁青少年也以 3.81ng/mL 高于内地 3.01ng/mL 的指标。从这两项生化指标可以看出,新疆 17 岁青少年在强调耐力、爆发力的运动项目上具备了特殊的人种优势,有很强的运动潜能[2]。根据孟德尔研究得出的结论,远缘结亲可以改善人群的遗传素质、提高人口质量。新疆是多民族地区,由于历史的原因,新疆地区的汉族多来自全国各地,血缘关系远,各民族异缘结亲较多,理论上看,新疆各民族人种质量较高,具有选材优势[3]。有关研究表明,新疆青少年生长发育水平与机能和素质指标处于全国较高层次,特别是维吾尔族、哈萨克族等民族学生体型粗壮、腿较长、胸围和肩较宽、骨盆较小、肺活量较大等,形成了体格健壮、剽悍、身材高大的体质特征,为发展对抗性、耐力性、爆发力性项目打下良好的基础。

3.1.2 新疆培养青少年足球运动员存在的问题

3.1.2.1 训练竞赛管理体制不健全,影响后备人才培养效益

新疆各地、州、市基层足协机构不健全,管理松散,各地、州、市足球运动发展不平衡,足协机构的事务仍然是由体育行政部门训练处兼管,"等、靠、要"思想以及铁饭碗现象严重。新疆青少年足球训练竞赛体制不合理,存在着重运动成绩,轻发展潜力的倾向,这主要表现在:第一,各地州市体育(文化)局由于学训矛盾、资金短缺等原因,75% 的队伍采用临时集训方式,造成比赛少、训练时间少,只能以自治区全运会为目标,以争金夺银为目的,训练缺乏长期性、系统性,违背训练规律,忽视了人才培养质量。第二,大部分教练员仅把训练大纲作为一个无关紧要的文件来对待,而把出成绩、拿名次放到首位。第三,目前,新疆存在输送奖与竞赛成绩奖反差过大现象,基层向中级体校或省、市运动队输送一名运动

员,教练员的奖金甚至难以保证,而比赛拿名次所获得的奖金可以是几千甚至上万元,这种状况严重影响了基层教练员向上输送运动人才的积极性。青少年足球办训主体社会化程度低,体育系统自办占所有训练单位的46%,教育系统自办占38%,体、教结合占8%,个人民办占8%。其中以体育系统自办和教育系统自办两种模式为主,体、教结合和个人民办两种模式为辅。

3.1.2.2　青少年队伍及人数分布不均匀,队伍结构不合理,科学选材力度不够

已注册男足队伍44支,注册男足运动员1271名;未注册男足队伍22支,未注册男足运动员585名;主要集中在乌鲁木齐、喀什、伊犁、塔城、克拉玛依5地,注册队伍集中在U15、U19两个年龄段,未注册队伍集中在U9－U13年龄段,且数量较少。已注册女足队伍5支,运动员95名,未注册青少年女足队伍共3支,运动员70名;主要集中在乌鲁木齐、喀什、伊犁、哈密4地,全部为U15年龄段运动员。说明新疆青少年队伍和运动员在全疆分布不均匀,小年龄段队伍少,队伍结构未形成“金字塔”趋势,基层对小年龄段队伍的重视、建设及培养不够,女足队伍正在恢复建设中。男足运动员中,维吾尔族运动员占88%,女足运动员中,维吾尔族运动员占73%,其他民族运动员较少。调查表明,采用测试选材的队伍只占23%,选材中科学成分较低,许多队伍没有充分利用本地人才资源以及民族传统文化的优势,拓宽选材范围,将真正喜爱足球运动的、具有天赋的各族青少年选拔出来加以培养。没有体现出新疆运动员良好的身体条件和身体素质优势的特点。

3.1.2.3　场地器材等基础设施缺乏

本研究所涉及的74支青少年队伍场地数量共有45块,其中11人制草坪场地5块,11人制土场34块,9人制土场6块,草坪场地占总数的11%,土场占总数89%,平均每支队伍拥有0.6块足球场,主要以土场地为主;训练场地基本能满足训练要求的为49%,训练器材能满足训练要求的为40%,说明新疆青少年足球训练场地、器材都未达到基本训练的要求。

3.1.2.4　教练员的业务能力有待提高

所调查的74名教练员当中,少数民族教练员65名,占总数的88%,汉族教练员9名,占总数的12%。2名持有B级等级证书,C级证书持有者30人,没有经过岗位培训的教练员达到42人,说明新疆青少年足球教练员的业务能力有待提高。虽然教练员教育程度较好,年龄结构较理想,执教年限相对较长,但是笔者通过与教练员的座谈和交流了解到,新疆地处边陲,出疆带队比赛、学习的机会少,与内地先进省市教练员交流较少,语言交流困难,大多数新疆教练员训练指导思想落后,缺乏学习,对先进足球理念了解甚少,训练方式教条,训练效益低。

3.1.2.5　青少年足球比赛欠缺

54%的队伍每年比赛场次在10场以下,31%的队伍每年的比赛场次在11～20场,12%的队伍每年的比赛场次在21～30场,仅有3%的球队每年能打31～40场的比赛。女足队伍比赛数量更少,只有在上海培训的新疆U－15一支女子足球队参加比赛,场次达到30场以上。近几年新疆各级青少年足球队前往内地参赛的机会少,缺乏大赛经验,较内地先进省市的水平低,运动水平滑坡较大。比赛的性质多属于新疆范围内,比赛级别低,不利于运动员能力的培养。

3.2　新疆青少年足球发展对策

3.2.1　进行重点足球城市布局,合理配置区域资源

新疆发展青少年足球资金有限,各地州市青少年足球运动发展不平衡,通过合理的战略布局,确立新疆青少年足球重点发展城市,将有限的人、财、物力投入到重点城市,通过他们的发展和形成的优势来带动、影响周边地区的青少年足球运动,以达到青少年足球在整个新疆范围内的普及与提高。通过实地考察、专家访谈以及对现状的分析研究,我们将乌鲁木齐市、喀什市、伊宁市、塔城市、克拉玛依市、阿图什市、哈密市7个城市列为新疆青少年足球重点发展城市。与此同时,新疆足球主管部门应加大与各地、州、市体育系统和教育系统的交流,共同抓好重点足球城市重点足球队伍的建设,形成遍布全疆的青少年足球网点培养基地,在资金、足球器材、比赛和教练员培训方面提供方便条件。根据新疆现有的条件和专家的论证,我们将乌鲁木齐市运动学校、自治区竞技体校、宋庆龄足球学校、乌鲁木齐市第5小学、第20小学、第14中学、伊犁州运动学校、伊宁市第2中学,喀什市运动学校、喀什第6中学、第1中学,克拉玛依市体校、第4小学,塔城市体校、第4中学,阿图什市体校、阿图什市第1中学,哈密市体校列为新疆男、女青少年足球重点培养基地。

3.2.2　加大经费投入,保证青少年足球健康发展

政府和主管部门要真正意识到足球后备人才培养的重要性,积极动员社会力量,多渠道多途径增加对新疆青少年足球业余训练的资金投入。新疆体育主管部门要继续加大政府资金投入,利用西部大开发相关有利政策,积极寻求国家和东部发达地区在足球专项资金方面的对口支援、扶持,利用国家扶持西部体育的有关政策,由政府出面,通过发行体育彩票、足球彩票、吸引企业赞助、个人投资等形式,多渠道、多途径地筹集经费。建立"西部足球希望工程"基金会,解决那些家庭经济困难学生的训练费用问题。根据新疆各地州市普通居民收入基本标准,严格按照中国足协的相关规定,结合各办训单位的具体情况,规范收费标准,制定符合实际的收费标准。采用教练员推荐和专家评定的方法,对确有足球天赋但家庭经济困难的青少年实施费用减免的政策。对发展青少年足球的专项资金,必须专款专用,政府和主管部门应建立严格的监督审查制度。

3.2.3　加强足球场地基础建设,扩大足球器材投入

利用新疆周边与中亚9个国家毗邻、夏季气候凉爽以及迷人的西域风光的有利条件,积极寻求国家体育总局和足球管理中心的支持和帮助,共同投资建立足球训练基地,为国家各级足球队、内地职业俱乐部以及新疆青少年足球队训练、比赛提供良好的环境。通过国家民委、中国足球协会的帮助,协调内地足球器材生产商赞助签约新疆各级青少年足球队和出售新疆青少年足球比赛的冠名权,以此缓解训练器材不足的困难。利用中央专项扶持资金、体育彩票公益金向西部适当倾斜政策以及国家"雪炭工程"的实施,不断积累资金进行足球基础设施的建设。自治区政府加大投资,争取在各地州市建设新的训练比赛用场地。合理安排训练时间,争取与其他球队错开训练,提高训练场地的利用率。加大与教委的合作,充分利用各中、小学校的场地。新疆体育局和教委对青少年足球业余训练开展较好的业余体校,传统足球中、小学校在训练器材上给予奖励资助。

3.2.4 增加比赛机会,促进人才健康成长

利用国家西部有关政策,积极争取中国足球协会每年适当安排全国性的青少年足球比赛在新疆举办,促进与内地青少年球队的交流。新疆主管部门应抓住契机,更新观念,加强和各企业、社会团体的合作,利用为他们做广告宣传的条件,吸纳社会赞助资金,组织各级各类的青少年足球比赛。各地、州、市体育局和教委定期联合举办中小学生足球比赛,增设 U9、U11 小学生 5 人制和 7 人制男女足球比赛。新疆足球协会每年定期举办 U19、U17、UI5、U13 全疆青少年男子足球比赛。新疆足球协会每年增设乌鲁木齐、伊宁、喀什、阿图什、克拉玛依、塔城 6 城市 U19、U15、U13 青少年男子足球对抗赛和全疆范围青少年 U - 15 女足年度赛。

3.2.5 加强教练员的岗位培训工作,提高教练员群体素质

强化教练员的学习精神,充分认识知识信息时代所面临的危机,足球竞技的根本的、长久的竞争并不是在运动场内,而是在运动场外。严格执行中国足球协会关于教练员岗位培训的有关规定,落实持证上岗办法,严格把关。教练员所在单位对教练员进行严格的年终考核,改善教练员评价标准,切忌单纯以成绩来评价教练员,强化继续教育和多元教育,提高教练员的综合素质。新疆足球协会定期举办教练员培训班,邀请有经验的内地足球教练员或外教讲课,特别是对各地、州、市基层中小学校足球教师进行培训。提供教练员去内地和中亚各国高水平职业足球队学习深造的机会。建立青少年足球教练员奖励制度,每年由新疆足协拿出一定资金,用于奖励在青少年足球竞赛训练第一线的教练员,以调动一线教练员的积极性。

3.2.6 进一步健全和完善青少年足球训练、管理、培养体系

新疆足球主管部门应建立以各地、州、市基层中、小学为塔基,中间由运动学校、业余体校、业余青少年足球俱乐部为连接,新疆专业队、内地职业足球俱乐部为塔尖的既有水平层次的衔接,又有年龄层次的衔接,逐层向上的训练模式。抓好青少年足球运动员的注册工作,建立新疆青少年队伍、运动员、教练员详细档案。建立健全基层足协管理机构,加强足协管理机构的科学管理,在内部成立专家研究室,推行民主化决策机制,防止少数几个人的专断行为。新疆足球主管部门要加强与各级教委的合作,走"体教结合"的道路,共同组织好全疆大学生、中小学足球训练、竞赛工作。要鼓励和支持社会力量创办多种形式足球业训组织,积极促进办训主体多元化发展,结合新疆的实情,逐步形成与社会主义市场经济相适应的足球后备人才培养新体制。应提倡科学选材结合经验选材,依据维吾尔族、汉族、哈萨克族和锡伯族等民族在血红蛋白和血清睾酮方面具备的特殊人种优势,将生理评定、生化检测指标与手段融入选材体系,制定完善的选材标准,通过科学跟踪,尽早淘汰无发展前途的运动员,以使他们能够较早选择其他出路。在业余训练过程中还要处理好出成绩与输送人才的关系,避免拔苗助长的短期行为,重点突出科学训练与选材过程中的科技含量,着力提高足球后备人才的成才率。新疆青少年足球具有广泛的选材优势,但因经济相对滞后,不可能大规模地进行后备人才的培养,这就需要与国内外经济较为发达省市地区体育管理部门进行交流与合作,充分利用经济发达省市的经济资源优势,鼓励进行区域合作,优势互补,达成区域性合作协议,逐步建立和完善市场化足球人才交流制度。

4 结论

(1)从国家和地方政策、民族文化特点、人种的角度说,新疆具有开展青少年足球运动的有利条件。

(2)新疆足球训练竞赛管理体制不健全,影响后备人才培养效益;青少年队伍及人数分布不均匀,队伍结构不合理,科学选材力度不够;场地器材等基础设施缺乏;教练员的业务能力有待于提高;青少年足球比赛欠缺。

(3)本研究提出了6个对策来促进新疆青少年足球运动的发展,它们是:进行重点足球城市布局,合理配置区域资源;加大经费投入,保证青少年足球健康发展;加强足球场地基础建设、扩大足球器材投入;增加比赛机会,促进人才健康成长;加强教练员的岗位培训工作,提高教练员群体素质;进一步健全和完善青少年足球训练、管理、培养体系。

参考文献

[1]刘秀峰.新疆竞技体育实力的制约因素及优势项目变迁启示[J].北京体育大学学报,2003(2):259.

[2]张克成,等.新疆维吾尔族、汉族、哈萨克族和锡伯族四个民族的体质研究结题报告[M].国家体育总局科教司,2003.

[3]李茂林.新疆竞技体育发展战略[J].新疆体育科技,1999.

[4]秦安良,等.2000年乌鲁木齐市竞技体育发展战略研究[J].新疆体育科技,2000.

[5]田麦久.运动训练学词解[M].北京:北京体育大学出版社,1999.

[6]自治区体育局备战全国第十届运动会工作方案[M].自治区体育局,2002.

[7]周志雄,等.奥运战略与我国田径运动后备力量培养的研究[J].中国体育科技,2004(1):8.

[8]戴健,等.江、浙、沪地区高水平竞技体育后备人才培养现状与发展对策研究[J].中国体育科技,2004(1):15.

U-9~U-19速度训练的原理与方法

郑鹭宾,李永华,陈赢,宋恒茂

(上海体育学院,上海　200438)

摘　要:通过对不同年龄段运动员生理特点的研究,总结出每个年龄段速度训练的侧重点,找出相应的训练方法和要求,以便有针对性地进行训练,使运动员发挥最大的速度潜能。

关键词:速度;训练;原理;方法

随着现代足球朝着全攻全守方向发展,对运动员身体素质的要求也越来越高。速度素质在足球运动员的身体素质中占有特殊重要的地位。从近几届世界杯足球赛的情况来看,比赛速度的加快,对足球运动员的快速要求也愈来愈高,良好的速度是比赛中取得时间和空间优势的重要因素。几乎所有的强队都把速度训练放在十分重要的位置,他们成功的经验表明:科学、系统的速度训练是提高运动能力的重要因素之一。

特别值得注意的是,抓好儿童和青少年阶段的速度训练,抓住影响速度素质发展的敏感期,不失时机地全面发展一般速度和专项速度,是真正提高足球运动水平的重要战略之一。

1　速度素质的分类及影响速度的生理因素

1.1　足球运动员的速度素质分类

反应速度——运动员在单位时间内对球、同伴与对手、场区等刺激的应答能力。

位移速度——运动员在单位时间内的位移距离。

动作速度——运动员在单位时间内完成动作的幅度和数量。

1.2　影响速度提高的主要因素

反应时(从接受刺激到作出第一个肌肉动作间的时间)。它受遗传影响,通过训练可以把受遗传因素影响所决定的最高反应速度表现出来。

神经过程的灵活性(运动神经中枢兴奋和抑制间的快速转换程度,以及神经肌肉间的协调和调整能力)。

肌纤维的类型及肌肉用力的协调性。良好的肌肉弹性及主动肌与对抗肌间的合理交替能力(放松能力)也是实现快速运动,准确完成技术动作的重要保证。此外,关节的灵活性(受柔韧性影响)也影响着大幅度动作的效果(步幅)。故在发展位移速度时安排一定的柔韧性练习,特别是踝关节与髋关节的灵活性训练有利于速度素质的提高。

注意力的集中程度以及个性心理特征。运动速度不仅受到神经系统活动过程是否活跃、协调等因素影响,同时也受到神经冲动频率、冲动方式以及注意力集中程度等因素影响。坚强的意志力和注意力高度集中是获得高速度的重要保证(哈勒,1971)。运动员的个性心理特征与情绪、时间知觉、心理定向能力有关,并且影响速度水平。

力量(爆发力)发展水平。速度的发展是以力量的发展为基础的,没有一定的力量,速度的发展受到限制。通常利用力量梯度作为爆发力的指标,这种速度由肌肉的最大力量与达到这一力量所用时间的比值来确定,即 Fmax/t。故爆发力提高与力量有密切关系。

ATP－CP 储备及在神经冲动作用下的分解和再合成速度。速度素质的训练一般都在较短的时间内(短于 30 秒)进行。从能量供应过程来看,速度练习强度大、时间短,练习时吸入氧气少,基本上是无氧工作,氧债达到 95%～100%。而在无氧条件下,主要依靠 ATP－CP 系统供能,因此速度能力主要取决于肌肉中 ATP、CP 的储备以及在神经冲动作用下的分解和再合成的速度。

2　儿童少年生理的一般特点

骨骼的成分:儿童的骨骼处在生长发育阶段,软骨成分较多,骨组织内的水分和有机物质多,无机盐少,骨密质较差,骨富于弹性而坚固性不足。儿童的骨硬度小,韧性大,具有不易完全骨折,而易于发生弯曲和变形的特点。骨的成分随着年龄的增长,逐渐发生变化,无机盐增多,水分减少,坚固性增强,韧性减低。

关节:儿童的关节面软骨相对较厚,关节囊、韧带的伸展性大,关节周围的肌肉细长。所以,关节活动范围大于成人,但牢固性相对较差,在外力的作用下较易脱位。

肌肉的特点:儿童少年的肌肉中水分多,蛋白质、脂肪、无机盐类少,肌肉细嫩,收缩机能较弱,耐力差,易疲劳。随着年龄的增长,有机物增多,水分减少,15～18 岁时显著减少。肌肉重量不断增加,肌力也相应增强。8～9 岁以后,肌肉发育的速度加快力量逐渐增加,15 岁以后小肌肉群也迅速发育。15～18 岁是躯干力量增长最快的时期。

神经系统的特点:儿童的神经系统是发育最早最快的,7～8 岁已接近成年人水平。脑发育在胎儿期和出生后 1～2 年最为重要。大脑随年龄的增长不断发育,神经细胞的数量有所增加,至 7～8 岁时神经细胞的分化已基本完成,大脑额叶迅速生长,使儿童动作的精确性和协调性得到发展。

两个信号系统的活动:儿童的第二信号系统发育不完善,第一信号系统的活动占优势,直观形象思维能力较强,善于模仿,而抽象思维的能力较差,对示范等直观形象教学容易接受。9～16 岁时第二信号系统机能进一步发展,联想、推理、抽象、概括的思维活动逐渐加强。16～18 岁时第二信号系统机能已经发展到相当水平,两个信号系统的相互关系已相当完善。

3 影响速度素质各因素发展的敏感期

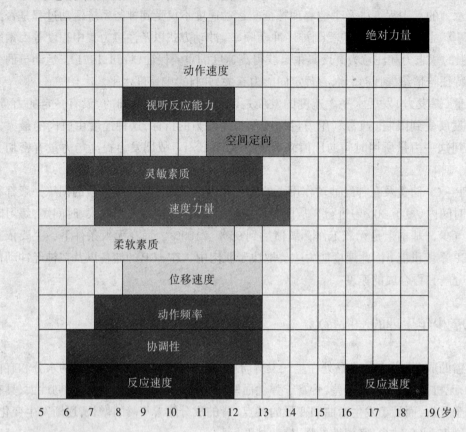

绝对力量（16~19）
动作速度
视听反应能力
空间定向
灵敏素质
速度力量
柔软素质
位移速度
动作频率
协调性
反应速度　　　　　反应速度

5　6　7　8　9　10　11　12　13　14　15　16　17　18　19（岁）

4 速度素质训练的方法举例

听口令结队：当教练员发出3、4或其他数的口令时，运动员就按数字几个人聚在一起。

反口令练习：当听到"立正"时，做"稍息"动作或相反。

原地踏步根据手势反方向跳动。

一运动员用不同力量踢抛不同方向的球，另一运动员停接球。

A运动员半蹲手放于脑后，B运动员使球自由下落，A运动员用手接球防止球落地。随着反应速度的提高，减小球与地面的距离。

两运动员相距5米，A运动员抛球，B运动员根据来球情况第一时间选择处理球方式将球停于1米范围内。

踩点跑：全程30米，前10米全力加速，后20米每1米做一标记，经过每点时脚必须触及标记。

负重练习法：在速度力量发展时期，增大负重来完成平时的练习内容。

加大练习难度法：10米×20米小场地比赛。

减少阻力法：下坡跑、顺风跑20~30米。

两脚轮流快速触脚前的实心球或足球或台阶。要求高度不超过 30 厘米，10 秒为一组，追求高次数。

背人比赛：运动员分两组在 15 米×25 米场地内比赛。要求：被背起的运动员脚不能落地，每 2 分钟一节交换角色。

站立、仰卧、俯卧、前滚翻等身体状态下的看信号起动跑。

绕杆射门：快速运球 10~15 米，然后绕 3~4 个杆后，防守队员干扰球，进攻队员克服干扰后射门。要求：进攻动作熟练后，防守队员逐步加大防守强度。

抛球滚地后用手接球。

不规则绕杆跑。

十字变向跑。

5×5 米折返跑。

反常规运动：侧身跑、倒退跑、侧跳。

运动员分成两组，A 对准异侧角球弧方向传高空球，B 在球传起后快速起动接 A 的传球，等 B 拿到球后 A 快速起动接 B 的传中球打门。

全场 11 人制比赛：要求利用打身后球，后插上打入的球计两分，其他一分。

变向灵活带球：全队集中站在一圆圈内，一人一球，连续 30~40 秒不停快慢带球。要求：相互不碰球，不碰人，要灵活地利用两脚各部位变向带球。

控球权练习（每节 5 分钟）：固定一块场地，没有球门，运动员分成两组，球在哪方时间长为胜。要求：积极跑位，充分利用场地，摆脱对手。

影子游戏：两人一组，一人做动作，另一人跟他做同样的动作。要求：A 可以做各种滚翻、冲刺跑（5~10 米）、慢跑等各种形式动作。B 必须全力以赴，尽快尽好地做好影子。

快速高抬腿、小步跑快速起动 30 米跑。

5　U－9～U－19 各年龄段的速度训练要求

5.1　U－9

训练要求：该阶段速度训练对负荷不做高要求，训练方式以娱乐为主。采用综合方法提高速度，教法手段多样化。讲解简明扼要，多以生动、形象的示范建立正确的动作表象。此阶段要以发展反应速度、动作频率、位移速度、柔韧性、灵敏性为主。

5.2　U－11

训练要求：发展反应速度、动作速度、灵敏、协调素质，尤其是灵活性和反应速度。发展动作速度时，运动量小，强度大，每次完全恢复。此阶段是速度提高的重要时期，要对影响速度素质的各因素进行全面系统训练。

5.3　U－13

训练要求：此阶段是速度提高的又一重要时期，要对影响速度素质的各因素进行全面系统的训练。尤其重视该阶段灵敏素质的高水平训练,并要结合专项特点进行。不断增加动作频率和位移速度的训练,运动负荷适当增加。

5.4　U-15

训练要求:要在力求巩固已经获得的动作速度和动作频率的前提下,采用提高速度力量和肌肉最大力量60%~80%的方法来发展速度。本年龄段为开始专项训练阶段,应结合足球专项发展专项速度素质。此阶段是性成熟期,要巩固此年龄阶段前掌握的技术,从而提高专项动作速度。

5.5　U-17

训练要求:此阶段是反应速度第二敏感期,尽可能挖掘最大潜力。在防止产生"速度障碍"的前提下,其训练几乎与成年人完全一样,可以用最大力量负荷和最高频率进行最高速度训练。提高专项速度,练习的各种手段应经常变换。

5.6　U-19

训练要求:结合专项进一步提高反应速度的训练。专项速度训练要大强度、次数少、间隔时间充分的重复训练。

通过增强力量素质提高位移速度、动作速度。

6　结论

速度素质是足球运动员的一项很重要的身体素质,如何提高运动员的速度素质成为关键所在。而速度素质的提高受到诸多因素的影响,因此结合不同年龄段运动员的生理特点,充分利用各种素质发展的敏感期进行科学训练,可以收到事半功倍的效果。本文总结出每个年龄段速度训练的侧重点,找出相应的训练方法和要求,以便有针对性地进行训练,使运动员发挥最大的速度潜能。

参考文献

[1]现代足球[M].全国体育院校统编教材.2000.

[2]亚足联编著,中国足球协会翻译审定.亚洲足球教练员ＡＢＣ级培训教材[M].北京:人民体育出版社,1999.

[3]亚足联,中国足协,国家体育总局科教司.足球教练员岗位培训教学大纲[M].北京:人民体育出版社,1999

[4]国家体委.中国体育教练员岗位培训教材(足球)[M].北京:人民体育出版社,1997.

大力开展街头足球

王勇川

（上海体育学院，上海　200438）

摘　要：从青少年身心发展的需要出发，分析了街头足球在青少年心理、生理成长过程中的作用，以及街头足球对于普及足球运动的作用。揭示了街头足球与现代足球比赛要素的一些共性，说明街头足球是培养适应现代足球运动员的温床，有利于青少年的身心发展。

关键词：街头足球；现代足球；青少年

1　前言

街头足球是指在小场地上进行的以控制球为主的、自发的、随意的，能满足参与者的表现性、创造性心理的足球训练方法，多在城市的街头活动，其活动也包括7人制足球、5人制足球、社区足球、沙滩足球等。

多种形式足球活动的共同点都是以脚支配球为主，都是通过对抗、配合将球控制住。不同形式的足球运动具有11人制足球赛的要素，通过这些形式的训练可以提高11人制足球赛的某些能力。体会控制球的乐趣、培养集体主义精神、提高人际交往的能力，是现代人良好的余暇休闲方式。多种形式的足球活动既可以作为一项竞技项目进行比赛，也可以作为业余爱好者的街头游戏。

不同形式的足球运动可以满足不同人群的需要。随着城市化进程的加快，城市中可供人们活动的空间越来越少，城市被水泥森林占据的部分越来越多，但却湮没不了青少年活泼好动的天性，现代人对自然的向往却越来越强烈，因此，经常可以在城市的夹缝中看到他们自由愉快的身影，看到乐此不疲的街头足球。他们不希望参加严格的足球训练，他们不喜欢单调的训练，他们只需要与集体一起追逐，只需要体会过人后的成功感。有着这样想法的青少年在中国有很多，他们是营造中国足球氛围的一分子，是中国足球人口基数的底座。中国足协未来十年的发展规划中对于足球人口的发展寄予了很大的希望，我们应该关注这一群体，给予他们指导，给他们比赛的机会，他们会满腔热情地投入，容志行式的人才就会涌现出来。足球发达的国家荷兰，近来提高快速的日本，正是关注了这一人群结出了硕果。近年来我国一些城市已对这一群体有所关注。

街头足球是一种古老而充满活力的运动形式，它是现代足球的雏形。足球运动的普及得益于它的随意性，即场地、器材可较方便地获得，可因地制宜地进行，放两块砖即成一个球门。早期的足球游戏反映了这种随意性，也吸引了广大的人口参与，这种形式直到现在不管是发达国家还是贫穷的国家,依然是足球爱好者的乐园。街头足球给予参加者平等参与、自由参与的机会。

街头足球是孕育球星的温床。足球运动在巴西有着广大的群众基础,这种群众基础表现在参与街头足球的人多,街头足球的氛围好。在巴西未接受专业训练的青少年很多,街头足球的人口才是奠定巴西足球强国地位的基础。贝利、加林查、罗纳尔多都有街头足球的经历,他们在自由的踢球中获得了大量的比赛经验和体会,打下了一定的技术、战术根基,并充满了对足球运动的热情。我国容志行的技术是出类拔萃的,街头足球的经历提高了他的控球能力和灵感,自由支配的时间使他可以练习感兴趣的东西,这种形式使他对足球投入了更大的热情,发展自己的特长。

与毫无新意的足球训练相比,街头足球更能提高参加者的兴趣。兴趣是学习的内在动力,一个对足球产生兴趣的少年可以在天黑后仍不罢休,早先养成的兴趣往往会伴随他的一生。目前,我国《中小学体育与健康课程标准》倡导对运动产生兴趣,掌握 1~2 门感兴趣的项目作为终身体育锻炼的手段,街头足球理念与其不谋而合。

2 街头足球的作用

2.1 培养多种心理品质

街头足球多为自发的活动,没有教练员的指导和督促,青少年对其产生了兴趣后往往会去追求更高的境界。这就要有足够的耐心和坚韧的毅力,因为动作技术的形成需要一定的时间和重复次数,仅凭兴趣显然不能练就娴熟的技术。法国"魔术脚"齐达内的足球生涯也是从街道开始的,他说:"我家附近许多 8~12 岁的孩子经常在一起踢球,就在我家楼下的空地,或者街道上,他们每天从早上踢到下午,起初我在一旁偷看,观察他们过人、传球的动作,后来他们邀我加入,我们每天都进行分组比赛,当时比我技术好的人太多了,但时间磨炼了自己,从少年时代我就注意到要保持身体的平衡,喜欢在坚固的场地上踢球,那样可以最大限度地发挥技术上的优势。"齐达内自称从 15 岁开始每天都不间断训练,可见从喜欢街头足球开始到成为球星,需要经过艰苦的训练。在这一过程中经历的忍耐、期望、失望、成功等心境,是生活中或成为球星后都可能面对的。街头足球需要静心地修炼,容不得浮躁,可以塑造人的意志力。

街头足球没有教练员的指导和督促,反而使他们具有广阔的想象空间,可以无拘无束地尝试新动作,可以根据自己的需要来学习和创造动作,充分发挥自己的主观能动性和创新精神,满足求新、求异、求奇的心理。创造性思维是现代足球比赛中运动员的可贵品质,比赛中运动员的跑位、控球都能体现出这种品质;没有创造性的运动员只能落于平庸,组成的球队也是没有特点的球队。

街头足球是锻炼人际交往能力的良好场所,现代社会生活节奏加快,人际交往变得少而单一,街头足球活动往往没有固定的人员,人际交流多,大家为了共同的爱好聚到一起,人际关系融洽好处,是远离紧张社会生活的乐园,通过足球活动建立起人际交往的网络。

街头足球的包容性强,各种阶层、各种性格的人均能参与,充分体现了平等参与、共同愉快的原则。尤其是对性格内向的青少年来说,在有组织的训练中他们常常被别人忽视,久而久之失去了自信,街头足球宽松的氛围有利于他们扬长避短,他们可以通过自己刻苦的练习练就一两个"绝招",通过展示"绝招"使同伴刮目相看,在别人欣赏的目光中建立自信。这些性格内向的青少年往往不善言辞,他们用行动征服了其他同伴,他们在街头足球中的这种成功体验,转移到日常生活中对今后的人生是很有意义的。齐达内在评价街头足球的作用时说:"我更喜欢与同伴们在一起踢球或比赛,街头足球的经历培养了我善于面对压力的勇气,比赛中我能保持平静的心态。"球星的成长经历提示我们,街头足球具有发扬自己个性的空间。

2.2 提高身体素质、愉悦身心

街头足球的活动形式可以是个人练习,也可以是多人一起练习。个人练习时多以原地的熟悉球性练习为主,因此,可以发展身体的协调、灵敏等素质,提高本体感受的反应能力。在学习的间隙进行练习,可以作为精神调节,有利于新陈代谢和身体健康。

据统计一人独立颠球或做两脚内侧碰球练习 30 分钟,练习密度 60% 时,练习者的平均心率可达 130~150 次/分,能量消耗达到中等水平,相当于 30 分钟的健美操的能量消耗。多人练习时,由于场地小、每人接触球的次数多、对抗激烈、攻防转换快,其平均心率可达到 160~180 次/分,对身体有一定的刺激作用,可以达到锻炼身体的目的。

由于街头足球活动可以自己控制,可以根据自己的需要来确定活动时间和运动量,因此,它是全民健身的良好手段,也是培养终身体育的较好项目。

大多数街头足球的参与者,喜欢这种自主的、随意的运动形式,在开放、宽松的氛围中进行运动,达到调节情绪、交际朋友、融入自然、愉悦身心的目的。

2.3 培养创造性思维和自主能力

创造性是现代人才可贵的素质,传统的教育中教师灌输的多而学生自主的少,知识传承的多而创新的少。在足球训练中到处可以看到这种现象:教师兢兢业业地教,学生虔诚地学,教师执着地按照"标准"要求学生,学生机械地向"标准"靠拢。教的目的在于"标准",而这些所谓的"标准"又都是在机械、单调的情况下练就的无对抗、无变化的动作,学生在这样的教学关系中,思维变得迟钝,行动变得被动,渐渐失去了创新意识。在有组织的足球训练中,由于受到急功近利思想的影响,青少年训练中不考虑年龄特征,采用成年化的手段,过度强调整体,而忽视个人控球能力的培养,在比赛中"快传球"是教练员的口头禅。2002 韩国世界杯后,各界对中国足球队的评价是"技术粗糙、缺乏灵气",折射出我国青少年训练理念已远离世界足球的潮流,训练"内容落后、手段单一"的痼疾。

现代青少年足球训练注重科学性和系统性,其目的是开发和培养青少年的创造性思维,机械、固定、教条、无对抗的训练是无法培养出适应现代足球需要的人才的。而街头足球的一些要素,却较为接近现代足球比赛的需要,他们有许多机会尝试、有广阔的思想空间、有自由支配的时间等,因此,街头足球的形式更能练就现代足球比赛需要的技术。这是一种活动中的、对抗的技术,在人丛中从容地控制球、在高速中准确地把握节奏等。几乎所有的球星都有过街头足球的经历,足以说明街头足球活动对现代足球比赛的贡献程度。这种贡献主要反映在对参与者创造性思维的开发和培养，以及对高速、对抗比赛情景的适应。2002年韩国世界杯后，德国《图片报》记者问米卢对中国队的感觉，米卢说："中国球员必须积累更多的在国外踢球的经验。他们最缺的就是一种足球的灵感，南美小孩子在街头足球阶段就已经学会了。"米卢所指"灵感"包括在街头足球中练就的思维。

在我国，上世纪50年代的张宏根、60年代的王后军、70年代的容志行、80年代的古广明、90年代的郝海东等都有过街头足球的经历。

2.4 丰富业余生活，开发运动能力

随着学生学习的减负，青少年的业余时间越来越多，那么我国城市青少年的业余时间是如何安排的？从上海市几所中小学的调查情况来看，基本可以反映目前我国城市青少年的业余时间的安排情况（表1）。

表1 上海市几所中小学学生业余时间安排调查表

项目	做作业	看电视	看闲书	玩电脑	逛街	聊天
排序	1	2	3	4	5	6

（数据来源于上海体院成教部论文）

可以看出，目前城市青少年业余时间安排主要集中在做作业、看电视、看闲书、玩电脑等，且都是在室内的、原地的，而根据青少年的生理特点，他们应有一定量的体育锻炼。目前，青少年的肥胖和近视眼的发生率提高很快，成年人亚健康状态的人有所增加，这与过度的脑力劳动和缺乏体育锻炼有关。

街头足球不受时间、人数、场地约束的特点，非常适合业余活动。街头足球从兴趣出发，以愉快为目的，非常符合现代人的休闲心理。在个人练习中体会挑战自我的成功感，在多人活动中感受集体合作的愉快，丰富了业余生活。

目前，我国在有组织的单位中接受训练的人口少得可怜，但喜欢足球、偶尔踢街头足球的人却不少，只要我们重视他们，提供一定的场地，稍加引导，提高他们的兴趣，就会有更多人加入街头足球的行列，这是一批可观的足球人口。有人将青少年的足球启蒙阶段称为"草根足球"，那么，街头足球就是到处散布的野草，他们生命力顽强，适应力强，数量众多。中国足协在新的十年规划中提出了"着重抓好青少年足球的普及工作"，如果能够将街头足球的人口纳入，那么中国足球金字塔的底座将更大且坚实，必将促进中国足球水平的提高。

英国塞门·克里夫德认为："圣保罗的街头足球和里约热内卢沙滩足球游戏使巴西造就了这么多的足球运动员。高超的球技归功于街头足球的经历，特别是小场地足球比赛。同时有许多球探穿行于街头，他们有着灵敏的嗅觉发现了许多人才。"近年足球水平快速提高的日本就是充分关注了这一群体，提高全民对足球的认同，从而提高了青少年足球人口。街头足球是有趣的业余体育活动，是一个国家足球氛围的组成部分。在城市、在乡村青少年们热情高涨、乐此不疲，不经意中他们可能就练就了马拉多纳式的球性、德尼尔森式的盘球、贝克汉姆式的脚法，街头足球是孕育球星的温床。

2.5 学校体育的延伸,建立终身体育理念

随着时代的进步与发展,我国体育教育的理念和目标已发生了很大的变化,以培养兴趣为出发点,以建立终身体育为理念,以掌握 1~2 门运动技术为目标,成为 21 世纪体育教育追求的方向。学校体育课时有限、教师资源有限,尚不能满足多种爱好的学生。课余学生可以根据自己的爱好、根据对运动的理解,选择项目进行锻炼。青少年对运动项目的投入取决于他们对该项目的兴趣,兴趣产生于该项目满足他们需要的程度。街头足球的随意性、挑战性、对抗性、集体性、娱乐性,满足了青少年对新异事物的好奇心和兴趣的广泛性,满足了他们喜欢挑战的心理。

街头足球给青少年提供了一个尝试足球,体会足球的机会。现在足球运动的影响非常大,青少年中跃跃欲试的人非常多,街头足球能较方便地满足他们的欲望,从而建立对足球的兴趣。青少年时期建立的兴趣对他们将会产生长期的影响,成为他们将来的锻炼手段。这方面商家已经在行动了,NIKE、ADIDAS 都乐意将赞助投入到篮球、足球等青少年喜闻乐见的项目中,他们力求将青少年的兴趣与他们的产品联系起来,因为青少年喜欢该项目而由该项目联想到该产品。街头足球具有很强的娱乐性和观赏性,能吸引青少年,我们应该了解街头足球的优势,尽早抓住青少年的人口资源,扩大足球人口。

3 结论

街头足球受场地、时间、人数的限制较少,虽然现代城市的空间越来越小,却无法湮没青少年活泼好动的天性,他们回归自然的愿望越来越强烈,街头足球可以满足他们的这一需要。经常参加街头足球活动可以培养多种心理品质,提高身体素质、愉悦身心,培养创造性思维和自主能力,丰富业余生活,开发运动能力,建立终身体育理念,是学校体育的延伸。

参考文献

[1]齐达内. 我是靠街头足球成就"魔术脚"的[J]. 足球,2002(3).

[2]米卢. 率中国队打完世界杯就退休. 新浪体育,2003,13.

[3]塞门·克里夫德. 巴西式足球训练法 [M]. 马冰,等译. 北京:人民体育出版社,2001.

[4]季浏,胡增. 体育教育展望[M]. 上海:华东师范大学出版社,2001.

◆足球教学改革

足球专选课适应发展需要的教学
改革设计与实验研究

刘夫力，吴岩，高大山

（广州体育学院，广州　510075）

摘　要： 根据基础教育《体育与健康课程标准》精神的要求，在原有教学改革成果的基础上，采用文献资料和专家调查的方法，按照"健康第一、以人为本"的思想，设计体育教育专业足球专选课教学的改革方案。实验证明，重新设计的教学改革方案具有良好的教学效果，能够更好地培养学生掌握足球知识、提高技能及综合能力。

关键词： 足球专选课；教学改革；设计方案

体育院校从1999年开始大范围调整足球课程计划及实施相应的教学改革方案，其中体育教育专业足球专选课教学在不断的改革和发展中取得显著的成绩。足球专选课是以全面、系统地传授足球基础知识和基本技能为主导，在全面的体育专业知识和技能的基础上，使部分体育教育专业的学生具备足球运动知识和技能的特长。2001年国家教育部颁布基础教育《体育与健康课程标准》，要求基础体育教学要树立健康第一的指导思想，要把健康第一、课程内容与教学方式改革、以学生发展为中心、培养学生爱好与专长及终身体育等基本思想，融入到基础教育体育课程设计的理念之中，这对体育课程教学内容与方法的选用提出新的要求。足球项目是中小学基础体育教学的重要内容，足球专选课是培养具有足球特长体育师资的系统培训过程。如何按照体育与健康课程标准精神的要求，搞好足球专选课教学的改革，这需要我们做出教学思路及教学内容和方法的调整。本文为了适应发展的需要，在原有教学改革成果的基础上，重新进行足球专选课教学改革的设计，以符合"健康第一，以人为本"的要求，使足球专选课教学适应社会及教育的发展。

1　研究对象与方法

1.1　研究对象

教学实验是在足球专选课教学改革实验方案设计的基础上，选择体育教育专业足球专选班的学生为研究对象。教育实验第一轮为广州体院 98 级学生,实验组 22 人,对照组 21 人;第二轮为 99 级学生,实验组 23 人。对照组 23 人;实验前各实验组和对照组的身体素质、技术测试和文化基础的水平差异均为 P 大于 0.05。实验组和对照组的学生均为男生。

1.2　研究方法

1.2.1　资料分析法

以阅读各院校的足球课程计划、足球专选课大纲、教学进度计划及相关的科研文献为基础,参阅国外有关的文献资料,并依此设计调查问卷。

1.2.2　专家调查法

以我国 7 所体育院校从事足球教学的 20 名教授和副教授为调查对象,做两轮问卷调查,了解各院校足球专选课教学的现状及对教学改革的看法,从而完善课题的构思。问卷经过了效度和信度检验。调查共发放问卷 40 份,回收 40 份,有效回收 40 份。

1.2.3　教学实验法

根据指定的足球专选课教学改革的设计方案做教学实验,把实验后实验组和对照组的技术评定、达标成绩和实战能力做对比,以检验方案设计的可行性和有效性。技术实战能力提高的教学效果检验是实验后由实验组和对照组各选出 18 名学生,分三组进行三轮 37 分钟的七人制比赛,依设定指标对每名参赛学生做技术统计与评定,再通过对比来评价实验组的技术能力。

1.2.4　数理统计法

对各项测试和评分数据做统计学处理,方法包括常规统计和 t 检验。

2　足球专选课教学改革的方案设计

2.1　课程的性质与定位

根据基础教育对具有足球专项特长人才的需求和学生的足球基础情况,以及学院新颁布课程计划的规定,把足球专选课作为体育教育专业培养具有足球专长人才的课程,对象为入学前经过足球专项加试、成绩优良的学生。足球专项选修课程是中级程度的足球教学与训练,目的是使体育教育专业部分学生掌握系统、扎实的足球基础知识、基本技术和全面的足球技能,要求学生具有较好的足球基础、天分和爱好,课程定为 304 学时,12 个学分。

2.2　教学目标与任务

2.2.1　教学目标

使学生具备全面、扎实的足球基本技术和战术技巧,具备优良的专项身体素质和较强的比赛能力,技术水平达到二级运动员标准;掌握系统的足球基础知识、技战术知识及分析运用能力,具备基础阶段足球教学与训练的能力和技巧;深入理解和掌握组织竞赛、规则裁判的理论和方法,具备组织各种竞赛和较强的比赛鉴赏能力,获得国家二级裁判员资格,在具备综合的理论知识和技能技巧的基础上,形成足球项目的专项特长。

2.2.2　教学任务

根据基础教育《体育与健康课程标准》的精神及教学目标,提出基本专项技能、基础理论知识、基本教学组织能力、健康和心理意识几个方面的教学任务:

(1)基本专项技能方面:培养学生具备全面的足球基本的技术和战术技巧,具备良好的专项身体素质及较强的比赛实战能力,打下扎实的足球技术、战术、实战和专项素质等各方面的基础,在各项技术评定达到优良标准的同时,要求竞技水平达到国家二级运动员的标准,形成足球项目运动技能方面的专项特长。

(2)基础理论知识方面:培养并强化学生掌握有关足球运动的历史发展、社会功能价值等方面的基础知识,及足球技术、战术、规则裁判、组队训练、组织竞赛及科研方法等方面系统的知识与方法,打下全面、扎实的足球理论基础,达到足球理论知识笔试的优良标准,具备基础阶段足球教学训练和社会实践所需要的足球理论知识,并能够运用所学的知识分析和解决实际工作中的问题。

(3)基本教学组织能力方面:配合相关课程的教学,使学生具备较强的足球技术战术教学能力,培养学生表现自我的意识和自如示范的能力,及对教学和比赛过程科学的观察和分析能力,裁判水平达到国家二级裁判员的标准,并在平时综合能力的表现中达到优良的要求。教学组织达到"会讲解、会示范、会纠错、会裁判和会组织比赛"的"五会"要求。

(4)健康和意识方面:按照健康第一和快乐足球的精神要求,使学生深刻理解足球运动有利于身心健康的原理,培养学生养成参与足球运动、观赏足球比赛和阅读足球书籍的习惯,利用足球教学的特点,培养和形成学生团结互助、勇敢顽强的品质和性格,从兴趣引导和性情培养入手,树立学生为足球事业终身努力和奋斗的志向。

2.3　教学指导思想与大纲编写原则

2.3.1　教学指导思想

教学上以适应社会、教育及足球运动的发展为导向和出发点,坚持推行素质教育、以人为本和以学生发展为中心的教学改革方向,按照健康第一、快乐足球和兴趣优先的基本要旨,以传授系统和前沿的足球知识、掌握全面的足球技能和采用先进的教学方法为基本要求;具体教学以向学生系统传授足球基本技、战术方法、培养基本技能和比赛实战能力为中心,以掌握足球运动基础知识和提高学生足球素养为基本依托,以培养教学训练能力、组织竞赛、裁判能力等基本素质和综合能力为主线,以培养学生的足球兴趣和树立健康足球的意识为教学的先导。

2.3.2　大纲编写的原则

(1)教学内容的先进性和科学性:教学内容必须反映足球项目当今最前沿和最先进的知识构成与技术发展动态,符合社会需要和时代发展要求,并具有完整的、科学的理论体系和知识技能体系。同时注意所学的知识和技能具有与基础体育教育相适应的特点。

(2)注意不同教学内容的逻辑顺序和连带关系:足球不同教学内容之间存在着相互联系和依赖关系,内容顺序要符合由易到难、由已知到未知的一般原则,也要符合足球项目所特有的结构和逻辑层次关系。

(3) 尊重知识获得与运动技能形成的规律：教学时数的设定、各部分教学时数比例的确定及前后顺序的排列等,需要分析足球知识和技能构成的特点,要符合知识获得和技能形成的规律,避免因教学内容设计而造成教学实施与课程目标的偏离。

(4) 注意教学内容的精要和简化：教学内容要从简单、实用、有趣入手,要与大多数学生的学习基础、身体素质基础和接受能力相适应,要考虑学生已有的知识和经验,特别注意教学内容要与现实的社会和人才市场的需要相适应。

(5) 注意先进理念与传统经验相结合：教学内容要体现广东地区和本院的特点,先进的理论和方法要与我院的传统精华相结合,在科学、合理的基础上有一定的特点和创新。

(6) 增强精品意识和加强精品塑造：我院足球课程具有自身的的优势和特点,这是塑造精品课程的基础和前提,加强课程建设不能停留在对课程整体结构的控制上,还必须在课程的深度和精细度上下工夫,要建立品牌意识,在精品课程塑造上下工夫。

2.4　教学内容及其课时比例的重新规划

足球专选课教学内容的改革设计,主要是在确定教学大纲的基础上进行合理的教学内容组织和进度设计。所以,在把握好教学一般规律、目的要求和特点的基础上,对各部分教材内容进行类别和主次的划分是非常必要的。本研究把足球专选课的总学时定为304学时,分五个学期,每周两次课。第一学年主要精修初级基础的教材内容,包括足球运动概述、基本技术及其教学训练、基础战术及其教学训练、运动员的身体训练、竞赛规则和裁判法、基层足球队的组队和训练过程控制及比赛指导、基层足球竞赛的组织和筹划等七个部分。根据教学任务和各部分教材的性质和特点,及教材的学习难度和重要程度等,把教材分为两部分,其一是理论教材,包括概述、规则裁判分析和战术分析、组队训练控制及比赛指导和竞赛的组织和筹划;其二是技术实施教材,包括主干教材和边缘教材,主干教材包括基本技术和基础战术,边缘教材包括规则裁判实践和身体训练(具体课时分配与进度简略)。

2.5　教学过程中的基本要求

(1)在教学设计上要与推进素质教育的精神相一致：在大学推行素质教育的目的是培养学生的健全人格和综合能力,其基本的途径是教学手段和方法的实施,即如何在具体教学环节中对学生施加影响,以促进其综合能力的提高,这需要教学内容和教学方法的改革。

(2)树立以人为本和以学生发展为中心的教学观念：教学内容的安排要建立在了解学生的基础和特点的基础上,教学方法的安排在重视基础知识和基本技能教学的同时,要把兴趣、能力培养贯穿到教学过程中,重视学生的愿望和潜在需求及在原有基础上的发展和提高。

(3)在教学指导思想上要以启发式代替注入式：启发式教学在强调传授知识的同时,重视培养学生的能力及非智力因素的发展,在肯定教师指导作用的同时,强调学生既是受教育的对象,又是具有主观能动性的认识主体;在教学方法运用上,将教学活动的重点放在组织和指导学生的独立学习上,促使学生积极、主动地学习。

(4)在功能定位上要由教给学生知识向教会学生学习转变:随着社会经济发展和科学技术进步,在教学目标上普遍强调传授知识的同时发展学生的能力,尤其是提高学生以学习能力和创造能力为基础的应变能力,通过教学使学生获得独立学习与更新知识的方法和能力。

(5)在结构形式上由讲授为主转向指导学生自主和研究性学习为主:教学中更多地采用积极指导的教学方法,使学生在学习过程中承担更多的职责和任务,让学生在教学过程中能够积极、主动地思考、分析问题,开展研究性的学习。

(6)注意结合本院的实际形成体现自身优势和特点的教学方法体系:我院的足球教学已有近 50 年的发展历程,在师资、教学及改革发展中肯定有着自己的优势和传统特色,这需要认真总结,因势利导地把教学改革工作做好。

表 1　足球专选课教学改革实验组和对照组技术达标结果

指标	第一轮						第二轮				
	实验组		对照组				实验组		对照组		
	N	X ± S	N	X ± S	P		N	X ± S	N	X ± S	P
12 部位颠球	22	13.7 ± 2.95	21	10.4 ± 3.24	< 0.01		23	15.9 ± 3.91	23	11.5 ± 3.32	< 0.01
运球绕杆射门	22	10.5 ± 0.61	21	11.7 ± 0.68	< 0.01		23	10.5 ± 1.03	23	11.6 ± 1.32	< 0.05

3　实验结果与分析

表 2　足球专选课教学改革实验组和对照组技术评定结果

指标	第一轮						第二轮				
	实验组		对照组				实验组		对照组		
	N	X ± S	N	X ± S	P		N	X ± S	N	X ± S	P
脚内侧接球	22	82.5 ± 4.03	21	78.3 ± 4.31	< 0.05		23	84.1 ± 6.67	23	77.4 ± 6.32	< 0.01
脚背正面接球	22	78.7 ± 5.33	21	73.3 ± 5.16	< 0.01		23	79.6 ± 5.79	23	74.4 ± 7.12	< 0.05
前额正面接球	22	84.6 ± 6.21	21	77.5 ± 6.54	< 0.01		23	82.5 ± 4.12	23	75.3 ± 5.43	< 0.01
挺胸式胸接球	22	81.6 ± 5.22	21	71.2 ± 4.3	< 0.01		23	83.8 ± 3.26	23	77.1 ± 5.21	< 0.01

由表1和表2的结果可知：两轮实验教学的实验组各项技术评定和达标的成绩均明显好于对照组，说明本文所设计的足球专选课教学改革方案具有科学性和实用有效性，也由此证明足球专选课教学改革设计是必要的，可以使学生的基本技术达到教学大纲所要求的标准。

表3 足球专选课教学改革实验组和对照组个人技术能力对比

指标	实验组		对照组		
	N	X ± S	N	X ± S	P
接控球	18	47.5 ± 4.34	18	42.2 ± 4.95	< 0.01
运球突破	18	39.9 ± 4.11	18	33.6 ± 6.32	< 0.01
摆脱传或射	18	48.6 ± 6.31	18	41.5 ± 5.32	< 0.01
假动作运用	18	46.7 ± 4.21	18	35.9 ± 4.59	< 0.01
抢点射门	18	43.4 ± 5.10	18	35.3 ± 6.76	< 0.01

由表3的结果可知：实验组学生比赛中的技术运用能力明显好于对照组，学生均具备二级运动员的实战能力，且实验组的学生全部通过了足球二级裁判员的考试。由此证明，足球专选课的教学改革设计既与教育改革的方向一致，也利于学生足球专长和能力的培养。

4 结论

足球专选课不断进行改革探索是大势所趋，基础教育改革给足球专选课教学带来了机遇和挑战，课程教学中的问题和矛盾只有通过进一步的教学改革才能得到解决。

原有教学大纲的任务内容并没有反映"健康与快乐"的思想，新提出的教学任务经过多方论证，较全面、客观地阐述了足球专选课教学所要达到的各项指标。

足球专选课的教学改革符合以人为本和因材施教的教育思想，是达到学生的学习需求和社会对人才需求统一的必然要求，教学达到了提高学生专业技能的效果。

本足球专选课教学改革的方案是按照"健康第一"观念和先进足球理论的思想而设计的，方案经过教学实验证明具有可行性和实用有效性。

参考文献

[1]李秉德. 教学论[M]. 北京:人民教育出版社,1995.

[2]张铁明. 教学信息论[M]. 南京:江苏教育出版社,1995.

[3]陈成达. 足球科学训练论[M]. 合肥:安徽科学技术出版社,1990.

[4]约瑟夫·斯那尔斯. 足球训练年度计划[M]. 北京:人民体育出版社,2001.

[5]施良方. 课程理论[M]. 北京:教育科学出版社,1999.

扩招形势下足球实践课教学改革探索

余吉成,肖进勇,兰亚,牛锦山,张乾伟,

詹阳,李畔,李江幸,杨次榆,凌士银

(成都体育学院,成都　610041)

摘　要:我国高等体育院校目前存在因速度和规模急速扩张,硬件发展跟不上生源发展以及新观念与旧体制不相协调等状况,导致出现诸多矛盾,制约着高等体育院校的发展。如何有效克服这些障碍和制约因素,是各体育院校亟待解决的重要课题。成都体育学院足球教研室针对高校扩招这一新形势,对本院足球实践课教学进行改革试验,合理地解决了场地受限、师生比例增大、教师频繁易地教学等困难,为保证教学质量做出了积极探索。

关键词:扩招;足球实践课;改革

1　前言

21世纪国际竞争的焦点是经济与科技的竞争,其实质是人才的竞争。人才的培养靠教育,对新世纪大学生的培养,要依靠现代化的高等教育。而高等体育教育既是人才培养的重要的环节,也是对体育教育专业学习者和从业者进行培养的基本环节。近几年高等体育院校生源不断扩大,形成了硬件发展速度跟不上生源的发展、新观念与旧体制不相协调的状况。怎样缓解这种矛盾,关系到体育院校长期、稳定、持续发展,是各高等体育院校急需解决的难题。突破这一难题对于改变高等体育院校存在的"体制障碍难破、科研项目难上、基础设施难添、课程体系难改、技术职称难评、高层次人才难留"的现实状况,探索21世纪高等体育院校发展模式具有重要的现实意义。

成都体育学院是西南地区最负盛名的高等体育学府,经过几十年的建设与发展,已经形成有教育学、医学、文学、管理学、经济学5个门类、12个专业,以大学本科和研究生教育为主的综合性高等体育学府,是我国体育院校中本科和研究生专业设置最多的院校。特别是1996年高校扩招以来,本院生员数量逐年增加,目前我院在籍学生已逾万人。如何适应这一新形势解决好课程安排和组织教学问题,处理好场地极度拥挤、师生比例骤然失衡、教师频繁易地教学等诸多矛盾,是保证教学质量最紧迫的问题。为此足球教研室率先进行足球实践课教学改革,以期探索出新的发展道路。

2 研究对象和方法

2.1 研究对象

成都体育学院体育系、运动系、运动医学系、民族传统体育系、体育经济和管理系、体育新闻系、外语系、研究生部、成人教育部及附属竞技体育学校、附属中等体育运动学校等系级部门。

2.2 研究方法

2.2.1 文献资料法

查阅相关文献资料,收集各学院及各系扩招建设等信息。

2.2.2 实验法

按预案有步骤地在校本部和两分部进行教改对比实验。

2.2.3 逻辑分析法

对加工整理过的各种资料进行逻辑分析和比较研究。

3 研究结果与分析

3.1 学院扩招情况

3.1.1 教学建制扩展

成体从十年前的体育系、运动系、运动医学系、武术系四大系已扩展到现在的体育系、运动系、运动医学系、民族传统体育系、体育经济与管理系、体育新闻系、外语系、研究生部、成人教育部及附属竞技体育学校、附属中等体育运动学校和中国篮球协会成都篮球学校等系级部门。开设有体育教育、社会体育、运动训练、民族传统体育、中医学(中医骨伤科学方向)、运动人体科学、新闻学(体育新闻方向)、公共事业管理(体育管理方向)、经济学(体育经济方向)、英语(体育外语外事方向)、旅游管理(体育旅游方向)、表演(舞蹈与时装表演方向)共 12 个专业。

3.1.2 各专业生源增加

自 1996 年以来各系专业生源大幅增加,其中体育系体育教育专业由 330 人扩增至(2003 年最高峰)750 人,增幅为 2.27 倍;社会体育专业由 1999 年至 2001 年从 90 人调整为 60 人,然后保持稳定。

运动系运动训练专业由原 80 人扩增至(2003 年最高峰)720 人,增幅为 9 倍;表演专业从 2002 年至今每年稳定招生 50 人。

民体系民族传统体育专业由原 80 人增至(2003 年最高峰)300 人,增幅为 3.75 倍。

运动医学系中医学专业由原 50 人 到 2001 年增至 120 人,然后稳定,增幅为 2.4 倍;运动人体科学专业由 1999 年 40 人每年逐渐增至 60 人。

经管系公共事业管理专业从 2002 年 58 人增至每年 60 人；经济学专业自 2001 年起保持每年招生 50 人，后又增至 60 人，增幅为 1.2 倍；旅游管理专业由 2002 年 30 人每年逐渐增至 60 人，增幅为 2 倍。

新闻系新闻学专业由 2000 年 60 人扩招至（2002 年最高峰）120 人，增幅为 2 倍。

外语系英语专业由 2002 年 35 人扩招至每年 100 人，增幅为 2.86 倍。

另外，附属竞技体校、附属中专、研究生部及成人教育部生源数都有所增加。

3.1.3　教学条件状况

3.1.3.1　教学场地需求

扩招以前成体仅有体育系一个专选班开设足球专修课，扩招以来已发展到体育系、运动系、中专部都设有足球专选班开设专修课，目前各年级足球专选班均达到 4～6 个。足球普修课也由过去校本部体育系男生单设，增为校本部、青羊校区、航空港校区体育系男女都设，其班次最多达到每学年同一年级 6～8 班。以前足球选修课仅为体育系四年级学生设置，扩招以后也在运动系和民体系中开设，同一年级开课多达 6～10 班。并且医学、经管、新闻、英语等系开设的体育课均包含半个学期的足球课，同时上课班达到 4～6 个。

不仅如此，因 1999 年大学并轨导致的生源变化，各授课班人数大幅增加，由附表 1 和附表 2 可以看到，运动系一个年级足球专选课学生由 1996 年的 9 人增加到 130 人；体育系学生由一个年级 154 人增加到后来的 475 人。从附表 3 还可看到，开设足球课的单位及足球课的类型也有明显增加。

近十年来各种足球课总人数已增加 3 倍，但校本部可供教学的足球场地一直保持两块，仅新增加青羊校区和航空港校区足球场各一块，学院足球教学场地的增加明显不及生源增加。

由于 1996～1998 年学生人数不多，班级也相应较少，当时两块足球场（一块为长 110 米宽 64 米；另一块为长 90 米宽 50 米）所容纳的上课学生最多时为体育系普修课一个班 40～60 人，平均每人拥有场地面积不少于 192 平方米；而人数最少时为运动系专修一个班 9 名同学，每人所拥有场地面积可达 1282 平方米左右。当时学生上课享有足够的练习空间，教师安排练习内容几乎不受场地限制，教学组织可以非常灵活。但现在校本部一节课所容纳的学生人数最多时可达 4 个班 240 人左右，平均每人所拥有的场地面积由原来的 192 平方米下降到 48 平方米。即使最少时仅一个班单独上课，学生数也在 60 人左右，平均每人所拥有的场地面积也由原来的 1282 平方米下降到了 192 平方米，使得学生上课活动空间明显缩小，练习内容受限严重，教师组织教学的困难极大。

3.1.3.2　教师数量比例

成体足球教研室共有教师 10 名，其中副教授 4 名，讲师 5 名，助教 1 名，以 45 岁来划分，老教师和年轻教师各 5 名。

从附表 4 可以看出，专修、普修、选修及体育课的总人数达到 1370 多人，比扩招之初增加了 2.54 倍；而按全院各专业招生最大数计算更高达 2490 人，若全部参加足球课，则所增人数将达到 4.61 倍。即使减去运动系和民体系学生不参加足球选修课，其总授课人数也达到 1980 人，增幅 3.67 倍。目前足球教师为 10 人，比 1996 年前的 7 人增加了 3 人，增幅仅为 1.43 倍。扩招之初的师生比例为 1:77，如今师生比例为 1:198，师生比例的大幅提高使合理安排各足球课程成为教研室必须解决的难题。这不仅需要解决好安排课问题,还需要有针对性地进行足球课改革,以适应场地和教师不足以及教师奔赴3校区教学的尖锐矛盾。

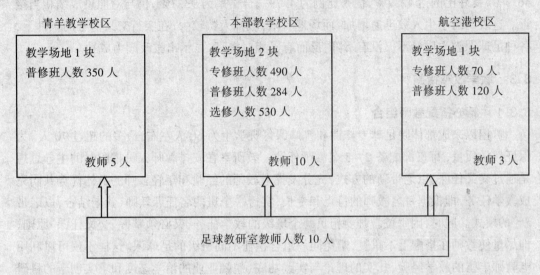

图1   2003～2004学年第一学期三校区教学分布

从图1可看到,校本部教学区两块场地2003～2004学年第一学期授课学生1300人,按人次计算,每周有$490×4+284×2+300×2+230×1=3358$人次。如果按照学院规定每位教师教授20名学生,则教师每周人均有$3358/200=17$次课,教师人数与学生人数已趋于饱和。再加上到两分校任课的交通用时,教师工作负担过重颇为突出。

3.2 教学改革效果

自2000年开始的成体足球教学改革,经过四年的探索不断取得经验,许多有效措施得到实践检验逐渐形成规范化,足球教研室已经可以从容应对因扩招导致的复杂教学局面,能够充分利用现有条件解决各种困难保证教学质量。

据附表5～附表7各主要足球课程学习成绩对照分析,对照组均为高校招生并轨以前的主修班、专修班和普修班,具有招生可择面广、学生基础好、班级人数少便于管理、师资及场地可保证等优越条件。运动系九七级8名学生四年主修课考试平均成绩达到全部及格,及格分数比例占43.8%,良好分数占37.5%,优秀分数占18.8%,合格率100%;体育系九四级28名学生两年专修课平均成绩不及格仅为3.6%,及格比例占41.1%,良好占38.4%,优秀占19.9%,合格率96.4%;体育系九六级140名学生一个学期足球普修课成绩不及格比例占5%,及格比例占40.7%,良好比例达47.9%,优秀比例为4.7%,合格率为95%。招生并轨后我院于2002～2003年形成生源高峰,此时正值足球课教改高潮,其间校本部运动系2002级足球主修课学生人数已增至120人,按已进行的5次考核成绩统计,不及格分数比例为5.3%,及格比例达44.9%,良好比例39.3%,优秀比例为10.5%,合格率为95%,各分数段与对照班基本上无差异。再看增员较明显的校本部体育系九九级 58 名专修学生 4 次考核成绩平均统计,从不及格到优秀的四档成绩比例分别为 3.9%,39.3%,36.9%,和 19.9%,合格率为 96.1%,与对照班几乎无差异。并且校本部体育教育专业 300 名学生 2003 年普修课考试成绩, 不及格比例为 6.3% , 及格比例为 46.3%,良好比例达 42.7%,优秀比例为 4.7%,合格率为 93.7%,仍与对照班成绩相当接近。这表明在学生人数迅速增加,而场地有限,教师人数较少,在实行交叉监考的条件下,各种足球课教学质量不仅没有下降,反而有了相对提高,显示出教改颇为成功。

3.3　教学改革措施

3.3.1　精心搭配教师组合

扩招以来成都体院足球专修课和普修课每班学生为 60 人左右,最多的超过 70 人。为保证教学质量,每班都配备 2～3 名教师任课。教研室在安排教师人员搭配时的主导思想是通过交叉任课、以老带新的方式,充分发挥老教师的经验和年轻教师的身体优势共同完成教学任务,即根据每名教师的特点和专长,实行一个班两名任课教师"新老结合,以老带新"的模式。同时,因每位教师要担负几个班级的教学任务,又必须掌握"交叉任课"原则,即尽量使教师在搭配上不重复,避免同一组合担任不同班级的足球课。这样不仅可以利用老教师丰富的教学经验、扎实的理论与实践功底、兢兢业业的治学态度和求实创新的科研作风,带动年轻教师在专业理论和实践以及科研等各方面同步迅速提高,年轻教师也可以在教学实践中,尽可能地接触到多个老教师,博采众家之长不断提高自身的专业素质。

过去足球教研室每位教师周任课最多不超过 16 学时,而在扩招高峰期某些教师周任课最多曾达到 34 学时;以往全体教师只担任校本部教学,现在学院扩充了两个分部,教师需分赴三处上课,教研室对排课考虑非常慎重,尽量使各位老师工作量基本一致。在方法上对个人课时按总课时量平均分配,使各教师在同一学期课时量大体相当。并将教师任专修课和普修课(选修课、体育课)比例控制在 2:4 以内,即一位教师若任两班专修,则同时担任普修课(选修课、体育课)不应超过四班,因此可避免因部分教师任课工作量太大而降低教学质量。

3.3.2　灵活有序使用场地

为了合理解决在有限的场地内人多、课次多的教学矛盾,教研室既要组织全体教师深入探讨如何在现有条件下尽最大努力上好足球课,也要求教师之间随时沟通情况,及时调整场地使用,为此制定出若干具体操作规则:若两班同时上课,则高年级或专选班使用较大场地,低年级或普修班使用较小场地;如遇 3 个以上班同时上课,则高年级或专选班进行身体素质教学,技术教学班让战术教学班使用更大场地;如果多班之中有两个专选班且都安排了教学比赛,那么此两班可共用一个场地进行比赛,教师会给暂时没上场的同学安排观摩学习或进行裁判实践等,以达到共同上课的目的,这样也为其他班留出了更大场地空间进行练习。此外当考试临近,专选班要让普修班优先选择场地以保证有足够空间练习和进行考试。考试期间老师也会彼此联系以调整考试项目顺序,尽量避免同时使用较大场地。

3.3.3　合理采用分组授课

要在班大、人多、场地小的情况下保证专选课教学质量,必须按教学时数合理进行分组授课,既增强教学的针对性,又提高教学的灵活性。采取第一年将学生平均分组进行实践课教学,理论课合班教学。第二年需打破原来分组,将全班学生按技术水平从新分组,不同水平的学生分别相对集中在不同组教学,这样不但便于教师安排教学内容和组织教法,也利于消除学生"吃不饱"和"消化不了"的不正常现象。

3.3.4　科学运用轮换循环

新形势下的教学需要采用新的教学形式,我们在改革实验中探索出的班间轮换、课中轮换的配套轮换循环,是在有限场地内进行多班教学的最有效方式。其做法是当同一时间内上课班在 3 个以上,学生人数超过 200 人,有七八位教师同时出席时,采用班间轮换,将理论、身体练习、技战术等不同教学内容按约定分班进行,即一个大班上理论课,另一大班上身体练习课,剩下的班上技战术教学课,以后再相同情况下相互轮换循环。除理论课教学大班外,剩下的两或多个实践课大班若存在同一教学内容,因场地条件无法提供相应的练习空间,需采用将身体练习与技战术教学分段交换的课中轮换来完成教学内容。并且教师间可通过调整教学内容顺序,使班与班之间能够循环使用练习场地。在进行技战术练习时,可采用分内容设站的轮换方式,譬如将学生均分到射门、传抢、头顶球、传接球四个练习站按规定时间轮换循环,以提高练习密度。

3.3.5　高效组织课堂教学

教学效率依赖于合理的教学组织安排。在扩招的特定教学环境下,我们加强了对主修和专修学生进行实践理论课教学,即在一堂课中结合技战术实践和比赛进行理论阐析。上课时把重点放到分析技战术理论与运用上,力求看清、讲透,让学生在理论上得到深刻理解,能更明确指导实践。并且在组织练习时适当多进行运控球、短传球、抢截球等小范围有球练习和多人制小型比赛,有针对性地对学生提出要求,循序渐进地提高练习难度,既适应教学场地受限的情况,又达到提高对抗的目的。而当场地湿滑不能用时,则在足球场边或场外见缝插针地安排身体练习或有球练习。

3.3.6　注重进行能力培养

重视和加强学生能力培养,是提高人才素质和综合水平的需要,我们在实验过程中坚持以教学指导实践、以实践修正教学,采用教学——实践——修正——再实践的教学模式,实现学生专长与实践相结合。对主修班和专修班学生,因其已经形成专长,我们在教学中采取压缩教材内容,注重钻研教学训练方法与手段,使学生明确什么是合理方法,此方法解决什么问题,让学生在实践中感到心中有底。我们还坚持向学生强化教学训练的方法和要求需随对象与条件而变,主观思维要随客观因素的改变而变的教学训练指导思想。不仅课中以轮流带准备活动或基础练习培养学生教学能力,也通过校内教学比赛、通级比赛、全院比赛为学生提供参加、组织、指挥实战和提高裁判能力的机会,还推荐学生到校外教学实习、执教少儿训练和担任比赛裁判。特别是在本院比赛准备期,各主修班和专修班都会频繁到外校参赛,既减缓了本校场地紧张,又锻炼了队伍,提高了能力。

4　结论与建议

(1)足球教研室针对扩招导致的教学环境变化所采取的实践课教学改革,旨在重点解决场地受限、师生比大幅增加情况下确保教学质量问题，具有方向明确、措施得当、效果明显、便于推广等特点，应得到学院及相关部门的关注与重视。对改革探索中若干尚未提升到理论高度的操作方法，也需进一步加强后续理论研究。

（2）教研室需主动为教务部门参谋解决好课程安排，向其提供详细的教师任课学时、班级、搭配等计划，最好是先由教研室根据场地、班次、易地等情况进行预排课，以免出现教师任课冲突和场地使用冷热不均现象。教研室还要及时将实际上课情况反馈到教务部门，把出现的"真空"课次和多班拥挤课次记录下来，认真了解可否调整并予以报告，使场地和师资的使用尽可能更加合理。

附表1　并轨前足球课教学环境

课程\ 时间	体育系普修课		运动系专修课		体育系专选课		运动系选修课		总计
	场地	人数	场地	人数	场地	人数	场地	人数	
1996年	2块	154人 3次	2块	9人 4次	2块	23人 4次	2块	50人 1次	236人 12次
1997年	2块	219人 3次	2块	8人 4次	2块	38人 4次	2块	65人 1次	330人 12次
1998年	2块	235人 3次	2块	14人 4次	2块	47人 4次	2块	48人 1次	344人 12次

附表2　并轨以来足球课教学环境

课程 类型\ 时间	体育系 普修课		体育系 专选课		运动系 选修课		运动系 专修课		新闻系 体育课		中医系 体育课		人数 总计
	场地	人数	场地	人数	场地	人数	场地	人数	场地	人数	场地	人数	
1999年	2块	475人 2次	2块	85人 4次	2块	169人 1次	2块	24人 4次	2块		2块	77人 1次	830人 12次
2000年	2块	364人 2次	2块	112人 4次	2块	118人 1次	2块	42人 2次	2块	61人 1次	2块	128人 1次	825人 13次
2001年	2块	363人 2次	2块	103人 4次	2块	200人 1次	2块	64人 4次	2块	55人 1次	2块	120人 1次	905人 13次
2002年	2块	409人 2次	2块	4次	2块	1次	2块	120人 4次	2块	一班 56人 1次	2块	118人 1次	703人 +? 13次
2003年	2块	358人 2次	2块	4次	2块	1次	2块	130人 4次	2块	51人 1次	2块	95人 1次	634人 +? 13次

附表 3　足球课类型统计表

1996~1998 年	体育系普修课	体育系专选课	运动系专修课	武术系选修课	体育系锻炼课							
1999~2003 年	体育系普修课	体育系专选课	运动系专修课	武术系选修课	体育系锻炼课	新闻专业体育课	经济管理专业体育课	中医专业体育课	人体科学专业体育课	旅游管理专业体育课	中专足球课	研究生足球课

附表 4　校本部 2003~2004 学年第一学期课程情况

年级	专修课	普修课	选修课(体育课)
2000 级	体育系 2000 级 3 班(54 人)4 次课/周		民族传统体育 2000 级 2 次课/周
2001 级	体育系 2002 级 1 班(43 人)4 次课/周 体育系 2001 级 7 班(61 人)4 次课/周 运动系 2001 级 3、4 班(65 人)4 次课/周		运动系 2001 级 1~6 班(200 人)2 次课/周 中医学 2001 级 1 班(55 人)1 次课/周 中医学 2001 级 2 班(55 人)一次课/周
2002 级	运动系 2002 级 1 班(58 人)4 次课/周 运动系 2002 级 2 班(58 人)4 次课/周	体育系 2002 级 1 班(59 人)2 次课/周 体育系 2002 级 2 班(60 人)2 次课/周 体育系 2002 级 3 班(57 人)2 次课/周 体育系 2002 级 4 班(58 人)2 次课/周 体育系 2002 级 5 班(50 人)2 次课/周	体育经济 2002 级(41 人)1 次课/周 旅游管理 2002 级(24 人)次课/周 新闻 2002 级(56 人)1 次课/周
2003 级	运动系 2003 级 3 班(54 人)4 次课/周 运动系 2003 级 7 班(70 人)4 次课/周		
总计人数	560 人	284 人	≈530 人

附表 5　校本部体育专业足球普修课成绩对照表

	60分以下		60~74分		75~89分		90分以上		人数
	n	%	n	%	n	%	n	%	
体育系1996级	7	5	57	40.7	67	47.9	9	6.4	140
体育系2002级	19	6.3	139	46.3	128	42.7	14	4.7	300

附表 6　校本部运动训练专业足球主修课成绩对照表

班级		运动系97级								
成绩		学期								合计
		1997下	1998上	1998下	1999上	1999下	2000上	2000下	2000下	
60分以下	n	0	0	0	0	0	0	0	0	0
	%	0	0	0	0	0	0	0	0	0
60~74分	n	5	3	1	5	4	3	4	3	28
	%	62.5	37.5	12.5	62.5	50	37.5	50	37.5	43.8
75~89分	n	2	5	2	2	2	3	4	4	24
	%	25	62.5	25	25	25	37.5	50	50	37.5
90分以上	n	1	0	5	1	2	2	0	1	12
	%	12.5	0	62.5	12.5	25	25	0	12.5	18.8
考试人数		8	8	8	8	8	8	8	8	64

班级		运动系2002级					
成绩		学期					合计
		2002下	2003上	2003下	2004上	2004下	
60分以下	n	6	8	5	7	8	31
	%	5	6.7	4.2	6	6.9	5.3
60~74分	n	53	57	47	55	50	265
	%	44.2	47.5	39.8	47.4	43.1	44.9
75~89分	n	48	47	50	43	44	232
	%	40	39.2	42.4	37.1	37.9	39.3
90分以上	n	13	8	16	11	14	62
	%	10.8	6.7	13.6	9.5	12.1	10.5
考试人数		120	120	118	116	116	590

附表 7 校本部体育教育专业足球专修课成绩对照表

成绩		体育系 1994 级				体育系 1999 级				合计	
		学期				学期					
		1996 下	1997 上	1997 下	1998 上	2001 下	2002 上	2002 下	2003 上	1994 级	1999 级
60 分以下	n	2	1	1	0	2	3	5	3	4	13
	%	7.1	3.6	3.6	0	2.4	3.6	6	3.6	3.6	3.9
60~70 分	n	10	13	11	12	31	35	30	36	46	132
	%	35.7	46.4	39.3	42.9	36.5	41.7	35.7	42.9	41.1	39.3
75~89 分	n	12	8	12	11	37	28	33	26	43	124
	%	42.9	28.6	42.9	39.3	43.5	33.3	39.3	31.3	38.4	36.9
90 分以上	n	4	6	4	5	15	18	16	18	19	67
	%	14.3	21.4	14.3	17.9	17.6	21.4	19	21.7	17	19.9
考试人数		28	28	28	28	85	84	84	83	112	336

参考文献

余吉成,肖进勇.足球主修课培养高素质实用人才的教学改革实验研究[M].四川省教学成果二等奖项目,2004.

"健康第一"思想指导足球课程改革的几点建议

胡京生

（沈阳体育学院，沈阳　110032）

摘　要： 在对以往沈阳体育学院足球课程的教学文件，以及相关文献资料数据的研究、分析的基础上，提出几点改革的建议与同仁商榷，希望足球这门课程通过教学改革更加完善，学生经过学习足球课程能增加足球技能和身体素质资源储备，以适应将来社会需求及自身进一步发展的要求。

关键词： 健康；足球；课程

　　《中共中央、国务院关于深化教育改革全面推进素质教育的决定》明确提出的"学校教育要树立健康第一的指导思想"，催生了我国基础教育《体育与健康课程标准》的出台和学校体育教育的重新定位；教育部《2003—2007 年教育振兴行动计划》又进一步确定"在教育系统广泛深入持久地开展群众性体育活动，大力增强青少年的体质、意志力和终身锻炼的自觉意识"。目前社会体育教育环境的改善和学校体育教育观念、标准的更新，也促使了体育高等教育领域进行一场课程改革的大讨论。

　　本文题目中"课程"一词为狭义的，仅指体育高等教育足球这门学科。古往今来，一门课程的教学目标、教学计划、教学大纲的知识内容和结构不是心血来潮就可以制订的，必须要有一定的理论根据和社会背景，要受到社会生产力和科学文化发展水平，学生身心发展和教育规律的制约。所以，本文在对以往沈阳体育学院足球课程的教学文件，以及相关文献资料数据的研究、分析的基础上，提出几点改革的建议与同仁商榷，希望足球这门课程通过教学改革更加完善，学生经过学习足球课程能增加足球技能和身体素质资源储备，以适应将来社会需求及自身进一步发展的要求。

1　研究对象与方法

1.1　研究对象

　　沈阳体育学院各专业学生（包括文献资料里的学生）。

1.2　研究方法

1.2.1 访谈法：访问在校学生和相关足球教学的教师。

1.2.2 资料法：查阅体育科技期刊和著作中关于足球运动的研究报告和调查数据。

2 结果与分析

表1 学生最喜爱的体育运动项目的有关文献数据统计

作者(年)	调查对象	喜爱足球运动的百分比	足球在各种体育项目中排位	参考文献序号
牟鹏(2004)	沈阳部分高校(男女生)	13.7%	3	[1]
张凤铃(2004)	东北三省部分高校(男女生)	34.4%	3	[2]
祁浩(2004)	葫芦岛地区中学生(男生)	69%	1	[3]

2.1 学生参加足球运动的兴趣

从表1看出足球运动在学校体育项目中仍有广泛的群众基础。沈阳体育学院的足球选修课(辅修方向、限制选修、任意选修)常常爆满的情况也证实了足球运动是深受学生欢迎的运动项目之一。足球运动特有的易行性使得足球运动爱好者都觉得经过不经过正规的足球训练,均能做到有个足球,找点空闲,寻块场地,踢上几脚,比个输赢。

2.2 学生学习与受训足球运动的实际状况

资料统计显示,辽宁省中学生参加足球训练人数占1.54%,在校训练人数占1.05%。体育人才济济的沈阳体育学院2000~2004届足球专项学生与该届学生总数之比也分别占14.53%,11.19%,12.46%,12.08%,9.77%。从沈阳体育学院体育教育专业学生入学动机调查资料看,约67.5%的学生不爱好体育而是带着各自不同的目的入学的"身体素质较差,没有专项基础的文理科大学生",说明经过系统的足球学习和训练,或有足球运动素养的学生比率较低。

2.3 学生参加足球运动损伤情况统计

表2 足球运动损伤情况有关资料统计

研究项目	中学生	青少年运动员	大学生	体育专业学生	体育专业足球专项学生
损伤发生率	83.33%	62.25%	71.68%	79.78%	103.5%
损伤部位前三位排序					
腰	—	—	—	—	3
大腿	3	2	3	3	—
膝	2	3	2	2	2
踝	1	1	1	1	1

研究项目	中学生	青少年运动员	大学生	体育专业学生	体育专业足球专项学生
损伤原因前三位排序					
场地不良	1	2	1	3	—
动作粗野犯规	3	3	—	1	1
准备活动不足	2	1	2		3
疲劳自我防护不佳	—		3		2
技术不规范				2	—

(1) 从表 2 看,学生足球运动损伤的发生率随年龄、运动强度、比赛等级的增加而递增。赵刚等人研究结果也显示,运动训练系学生高于体育教育系学生足球损伤发生率;马国川等人对中国女子足球运动员运动损伤发生率的调查结果高达 235.4%,可以证实足球是损伤发生率最高的运动项目之一。

(2) 在表 2 中把学生足球运动损伤原因按 1~3 排位分别赋与 3,2,1 数值,经过量化统计,场地不佳居第一,其次是动作粗野犯规和准备活动不足,再次为疲劳和自我防护不佳。

2.4 沈阳体育学院足球课程的教学现状

(1) 沈阳体育学院作为专业高等体育院校,至今还没有自己的足球教材和参考书,现在使用的统编教材足球运动概述一章中无视足球运动损伤高发率这一客观事实,无任何字迹提及足球运动损伤,易使学习者主观上忽视足球运动损伤的存在。而在足球各种技术动作讲解中,也没有针对性地写明与该技术动作相适应的准备活动,也没有指出该技术动作学习和运用过程中易发生损伤的部位和类型,以及预防该类损伤的有效方法。这样也容易造成练习者轻视足球运动前的准备活动,不利于足球运动前做好准备活动的习惯培养和运动中自我防护意识的培养。

(2) 沈阳体育学院各专业足球教学大纲的教学内容和教学顺序大多数是概述——技战术——竞赛规则和裁判法,身体训练在 36 学时以下的足球课程中都不讲授,足球竞赛规则和裁判法基本都在课程的后 1/3 时段讲授,足球运动损伤内容在运动训练专业第 7学期的足球专项理论与实践课程中有 4 学时理论讲授,占总学时的 0.53%,其他各专业类别的足球教学均不涉及此内容。可以说学生在足球技术动作学习与训练的初期,对足球的身体训练,足球竞赛规则,足球运动损伤知识上存在盲点。说明近几年足球教学因为学时压缩,客观上没有时间讲授,主观上也不重视预防损伤的教学。有的教师说"我在实践课上也强调了",但终因室外场地大,受学生的注意力、觉醒性等因素和客观环境干扰而收效甚微,以致足球运动损伤的 40.8% 是在课上发生的。

(3) 学院教学计划中体育保健、运动医学、创伤预防与处理等课程讲授的运动损伤防治知识,不能在学习足球技术动作的初期得到应用。因为这类课程必须在学生学完了解剖、生理课后才能学懂掌握,因此多在第 3~4 学期以后开课,其中防治运动损伤的内容又多在课程的后期讲授。而足球课多在第 1、第 2 学期开课,其中技术动作学习训练开课就有,显然造成了在预防损伤知识的认知和应用顺序链上出现倒置现象,违背了认识活动的客观规律。课程讲述的防伤知识内容多是共性、原则的,针对足球运动各种技术动作环节上预防损伤及治疗处理的知识点极少。

(4)要求术科教师撰写的教学方案,在格式和内容上不能明确体现"健康第一"和"安全教育"的教育理念,在预防损伤的各种环节上没有具体的要求和固定的栏目记载,因而在教学中还没有形成预防伤病的模式,也谈不上制度化保障。

(5)教学一线与教学设施各个保障环节的配合还没有直接沟通的渠道和固定的反馈时间,教学场地器材服务人员还没有树立服务观念,不能主动及时下到教学一线收集教学场地器材状况的信息来优化教学环境,从而提高运动的安全性。

3 建议

沈阳体育学院足球课程教学是培养将来从事足球运动教学、训练及管理的体育人才,他们将来服务的主体应该是在校的广大学生。目前在足球运动高致伤率的情况下,面对这支庞大且无系统学习与训练的爱好者,为了使他们对足球运动损伤的危害性(足球运动参与者一旦出现颈和腰椎,膝和踝关节损伤,不但治愈较困难,而且因治疗不当或不及时容易遗留后患)有足够的认识,足球课程有必要,有义务,有责任加强防伤知识的普及教育。一则可确实降低授课对象在足球系统学习和训练过程中运动损伤发生率;二则通过本门课程教学的言传身教,潜移默化,在授课对象的头脑中牢固树立"以人为本""健康第一","运动能力最大化和损伤最小化"的新型体育理念和可持续运动的体能储备活动方式;三则通过授课对象可在未来的教育岗位上普及这种新型的运动锻炼安全教育观念,以降低参与者的运动损伤发生,增强个人生命资源储备。下面就此提出几点建议:

3.1 足球教材重新编写或修订时预防损伤内容加大

首先正视足球运动损伤较高发生率的事实,在足球运动概述一章中充实这一特性,具体内容的描述——易伤性(或高致伤性):足球是损伤发生率最高的运动项目之一,损伤多在比赛时发生,严重时可致残甚至死亡,损伤多以下肢常见,颈、腰椎和膝、踝关节的扭伤治愈较困难易留遗患。选择平整,软硬适中的场地,充分做好运动前的准备活动和防护措施,运动中合理运用规范的技术动作和得当的自我保护方法,可以有效地减少足球运动损伤。以上简明扼要的阐述就足以引起足球初学者的警觉和重视,在脑海中打下运动要预防损伤的烙印,自觉、有意识地为下一步的足球技战术学习调试好心理、体能、学习状态。这样就可以弥补因教学时数压缩,教材不能面面俱到而导致防伤知识匮乏的漏洞。其次,在足球技术动作分析及教学训练一章,应针对每一种技术动作特点先写明与该项技术各个动作环节相适应的、合理的准备活动名称和自我保护、防伤办法(在此只让学生知其然,后续的课程能让学生知其所以然)。这样可使练习者提高准备活动的目的性,减少盲目性,增加防伤的主动性,减少被动性。

3.2 足球教学应重视基础理论知识的讲授

整合足球课程的教学结构,改变目前这种知识点散乱、连贯性差、存在知识盲点的讲授形式。拿出各专业类别都要讲授的知识点,既是先导性知识、又是基础理论的知识,在每学年的第一学期面对所有学生集中开大课讲授,并将其作为足球先修课程,学生只有经过此课程学习考核合格才有学习后续足球理论知识和技能的资格。如目前可把足球概述(2学时)、技术简介(4学时)、战术简介(4学时)、竞赛规则与裁判法简介(4学时)、身体训练与自我保护(4学时)这些先导性理论内容共18学时,以理论讲授结合多媒体声像资料辅助手段在每学年的第一学期开课,多快好省地为学生打好足球学习基础。这样一则能给学生一个系统的、完整的、符合认知规律的足球基础课程理论知识体系,学生初步了解足球基础知识后,不仅利于养成健康的足球娱乐活动习惯,也利于足球专项学生后续足球课程的深入学习和训练,避免运动损伤,也为其他专业学生进一步研习后续足球子课程——竞赛裁判、竞赛组织、产业经营、科研方法等选修课程奠定基础。二则能避免各专业门类足球课程知识点重复讲授的现象(如目前体育教育专业、社会体育专业足球专业课与足球专项理论与实践专业课、运动训练专业足球专业限制选修课与足球专项理论与实践专业课在概述、主要技战术、竞赛规则和裁判法方面的重复),节省教育资源——时间、教室、场地、器材、师资等。三则由此节省出的教学时数用于加强足球实践课和足球其他子学科的学习,这样既可加强、提高足球专项教学质量,达到深和"一专"的目的,又有助于吸收引进最新、最前沿知识,拓宽足球子课程的知识面,达到广和"多能"的目的。

3.3 学院技术课教案书写内容应格式化、制度化体现安全教育理念

强制建立实践教学安全教育的固定模式。在目前使用的技术课教案版面上本课目标栏目之后增加易伤部位、防护方法两个栏目——记录该次课内容容易出现的损伤名称,注明预防该损伤的方法及措施。同时明确划分准备部分、基本部分、结束部分。在准备部分划分出场地器材、学生装备、见习与复课学生三个栏目。场地器材——记录其是否符合教学数量、质量、安全性要求。学生装备——记录着装是否适宜,有否携带锐器、坚硬物品者。见习与复课学生——记录学生见习原因,检查初次复课学生原损伤部位是否采取保护措施(如使用支持带等)。在结束部分划出损伤学生栏——记录课上学生发生损伤的姓名、部位、原因、处理结果(休息或嘱其就医诊治)。这样就能防止学生带伤参加运动,提高损伤的初次治愈率,不给学生遗留习惯性、陈旧性损伤,有调查数据显示,8.5%的损伤为旧伤复发所致。

3.4 在教学各个环节要建立信息直接沟通的固定渠道和时间

教学场馆设施的环境安全要落实到人,并使之制度化。如场地负责人主动利用教学一线使用单位的例会时间直接收集教学场地设施的反馈意见,然后在制度规定的解决问题的时间范围内,由责任人直接与其主管部门沟通解决问题,落实具体措施消除隐患。责任人应该时刻把场馆场地器材达到最优化、创建最安全的教学环境作为第一要务。

3.5 科学安排负荷

在教学资源(场馆场地面积和数量、使用时间等)紧缺的情况下,授课教师要科学安排负荷量,使学生自始至终保持一定的体能和注意力。合理分配运动练习组数,降低运动练习空间密度,在 11:00~14:00 时(由于学院教学资源紧张,第 5、6 节课均在此时段)不应安排学生足球教学比赛,因为人体生物规律中此时间段注意力易分散,神经兴奋性低下,易于疲劳而发生运动损伤。

美国运动医学博士陈方灿指出:"有 30%~50% 的运动损伤是完全可以避免的"。总之,教学的各个环节都能树立安全教育思想,积极化解各种易致损伤的不利因素,就一定能避免和减少运动损伤。

参考文献

[1] 牟鹏. 沈阳市部分高校田径课开展现状及对策研究[D].//沈阳体育学院 2004 届本科生优秀毕业论文集[G]. 沈阳体育学院,2004:14-15.

[2] 张风铃. 大学生课外参与排球活动的现状调查[J]. 沈阳体育学院学报,2004(2):231-232

[3] 祁浩. 从矛盾现象谈葫芦岛地区各种男生足球课程教学改革[D].//沈阳体育学院 2004 届本科生优秀论文集[G]. 沈阳体育学院,2004:162-163.

[4] 赵厚华,等. 对辽宁省中学生足球运动开展现状的调查研究[J]. 沈阳体育学院学报,2003(1):82-83.

[5] 刘丙权. 体育教育专业本科生专业思想和就业心态现状调查与分析[J]. 沈阳体育学院学报,2004(4):520-522.

[6] 赖炳森,等. 不同层次足球运动参与者运动损伤的比较研究[J]. 广州体育学院学报,2002(5):82-85.

[7] 周雪. 沈阳体育学院体育系足球专项学生运动损伤的调查与研究[D].//沈阳体育学院 2004 届本科生毕业论文集[G]. 沈阳体育学院,2004.

[8] 赵刚,等. 沈阳体育学院学生运动损伤调查与分析[J]. 沈阳体育学院学报,2004(4):550-552.

[9] 马国川,等. 中国女子足球运动员运动损伤规律及防治的初步研究[J]. 中国运动医学杂志,2001(1):61-63.

[10] 曲绵域,等. 应用运动医学[M]. 北京:北京科学技术出版社,1996:489-491.

[11] 全国体育院校教材委员会. 现代足球[M]. 北京:人民体育出版社,2000.

[12] 全国体育院校教材委员会. 足球[M]. 北京:人民体育出版社,1991.

[13] 沈阳体育学院教务处,沈阳体育学院教学大纲[Z]. 沈阳体育学院,2003.

[14] 沈阳体育学院教务处,沈阳体育学院教学要览[Z]. 沈阳体育学院,2003.

[15] 沈阳体育学院教务处,沈阳体育学院技术课教案[Z]. 沈阳体育学院,2004.

我院女子足球今后发展的设想

高大山，郭惠先

（广州体育学院，广州　510075）

摘　要：立足于体育院校的视角，就目前全国体育学院女子足球的教学训练做一调查了解，并对我院女子足球的教学训练及今后的发展提出大胆的设想与建议，旨在为我国女子足球的振兴和重新崛起作出贡献。

关键词：女子足球；运动水平；普及；提高

20 世纪 80 年代初期女子足球在我国才得以提高，至今仅有二十多年的短暂历程，起步虽晚一度水平却提高得很快。但就目前我国女足整体水平而言，要在亚洲乃至世界占据一席之地仍面临严峻的考验。

就本届奥运会来看，我国女子足球的水平大幅下降，与世界诸强差距明显拉大。目前我国从事女子足球专业训练的队伍不多，参加训练的人数匮乏，资金的投入也有限。特别是基层普及程度不够，人们对女足运动的认识远远滞后于当今世界女足迅猛发展的形势。我国女足经历了 2000 年奥运会的辉煌，到如今已呈现大幅度滑坡，发展后劲不足，前景令人担忧。

竞技体育的发展离不开经济支撑作为它的强大依托，但要保持竞技体育的持续发展，长久不衰，基础体育的全面教育与普及是至关重要的。换言之，竞技体育要上升到一个崭新的高度，科学训练的理念与手段及人才的培训和输送是其得以持续发展的基础和前提。

体育院校肩负开展普及及教育培训的重任。但就目前情况来看，与现实差距甚远，必须引起我们的高度重视。

1　女子足球课的设置及开设的情况

从全国 15 所单科专业体育院校的调查了解来看，目前仅有成都、河北和广州开设女生足球普修课，其他十多所老字号体院均未开设，就连我国女子足球起步最早的西安体院也于 1992 年撤消了女生足球课的教学计划。广州体院于 1998 年举办了全国首届女子足球比赛，至今已经办了 3 届，在全国所有体育院校中是前所未有的。2003 年 2 月我院为参加广东省第六届大学生运动会正式组建了广体历史上第一支女足代表队，并列入常设的训练计划，这在全国体育院校范围内也是首屈一指的。

女足选修课目前全国体育院校均未列入教学计划，鉴于我院女足具体情况及长远考虑，建议将女足专选课尽快纳入院正式的教学计划中来。

我院女足的教学训练目前在全国体育院校中已先行一步。作为培养专门体育人才的最高学府，针对我国女足目前的具体情况，展望世界女足今后的发展前景，完全有必要将女足的教学计划重新纳入体育院校必修课程。

2　女子足球竞赛应纳入全国体院整体竞赛计划

体育学院虽非造就职业运动员的摇篮，但它却肩负着培养优秀体育师资和高水平、高层次教练员的神圣职责，优秀的教练员无不出自体育高等学府的精心培养。在国外尤其当今世界上的体育强国都印证了这一点，不具备现代体育科学新理念，不掌握现代体育科学的丰富的理论，要想培养出类拔萃的运动员和高水平的运动队无疑是不现实的。

运动竞赛在人才培养的过程中是不可或缺的重要一环，实践经验的积累和理论水平不断丰富深化的结合，为他们今后大展宏图增添了一对腾飞的翅膀。

20 世纪 80～90 年代全国体院系统的一些项目，如男子足球、男女篮球间的相互交流比赛定期而有序，这对促进各院校的教学训练大有裨益，然而近几年全国体院间这种交流日趋减少，即便偶有交流也是处于一种不稳定没有计划的无序状态。

我们认为体院系统之间的竞赛交流应该尽快全面地建立起来，纳入统一规范化的轨道上来，作为体育院校之间的一项长期稳定的竞赛计划。女子足球在全国体育院校从未开展，根据当前世界女子足球发展现状，我们认为把女足竞赛工作列入今后全国体院间的一项常规赛事是完全必要的，也是我们为我国女足摆脱目前困境走出低谷重整昔日辉煌应做的工作。相信在不远的将来，女子足球的现状会有一个大的改观。随着女子足球环境的改善，我国女子足球的回升指日可待，为重塑中国女足在世界的强国地位，体育院校应作出自己的贡献。

3　女足的招生应列为每年招生计划的重点

按目前全国体育院校计划招生规模，每年大约有两万新生入学（未包括其他院校体育系）。据了解在这些入学新生中，田径、男女篮球、男子足球占了绝大多数，其次是体操、武术、排球等，而女子足球入校人数不足 1%。以我院为例，虽然我院女足无论从教学或训练方面在全国各体育院校中都先行了一步，但每年女足招生人数寥寥无几，从 2001 级开始至今已经 3 年多了，目前在校人数已达 5000 人，而女足人员匮乏，除了专业队员还凑不足一支完整的队伍，这势必对正常训练和对外交流造成很大的影响。为使我院女足刚刚兴起的大好势头持续发展，继续走在全国体院的前列，必须把女足作为每年招生的重点。目前除我院外，上海、沈阳、天津、河北等院校也已经组建了女子足球队并进行常年的教学训练，相信在不久的将来，全国体院系统的竞技交往将正式开展。

4　坚持常年训练，扩大对外交流

4.1　我院女足代表队从 2004 年 2 月已开始正式训练，为使我院女足持续健康地发展下

去,以下问题应立即解决:

①给予一定的经费支持,以保证女足的正常训练。

②为使女足队员能够全身心地投入到训练中,建议学院在学业考试、评优等方面给予有关政策的倾斜和待遇。

③进一步充实和完善组织建制。

(2)根据我们对全国兄弟院校的调查访问,我院女足的教学与训练,目前走在了14所体育院校的前列。从长远考虑,提高我院女足的影响,扩大对外交流,让这星星之火得以燎原,还需要我们付出艰苦的努力。我们建议:

①首先在我院恢复和健全竞赛机制,每年举办1~2次全院范围内的女足比赛,吸引和发掘更多的女足人才,保证女足旺盛的生命力。

②保持与省内各院校的密切联系和交往,积极参与高校间的各类女足比赛活动。

③积极主动地加强与全国14所体育院校间的联系与沟通,加强兄弟院校间的女足交往,争取2008年北京奥运会前举办全国体育院校女足正式比赛。

沈阳体育学院运动训练系足球专修课程改革研究

斯力格,于泉海,高明琪,杨红军,杨雷

（沈阳体育学院,沈阳　110032）

摘　要：运用调查和文献研究等方法,对足球专修课程改革进行了深入的研究。认为在修订教学大纲时首先必须对足球专修课程予以准确定位,包括课程目标、层次、特色定位;教学大纲修订的前提是国家和社会需要;提出了制定教学目标的基本要求及具体目标,并提出了教学环境的设计与优化,教材编写的具体措施。力图为教学改革提供有益借鉴,进而推动教学质量的提高。

关键词：沈阳体育学院;足球;专修课;课程改革

1　前言

如果说 20 世纪是科学技术飞速发展的时代,那么 21 世纪就是观念、知识迅速更新的时代;如果说 20 世纪是学校教育传授知识的时代,那么 21 世纪必将是学校教育创新知识的时代。然而,体育院校的大部分课程仍处在一个相对封闭式的系统之中,就像密闭容器中的水,只能通过器壁交流物资。而当代新的教育观念则要求一种开放式系统,不仅要进行能量的交换,还要与外界进行物资的交换和更新。从上世纪 50 年代以来,教育改革的大潮此起彼伏,纵观世界教育改革,不难发现,课程改革已经成为多年来教育改革的焦点,课程改革往往又是教学改革的先导和突破口。教育思想的更新、教育制度的变革,最终必须通过教育内容即课程教材的改革才能落实,教学方法的改革必须以课程改革为前提。教育的价值取向也是由传授知识的多寡转向培养人才水平的高低, 由手段论的价值观转向目的论的价值观。教育改革的根本目的是把人的需求作为教育目的。随着经济和社会的飞速发展,体育教育改革也在不断地深化,课程改革已经成为高等院校体育专业教育改革的焦点。

沈阳体育学院现有体育教育、运动训练、民族体育、社会体育、市场营销、人体科学及新闻、表演等专业,课程分专修课、必修课、专业方向课、选修课、俱乐部训练课等。由于专业与课程的多样性,课程改革就应该有它的系统性和层次性。就是说,应该明确本专业哪些是主干课程,哪些是辅修课程。把本专业的主干课程作为课程改革的突破口。

2　研究方法

(1)文献资料研究与逻辑分析法
(2)访谈法

3 分析与讨论

3.1 教学大纲的修改需要社会协作

教学大纲是"准则性"的,这关系到应该让学生掌握哪些知识和技能,使他们有能力生活、工作和竞争于今天的世界。因此,在足球专修课教学大纲修订的前期,对学校的各类专业、教育研究机构、教育职能部门、体育管理部门等,就知识应用、能力结构等方面做了广泛的社会调查和座谈访问,征求了多方意见。足球专修课教学大纲的修订是个典型的协作过程。

3.2 课程定位

在当代体育社会、体育商品迅猛发展的大背景下,在体育教育改革的今天,运动训练专业学生如何适应社会需要?如何对运动训练专业课程进行准确的目标定位、层次定位、特色定位?这是课程改革过程中首先要回答的问题,是方向性问题。如果没有充分注意到这一点,就无法掌握课程改革的真正含义。

3.2.1 课程的目标定位

沈阳体育学院目前正在着力建设"世界一流、全国领先"的体育大学,那么,课程改革要服从于学院建设一流体育大学的总体目标。在这个总体目标的指导下,还要思考本学科未来发展的趋势、发展方向,设定带有全局性、方向性的学科发展目标,这个目标就是进入辽宁省精品课程行列。运动训练专业足球专修课程在所有足球课程中,应该成为体现新的教育理念的高水平、高质量的示范性课程。

3.2.2 课程层次定位

课程层次定位指的是人才培养的层次。比如,运动训练专业首先要为国家和社会培养高层次、创新性的体育教育、运动训练和专业管理人才,其次是向社会输送合格的毕业生,同时还肩负着向研究生层次输送生源的责任。

3.2.3 课程特色定位

课程特色定位是指人才培养特色、教学训练指导思想等方面所表现出来的与众不同的独特东西。你无我有、你有我优、你优我特。它应该是一种品牌效应,其教育质量表现出学院在教育市场中较强的竞争力,也是学院吸引生源、形成社会地位的基础。

3.3 教学大纲修订的必要性

1992 年在美国举行的亚太经济合作组织成员国(地区)教育部长会议提出,"教学大纲是我们希望学生在校期间应掌握的特定的知识、技能和态度的非常清晰明确的阐述。教学大纲描述了一个社会或一种教育体系规定学生在不同年级、不同学科领域应该获得的成绩、行为以及个人发展,以使学生为丰富完满的生活做好准备"。这个定义可以看做是当代教育大纲的典型。

我院运动训练专业足球专修课所使用的教学大纲,与上世纪 50 年代体育学院使用的足球教学大纲,并无实质区别,如果说有区别的话,只是教学内容范围的大小和教学时数多少的区别。而且,各类专业的足球课程大纲所设教学目标基本一致,无根本区别,不能体现各类专业人才的培养目标、规格、知识、能力和素质结构。所以,教学大纲的修订已经势在必行。

3.3.1　教学目标的修订

3.3.1.1　制订教学目标的基本原则

(1)前提是国家需要,关键在于学科定位。课程目标应该根据国家和经济发展对人才的不同需求,以及学科的自身条件,在履行教育教学职能中找准位置、发展目标和服务方向,确定人才培养的目标、规格,构建合理的知识、能力、素质结构,使之成为学院的重点学科,努力培养面向基层的高质量的开放型和应用型人才。

(2)导向是社会需求,核心在于培养模式。制订教学目标必须适应市场需求,以市场需求为导向。应该根据学院培养目标,以培养复合型、应用型人才为主,培养面向基层、面向体育教育、运动训练及管理第一线的应用型人才。对应用型人才的要求是要有一定的理论基础、有较强的动手能力和二次开发的能力。

(3)基础是通识教育,根本在于能力培养。课程目标应该正确处理好能力教育、通才教育和专业教育三者的关系。以通识教育为基础,构建学生的综合能力和广泛的知识基础,为学生的可持续发展奠定基础;以能力培养为本位,构建学生应用知识和技术解决教学、训练、管理等方面的实际能力。能力的培养包括专业能力和综合能力。

(4)基准是知识应用,目标在于创新能力。课程教学目标客观上要求培养出的人才,既有"知识"又要有"能力",更要有使知识和能力得到充分发挥的"素质",应当具备基础扎实、知识面宽、能力强、素质高四个突出特点,尤其是要具备创新能力。

3.3.1.2　制定教学目标的基本要求

我们将原教学大纲的教学目标和任务分为:总体教学目标和学年教学目标。

(1)制订总体教学目标的基本要求

①要体现教育理念的变革,把素质教育纳入教学目标之中。为此在制订教学大纲时将现代教学理念贯彻始终。在教学目标中强调"基本素质、基本知识、基本能力、基本技能"四基并重,充分体现学生所要达到的行为范畴。要通过教学实施,使学生提高基本素质、夯实基本知识、培养基本能力、发展基本技能。

②教学大纲所规定的对学生学业成就的期望水平应该适应全体学生。

(2)制订学年教学目标的基本要求

教学大纲不仅仅是知识点的简单罗列,应该是可操作的。①学年教学目标的可评估性。教学大纲是为评估课程而诞生的。当我们把课程理解为学生学到了什么,那么就会根据学生的实际学业成绩来评价课程。学年大纲用以描述预期学生在本学年达到的学习结果,所谓预期的学习结果是可以观察到的行为,用每一个学生在完成特定年级所达到的学习能力来描述。②学年教学目标的可完成性。教学大纲是课程的框架,是保证运动训练足球专业教育质量的最低目标。教学大纲所规定的对学生学业成就的期望水平是所有学生通过自己的努力,无须特殊帮助都能达到的,是一个合格标准。适用于运动训练足球专业的全体学生,以保证所有学生平等地获得现代足球运动必须的知识和技能。

3.3.1.3　教学目标制订的理论依据和方法

编制运动训练足球专修课教学大纲的第一个实践课题就是设定"教学目标",我们在认真研究现代足球发展及足球发达国家先进教学训练的基础上,使教学目标明确化、具体化。而教学目标往往表现为"学力目标"即大多数运动训练学生能达到的最基本的要求。我们以布鲁姆的"教育目标分类学"为编制教学目标的理论依据,首先界定各个学年阶段应该达到的"基础学力"或"基本能力",然后再设定"学习领域"。

首先,教学目标描述的是学生学习的结果而不是限定教材,即确保学生能达到所从事的工作的基本能力和技能,是所有学生都应该掌握的内容。第二,由于目前我院学生来源,因地区、学校条件、学力条件等情况差异比较大,因此,教学大纲的目标具备一定的灵活性,为学校的教师留有充分的空间,这样有助于我们对具体课程内容实施方案的探索性研究,也有利于教师根据实际情况安排和调整教学。在保证绝大多数学生达到教学大纲规定的水平以外,可以为那些很难达到标准或超出标准的学生提供额外的帮助。

3.3.1.4 新教学大纲的教学标准

(1)总体教学目标

通过本课程的学习与训练,使学生具有社会公德,社会责任感,义务感和履行职责的行为等基本素质;较系统地掌握足球运动的基本知识,基本技能和基本能力,足球教学训练、竞赛组织、裁判工作和管理工作的基本能力,提高学生对足球的探究心理,基本掌握本专业的研究方法,具有一定的科学研究能力。

(2)学年教学目标

第一学年:①了解足球运动的基本概况;掌握基本技术(踢、停、顶、运等),提高控制地面球能力;②学习个人战术,发展一对一对抗能力,发展快速传球和射门能力;③培养地面球配合习惯;④正确理解足球比赛中的道德价值和协作精神;⑤基本掌握足球竞赛规则和裁判方法,达到三级裁判员水平。

第二学年:①提高快速射门能力;②领会足球比赛原则,发展合理接应能力,发展最后一传能力,培养向前第二空当传球意识;③正确理解比赛中尊重概念;④熟练掌握足球竞赛规则,掌握足球裁判方法,达到二级裁判员水平。

第三学年:①灵活使用局部攻、守配合,掌握边路进攻配合方法;②发展空间位置感,比赛中保持合理的基本队形;③能够分析比赛、指导比赛;④能够进行体育课足球教学设计并组织教学,能够进行足球训练课设计并组织训练;⑤达到亚足联 C 级足球教练员水平。

第四学年:①比赛中能综合运用技战术知识,具备协作精神,②基本掌握足球运动行政管理知识和方法;③学会临场统计法、观察法、调查法、访谈法、专项测试法,并具备独立的操作能力;④形成实事求是的科学态度,能进行科学研究设计、正确使用研究方法,独立撰写毕业论文。

3.4 课程内容的精选

3.4.1 "少、精、宽、新"精选原则

教学内容的基本性和发展性就是界定"核心知识",这些"核心知识"应该有助于整合传统的教学内容,有助于学生理解课程知识的关联性;有助于学生把课本知识同实际生活

联系起来。所以,在教学内容的选择上强调"少、精、宽、新"原则。

（1）"少"。把现行教学大纲中与基础课程重复的相关理论删除,足球理论课程由过去的 194 学时减为 122 学时。

（2）"精"。在给学生整体性的知识的同时,更要注意精选知识、避免与基础课内容重复出现,搞好整体优化。切忌将新知识机械地叠加或简单地照搬。

（3）"宽"。注重其他学科知识对本学科的影响及在本学科领域中的应用,拓宽学生的视野。

（4）"新"。让学生了解本学科的前沿技术与发展动向。

3.4.2 教学与实践并重原则。

教育部周济部长在 2005 年全国高等院校毕业生就业工作网络视频会议上指出,"以培养学生的就业能力、创新能力、创业能力为重点,突出实践教学,切实转变人才培养模式和机制。高等学校要强化实践育人的意识,切实加强实践教学环节,合理制订实践教学方案,完善实践教学体系"。因为实践是创新的基础。应该彻底改变传统教育模式下实践教学处于从属地位的状况。构建科学合理培养方案的一个重要任务是必须为学生构筑一个合理的实践能力体系,并从整体上策划每个实践教学(操作)环节。这种实践教学(操作)体系是与理论教学平行而又相互协调、相辅相成的。应尽可能为学生提供综合性、设计性、创造性比较强的实践操作环境,让每个学生在四年中能经过多个这种实践操作环节的培养和训练,这不仅能培养学生扎实的基本技能与实践能力,而且对提高学生的综合素质大有好处。

3.5 从教学测量到教学评价

教学评价的改革克服了重智育和学科知识的单一测量。其实,教学评价是判定学生达到教学目标程度的综合过程,它应该是以教学目标的确定为前提,包括对学生行为的定性和定量分析,还有对学生期望行为价值的判断。良好的评价既包括测量方法,也包括非测量方法,它是一种对学习全过程的一种评价。所以,我们在教学评价改革中力求做到:第一,强化评价的诊断作用,即用于查明学生的学习进展情况,改进教师教学设计和教学方法。目的不是"为了证明",而是"为了改进"。第二,注重评价的全面性。改革运动训练系足球专业学生四年只为进行一次知识技能考试的做法。拓宽了评价指标,以形成性评价为主,评价方法既包括对技战术的定量评价,也包含对教学课和训练课教学设计、教学组织、教学方法、教学实施等的定性评价,除此之外,还包含学生的道德品行、学习态度、生活习惯等的评价。

3.6 教学环境的设计与优化

教学环境的设计与优化是我们准备研究的一个重要内容,目前已经提出需要教师关注的两个方面:一是"信息化"。它是教育媒体的运用和"信息教育课程"的开发,使教学突破传统的"教师中心,教科书中心、教室中心"的局限,有助于学生对于知识的理解,操作技能的提高,评价能力的增强。二是"实际化"。教学不能满足间接的经验和虚拟的沟通。教学如何"贴近足球教学训练实际","参与社会实践,获得体验"等直接体验,显得越发重要。它可以促进学习动机,有助于领悟学习的快乐和成功感。

3.7　教材的编写

过去,教科书常常是教材的同义词,在"一纲一本"或"多纲多本"情况下,"教学用书"或"教学材料"仿佛都指向"一本"或"几本"有限的教科书。可以想象,随着教学大纲及与之配套的教材选用制的出台,"教师与学生共用一种教科书,教师按教科书教,学生按教科书学"的现象将成为历史。教材的含义将只是"教学用书"或"教学材料",学院可以根据自己的需要选用各种教材。通常情况下,教学大纲先于教学材料的编写,并且指导着教学材料的编写,如果采用了新的教学大纲,那么,它与现行的教学大纲不同,它描述的是学生的学习结果而不是限定教师的教学内容。因此教学大纲不直接规范教学材料,而是通过对学生学习结果的描述间接影响教学材料的编写。教研室编写教学材料的具体方式可能有很大不同,然而,教材必须符合教学大纲的要求,但教学大纲不是编写教材的唯一要求。

4　小结

总之,"课程改革"总要经历"大纲编制,教材编写,教学实施"等环节,而且在这些环节之中总会存在着某种"落差"。从其他课程改革的经验来看,克服"大纲编制"与"教材编写"之间的"落差"的唯一策略是"学术讨论",而克服"教材编写"与"教学实施"之间"落差"的唯一策略是"教师研修"。只有在这种"学术讨论"和"教师研修"的过程中,教学观念才会得到变革,新的"教学文化"才可能创造。

参考文献

[1] 钟启泉,张华.世界课程改革趋势研究——课程改革专题研究[M].北京:北京师范大学出版社,2001:293.

[2] 周济.2005年全国高等院校毕业生就业工作网络视频会议的讲话[Z].2005.

[3] 施良方,崔允漷,等.教学论——课堂教学的原理、策略与研究[M].上海:华东师范大学出版社,1999.

天津体育学院足球运动专业课程
A－B－C体系设计与实施

张贻琪,张志东,李文柱,赵弓,田志琦,哈鸿权,邱刚,李强,王炜华

(天津体育学院,天津 300381)

摘 要:依据当代素质健康教育改革,体育本科生"精英教育向大众教育转型"及我院培养"复合型专业实用人才"的社会需求,依据多年教学、训练、竞技的实践经验,设计制订了《足球运动专业课程A－B－C体系》并初步实施,为进一步实现人才规格化,管理法制化,学科设置科学化,体现当代体育教育"创新思维"方面进行有益探索,仅供业内同仁参考。

关键词:体育学院;足球运动;专业课程;A－B－C体系

1 前言

1.1 设计的依据:根据天津体院"十五"规划"创办现代化综合性体育大学"宏伟目标;30年来教学、训练、竞技实践经验;我院运动训练科学系、体育健康教育系(继续教育学院)本科生《教育教学计划》及课程设置框架体系;《足球运动专业课程》教学实际(招生入学水平、毕业应聘上岗之社会需求)状况而设计制订足球运动专业课程A－B－C体系。

1.2 总体指导思想:依据扩招后学员现实水准、社会需求、足球运动专业课程教学训练的基本规律,因材施教,使不同层次的学员各有所学,各有所得,体现当代本科教育从精英教育向大众教育的转型,为进一步培养硕士、博士研究生(含在职硕士研究生课程班)打下坚实基础。

1.3 规范"主干课程体系":体现"运动训练"(含高水平竞技),"体育教育"、"成人教育"不同专业、学制的特征,在实现"规范化"的基础上,为试行"实质性学分制体系"创造先决条件,进一步实现人才规格化(如"1主2副5能")、管理法制化(教学常规提升至法规)、学科设置科学化(课程设置权重比例合理),培养"复合型人才",体现当代体育教育的"创新思维"。

2　主要内容

2.1　天津体育学院足球专业课程 ABC 教学大纲

2.1.1　大纲说明

（1）制订依据：结合当代素质健康教育改革，我院"多渠道、多层次、培养复合型人才"扩招办学社会需求，依据"足球专业教学训练"基本规律与特点、本科专业实行学分制管理暂行规定、专业课程管理暂行规定（试行）及现有资源，制定本大纲。

（2）指导思想与培养目标：培养适应我国体育事业发展需要，德、智、体、美全面发展的，具有较扎实足球专业理论基础，较强技术技能和应用能力，能从事"初级－中级－高级"足球教学、训练、竞技管理工作的实用型、技能型师资和专门人才（优秀运动员、教练员、裁判员、管理人员、科技人员、训练教辅人员等）。

（3）"足球运动专业课程"目的与要求：初步掌握增强体质、增进健康的科学方法，了解足球专业科学技术新发展，具有"初级－中级－高级"足球教学、训练（高水平竞技）、组织竞赛、裁判、科研工作的基本能力；具有"教书育人"、"为人师表"的基本素养。在基本理论、基本技术、基本技能方面达到本科"A－B－C 级"相应水准。

（4）实施教学大纲的方法与要求：注重基本理论、基本技能及运用能力的培养，其主要方法是：面授、自学、作业、辅导答疑。

（5）需说明的问题：以 2000 年 4 月新版《现代足球》，全国体院通用教材《足球》为主要教材，以国际足联、亚足联、中国足协的《教学训练大纲》及教练员岗位培训 A－B－C 级教材为主要参考教材，精选部分主要内容。

2.1.2　学时安排

（1）根据教学计划本门课程为 864 学时，于第 C1、B2、A3 学年开设，其中理论讲授 $36/288 = 12.5\% \times 3$ 学年。

（2）实践课 C1：$194/288 = 67.4\%$；B2：$182/288 = 63.2\%$；A3：$170/288 = 59\%$；（C ＋ B ＋ A ＝ $546/864 = 63.2\%$）。

（3）技能培养 C1：$48/288 = 16.7\%$；B2：$60/288 = 20.8\%$；A3：$72/288 = 25\%$；（C ＋ B ＋ A ＝ $180/864 = 20.8\%$）。

（4）考核：第 1、第 3、第 5 学期技术考查 4 学时，第 2、第 4、第 6 学期技术考查＋理论考试 ＝ 6 学时（C ＋ B ＋ A ＝ $30/864 = 3.5\%$）。

（5）第 7 学期"毕业实习"；第 8 学期"毕业论文"。

2.1.3　教材纲要

（1）理论部分：（$C1 - 4 + B_2 - 4 + A_3 - 4 = 12$ 讲，$108/864 = 12.5\%$）比重：主要 60%、次要 30%、介绍 10%。

（2）实践部分：（C1：$194/288 = 67.4\%$；B2：$182/288 = 63.2\%$；A3：$174/288 = 60.42\%$）

①足球运动技术教学与训练（基本技术→实用技术→位置技术→位置职能）

②足球战术教学与训练(个人→局部→整体攻防)

③教法作业:(重点:利用主要教材;教法:"正迁移""正诱导";扩展次要教材、辅助教法;"举一反三")

(3)技能培养:(C1:48/288 = 16.7%;B2:60/288 = 20.8%;A3:72/288 = 25%)

①教学比赛与裁判实习(教研室会同教务处竞赛科每年5月进行3~2级裁判员统考,合格者颁证:先3级后2级)。

C1:1年(2学期)48学时裁判实习,结合联赛可达3级运动员、裁判员的基本要求;

B2:2年(4学期)108学时实习,可达2级运动员、裁判员通级的基本要求;

A3:3年180学时实习,条件优秀者推荐上"市足协1级裁判员培训班"。

②教学、训练实习。教师指定内容,学员写好"小教案",课前10分钟经教师审核后执行操作。

C1学年:第1学期准备活动15分钟,第2学期准备活动 + 专项辅助练习20分钟;

B2学年:第3学期"部分课"50分钟,第4学期观摩示范课50分钟结合"分析报告";

A3学年:第5学期"训练课"50分钟,第6学期观摩示范课50分钟"训练课分析报告"。

2.1.4　考核办法(均按百分制记入专业课程学分)

(1)考核大纲(按教学评估体系全面进行"教学测量评价",逐步规范规格、尺度、系统性、一致性)

学期	平时 30 %	素质 技术 测验 40 %	考试 (考查)30 %
C 1 2	态度 实习(准 15min)笔记 考勤 准 + 辅 = 20min 作业	30m 5~25m 往返跑 5级跳 6分钟跑 行颠 行头颠 运竿射门 10m 弓传	颠球 头颠球 定位球射门 10 理论考试:概 技 战 规裁
B 3 4	态度"部分课"50min 1 2 3 考勤 观摩课 + 分析 1 2 3	50m 4×10m 往返跑 400m 12分钟跑 远射 30m 运射 传中头顶 25m 传接	比赛能力 运2 裁2 小评论 理论考试:含概 1~8 讲理论
A 5 6	态度"训练课"50min 1 2 3 考勤 示范课 + 分析 1 2 3	10 级跳 10~50 往返跑 400m×5 12分钟 1 分钟速射 远射 30m 运射 25m 传接	竞技能力 运 裁1 专业论文 理论考试:含概全部理论 12
合计	3 类 10% 实习 6 档 作业 12	素质 12 技术 12 实践能力 运 2 裁 2	实践 + 理论 + 综合能力 = 毕业

①平时(30%):含学习态度(考勤);作业(笔记、提问);教学实习(详见技能2)各占10%;

②素质技术测验(40%):每学期安排4~7项各占10%(B级比赛能力占20%,A级竞技能力占30%);

③考试考查(30%):1、3、5学期为考查,2、4、6学期为考试(开卷或闭卷),内容含概如上表。

(2)身体素质测验项目及评分标准(足球专业常规方法达标)

学年	C1:第一学年			B2:第二学年				A3:第三学年			
项目	30m	5~25m	5级跳	6分钟跑	50m	4×10m	12分钟跑	400m	400m	10级跳	YOYO	12分钟跑

(3)足球技术测验项目及评分标准(足球专业常规方法达标结合技评)

C1 级	颠球	头颠球	行颠球	行头颠	定射10	20m运射	10m弓传	备 注
B2 级	25m远射	30m运射	传中头射	25m传接	比 赛 能 力	（20分）		
A3 级	1'速射	30m运射	30m远射	25m传接	竞 技 能 力	（30分）		

附:足球技术测验 专业常规方法图示[1－9]

☆绩点学分制:100－90~4分

计算方法:	89－85~3.5分
课程学分②	84－80~3分
绩点学分4×	79－75~2.5分
实际分 8	74－70~2分
N门课程	69－65~1.5分
累计	64－60~1分

(60↓~0分)

☆ 体育健康教育系:D1 普修课(周4学时②)C2－3 年级专修(周6学时⑥)
☆ 运动训练科学系:C1 专修技能课选拔(周8学时④学分)
☆ 运2－3 年级专修"教学组 C"(周6学时⑥)"训练组 B"(周8学时⑧)
★ A级建制(院集训队)每周增加2学时【A实际训练10学时＋集训＝⑩】

2.2 教学进度

配套"教学进度",C1 C2＋B1 B2＋A1 A2 全面完整地体现教学大纲内容、方法及要求。

(1)实现"循序渐进－条块分割－合理安排－逻辑梯次－能力效果－逐步提高"的基本原则(能效原则);

(2)改变传统的"单课进度"形式(教材安排缺少逻辑性、层次序列与整合性),创新"周单元教学法"—小单元:(周2课4学时~普选2专修),中单元:(周3课6学时~专修"教学组"),大单元:(周4课8学时~专修"训练组")。

(3)充分体现足球专业课程特点,即外在直观＋运动中＋亲身尝试体验＋技术＋能力。

(4)既有独立的"阶段性"又有体现整体的"序列性",体现当代足球运动基本规律——"整体←→局部←→个人",既有系统层次逻辑,又有"整体观、大局观"。

如在技术教学中,正足背→带动里、外足背→扩展其他部位(足内侧 头顶球)→突出射门(进球)→以射门技术→带动扩展→威传→传接球→争顶、抢、断、铲(防守技术)→守门员技术(不失球),体现足球比赛原则、规律;

结合教学法:鼓励学员积极思维,"举一反三、触类旁通""事半功倍 提高实效"。

(5)实施细则:以 2003 级运动训练科学系(本科)为例

①依据足球运动专业课程 2003 修订教育计划,本学期实际授课 18 周×4×2＝

144 学时；

　　其中：理论课 8 次 ×2 = 16 学时，占 11.1%；

　　　　　实践课 47 次 ×2 = 94 学时，占 65.3；技能培养 15 次 ×2 = 30 学时，占 20.8%。

　　②期末考查（含身体素质测验）：R2 裁判员必测 4 项达标，50m、4×10m、12 分钟、400m，强化体能占 40%；

　　技术测验 3 项：达标、技评（射门 10 球射左右 45°，30m 运球射门，25m 远射）占 30%；学习态度：考勤作业笔记，部分课实习、R 实习等综合技能评分占 30%（合计 100 分）。

　　③依据足球专业课教学大纲之能力培养，本学期进行"部分课实习"，学员按教学进度写 50 分钟小教案并实施操作（准备活动 12 分钟 + 专业辅助练习 8 分钟 + 基本练习 30 分钟 = 50 分钟），后 50 分钟训练课由指导教师实施。重点：为"NO – YES – OK 教学法"，即按 0 起点组织教学，依人数、场地、学时合理安排，"发现问题 – 纠正示范 – 完善成功"，以提高基本技战术、教学 R 实习能力及独立自学能力。

2.3　实践课

　　素质技术测验采用"多次测评法"，即每项测验按方法要求重复考核 3~4 次，"破本人记录则改写"的"激励法"（同时避免偶然性而失分），以"稳定成绩"，实现"测量评价"的"真实可靠性"。

2.4　理论课教学

　　精讲教材、浓缩精华、逻辑层次、要点纲要、图文并茂（便于教师"板书"与学员笔记）、理解记忆与实践体验相结合。

　　结合多媒体课件（与北体大麻雪田教授共编教材引进国际足联教练员培训班之先进的训练理念与示范教材）演示，如战术阵型（队形）、时空观、整体观、大局观；Ajaks 身体训练、青少年训练；基础→中级→高级→实战→世界杯→射门集锦（中英双语）；结合讲评，使学员理解足球运动多因素综合相关的基本规律。

　　结合"作业"（整理笔记、思考题、小评论）、网上查询、观摩比赛实况（须进一步创造条件），多角度、多方面地渗透知识、理念与技能技巧，逐步提高"悟性"（理解力与创造力思维），为撰写"毕业论文"打下坚实基础。

2.5　毕业论文

　　足球教研室 2003 年制定 2004 年修订《管理规范》，突出实施过程的质量监控（重结果更重过程）。

　　(1)实行 4 档评分制（详见评分表），3~5 名评委组成评议组（高级职称任组长把关），系级教学主任审核签字：

　　①"合格"：优秀 90 分以上，良好 80~89 分，中 70~79 分，及格 60~69 分；

　　②"不合格"：60 分以下，限期整改，非原则错误 1~6 月内修改完善后，补审（合格者只记 60 分）；

　　③"重作"：重大原则错误"重作"，1 年后 随下届"重新报告答辩"，补审（只记 60 分）；

④"0分"：全文抄袭、剽窃者视为"道德品质恶劣"，按"考试作弊"记0分，并不予补审。

（2）实行"双向选择"，即提供导师情况，由学员考虑教师"特长与科研课题方向"，足球教研室协调认定的原则。

①选题方法：鼓励专修学员和"非专修生"结合所学基础理论知识，解决足球专业具体问题；

②专业范围：足球专业教学、训练、竞赛、科研、管理、青少年（女足）、职业化、产业化、社会化、足球文化、法律介入（国际、国内重要赛事调研统计、热点问题）等某一方面；

③能效原则：一年内能独立操作、实施、完成，选题不可过大，可在初选范围中，逐步压缩，成文时精练标题"。

（3）实施程序

①科研方法课结课前，由张贻琪教授开设专题讲座（统一购置计算机软盘：规范格式、方法要求程序；）；

②选题：3年级5月1日前定题，6月1日前，教研室依据学生愿望，协调安排指导教师；

③开题报告：6月25日左右，规范表格，指导教师审查、签署意见，上报学科组评审；

④中期检查：4年级实习返校，12月1日前打印"中期检查表格"，指导教师审查、签署意见，报学科组备案；

⑤结题："毕业论文"规范打印稿一式3份，交指导教师，签署意见，初评；安排"评阅人"评审签署评阅意见；

⑥报告答辩会：由××系组织（教研室）"足球专业学科评议组"，评审、签署意见、总评打分；

⑦"足球专业学科评议组"组长审核（合格 不合格），签署意见，总评成绩分优、良、中、及格；

⑧系主管教学主任最终审核，签署意见并加盖公章，方为有效成绩，毕业论文成绩记入"学籍档案"；

⑨《本科足球专业毕业论文》基本要求：

● 论点较鲜明，论据较充分，结论（对策）有针对性、现实意义（对教学训练有指导性）；

● 层次条理较清楚，有逻辑性，文字表述较精练、准确；

● 规范格式书写工整、正确使用汉字标点符号，字数在5000字左右（三线表格规范图示）；

● 为提高本科毕业论文质量，试用"创新表格"与格式要求，必须使用计算机按规范格式打印，从"开题报告"、"中期检查"、"毕业论文"，力争做到利用"多媒体"演示，普通话脱稿报告。

3　小结与建议

（1）运动训练专业课程要培养学生的综合能力，应强化《教学大纲》制定的规范性、合理性、科学性；

（2）严格执行《教学大纲》，杜绝"投机取巧"等不良行为，严肃考风考纪，这是素质教育的重要内容与基本任务；

（3）逐步实现"统一大纲、统一进度、统一教案规格"，并注重发挥教师的特长与个性；

（4）提高理论教学"多媒体课件"的精准度，加强实践课教材教法"图示软件"的开发研制，须请计算机专业人员帮助，逐步实现"术科教案"统一规范的打印。

参考文献

[1]张贻琪．足球运动技术原理[J]．//全国体院教学论文汇编,1989.

[2]张贻琪．世界杯足球赛测量评价研究[J]．天津体育学院学报,2000.

[3]麻雪田,王崇喜,张贻琪,等．现代足球运动高级教程[M]．高等教育出版社,2002.

[4]何志林,等．现代足球．人民体育出版社,2000.

[5]中国足球协会翻译审定．亚洲足球教练员ABC级培训教材．人民体育出版社,1999.

[6]国家体育总局科教司．亚足联 中国足协 足球教练员岗位培训 教学大纲．人民体育出版社,1999.

[7]国家体委．中国体育教练员岗位培训教材(足球)．人民体育出版社,1997.

体育院系运动训练专业增设"体能训练方向"的可行性研究

李文柱,曲鲁平,王健,王炜华,王嵘

（天津体育学院,天津 300381）

摘　要: 采用问卷法分析了我院运动系增设体能训练专业方向的必要性和可行性,并对体能训练专业方向的人才培养规格、课程设置等问题进行了深入探讨。这对拓展学科专业,深入研究体能训练具有重要的意义,同时可为运动训练专业增设体能训练专业方向提供借鉴。主要结论如下:(1)复合型人才是体能训练专业方向人才培养的重点;(2)所开设课程可分为基础理论课、专业基础课和选修课三部分,其专业课程应从第3学期或者第5学期开始授课。

关键词: 运动训练;体能训练;课程设置;专业课程;人才培养

1　前言

自上世纪中后期,体能训练在欧美等发达国家已经成为专业竞技运动训练和大众健身的重要内容。我国起步虽晚,但近些年体能训练也成为竞技体育和大众体育的热点问题。无论是竞技体育,还是大众健身体育,对体能训练和体能教练的需求日益增加。因此,分析我院运动系增设体能训练专业方向的可行性,对拓展学科专业,深入研究体能训练具有重要的意义。

本研究试图以体能训练为切入点,依据社会需求,分析运动训练专业开设体能训练专业方向的必要性、可行性,并对体能训练专业方向的人才培养模式和课程设置方案等问题进行探讨,为我院运动训练专业拓展学科方向,开设"体能训练方向"课程提供理论指导,并供兄弟院校借鉴。

2　研究方法

2.1　研究对象

2.1

文献资料法:检索了中国期刊网(http: // www. edu. cnki. net)、维普中文期刊数据库(http: //211. 81. 27. 21)、国家体育总局(http: //www. sport. gov. cn)等网站,查阅了与本研究的相关的文章70余篇,并进行分析和利用;还查阅了有关运动训练课程、新专业建设等方面的著作 5 篇及相关文献资料 60 余篇,为本课题的研究提供了理论依据和基础。

2.2

问卷调查法:针对我院运动系开设"体能训练方向"课程的可行性,利用问卷调查法对我院 108 名专家和教师进行调查。主要了解开设"体能训练方向"所需要的课程设置、开课时间和社会大众体能需求等情况。共发放 108 份问卷,收回有效问卷 101 份,回收率 93.5%。

2.3

数理统计法:用 spss11.0 对调查数据进行统计分析。

3 研究结果与分析

3.1 我院运动系增设体能训练专业方向必要性的调查与分析

调查表明(图 1),95.5% 的教师和教练员认为我院运动训练专业有必要增设体能训练方向,2.1% 的认为没有必要,另有 2.4% 的教师和教练员对这个问题持不清楚的态度。这一方面说明,大部分教师和教练员对增设体能训练专业方向持肯定态度,为实际操作奠定了基础;另一方面说明,仍有许多人可能对体能训练及相关理论不甚了解。

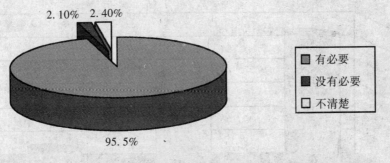

图 1 教师和教练员对我系增设体能训练专业方向的态度

3.1.1 社会对大众健身的需求日益增加

在问及"从社会的需求来看,您认为增设体能训练方向是否有必要"时,90 人认为有必要,约占 89.1%;11 人认为没有必要和不清楚,约占 10.9%;另一项调查显示,有 85% 的专家认为目前私人体能教练职业在我国的发展呈增长趋势。可见,体育训练是社会发展的需求,而体能训练方向正是为社会培养体能教练员,这就对我院运动系增设体能训练专业方向给予了充分的肯定,既满足社会需要,同时又对拓展学科专业具有重要意义。

3.1.2 拓展学生就业新途径

据统计,1997 年我国高校毕业生是 90 万人;1998 年首次突破百万大关,达到 106 万人;2000 年是 107 万人;2001 年是 115 万人。到 2003 年就有毕业生 212 万,2004 年 280 万,2005 年已经达到 338 万。面对严峻的就业形势,应该说绝大部分学生的就业观念有了一定的转变,逐渐认识到工作难找,因此降低了就业的期望值,能够结合自身的实际和就业形势选择就业岗位和地域。由此,我们就"从学生的就业角度看,您认为增设体能训练方向是否有必要"进行问卷调查,其中回答"有必要"的有92人,约占总数的91.1%,而回答"没有必要"和其他的只有9人,约占总数的8.9%。我们可以看到,从学生的就业角度来看,增设体能训练方向是很有必要的。

3.2　我院运动系增设体能训练专业方向可行性的调查与分析

3.2.1　体能训练专业方向的人才培养规格

人才培养的规格是高等体育教育改革的出发点,也是高等体育教育专业改革的归宿。从高等教育的发展趋势来看,培养多层次、多规格、适应性强的人才,是人才培养的基本特点,宽口径、厚基础是未来人才培养规格的基本特征,复合型人才是未来社会对人才的基本要求。

调查结果显示(图2),在回收的101份有效问卷中,认为体能训练专业方向的人才培养规格是复合型的有56人,占总人数的55.50%;认为是应用型的有38人,占总人数的37.60%;认为一专多能型的有7人,占总人数的6.90%。可见,培养复合型的体育教师具有极其重要的现实意义。另一项调查结果提示我们,体能训练专业方向的学生应具备较高的综合技能能力和专项运动技术,以适应社会的需求。

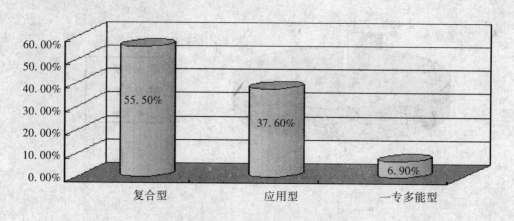

图2　教师和教练员对体能训练专业方向人才培养规格的态度

3.2.2　体能训练专业方向的课程设置

(1)各课程开设的必要性分析。专业方向的课程必要性直接影响到课程在该专业方向中的地位,由表1和表2课程重要性的排序可以看出,课程的必要性和课程的地位呈高度吻合,平均指数排在前10位的课程,其必要性都排在前10位以内。这些课程基本上能保证学生建立比较宽厚的专业基础,并得到从事体能工作所需要的专业理论知识。

(2)开设课程的性质(地位)分析。我们把体能训练专业课程分为三个层次两大类,即基础课程、专业课程和选修三个层次;由基础课程与专业课程组成的必修课类和由限制选修和任意选修组成的选修课类。基础课程包括公共基础课和专业基础课,突出强调"厚基础",专业课程突出"专业特色";选修课程突出"宽口径"。这种课程体系的结构基本上趋于

表1 课程开设的必要性排序

排序	课程名称	平均指数	非常必要	必要	可有可无	不必要	完全不必要
1	专项体能训练方法	1.17	85	15	1	/	/
2	一般体能训练原理与应用	1.23	80	19	2	/	/
3	运动损伤与运动康复	1.30	72	28	1	/	/
4	运动保健与营养学	1.41	66	30	4	1	/
5	专项运动技术训练原理	1.45	63	32	5	1	/
6	运动机能评定与控制	1.50	56	41	3	1	0
7	运动解剖学	1.67	39	56	6	0	/
8	运动生理学	1.73	35	59	6	1	/
9	运动训练学	1.80	33	56	11	1	/
10	体育保健学	1.92	25	60	15	1	/
11	力量训练方法	2.00	22	58	20	1	0
12	毕业实习	2.19	15	57	25	3	1
13	教练员学	2.37	10	50	36	4	1
14	运动生物化学	2.49	8	45	40	7	1
15	运动生物力学	2.58	6	38	50	6	1
16	运动处方	2.78	6	31	46	15	3
17	运动员选材与青少年训练	2.90	2	28	51	18	2
18	毕业论文	3.00	1	25	52	19	4
19	体能训练场地设施	3.21	/	18	50	27	6
20	运动技能学习与控制	3.30	/	15	49	29	8
21	运动心理学	3.42	/	12	45	34	10
22	体育统计学	3.47	/	10	48	29	14

注:平均指数,1—非常必要,2—必要,3—可有可无,4—不必要,5—完全不必要。

合理,保证了体能训练专业人才全面合理的发展。调查统计结果显示了大多数专家、教师和技术人员的选择,也遵循了专业课程突出"专业特色"、选修课程突出"宽口径"的规律。根据项目特点,可以把排在前8位的课程作为体能训练专业方向的必修课,而剩下的任选10门左右的课程作为选修课。

（3）各课程的学时分配分析。一个专业方向其各课程学时数的合理分配不仅可以避免时间的浪费,还可以促进该专业方向的发展。调查结果显示,22门课程中选择32学时的频数超过50%的就有15门课程,而仅有"专项体能训练方法"课程选择144学时的频数超过了50%,其余的都处于两者之间。可见,在目前全国体能训练开展现状还不很普及的情况下,大多数被调查者觉得体能训练方向还是先开设一门专业课,另开设几门选修或普修课较好(见表3)。

表 2　课程的地位排序

排序	课程名称	平均指数	必修课	选修课
1	专项体能训练方法	1.10	92	9
2	运动损伤与运动康复	1.11	91	10
3	一般体能训练原理与应用	1.13	89	12
4	运动解剖学	1.16	86	15
5	运动生理学	1.24	78	23
6	运动训练学	1.34	68	33
7	运动心理学	1.42	60	41
8	运动保健与营养学	1.45	57	44
9	运动机能评定与控制	1.53	55	49
10	专项运动技术训练原理	1.54	48	53
11	力量训练方法	1.57	45	56
12	运动生物化学	1.61	41	60
13	教练员学	1.63	39	62
14	毕业实习	1.68	34	67
15	运动生物力学	1.72	30	71
16	运动处方	1.77	25	76
17	运动员选材与青少年训练	1.81	21	80
18	毕业论文	1.86	16	85
19	体能训练场地设施	1.88	14	87
20	运动技能学习与控制	1.93	9	92
21	体育保健学	1.97	5	96
22	体育统计学	1.99	92	9

注:平均指数,1—必修课,2—选修课。

（4）各课程开设学期的分析。理论上,一个新的专业方向课程开课时间,一般不会放在新生开学伊始,而应该在其专业基础课教学结束以后再进行。对于这个问题,我们在问卷中提出了"您认为:体能训练方向的课程应从第____学期开始?"。其结果是,回答"第3学期"的有35人,约占总数的34%;回答"第5学期"的有53人,约占总数的53%。可见,认为体能训练专业方向的课程应从第3学期或者从第5学期开始的较多,在这两个学期开设体能专业方向课程较为合理。另外,我们还对体能训练专业方向的理论课和实践课的课时比例进行调查,有58人选择1:1,约占总数的57%;有36人选择1:2,约占总数的35%。根据这个结果,同时结合运动训练专业课程设置的实际情况,我们认为,体能训练专业方向理论课课时与实践课课时的比例安排在1:1~1:2之间较为合理。

表3　课程的学时分配排序

排序	课程名称	平均指数	32学时	72学时	144学时	228学时
1	体育统计学	1.00	101	0	0	0
2	体能训练场地设施	1.02	99	2	0	0
3	教练员学	1.05	96	5	0	0
4	运动生物化学	1.07	94	7	0	0
5	运动心理学	1.07	94	7	0	0
6	运动技能学习与控制	1.08	93	8	0	0
7	体育保健学	1.09	92	9	0	0
8	运动生物力学	1.11	90	11	0	0
9	运动训练学	1.13	88	13	0	0
10	运动员选材与青少年训练	1.14	87	14	0	0
11	运动生理学	1.16	85	16	0	0
12	运动解剖学	1.17	84	17	0	0
13	毕业实习	1.17	84	17	0	0
14	运动处方	1.50	50	51	0	0
15	运动机能评定与控制	1.61	53	37	8	3
16	力量训练方法	1.64	36	65	0	0
17	专项运动技术训练原理	1.69	42	48	11	0
18	毕业论文	1.88	23	67	11	0
19	运动保健与营养学	1.92	34	45	18	4
20	运动损伤与运动康复	1.98	27	51	21	2
21	一般体能训练原理与应用	2.31	19	36	42	4
22	专项体能训练方法	2.60	13	22	58	8

注:平均指数,1—32学时,2—72学时,3—144学时,4—288学时。

4　基本结论

(1)随着社会对大众健身的需求以及重视程度日益增加,运动训练专业增设体能训练方向既适应社会的需求,又拓展学生就业新途径,可以满足学生在新形势下就业的需要。

(2)学生的培养规格主要以复合型人才和应用型人才为主,重点培养学生综合能力和专项技术。

(3)体能训练专业方向各课程的必要性和各课程地位高度吻合。大部分课程主要以32学时的选修课和72学时的普修课为主。体能训练专业方向各课程的开课时间以第3或第5学期为佳。

参考文献

[1] 国家体委. 体育运动文件选编(1949 – 1981)[M]. 北京:人民体育出版社,1982.

[2] 王凯珍,任海,王渡,等. 我国城市社区体育的现状及发展趋势[J]. 体育科学,
1997,17(5).

[3] 吴正中. 浅析 2005 年沈阳体育学院毕业生面临的就业形势及对策[J]. 沈阳体育
学院学报,2005,24(1):43 – 44.

[4] 王奕奕. 试析我国城市社区体育的成因[J]. 武汉体育学院学报,2000(4):16 – 19.

[5] 袁作生. 面向 21 世纪高等体育院校运动训练专业教学内容和课程体系改革研究
[J]. 北京体育大学学报,2001,24(2):226.

[6] 张建. 体育院校运动训练专业教学计划构建难点与整体优化的探讨[J]. 体育与
科学,2001,22(6):71.

[7] 国家体育总局科教司. 国外体育院校概况[M]. 人民体育出版社,1999.23 – 101.

[8] 金季春. 我国体育院校运动系人才培养的现状、问题与改革对策[J]. 北京体育大
学学报,1992,15(9):2.

[9] 王揖涛,李杰凯,郑凯,等. 关于 21 世纪初我国竞技体育教育体制改革与发展对
策的研究[J]. 沈阳体育学院学报,2001(3):1 – 5.

◆足球教学与训练

中国国家女子足球队备战第28届奥运会训练过程分析

刘浩，刘春胜，陆煜

（北京体育大学，北京　100084）

摘　要：四年一届的奥运会女子足球比赛是国际女子足球运动最高级别的赛事，备战奥运会的训练一直受到广泛关注，它不仅与能否完成奥运会预期目标和取得优异比赛成绩直接相关，而且对于评价和检验训练观念及对训练规律的认识，均有着重要意义。本研究通过对中国国家女子足球队备战第28届奥运会各训练阶段进行观察、统计和分析，探讨中国国家女子足球队第28届奥运会整个备战过程训练安排、实施特点及存在的问题，为指导训练和比赛提供参考。

关键词：中国；女子足球队；奥运会；训练过程

1　前言

在一定意义上，对训练过程的合理安排及有效控制是提高运动员竞技能力和比赛成绩的关键。四年一届的奥运会女子足球比赛是国际女子足球运动的最高级别的赛事，因此，备战奥运会的训练一直受到足球界的广泛关注，它不仅与能否完成奥运会预期目标和取得优异比赛成绩直接相关，而且对于评价和检验训练观念及对训练规律的认识，均有着重要意义。备战过程阶段的合理划分，各阶段训练内容、手段和负荷，均应有规律地体现在各阶段的训练结构中，并提出相应的递进性要求，从而保证运动员以最佳竞技状态参加奥运会。尽管中国女子足球队兵败雅典，但比赛成绩受到多方面因素的影响，分析其备战奥运训练过程的安排与实施，对于备战2008年奥运会的女足及其他项目仍然具有重要的参考价值。

2　研究对象与方法

2.1　研究对象

中国国家女子足球队。

2.2　研究方法

2.2.1　文献资料法

查阅了与本课题有关的大量文献。

2.2.2　观察统计法

现场观察,并统计整理中国国家女子足球队备战第 28 届奥运会的全部训练计划。

3　结果分析

3.1　备战周期安排

3.1.1　备战周期阶段划分与内容安排

为了确保国家女子足球队在奥运会亚洲区预选赛出线的前提下在决赛中发挥最佳水平,国家女子足球队于 2003 年 12 月 22 日开始进入准备阶段,到 2004 年 8 月 6 日止,备战过程历时 8 个多月。

依据运动训练学年度训练周期理论的基本原理及运动员竞技水平递进的阶段性特征,将国家女子足球队备战奥运会的训练过程划分为四个阶段,见表 1。各阶段划分以备战过程中的训练目标、任务和比赛安排为基点,整个备战过程围绕着奥运会亚洲区预选赛和奥运会决赛两个重点。

第一阶段,冬训准备阶段,共计 45 天。训练任务以发展力量、速度、耐力等素质的训练为重点,加强体能储备。同时强调基本技术和攻防战术配合的训练。参加深圳四国邀请赛检验训练效果。

第二阶段,基础训练阶段共计 41 天。目的在于提高队伍实战能力,通过参加葡萄牙阿尔加夫杯赛,丰富比赛经验,锻炼队伍,考察队员,确定主力阵容,同时找出存在的问题和不足,有针对性地调控下一阶段训练。

第三阶段,技战术强化阶段,共计 36 天。该阶段以全力备战奥运会预选赛为主要任务,根据亚洲区日本、韩国等对手技战术特点,有针对性地进行战术训练。同时确订主力阵容,形成并强化基本战术打法。

第四阶段,备战奥运会决赛阶段,此阶段为期 49 天。国家女子足球队在全国女子足球超级联赛结束后立即集中,进入了奥运会决赛的备战阶段。此阶段训练重点是进一步提高技战术能力,有针对性地演练和强化攻防组织。

国家女子足球队实际备战训练和比赛日共计 142 天,其中训练 99 天,比赛 43 天,教学比赛 25 场,正式国际 A 级比赛 18 场。从表 1 可以看出国家女子足球队整个备战过程具有以下四个特征:

(1)备战过程主要针对亚洲区预选赛和奥运会决赛两环节进行,在备战周期安排上采用单周期双高峰模式,第一、二、三阶段是以预选赛为主要任务,而第四阶段则完全以奥运会决赛为中心。

从运动训练学角度分析,国家女子足球队在其单周期双高峰备战模式中,是将第一和

表1　国家女子足球队备战奥运会训练阶段划分

阶段	时间	地点	任务
1	2003.12.22～2004.2.4	广州　深圳	强化基础体能、提高个人技术、攻防组织配合训练;参加四国邀请赛
2	2004.2.9～3.21	四川　葡萄牙　德国	评价国内训练;磨合队伍,加强实战能力;参加阿尔加夫杯赛
3	2004.3.22～4.26	上海　广岛	强化体能;提高技术实战运用能力和整体战术配合;参加奥运会出线赛
4	2004.6.21～8.6	北京　上海　美国	寻找差距、弥补不足;进行针对性强化训练;参加奥运会决赛

第二阶段作为全年的准备期进行安排的。准备期时间长短是确保准备期训练效果的一项重要指标,时间长稳定性好,时间短则差。备战奥运会这样的大赛,其准备期一般不应低于1.5～2个月。国家女子足球队在第一、二阶段共安排训练8周,比赛4周,从时间安排上来说是合理的。

(2)四个阶段相对独立,又互相联系,构成了一个完整备战过程。每个阶段以比赛为中心形成了各自独立的训练周期,同时每一赛事又为下一个阶段的训练提出了新的要求和目标,为最终的奥运会决赛进行有效的积累和准备。这种递进性的提高符合竞技状态发展的一般规律。

(3)在亚洲区预选赛结束后有一个近2个月的间隔期,此间隔期的目的是使国家队队员回到各自俱乐部参加全国超级联赛。国家女子足球队于4月26日解散,运动员28日即参加全国女子足球超级联赛。从训练学角度讲,在3个多月的紧张训练和比赛中,运动员生理、心理等各方面都处于高度动员状态,在备战奥运会训练周期第一个高峰期结束后,需要一个短暂的恢复期或过度期进行调整,目的在于使机体从上一阶段比赛的疲劳中得以恢复,重新积累能量,投入下一阶段训练。国家女子足球队亚洲区预选赛之后立即投入国内联赛,联赛后又立即集中,这样既不利于运动员消除疲劳,也不利于运动员以理想状态投入国家队备战奥运会决赛阶段的集中训练。奥运会年全国联赛的时间安排问题有待进一步商榷。

(4)每一阶段都安排了高质量的国际正式比赛,为检验训练效果,提高比赛能力提供了条件。比赛是对训练效果最好的检验,通过比赛来发现问题,寻找差距与不足,从而使下一阶段的训练更加具有针对性。同时,高质量的国际比赛也为年轻运动员提供很好的锻炼机会,有助于丰富比赛经验和提高实战能力。

各阶段依据不同的比赛任务,训练周数和比赛周数有所不同,具体安排见表2。按照运动训练学理论,准备期一般注重运动员基础能力的提高,并培养和促进竞技状态的形成,参加比赛较少,故而第一阶段安排训练5周,比赛1周。而第二、三阶段由于参加阿尔加夫杯和亚洲区预选赛,比赛周数与场次相对较多。第一、二阶段作为整个备战过程的准备期,注重运动员竞技状态的形成,在结束时安排一定数量比赛,有助于准备期前期所侧重的基础竞技能力向专项需要的方向转化,以促进竞技状态的进一步提升。

表 2　国家女子足球队备战奥运会各阶段训练周数安排

阶段	训练周数	比赛周数	教学比赛	正式比赛
1	5	1	6	3
2	3	3	5	6
3	3	2	5	3
4	7	0	9	3

从表 1 和表 2 可以看出，国家女子足球队第 28 届奥运会整个备战过程阶段划分清晰、任务明确。国家女子足球队备战过程的训练安排具有连续性和阶段性特点，且各阶段依据比赛任务选择了不同的训练地点，这样不仅可以提高运动员环境适应能力，还有助于避免运动员因集训时间过长而导致的厌倦情绪。

3.1.2　备战各阶段的训练课数与时数

负荷量是整个训练活动中最为活跃的因素，负荷量的动态变化是整个备战训练过程中实施科学训练的一个十分重要的环节。各个阶段的总训练课数与时数及周平均训练课数与时数，基本反映了国家女子足球队备战奥运会训练过程中负荷量的变化特点。备战过程共计 142 天，训练与比赛共 538.5 小时，平均每天训练 3.79 小时，见表 3。

表 3　国家女子足球队备战奥运会各阶段训练课数与时数

阶段	训练周数	训练课数	训练时数（小时）	平均周训练课数	平均周训练时数(小时)
1	6	63	132.5	10.5	22.0
2	6	57	129.5	9.5	21.6
3	5	45	104.5	9	20.9
4	7	84	172	12	24.6

表 3 显示，国家女子足球队备战奥运会的第一、二、三阶段的周平均训练课数与时数呈递减趋势，负荷量随着奥运会预选赛的临近逐渐减小。但相对平均，差幅不大。平均周训练课数最大差额为 1 次，平均周训练时数最大差额仅为 1.1 小时。而第四阶段为备战奥运会的最后冲刺阶段，平均周训练课数与时数为最大，且增幅较大，较前三个阶段平均周训练时数增加 2.6～3.7 小时。可见，前三个阶段负荷量相对平均，第四阶段负荷量最大且增幅明显。

第一、二阶段为整个备战过程准备期，其基本任务是提高运动员竞技能力，并培养和促进竞技状态的形成。为实现这一目的，必须有一个足够的时间跨度和相对完整、系统的训练过程。在训练负荷安排上，一般准备期的负荷量较大，而负荷强度较小。竞技状态的形成过程是在有机体对负荷刺激不断适应的基础上得以实现的，对于高水平运动员若使身体能力在原有基础上提高和发展，就必须保证在足够的时间量度条件下负荷量的有效积累。同时足球运动有其自身的特点，并对运动员有特殊的身体要求。运动员各素质水平和各器官机能能力必须保证有足够的负荷量进行积累并奠定一定基础后才能向专项要求的方向转化。而表3显示出的国家女子足球队前三个阶段的周平均训练时数及变化特点,反映出其准备期训练总的负荷量安排相对较低。这种安排可能与各个阶段参加正式比赛场次与任务有关。

3.2　备战过程训练安排

3.2.1　身体训练、技战术训练与比赛的时数分配

随着女子足球比赛激烈程度不断提高,攻防转换速度愈来愈快,运动员身体能力在其竞技能力结构中的作用日显重要。要保证在高速、激烈对抗中充分发挥技战术水平,必须将提高运动员身体能力的训练放在一个重要位置。

与欧美女子诸强相比,中国女子足球运动员身体能力存在着一定差距,这也是中国女子足球始终未能达到世界颠峰的重要原因之一。加强身体能力是中国女子足球队提高竞争力,保持世界先进水平的重要基础。

国家女子足球队备战奥运会各个阶段身体训练、技战术训练与比赛的比重见表4。

表 4　国家女子足球队备战奥运会各阶段训练安排

阶段	身体训练		技战术训练		比赛	
	时间(小时)	百分比	时间(小时)	百分比	时间(小时)	百分比
1	37	28%	82	62%	13.5	10%
2	34	26%	79	61%	16.5	13%
3	32	30%	56	54%	16.5	16%
4	56	33%	98	57%	18	10%
合计	159	30%	315	58%	64.5	12%

由表4可见,由于各阶段都有具体的比赛任务,因而各阶段身体训练、技战术训练与比赛安排相对均衡。身体训练平均占30%,最后备战阶段所占比重略大,为33%。技战术训练平均占58%,且前三个阶段呈递减趋势。前三个阶段比赛所占比重呈递增趋势,比赛场次安排在第三阶段最多,占16%,平均占12%

准备期的基本任务决定了该阶段运动训练的基本内容及量度。训练学理论认为,准备期应以一般身体训练和基础技战术训练为主,并应在各个时段保持较高的量和适宜比例,而比赛的安排相对较少,以确保该阶段训练任务完成。随着比赛期的临近,为提高运动员的参赛能力,使得阶段性的训练成果反映在比赛中,技战术训练和比赛的比重应该逐渐增加,而身体训练的比重保持一定比例或减少。

对表4分析可以看出,作为整个备战周期的准备期,第一、二阶段身体训练比重较低,而作为相对独立的第四阶段身体训练所占比重最大。相关研究显示,2000年国家女子曲棍球队在备战奥运会训练过程中三个阶段的身体训练比重分别达到了65%、60%和

35%。相对来说,国家女子足球队各阶段身体训练比重较低。而技战术训练所占的比重前三个阶段呈递减趋势,而不是递增或不变,出现这种变化的原因,可能与正式比赛的逐渐增多有关。而比赛场次前三个阶段成递增趋势,随着奥运会决赛临近,安排较多的比赛以提高运动员的实战能力是符合训练学规律的。

3.2.2 身体训练

足球运动是多种强度、多种距离、多种间歇构成的复杂运动模式,持续时间较长。不同的运动时间、运动距离及运动强度是构成足球运动特征的主体。身体训练中各项素质的训练必须紧密结合专项特点,有效提高专项能力。国家女子足球队备战奥运会身体训练中各种能力训练的安排见表5。

表5　国家女子足球队备战奥运会身体训练安排

训练内容	第一阶段	第二阶段	第三阶段	第四极端	合计
一般力量	11.5	9	10.5	21	52
专项力量	7.5	3.5	5.5	7	23.5
耐力	8	4.5	9	12	33.5
速度	10	17	7	16	50
合计	37	34	32	56	159

国家女子足球队力量、速度和耐力训练比重见图1。

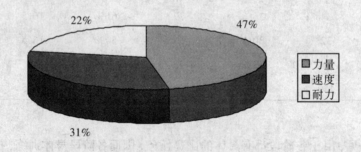

图1　三大素质训练比重图

速度素质是足球运动员重要的基础素质之一,良好的速度是比赛中取得时间和空间优势的重要条件,也是体现整体或个人进攻威胁性和攻防可靠性的基本保障。近年来国际女子足球比赛激烈程度加剧,攻防转换速度加快及运动员在高速、激烈对抗中技术运用能力日益提高的特征和趋势,对运动员速度、速度耐力提出了更高的要求。对于以"快速、灵活"讲究技术和整体配合为特点的中国女子足球队来说,速度素质尤为重要。国家女子足球队在力量、速度、耐力三大素质训练中,速度素质训练占31%。同时在发展绝对速度的基础上,注重速度与力量、技战术训练的有机结合。这不仅表明了国家女子足球队对速度素质训练的重视,也反映了她们的技战术指导思想和比赛要求。

足球运动是一项对运动员身体综合能力要求很高的运动项目,在身体能力各要素中,力量素质具有更为重要的意义。女子足球运动员肌肉重量比重低、横断面小的生理特点决定了其完成技术动作的力量薄弱,尤其是爆发力较差。因此,女子足球运动员的力量训练始终应该把目标放在有助于爆发性力量的发展上。国家女子足球队一般力量训练占16%,爆发力即专项力量训练占31%,达到了较高比例。在方法上运用跳跃练习结合负重练习,并对腰腹力量和稳定性均做出了具体要求。

长期以来,在与国外强队的身体素质比较中,中国女子足球运动员力量素质相对偏弱。本次备战奥运会的全部身体训练中,力量训练占47%,表明国家女子足球队对力量素质训练的重视。

足球比赛时间长、运动量大、技战术多变、运动形式复杂,良好的耐力素质是保证运动员在全场比赛中保持高速度、强对抗情况下完成比赛活动的重要身体素质。足球比赛时间长、强度大、多间歇的特点决定了该运动以有氧供能为基础,磷酸原系统供能为关键,并兼有乳酸无氧供能的混合性供能特点。国家女子足球队在耐力训练中主要采用3.2~4.8英里的耐力跑和"yoyo"测试相结合的手段,耐力训练占全部身体训练的22%。

"yoyo"测试是一种在一定距离内逐步递增跑速,并严格规定间歇时间的耐力测试方法。由于跑速从低到高逐步递增,且包含了起动、跑动和转身动作,同时有一定的间歇时间,因此这种测试被认为是较为符合足球比赛运动特征的一种耐力测试,"yoyo"测试不仅能反映运动员有氧能力水平,也能反映无氧能力水平的高低。

3.2.3 技战术训练与比赛

技术训练包括基础技术及技术运用能力的训练。战术训练主要包括进攻、防守以及定位球战术的训练。技术训练、战术训练以及比赛场次在不同阶段的具体安排见表6。

表6 国家女子足球队备战奥运会技战术训练与比赛安排

阶段	技术训练		战术训练		比赛	
	时间(小时)	百分比	时间(小时)	百分比	时间(小时)	百分比
1	40	42%	42	44%	13.5	14%
2	20.5	21%	58.5	61%	16.5	18%
3	14	19%	42	58%	16.5	23%
4	39	34%	59	51%	18	15%
合计	113.5	30%	201.5	53%	64.5	17%

提高运动员技术能力是准备期主要训练任务之一。集体项目更应该着眼于战术配合所需要的技术基础。技术的全面性在一定程度上决定战术的多样性,是比赛制胜的一个关键因素。而随着训练过程的不断深入,运动员竞技能力的提高需要向专项方面转化和集中,即比赛能力的提高,在训练安排上体现为战术能力训练和实战训练的比重逐渐增加,个人技术练习减少。

从表6可以看出,第一阶段和第四阶段技术训练比例相对较高,分别占42%和

34%。第一阶段以提高运动员基础能力、完善个人技术为重点，目的是强化战术配合所需要的技术基础，技术训练所占比重最大为42%。第四阶段是最后备战奥运会的阶段，时间略长、相对独立，任务在于弥补缺陷、完善打法，技战术和比赛分配较为均衡。而第二、三阶段由于参加正式比赛较多，战术能力训练所占比重较大，分别为61%和58%。

综合四个阶段，技术训练、战术训练及比赛的安排比例分别为30%、53%和17%。前三个阶段技术训练比重呈递减趋势，而战术训练和比赛比重逐渐增大；每个阶段的开始技术训练内容较多，而随着比赛的临近，战术训练则处于主导地位，这种变化是与训练学理论相一致的。

国家女子足球队在整个备战训练中，前三个阶段比赛的比例呈递增趋势，第二、三阶段参加比赛较多，比赛分别占18%和23%。第二阶段参加阿尔加夫杯赛，比赛密度与参加奥运会预选赛相近，从而为运动员适应一定的比赛强度和教练员合理安排赛间间歇提供了参考。各个阶段比赛安排平均为17%。

在热身赛对手的选择上，以欧美强队为主，这样不仅考虑了奥运会决赛阶段主要对手的技战术特点，也反映了国家女子足球队锻炼队伍、积累经验、适应打法的目的。

3.3 比赛中反映出的问题

中国女子足球队兵败雅典，虽然比赛成绩受到多方面因素影响，但比赛中反映出的一些问题从另一方面折射出备战过程的不足，主要表现在：一是赛前对小组形势分析不清，对对手判断出现偏差，致使队伍定位不准，比赛指导思想出现失误。二是备战过程中心理准备不充分。中国女子足球队正处于新老交替的磨合阶段，教练员和运动员对比赛的残酷性、复杂性缺乏必要的认识，挫折中的应对能力明显不足，自己乱了阵脚。三是运动员身体能力与欧美强队存在差距，尤其表现在力量和速度素质方面。比赛屡次出现的失误与运动员本身能力不能适应高速、对抗的比赛直接相关。四是技战术运用存在缺陷，进攻与防守整体性不强，个体作战多，组合作战少。战术运用缺乏应变能力，应对预案准备不足。

由上述分析可以认为，中国女子足球队备战奥运会训练过程中，在直接影响比赛成绩的一些具体环节上还存在着针对性、充分性和细致性的不足。在世界最高级别比赛中，对于竞技实力处于同一层次的参赛对手，备战过程的针对性、充分性和细致性将直接影响比赛胜负。这一点可能对其他项目备战奥运会的训练具有重要的参考价值。

4 结论

(1)中国国家女子足球队备战第28届奥运会整个训练过程142天，分为四个阶段。每一阶段结束时均有相应的国际比赛来检验训练效果。

(2)备战奥运会整个大周期中，准备期训练总的负荷量安排相对较小。

(3)全部备战过程共计训练538.5小时，其中身体训练159小时占30%，技战术训练315小时占58%，比赛64.5小时占12%。身体训练所占比重相对较少。

(4)在身体训练过程中，力量训练占47%，速度训练占31%，耐力训练占22%。重视与专项能力紧密相关的爆发力和速度训练。

（5）在技战术训练过程中，技术训练占30%，战术能力训练占53%，比赛占17%。各阶段安排因比赛任务不同而有差异。随着奥运会决赛临近，战术能力训练和比赛的比重呈递增趋势。

（6）中国女子足球队备战奥运会训练过程中，在直接影响比赛成绩的一些具体环节上还存在着针对性、充分性和细致性的不足。

参考文献

[1] 田麦久.运动训练学[M].北京:人民体育出版社,2000.

[2] 麻雪田,王崇喜.现代足球高级教程[M].北京:高等教育出版社,2002.

[3] 黄玉斌,等.中国男子体操队备战2000年奥运会赛前训练控制方法[J].上海体育科研,2003,24(2).

[4] 刘浩,等.我国甲A足球队99赛季准备期第一阶段训练情况分析[J].北京体育大学学报,2000,(3).

[5] 利莎译.俄罗斯速滑队准备第17届冬奥会目标训练大纲介绍[J].冰雪运动,1994,(3).

[6] 王艳红.中国女子曲棍球队备战第27届奥运会体能训练特点研究[J].首都体育学院学报,2006,(6).

[7] 孙文新,等.中国国家足球队备战第16届世界杯赛科学训练的探索[J].广州体育学院学报,2000,(9).

体育院校高水平足球队准备期
训练与监控的研究

王君, 洪毅, 温永忠, 吕康强

（广州体育学院, 广州　510076）

摘　要: 采用文献资料法、临场统计法、归纳法对广州体育学院足球代表队大赛前准备期训练与监控进行研究, 来探讨体育院校高水平足球队大赛前准备期训练的内容和监控的方式, 旨在为促进体育院校高水平足球队训练与比赛水平的提高提供参考依据。

关键词: 体育学院; 足球队; 准备期; 训练

　　体育院校高水平足球队在备战重大比赛时如何根据本队及比赛对手的实际情况, 在整个准备期训练中对本队的训练内容、负荷进行细致、周密、全面的计划、实施及监控, 从而在重大比赛时获得良好的竞技状态和比赛成绩, 一直是困扰体育院校高水平足球队训练与比赛的一个问题。广州体育学院男足代表队从 1994 年开始进行这方面课题立项研究以来, 在科学化训练方面有了长足的进步, 已经连续两届获得广东省大学生运动会足球冠军和一次全国体育院校足球比赛第四名的成绩, 现已在准备期训练的管理和监控上积累了成功的经验。本文通过对广州体育学院足球代表队大赛前准备期训练内容和监控方式的研究, 为促进体育院校高水平足球队训练与比赛水平的提高提供参考依据。

1　研究对象与研究方法

1.1　研究对象

　　广州体育学院足球代表队。

1.2　研究方法

　　文献资料法、临场统计法、归纳法。

2 讨论与分析

2.1 准备期训练的重要性以及准备期的阶段划分

2.1.1 准备期训练的重要性

准备期训练作为整个周期训练的开始阶段,其意义非常重要。在这个阶段通过有计划的系统训练所获得的身体、技术、战术、心理能力将决定比赛期竞技状态的基本高度,直接关系到球队比赛成绩的好坏。我们的思路是根据本队运动员的具体情况和比赛预定的目标,在不同阶段有不同的训练重点,以点带面,循序渐进,并重点抓好对大负荷训练课的监控,提高大负荷训练课的质量,从而逐步构筑起符合比赛所需要的运动能力基础,迎接比赛期的比赛。

2.1.2 准备期的阶段划分

按照足球项目自身的运动规律,一般均围绕当年比赛的时间做出训练周期的划分。目前我国甲级职业足球队的准备期一般都划分为两个阶段,时间一般在 8~12 周,具体以准备期的实际时间来划分。由于大学生在校期间必须上课、考试,故必须将这一情况充分考虑进去,实事求是地划分训练周期。一般情况下准备期为 8~10 周,也是分为两个阶段。第一阶段 4~7 周,每周 4 个下午为训练日,不需要停课训练;第二阶段 3~4 周,运动员全部停课进入全天训练,每周安排 8~9 次课。

2.2 准备期各个阶段的训练内容和负荷安排

2.2.1 准备期第一阶段

准备期第一阶段的训练内容,在技战术方面以个人技术、位置技术、小组配合为主,以对抗、整体配合为辅。在身体素质方面重点是有氧耐力和力量耐力,柔韧和灵敏。准备期第一阶段体能训练占 40%,个人技术训练占 40%,战术训练占 20%,其中有氧训练占 60%,无氧占 40%,力量训练占 30%。有氧训练采用长距离跑。无氧训练采用短距离的反复刺激,脉搏达到 130 次/10 秒。力量训练根据每人不同的情况,采用各种健身器械,不限次数去完成。不提倡负重大力量的深蹲杠铃练习,大力量负重深蹲练习稍不注意会使脊柱损伤。第一阶段的体能训练得好,将有利于到第二阶段战术配合的完成,原因是在战术配合及对抗中不易出现伤号,保证了第二阶段的需要。

在负荷方面,这一阶段的负荷安排是量大,强度小。以运动量的积累为第二阶段的大强度训练做准备。

2.2.2 准备期第二阶段

准备期第二阶段的训练内容,在技战术方面主要以对抗训练、整体配合、角球、定位球演练、教学比赛、友谊赛为主,以个人技术、位置技术、小组配合为辅。在身体素质方面,跑动—从一般耐力训练向速度耐力和速度训练转化;力量—从力量耐力向爆发力的训练转化。在第二阶段的训练中,主要是以技战术为主,战术训练占 60%,技术训练占 20%,体能训练占 20%。其中有氧训练占 60%,无氧训练占 40%,力量训练占 20%。

在负荷方面,这一阶段负荷安排是量大强度小过渡到量大强度大,最后过渡到量小强度大,以使运动员在比赛开始时形成最佳竞技状态。

2.3　准备期有球大负荷训练课的设计与监控

为了在重大比赛时获得良好的竞技状态和比赛成绩,在整个准备期的中后期,我们加大了对有球大负荷训练课的设计与监测的力度。根据本院男子足球代表队运动员的特点,专门设计有球大负荷训练的训练手段,重点加强了边路、中路 1/4、1/2、2/3 区域的 4v4、6v6、8v8、9v9、10v10 的多球制有射门的对抗性训练。为了对准备期有球大负荷训练课进行监控,我们选择了评价我国优秀青年足球队有球大负荷训练课的各项指标,即基本训练时间、练习密度、运动密度、技术动作次数、跑动距离、心率、血乳酸等,监测和控制有球大负荷训练课的负荷、强度,并将监测结果与我国优秀青年足球队有球大负荷训练课的指标进行比较。实际监测的结果表明,我院男子足球代表队的有球大负荷训练课的整体质量已经达到国内优秀青年足球队有球大负荷训练课的平均水平。

2.4　准备期间的辅助工作

2.4.1　准备期间的营养与恢复及医务监督

根据本院学生只能在学院饭堂吃饭,队医也只是学院医务室医生的实际情况,我们专门制订了加强运动员营养与恢复的方案。在准备期的第二阶段为了了解运动的身体状况,减少伤病,组织科研人员检测运动员的血红蛋白以及微量元素含量,并委托学院医务室医生有针对性地做好医务监督工作。最后根据各种监测结果有针对性地加强运动员营养与恢复的力度,从而有力地保证运动员以最佳的竞技状态进入比赛期。

2.4.2　准备期对运动员的管理

为了确保准备期间各阶段训练的质量,我们在对准备期各个阶段的训练实施监控,加强医务监督以及营养与恢复的同时,也加大了对运动员管理的力度,不仅队里制订了严格的训练、作息制度,而且教练员、领队轮流对运动员的晚熄灯情况进行检查,以杜绝运动员不按时休息及可能出现夜不归宿等异常情况的发生。

2.4.3　准备期运动员学习问题的解决

为了解决学生的学习和考试问题,确保本院学生在准备期第二阶段全身心地投入训练,学院采取多种措施给予协调,如星期六星期日补课、缓考以及赛后组织补课和考试等。这不仅解决了学生的后顾之忧,也为本队顺利实施准备期第二阶段的训练,提供了时间上的保证。

3　结论

(1)体育院校高水平足球队准备期的训练与监控对比赛取得好成绩至关重要,准备期安排得合理、周密、细致就能取得事半功倍的效果。

(2)要取得准备期训练的成功,就要根据体育院校足球运动员的具体情况和比赛预定的指标,科学、合理地划分准备期的各个训练阶段,并在整个准备期训练中对本队的训练内容、负荷,进行细致、周密、全面的计划和实施,以及监控,从而获得比赛所需要的最佳竞技状态。

(3) 准备期的训练过程是个系统的管理过程,涉及到多方面的工作,需要教练员和领队以及其他工作人员加强对训练过程涉及的各个方面工作进行全面的管理和监控,在重点监控大负荷训练课的同时,着手解决中小负荷训练课的监控问题,从而扎扎实实地实现科学化的训练。

参考文献

[1] 麻雪田,杨一民,马克坚,等. 对现行国内足球周赛制全年周期训练安排的研究 [J]. 中国体育科技,1997,(11):10 – 12.

[2] 温永忠,周毅. 对本院男足代表队不同强度训练手段的监测研究[J]. 广州体育学院学报,1999,19(2):119 – 122.

[3] 周毅,洪毅. 论现代足球比赛负荷特征与训练思想的更新[J]. 广州体育学院学报,1998,18(4):103 – 107.

现代足球战术训练特征的研究

于泉海,斯力格

(沈阳体育学院,沈阳　110032)

摘　要:随着当今足球技战术水平的不断提高和发展,人们对如何提高足球运动员的身体机能和技术水平已经有了很深入、系统的了解。然而由于足球战术本身的对抗集体性、整体性,变化的复杂性、随机性与综合性等特点,人们对如何更系统地、更全面地进行有效的战术训练还不是非常清楚。通过对国外各种先进的战术训练方法进行分析和研究,归纳和总结出主要的战术训练方法与类型,希望以此对提高战术训练的实效性、针对性提供一定的理论依据。

关键词:现代足球;战术训练;特征

1　研究目的

一支足球队要想在比赛中取得优异的成绩,必须通过长期不懈的科学训练才能取得。在足球的训练中,包括身体训练、心理训练、技术训练和战术训练等。一支球队战术水平的高低与全队的技术、身体素质、心理素质紧密相关。其中技术、身体素质是战术的物质基础,心理素质是战术的思想保证,比赛中技术、身体素质与心理品质总是在具体的战术行动中体现出来的。在比赛中能够出色地完成教练员所布置的战术任务,实施有效的战术行动是需要有一定的战术知识、战术技巧和战术能力作为基础的。而这种基础的建立乃至于能够长期持续的发展和提高,就必须系统地进行训练。

我们对如何提高运动员的身体机能和技术水平已经有了很深入、系统的了解。然而由于足球战术本身的对抗集体性、整体性,变化的复杂性、随机性与综合性等特点,给足球战术训练增加了难度,提出了更高的要求。为此,本文通过对当今国外一些优秀足球队战术训练录像进行分析和研究,对先进科学的战术训练方法归纳和整理,总结出几种具有代表性的、概括性的战术训练方法与类型,用以帮助教练员在不同的训练阶段选择最佳、最适宜的战术训练方法,提高运动员的战术素养和在比赛中的应变能力。

2　研究方法

本研究主要采用文献研究方法和录像观察方法。

3　分析和讨论

3.1　现代足球战术训练内容

足球战术是在比赛攻守过程中,为了战胜对手,根据主客观的实际所采取的个人行动和集体配合的总称,是比赛中的战略计划,球队执行此计划以取得最好的比赛结果。足球战术训练内容主要包括战术知识、战术技巧和战术能力三个方面。战术知识是指比赛的打法体系、战术打法的基本原则和比赛规则;战术技巧可以通过平时的系统训练得以完善,使之形成固定的反应模式,在不同的比赛情形下能自动地贯彻实施;战术能力是在某种特定情况下,当战术技巧的程序化反应不足时,运动员的战术能力将发挥作用,根据自身的战术能力,来推断出要采取的战术行动。要想在比赛中充分发挥出运动员的技、战术水平,就必须在平时的训练中对这三方面的内容进行具体的针对性的系统训练。

3.2　现代足球战术训练的指导思想

在以往的战术训练中,为了提高运动员的战术意识经常采用两种方式:通过对动作及整体移动的不断重复去训练战术意识;通过训练让运动员自己去发现和理解。而现在则是在训练中通过设置障碍或难题,让他们自己去解决,以此来提高战术意识。发展战术意识的方法不存在百分之百的好与坏,但战术意识的提高应符合三个规律:所有练习内容的制订必须符合本队的运动员特点;运动员需要的才是教练员需要准备练的;要想让运动员顺利地完成战术训练,必须向运动员解释清楚训练的目标。只有在训练中符合这三个规律,才能更有效地组织好战术训练,才能达到提高运动员战术意识的目的,最后使运动员具备行动能力、反应能力和提前判断能力。

3.3　现代足球战术训练的目的

战术知识、战术技巧和战术能力必须通过平时的训练来培养和提高,要想在训练中实施有效的训练方法,首先必须了解战术训练的目的。现代足球战术训练的目的就是增强运动员的战术意识,赋予球队自己独特的风格,增强个人技术和球队打法在比赛中的有效性,增加运动员的责任感,提高运动员在比赛中的应变能力,最终达到在比赛中能有效地实施战略计划。

3.4　现代足球战术训练的种类及类型

3.4.1　训练种类(见下图)

通过归纳和分析,总结出系统的战术训练主要有三种训练种类,即基础练习、有选择的对抗练习、教学比赛。基础练习主要是进行2～3个人局部区域内的进攻和防守的配合,这是提高运动员战术意识的基础。在实施此练习的过程中,教练员必须对训练内容进行非常清楚的解释,对运动员的传球和跑动的具体行动应有明确的指令,并且对每一个环节提出具体的要求。练习首先抓质量,其次才是抓节奏,应该由慢至快不断地重复,直到达到训

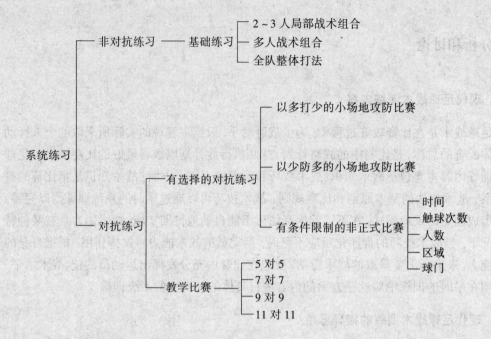

的效果为止。有选择的对抗练习主要是发展个人的战术能力,提高运动员的战术意识。在实施此练习的过程中,教练员必须让运动员自己发现训练中的问题,并找出解决问题的方法;教练员应采用"冻结法"进行讲解和指导。教学比赛主要是发展集体战术的配合能力,目的是充分发挥队员战术能力,完成全队整体战术打法。在实施此练习的过程中,教练员必须明确指出练习的目标,指出具体的限制条件,指出运动员的具体职责和分工。

基础练习、有选择的对抗练习、教学比赛,它们之间是相互联系和互补的。基础练习是运动员掌握战术知识的基础;有选择的对抗练习是为了提高运动员个人战术技巧;教学比赛是要提高运动员个人战术能力及形成全队战术打法。教练员在实施战术训练的过程中,应遵循从基础练习到有选择的对抗练习最后达到教学比赛的练习顺序,这是一个由简到繁、由易到难逐步提高运动员战术意识的训练过程。只有在不同的训练发展阶段,采用相应的训练种类才能达到预期的训练效果,达到战术训练的目的。

3.4.2 各种练习种类所包含的训练类型

每一种训练的种类都有其代表性,这些训练类型都是在具体训练种类的要求下设计和完成的,以达到训练的效果。

(1)基础练习

第一种类型:实例练习

方法:教练员明确指出各个位置上的运动员在某种情况下的行动方向和到达的位置。

目标:在某种特定的情况下,使运动员牢记自己和同伴间的位置变化和移动技巧。

使用:在建立特定反应形式中,多次重复动作是至关重要的。练习时无对抗。这是观察训练,特别是战术训练细节和时机的机会。该类型练习对发展局部几名运动员乃至全队之间的配合非常有效。教练员可以利用实例重复练习或进入更复杂的练习。

教法要点:当一个练习重复多次后,会出现练习节奏降低的趋势。要避免这种现象的发生,否则将会影响练习的效果。

例：建立固定的战术打法模式和传切跑动路线(图1)。

练习形式：1/2 的足球场地；人数 6 人,5 名进攻队员,1 名守门员。

练习方法：站在中线左侧的①号队员拿球,将球传给②号,同时③号队员上前接应②号队员,②号队员得球后将球回传给接应的③号队员。此时,在场地异侧的④、⑤号两名队员进行交叉跑位,③号队员得球后将球传给向罚球区前插上的④号队员,④号队员再将球回传给向罚球弧插上的②号队员,②号队员射门。

注意：参与练习的每一名队员要注意跑动与传球的时机。

第二种类型:集中练习—专门性练习

方法:一名或几名队员的专门性战术功能训练。

目标:提高运动员在某种特定情况下的战术行动能力。

使用:当一名或几名队员在场上出现一些特定情况,不能确定该做什么样的战术行动时,此种情况就需要拿出来,在为此情况而设立的练习中进行专门性的训练。教练员与运动员在实际比赛场地上共同演练此种情况下的战术。而这种特定情况下的训练,在经过一个阶段的练习后,必须逐渐地过渡到正常的比赛当中去。

例:在平行占位的 4-4-2 阵型中,4 名后卫队员的整体防守与保护(图 2、3、4、5)。

练习方法:4 名后卫(A、B、C、D)队员按照比赛时的位置站好,另外 4 名为进攻队员(1、2、3、4)。当①号队员拿球后,A 队员上前封堵①号队员,B 队员保护;①号队员将球传给②号队员,②号队员拿球后,B 队员上前封堵②号队员,A 队员回撤到 B 队员身侧后方进行保护,同时 C 队员进行保护;②号队员将球传给③号队员,③号队员拿球后,C 队员上前封堵③号队员,B 队员回撤到 C 队员身侧后方进行保护,同时 D 队员进行保护;③号队员再将球传给④号队员,D 队员上前封堵④号队员,C 队员回撤到 D 队员身侧后方保护。

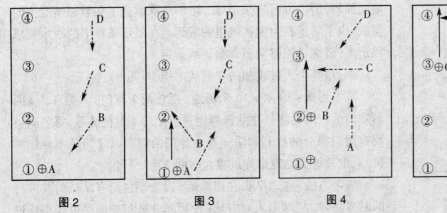

图2   图3   图4

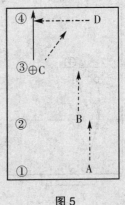

图5

在此练习进行几次后，进攻的 4 名队员（1、2、3、4）之间，可以随意进行传球，让防守的 4 名队员（A、B、C、D）进行对位防守，以便加深对此练习目的的理解。

第三种类型：假想对手练习

方法：有效的组合，固定的打法，突破时设置有限的对手或不设置对手。

目标：让运动员了解一般的进攻跑动形式或专门的战术技巧。

使用：在正常教学比赛的情况下，很难看出整个球队战术跑动的不同阶段。为了实现理想的打法体系和预期的跑动形式或战术要求，运动员可以假想与对手对抗。教练员可以在球场上设置一些标志物，并把这些标志物运用到练习中。

例：加强全队进攻和防守队形的保持（图 6、7、8）。

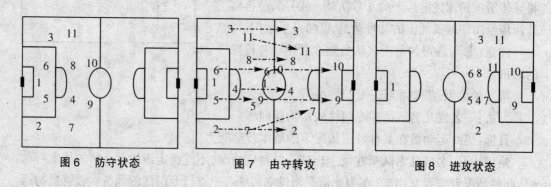

图 6　防守状态　　　图 7　由守转攻　　　图 8　进攻状态

练习方法：(1)假设，当对方守门员得球后，全体队员按照教练员先前布置好的位置（以 4 - 4 - 2 为例）进行防守战位（图 6）。(2)当本方守门员得球后，全体队员按照教练员先前布置要求的移动路线以及运动形式进行进攻跑位（图 7）。(3)进攻时的队形分布（图 8）。

(2)有选择的对抗练习

第四种类型：单元格训练

方法：在一个限定的区域里进行练习。

目标：练习一些最基本的技战术技巧。

使用：单元格练习是利用一块限定好的区域进行的练习。如在限定的区域内进行一些限定触球次数的 4 打 2 或 1 对 1 的对抗练习。由于限制了练习场地的面积，所以练习效果很好。运动员既学会了在紧逼情况下的摆脱，也了解了在封闭区域里的紧逼。在限定条件下的战术要求很清晰，教练员能够全面观察训练效果。

例：培养个人进攻和防守的战术能力（图 9）。

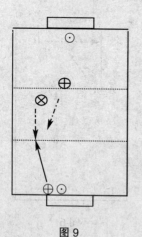

图 9

练习形式：30 米×10 米场地，摆放两个球门；人数 4 人（两名守门员）。两名队员在此区域内进行 1 对 1 对抗练习，每名队员都有射门得分的权利和防守本方球门的职责（守门员不参加对抗）。由教练员确定谁先进攻。时间 2～3 分钟。

练习方法：进攻队员在得球后，设法摆脱防守队员对其进行的贴身防守，将球射入对方球门；而防守队员则应尽可能不让进攻队员摆脱射门,并设法把球抢断后射门或将球破坏出界。球进门、出界即改变控球权,并由获得球权一方的守门员发球。

第五种训练类型:紧逼式训练

方法:限定战术目标,进行短时间大强度的练习。

目标:让运动员熟悉练习条件和战术行为的反应时间。

使用:在练习中出现某种局面时,不会有过多的时间去考虑如何解决。通过组织训练和比赛,并经过多次重复练习,使运动员做出战术决定的反应时间缩短。教练员可以使运动员在练习中节选出战术反应类型,为比赛作准备。

教法要点:在紧逼情况下进行练习,对运动员的体力提出了很高要求。该练习时间不能持续过长。

例:提高运动员射门意识和局部战术配合能力(图10)。

练习形式:20 米×30 米场地,相对摆放 2 个标准球门;4 对 4 小场地攻防(包括两名守门员);时间 4～5 分钟。场地周围摆放若干个备用球,以尽量减少练习的中断。球打进球门即为得分,在规定时间内得分多的队为胜者。

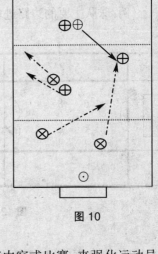

图 10

练习方法:练习开始后,进行人盯人防守,无论哪一方进攻,一定要多射门,不放过任何一次射门机会。注意攻防转换的瞬间,注意力集中。

第六种类型:有条件练习

方法:为完成训练内容或比赛设定专门的条件。

目标:改变比赛规则,运动员着重于某一移动方式和方向。可多次重复演练。

使用:在刚刚开始训练和巩固阶段,特别是专门的战术技巧形成阶段,教练员通过实施一些带有特定条件的训练内容或比赛,来强化运动员对训练主题的观察。根据训练目标,练习条件可以相应地变动,如改变场地大小,限定得分方式或限定练习中的触球次数等。

教法要点:当一种新的有条件的训练内容被应用到训练中去的时候,需要一定的时间才能发挥作用。运动员在了解及完全掌握练习内容之前,必须有充足的适应时间。在练习当中,尽量不要做过多的细微调整,否则将会很容易使运动员产生迷惑。

例:提高运动员的视野观察能力和转移进攻的能力(图11)。△球门;⊗控球队员;☆防守队员

练习形式:罚球区线到中线的场地;每队 8～10 人;在此区域内进行抢截练习。时间 15 分钟一节。

练习方法:无论哪一方得球,都要争取把球控制在自己的脚下,而且还要尽可能将球从任意一个小门的中央穿过去,并让同伴接到球,继续控制球权,每穿

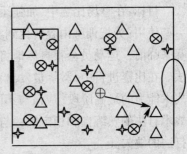

图 11

过一次,即得一分。得分多的一方为胜方。

注意:多做扯动接应和多打转移。

第七种类型:阶段性练习

方法:使用球场的 1/2 或 3/4 进行练习,采用球队进攻或防守的 1 或 2 个阶段。一般采用半场攻防练习。

目标:分析球队配合的质量,在模拟比赛的情况下,完成所选择的进攻或防守阶段任务。

使用:阶段练习是战术训练的一个重要类型。其中,最普遍的练习是在半场或 3/4 场地上(标准球门)进行的攻防演练。这是练习球队战术的方法,并根据实际情况进行评估和总结。除此之外,在这些情况中,教练员还可以用一些其他指导性方法,如随后的练习指导或停止练习后的指导。

教法要点:一般情况下,进攻组通过练习非常容易调动,由于这一原因,为防守组制订挑战目标,并使他们能够达到这一目标就显得非常重要。

例:球队主要的边路进攻或防守打法(图 12)。

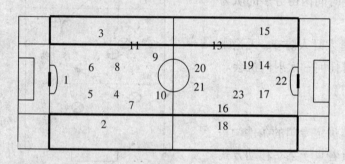

图 12

练习形式:两个罚球区之间的区域;每队 11 人(一名守门员);时间 20 ~ 30 分钟。

练习方法:把队员分成两队,在此区域内进行比赛。由于场地的长度被压缩,而比赛的人数并没有相应地减少,这就要求运动员在场上要尽量地拉开之间的距离,有效地利用场地宽度进行配合,多在两个边路(黑色框内)制造进攻机会。

注意:该练习非常适合教练员把一些边路配合内容应用到实战当中去,从而提高球队的边路进攻能力。

(3)教学比赛

第八种训练类型:正式比赛练习

方法:在标准场地上进行 11 对 11 的正式比赛,外加 3 名裁判员。

目标:在整场比赛中,加强运动员的战术理解力。

使用:为把训练内容转化到实际比赛当中,在标准场地进行练习是非常重要的。在比赛来临前,运动员会很自然地将注意力集中到战术要点上,并预计比赛阵型和具体的打法。在比赛进行中,教练员发出不同的指令或使用不同的方法指挥比赛,这是检验运动员战术能力的最高阶段。应该与不同水平的球队进行比赛,与弱队进行比赛主要是提高本队战术打法的熟练性和稳定性;与强队进行比赛主要是发现本队各位置的不足之处及战术打法的缺欠。

训练要点:裁判员应严格控制比赛。运动员要自我规范,把练习作为准备比赛的一部分。

4 结论

（1）现代足球战术训练内容主要包括战术知识、战术技巧和战术能力三个方面，为了在比赛中完全实施既定的战术计划，平时就必须对这三方面进行系统的有针对性的训练。

（2）现代足球战术训练是通过在练习中设置障碍或难题，让运动员自己去解决，以此来提高战术意识。战术意识的提高应符合三个规律：所有练习内容的制订必须符合本队的运动员特点；运动员需要的才是教练员要准备练的；要想让运动员顺利地完成战术训练，必须要向他们解释清楚训练的目标。

（3）现代足球战术训练的目的是增强运动员的战术意识；赋予球队自己独特的风格；增强个人技术和球队打法在比赛中的有效性；增加运动员的责任感；提高运动员在比赛中的应变能力，最终达到在比赛中能有效地实施战略计划。

（4）教练员在实施战术训练的过程中，应遵循从基础练习到有多种选择的练习最后达到实际对抗练习的顺序，这是一个由简到繁、由易到难、由无对抗到消极对抗最后到实际对抗逐步提高运动员战术意识的训练过程。只有在不同的训练发展阶段，采用相应的训练种类才能达到预期的训练效果，达到战术训练的目的。

参考文献

[1]王跃新(译). 足球运动员的战术训练[J]. 足球理论与实践,2001(6).

[2]杨一民,等(译). 足球战术与技巧[M]. 北京:人民体育出版社,1996.

[3]全国体育院校教材委员会审定. 现代足球[M]. 北京:人民体育出版社,2000.

[4]张国生,等(译). 现代足球基本理论. 河北科学技术出版社.

论人文与科学融合的足球新理念

门延华

（吉林体育学院，长春　130022）

摘　要：中国足球在竞技上难以取得令人满意的成绩，在宏观及微观的管理上暴露出诸多问题。根本原因在于中国足球缺乏适合自身发展的足球理念。人文与科学融合的足球新理念的提出，为促进中国足球事业的改革与发展提供理论依据。

关键词：足球；人文；科学；新理念

1　前言

国际足联已经明确指出足球运动起源于中国。但在当今社会，足球运动并没有被传承与发展，只能作为舶来品被我们接受。纵观中国现代足球发展过程，尤其是近十年职业化改革的探索，足球竞技水平未取得令人满意的成绩，在管理和运作上又暴露出诸多的问题。中国足球运动过于重视对运动员的体能、技能、成绩等有形的"物化"的训练，而忽视了同步提高运动员精神力量的"无形"的人性修炼，即"重物轻人"。当今中国足球运动已经偏离教育，职业化和商业化等问题的困扰和挑战突出，究其原因，就是中国足球缺乏适合中国足球可持续发展的理念。

2　中国足球的物化

所谓的足球"物化"是指人们过分追求足球的技能、成绩和报酬等物化层面的东西，却忽略了人的发展这种"重球轻人""重夺标轻育人"的倾向，其实质是与时代发展相悖，思想观念落后。也就是说，一个人只有在不断变化的社会结构中，主动适应社会，并利用社会环境去改造自己，才能发展自己，完善集体。

中国足协的一位领导曾痛心疾首地表示，中国运动员现在缺魂、缺练、缺管。中国运动员的收入与他们的水平不成正比，这是问题的关键。自从中国足球职业化改革以来，运动员的收入几十倍地增长，和国民平均收入差距太大，运动员挣钱太多、太容易，助长了他们"为钱踢球"和"一切向钱看"的思想，使队伍的精神文明建设和政治思想工作受到严重削弱，社会不正之风在足球队伍中广泛蔓延。尽管运动员的物质刺激有了大幅度跳跃，但其敬业精神却滞后。职业化在许多运动员的眼里是名利双收的代名词，而不是严于律己的代名词。生活上，有的运动员经常酗酒，教练员和领队难以管理；赛场上，他们有打"假球"的、有闹事打架的、有以不逊之言侮辱裁判员的……这样的问题任其发展下去难免会把中国足球带入严重"物化"的误区。当然,剖析其物化,绝不是对中国足球全盘否定,而是要求我们重视研究和解决其现实问题,以求促进可持续发展。

3 人文精神与科学精神的本质

人文精神,就是指一种注重人的发展与完善,强调人的价值和需要,关注生活的基本意义,并且在现实生活中努力实践这种价值、需要和意义的精神。所以,人文精神既是对人的价值、人的生存意义和生存质量的关注,对他人、社会和人类进步事业的投入与奉献,又是对人类未来命运与追求的思考和探索,是对个人发展和人类走势的终极关怀,也是人对其生存的自然环境的关心和改善的态度。总之,人文精神就是关心"人之所以为人"的精神。科学精神就是人们在科学实践、探索和科学知识的学习过程中形成的一种执著追求真理的创新精神,它用理性的眼光观察和分析一切问题,唯真理是从。人文精神与科学精神融合,不但有利于人、自然与社会的和谐发展,而且更有利于人与竞技及社会三者的协同共进。

4 足球竞技及其教育过程的全面改革

从竞技文化结构分析,思想层是其结构的最深层次,它对原理、方式和器物等外层次改革的滋生力、辐射力和爆发力最大,它是代表竞技先进文化发展方向的核心所在。(图1)

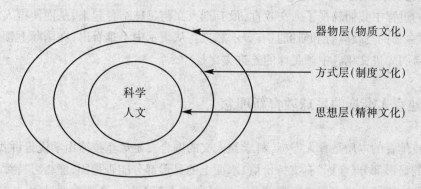

图1 从文化结构图理解足球教育

原中国女排在"授技育人"的思想指导下,不但形成了独特的"执教之道"(抓思想与训练同步,从当保姆到带研究生)等,而且将成绩推向世界五连冠。但是,中国足球职业化的改革,仅仅是停留在竞技文化外部器物层的改革,其力度是极为有限的。实践证明,如果没有先进的足球教育思想作指导,那么足球改革只能是在竞技科学大门外做游戏。因而,只有其思想层(精神文化)的深刻变革才能促进其方式层(制度文化)和器物层(物质文化)进行技术革命,才能促使中国足球真正代表先进的竞技文化的发展方向。

表 1　各项目文化的比较

内容	取向	乒乓球	排球	体操	足球
科技	创新	快准稳狠变	快速全面	美力难新稳	
人文	责任	祖国至上	协作拼搏	爱岗敬业	
	态度	从零开始	训练同步	甘于寂寞	

　　伴随着我国改革开放的政策不断深入人心，中国经济飞快发展，并加入世界贸易组织，人们的思想观念也在不断更新。作为世界第一运动的足球也要重新在理念上再认识。1992 年出版的全国体院专修通用教材《足球》和 2000 年出版的全国体育学院通用教材《现代足球》，都认为足球运动是以脚支配球为主，两个队在同一场地内进行攻守为主的体育运动项目。两本教科书对"足球运动"概念的描述虽有文字上的差异，但最终还是以重物轻人而落笔。而英国足球总会认为：足球的本质是培养会踢球的全面发展的人。所以，足球运动是以脚支配球为主，两个队在同一场地内进行攻守比赛，去促进人的全面发展的教育过程，这是足球运动概念的真正内涵。

　　曾执教延边敖东足球队的崔殷泽教授认为："足球并不仅仅是身体上的对抗，更重要的是精神方面的斗智斗勇，精神力量的欠缺是我所发现的中国足球的最大弱点。"正如一位学者所说"足球""文化"重于"种族"。足球的实质在于文化。中国与韩国足球比赛总是输多胜少，输的不只是体力而且是场上组织能力，赛场上的良好思维，过硬风格，过硬的心理素质，赛场上贯彻教练员的思想、意图等。它与民族社会心理直接有关。它的实质就是民族"文化"。韩国的"职业队"建在大学，而我们的所谓俱乐部足球队现在虽然年龄都在 20 岁以上，可他们的文化水平呢？不必说大学，能有几个是真正的高中文化程度呢？在培养足球运动员的过程中我们忽视了人文教育，没有把人文与足球结合起来，从而使得人文精神缺乏，这对今后的竞技教育和研究具有警示意义。从表 1 中不难看出，在国际上领先的项目都有各自的先进文化。中国足球的先进文化是什么？

5　构建育人夺标的足球教育新理念

　　竞技体育的本质是育人夺标，科学与人文的融合。足球竞技冰山学说告诉我们，冰山水面上的显形部分（夺标）有支持价值，水面上的显形部分能否稳固，能否可持续地存在和发展，取决于冰山水面下的隐形部分。夺标和育人都不是一个独立的过程，二者缺一不可。如把夺标当成终极目标，不把育人作为载体的话，即"重物轻人"，那么人在竞技中必然要主体迷失，人性失落，只能是"昙花一现"；相反，育人若不寓于夺标过程中，也不能发挥作用。育人和夺标都重要，它是一个整体，是人物并重。

5.1　足球的人文原理

5.1.1　人文教育是中国足球持续发展的基础

　　人文教育的核心就是培养人文精神。人文精神是人的存在的意义和价值的最高展现，是整个人类文化所体现的最根本的精神，是人类文化生活的内在灵魂。人文教育的功用在

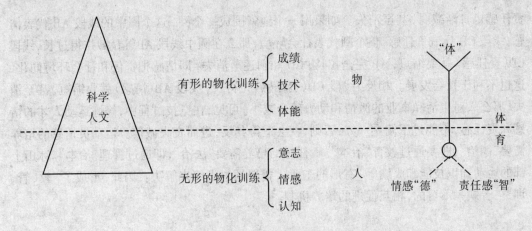

图2　足球冰山学说

于"教化",最终目的是"教人做人"。从历史辩证法角度讲,奉献更体现人的价值。但从目前中国职业足球运动员的思想现状看,纵然物质利益得到了高度满足,然而,职业运动员对本职工作的敬业态度和奉献精神却没有质的变化。相反,个体本位的人生价值观却有愈演愈烈的势头,这一思潮如果日益泛滥,必然会导致个人主义、利己主义、拜金主义盛行,成为阻碍职业足球发展,腐蚀人们道德情操,瓦解集体凝聚力的浊流。作为一个运动员,应具备高超的球技,但更应具备高尚的品德,二者的结合可堪称为"球星"。职业足球领域出现这种物质利益超前,奉献精神不足的畸形状态,实质上反映了在注重物质激励原则的同时,对培养奉献精神起决定作用的人文教育未能给予相应的重视。因此,为了尽快解决当前物质利益丰厚、奉献精神滞后的不正常状况,必须把调动职业运动员积极性的矛盾的主要方面尽快转移到人文教育上来。马克思主义物质决定意识的理论学说,首先揭示了竞技能力的主要因素在于技战术水平。但意识对存在强大的反作用力,运动员依赖意志力、荣誉感等精神动力,使竞技能力超常表现的现象,在运动实践中是处处可见的。精神动力具有增强和减弱竞技能力的双重功能。在特定条件下,不同的功能效应,主要取决于人文精神。如果一名运动员通过有力的思想政治教育,具有崇高的理想信念、思想境界、正确的人生观和价值观,具有强烈的爱国热情、荣誉感和自尊、自强、自信的民族精神,那么他就必然能充分挖掘潜在的精神动力,最大限度地提高和表现自身竞技能力。就当前我国职业足球的现状看,一方面运动员特别需要精神动力,因为在尽快赶超世界高水平足球的过程中,他们必须付出巨大的艰辛和努力,必须拥有向人的心理和生理能力极限挑战的意志和决心;另一方面这些运动员的精神动力又远不适应这一现实的要求。这种要求与不足之间的矛盾,揭示了当前职业足球领域尤其要加强运动员人文教育的紧迫性。

5.1.2　中国足球以人为本的人性修炼

　　人性修炼的机制是人的情感与责任感的相互联系、相互作用的过程。情感的修炼能使人对他人、自然与社会以及事业产生关心、理解、创新的心理,从而激发出更多的激情和动力。但是,它若没有责任感的制约则会失去方向、失去正义、失去诚信。责任感的修炼能促进人对他人、自然与社会以及事业产生使命感和压力感,并能催生知识、技术、智慧和能力。但是,责任感若没有情感作支撑,那么也会使人对事业、生活失去激情和动力,最终使责任感也日渐减弱，甚至消失。如果用一个绳索围成一个圈，这个圈中的线段 AB 代表情感，线段 CD 代表责任感，整个圈代表社会环境，那么在圆中线段 AB（情感）拉得过长，线段 CD（责任感）就要缩短；AB 完全拉长，CD 和圆逐渐消失，即情感把责任和社会环境同化，这也不利于社会发展。相反，线段 CD（责任感）拉得长，线段 AB（情感）就要缩短，甚至消失，那么人对生活和事业的激情和动力就会减小。可见，在竞技过程中，修炼运动人才的情感和责任感，不能过于偏重一方，否则，就会适得其反，进而丧失诚信。运动员情感的培养需要"德治"，即要通过教育"治本"。责任感的培养需要"法治"，即通过管理"治本"。冰山上部的运动知识技能和成绩等"有形的东西"，需要通过训练来解决。因此，形成了"教、管、训"三者缺一不可的，相互促进的培养机制。

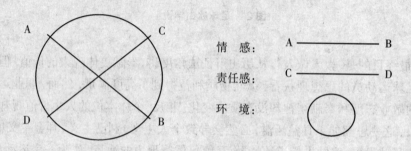

图3　人性修炼示意图

5.1.3　中国足球人性修炼的原则

人性修炼的最大特点是它具有共性、非功利性和底线性（做人的最低标准），这是它与具有较高要求的思想政治教育的根本区别，思想政治教育是追求高的、远的境界。人性修炼是追求近的、实在的，是为思想政治教育打基础的。

（1）正义性原则，是指你不能伟大，但你可平凡，做一个正义之人。

（2）尽力性原则，是指你虽然不能取胜，但你应尽力。

（3）协作性原则，是指你虽然不能团结，但你要协作。

（4）尊重性原则，是指你虽然不能改变他人和环境，但你要尊重他人和环境。

（5）积累的原则：积小善，立大德。

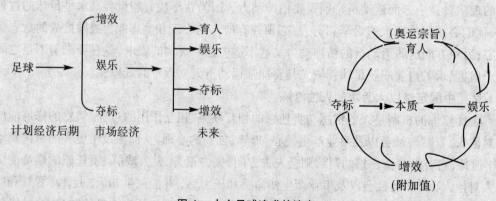

图4　人文足球追求的演变

5.2 足球的科学原理

足球训练是遵循人身、心、群变化的规律,提高运动员综合素质和夺标能力的足球教育过程。

上个世纪,国际医学界提出了"生理——心理——社会"的医学模型,改变了传统医学偏重于从生物学角度研究病理的旧思想,这是一次重大的医学变革。后来,世界卫生组织(WTO)又提出了人的健康是人的生物、心理、社会三者达到圆满状态。根据医学有关研究成果分析,足球运动是一培养完整的人的操作过程,过去人们偏重于研究生物学的足球竞技,这是不全面的。完整的足球应该是以生物学、心理学和社会学为基础,并在此基础上研究人的物力、心力和外力"三力合一"的运动。

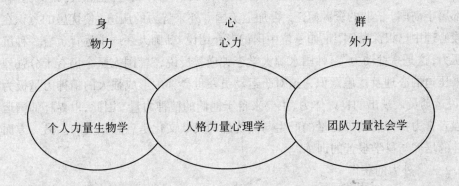

图 5　足球教育的科学原理

5.2.1 足球科学训练的原则

(1)人性化原则:将人性修炼和思想教育融入足球科学训练中。

(2)全面性原则:从身、心、群三个方面提高足球运动员的综合素质。

5.2.2 "三力合一"的足球运动

2002 年 6 月,在第 17 届世界杯足球赛上,亚洲劲旅韩国队首次闯入四强,尽管当时有舆论认为韩国作为东道主得到了裁判员的关照,但是不得不承认韩国取胜的动力来自于他们有超人的体力、心力和外力的聚合。

5.2.2.1 物力的升华

物力的升华是指运动员自身原有的体力在心力和外力作用下产生的超常力,而不是单纯的体力。过去,我们研究提高运动成绩,偏重于从生物学角度探索挖掘运动员体力的潜能,其效果往往不尽人意。第 17 届世界杯足球赛,韩国队表现出非凡的体力来自于物力、心力和外力的"整合"。一方面是科学的体能训练与合理的营养配方。荷兰籍主教练希丁克认为,韩国队的体能在亚洲是强者,但与欧洲强队比较还相差甚远,为此他主张大练体能,追求足球的科学化。但是,他组织运动员练体能,不是单纯地练习奔跑,而是结合力量、结合球练习,以增强运动员在高速奔跑中的对抗能力。大运动量训练是创造神话的基础,它提醒人们在体育中科学化方法论的重要性。根据韩国记者介绍,韩国队的食物主要由生的新鲜蔬菜和牛肉构成，二者保证了每天补充运动员消耗的热量和维生素。另一个"法宝"是通过食用适量的野生高丽参，有效地加快运动员的体力和精力的恢复。另一方面是动员心力和外力。比如，韩国人自发组织的强大的"红魔"啦啦队，营造了良好的人文环境，即环境力——外力，从而激发了韩国运动员为国争光的强大的民族精神力量，进而促使他们产生了超常的体力。所以，表面上看韩国队赢球是体力制胜，其实质是潜藏在体力背后的心力与外力作用使之生成、升华了，它绝不是单纯的生物学的"物力"作用的结果。只有深入研究心力与外力对物力的积极作用，才能有助于抑制当今足球主体（人）迷失的现象，又有助于促进足球运动可持续发展。

5.2.2.2 心力的开发

心力的开发是指运动员应有的精神力量得到充分发挥。韩国运动员在第17届世界杯足球赛上表现出的良好的心理状态主要来自于两个方面。一方面是忧患的民族文化。韩国与日本都属于岛国，长期的资源匮乏，再加上美国等外来势力的压迫，使忧患的意识在这两个民族心理中已根深蒂固。正如一位中国记者介绍说"韩国人踢球永远背负着一种沉重的民族压力，这是一种动力"。韩国水源大学李钟瑛教授说，"韩国人至今仍有十分强烈的抵制外来压迫的心理及忧患意识，这对于运动员在世界杯中形成强大的精神力量极为有利"。他说运动员表现出的良好体力，主要来自于他们的精神力量。因此，世界杯韩国运动员不惧强者奋力拼搏的精神力量的产生与其忧患的民族文化是息息相关的。另一方面是团队精神的培养与科学艰苦的训练。

5.2.2.3 外力的获得

外界环境给予运动员的支持力并不是自然给予的，而是运动员通过自身良好的表现，感动"上帝"后才能获得的。韩国运动员和观众都做到了这一点。第17届世界杯足球赛，在韩国队重要场次的比赛过程中，场外有700万街头声援的球迷，场内有65000名身穿红魔球衣的观众组成的啦啦队，韩国队赢在万众一心上，天时、地利莫如人和。这种力量就是一种"外力"。可见，外力是心力和物力产生的外因，物力又是外力和心力的外在表现形式，三者相互作用共同形成了"力"系统结构。

"三力合一"的足球运动，提示足球运动的内在的规律，指出我国足球界过去偏重物力，对心力及外力整合研究不足。"三力合一"的足球运动是从生物学和社会学三个方面研究培养"人"的运动，它进一步揭示当代足球运动发展的内在规律与外在规律。在足球运动中，心力是沟通外力与物力的中介，外力是通过物力与心力相互积极作用获得的，物力、心力、外力三者有机整合，产生的功能要大于累加之和。

5.3 人文与科学融合的足球教育

过去，研究单纯生物学的足球训练理论与实践是科学与人文分离的"半人"的运动，其培养对象也是科学与人文分离的"半人"，其结果是在足球竞技运动中主体的迷失、人性的失落。足球要结合现实的需求，认真地研究贝利和容志行的科学精神、人文精神及其行为。在解决冰川下的动机、信念、情感和责任感等人性问题基础上，促使运动员去超越自身的体能，去创造足球竞技的奇迹和人生的奇迹。因此，为促进中国足球运动由"物"到"人"，培养"智体型"的足球运动人才，必须重视人文与科学的融合。具体地说，要鼓励青少年的训练回归于教育,使训练与育人紧密结合。在足球教育"育人夺标"的思想中,夺标决不是单纯追求竞技的"目标",其中还有另一个人生追求的目标,即当一个运动员在从事足球竞技运动期间,能及时接受做人和再就业的高等教育,以提高运动员竞技和人生可持续发展的重大问题。一位韩国学者介绍说,"足球与社会发展一样,也分为上半场和下半场。上半场是面向竞技的目标,下半场是追求人生的品味"。这实际是在竞技过程中夺标与育人相结合的思想,也是人物并重的理念。

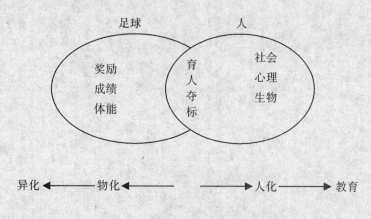

图 6 人文与科学相融合的足球教育

6 结论与建议

中国足球存在"重球轻人,重训轻育"的"物化"问题。培养中国高水平足球运动人才,要把过去单纯的夺标的训练思想转向"育人夺标"即"人物并重,更重人"的思想,把训练升华为教育——竞技是育人"载体",把物化的训练与人格的修炼结合起来,加强对足球运动员进行人文教育,培养其人文精神,促进中国足球从现实的"物本位"向"人本位"转变,建立人文与科学相融合的足球教育新理念。这对促进中国足球可持续发展具有重要的意义。

参考文献

[1] 宋继新. 竞技教育学(修订本)[M]. 北京:人民体育出版社,2003.

[2] 宋继新. 竞技运动学 [M]. 长春:吉林人民出版社,1998.

[3] 袁伟民. 我的执教之道[M]. 北京:人民体育出版社,1998.

[4] 万江. 高校体育在人文素质教育中的能力性分析[J]. 成都体育学院学报,2002,28(4):40 – 41.

[5] 赵先卿,杨继星,等. 高校体育教育专业加强人文素质教育的探讨[J]. 北京体育大学学报,2004,27(2):251 – 253.

[6] 宋继新. 论厚德博学、育人夺标的教育理念[J]. 吉林体育学院学报,2003,19(1):1 – 3.

[7]谭世文.论人文与科学融合的排球运动[J].吉林体育学院学报,2003,19(1):4-6.

[8]杨叔子.科学人文和而不同[N].科学时报,2002-06-15.

[9]刘建和.科学精神倡导与人文精神宏扬并行不悖[J].成都体育学院学报,2003,29(4):29-31.

◆足球技术、战术

对足球比赛战术特征的相关分析

姜俭，凌世银

（武汉体育学院，武汉　430079；成都体育学院，成都　610041）

摘　要： 足球训练应符合比赛实际，要根据足球比赛的攻防转换规律，区域位置及其对抗特征和技战术运用规律，使足球训练贴近比赛，突出训练中的比赛特征及运用特点。

关键词： 足球比赛规律；运用特征

现代足球运动经历百余年的发展，在运动训练、比赛理论研究等方面已日趋深入。各级各类型学术刊物、指导丛书给中国足球的发展带来了实践性的指导。特别是职业化进展，开放型交流，使我们直观地认识和体验到世界足球的先进所在——"逼迫式""三后卫制""平行站位""高效反击"等战术理念。然而，先进理念需要清晰的思路来更新观念，提高我们的认知水平。如果思路有误，先进理念优势就难以转换成比赛优势，脱离比赛实际的理论也无先进可言。因此，如何根据我国的实际与国际足球先进理念接轨，是我国广大青少年足球教练员应认真研究的课题。本文从足球比赛中的攻防对抗、场区和控球权等方面分析战术运用的相关特征。

1　争夺控球权是掌握场上主动争取胜利的基础

足球比赛战术特征，是指足球比赛中攻防双方经常、反复出现和发生的普遍现象而又极具应变性、针对性的战术情形。进攻与防守战术是足球比赛的主体与对抗核心，射门是对抗的本质与矛盾焦点。任何攻防战术的运用与发挥均受到"主体与本质"的趋导，比赛就是对抗，就是争夺控球权。其对抗程度、对抗特征不仅取决于双方实力水平，还取决于教练员对比赛规律的认识及对战术基本原则的理解。

在现代足球理念所倡导的攻防平衡的总体策略指导下，所匹配的攻防平衡是不平衡的。平衡此时只是概念，是暂时的。谁夺取了控球权，谁就打破了平衡，获得了主动。即使对方在局部人数居优，也只能是处于被动、从属被牵制的地位。众多讲究控球打法的球队，成功地显示了控球权的威力。本文对第17届世界杯足球赛16强和2004年欧洲杯8强36场比赛进行了控球时间比的统计，统计数字表明：控球比超过50%以上的队胜20场，负9

场,平 7 场,分别占统计场数的 56%,25% 和 19%。比赛实践告诉我们,掌握控球权的球队往往是胜多负少。这可以说是足球比赛的一个明显规律。讲究技术型、控制球打法仍是足球比赛的主导潮流。2004 年欧洲杯 8 强有关攻防战术的统计资料显示,法国、丹麦、葡萄牙、瑞典等均是欧洲世界级强队的代表。掌握控球权,同时也是广大球迷所期待的全面型"观赏性"足球的具体表现,也是对现代"功利"足球的一种挑战。足球比赛的攻防对抗,实质上是争夺控球权的超强对抗。因此把握比赛的控球权,是掌握场上主动争取胜利的基础。球,是攻防对抗的载体,以球为中心的对抗训练则是我们自始至终必须遵循的训练原则。

2 快速攻防转换是赢得比赛的关键

控球权的得与失形成了攻防转换的交替进程。在比赛的攻防转换瞬间,抓住机会快攻反击和反抢迅速回防形成了比赛的焦点。资料显示:在第 17 届世界杯赛中,有相当部分控球时间比低于 50% 的球队取得了比赛的胜利,26% 的进球来自于快速反击(或称为"高效反击"),而且许多导致得分的任意球也是由快速反击获得的。不少球队采取防守反击打法,但对于其他多数队,即使是成功的强队及那些讲究攻守平衡的队,也把快速反击作为有效的进攻手段。如巴西、塞内加尔、韩国、日本等则是现代反击的杰出代表,而英格兰、德国运用传统的反击打法亦相当出色。在现代足球比赛中,压迫式战术使比赛空间大大减少。因此,当攻防转换瞬间出现空间,即由守转攻或由攻转守时的第一时间所形成的攻防态势也是对手最薄弱的时候。抓住由守转攻的瞬间发动快速反击威胁大,成功率高,第 17 届世界杯的统计表明,由反击造成的得分占进球总和的 57%。由攻转守因阵脚未稳忙中出漏造成失球占其失球数的 68%。由此说明,在攻防转换过程中,攻方不仅要把握本队制造的进攻机会,更要把握对方由攻转守时造成的瞬间失误的得分机会;而守方,则要最大限度地减少失误,这也是我们常常讲到的"进攻抓住机会,防守少犯错误"的比赛理念,进而不难理解现代足球比赛中出现的偶然性和悬念。

因此,我们在青少年的训练中需要更新三个观念:第一,基础训练中应以球为核心,突出 1 对 1 到 4 对 4 的传控及争抢训练。强调对抗中的方向性(射门),得失球的方向、位置、区域及速率节奏感。培养探索得失球原因的动脑能力。第二,认清"机会"是通过压迫、逼抢得来的。我们强调把握机会、减少失误不仅仅是针对比赛来讲的,更要在平时的训练中紧扣细节、培养对抗意识。第三,要提高教练员"阅读"比赛的能力。明确比赛的三个时段(控球、失球、控球权转换时)应做什么? 提高运动员对比赛的预见性和洞察力,要多与队员沟通,并将客观反应及时传至队员。

3 根据不同场区的攻防特征合理运用技战术是战胜对手的重要环节

足球比赛的攻防转换可发生在任何区域,其攻防特征迥然不同,把握好各场区运用技战术的相关规律,有利于教练员正确指导训练和比赛,使训练的实战性、针对性更强。

3.1　前场区域攻防特征

攻方中后场得球由守转攻时,守方中后场即成为发动快反进攻的最佳区域和时机。特别是后场两个边区地带是反击的有利点与线,既有纵深又可制造异侧转移的宽度,且不利于守方守门员出击及后卫斜线退防中的处理球,并易造成攻方掷前场守方掷后场界外球的有利局面。因此,攻方应利用场区特点力争快速向前,向守方身后空当传球,并在近端及时接应,远端异侧插上形成快反态势。这样守方既可达到解围的目的,又可把进攻压到对方半场(图1)。

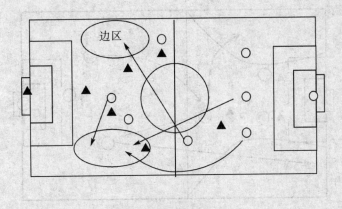

图 1

对于守方前锋而言应立刻就近逼、堵、封、抢干扰攻方的快反传球,前卫、后卫对口回防盯人或向控制区域移动、挤压边区远端、异侧,更应退防保护,防止攻方转移插上。欧洲许多球队具有这方面的显著特征。

3.2　中场区域的攻防特征

中场不仅仅是双方争夺控球权获得主动、组织攻防、控制节奏、迂回周旋的场所,更是体现整体攻防层次、机动平衡、位置轮回互补的战略地带,也就是攻防战术机动变化的隐蔽点。

3.2.1　中场"跨越"特征

第17届世界杯比赛中许多欧洲强队的进攻或防守方式是"跨越"或"放弃"中场,不是"经过"中场做过多纠缠,而直接把进攻推向前场实施"争抢"攻势,中场队员围靠前压捕捉战机。亚洲四强赛中,日本、韩国的中场组织在比赛中所呈现的"跨越"特征极具威胁。其传球特征是首选长传球,这是进攻的最快手段,不仅需要良好的长传技巧和把握由守转攻的时机,而且更需要运动员的"整体观"及前锋的选位和控球能力。而防守是压缩层次距离,密集控制中后场区域,伺机反击。如英格兰、爱尔兰、德国、美国、丹麦、意大利等均表现出色。此举虽缺乏观赏性,但颇具现代比赛"实效"特征。

3.2.2　传球质量是关键

实施中场攻防战术机动变化的关键是运动员的传球质量以及选位的时机和位置,即准确性(图2)。比赛实践表明,进攻时以球的近端附近制造深度,远端或异侧制造宽度为基本方式,选位队员应跑在传球队员的视野范围内,近球者先动,反之则相对缓动,并在同伴有可能出球时"预动"。特别注意的是传球队员抬头观察时,其同伴目标、位置方向已锁定,当"低头"处理或传球时,选位队员再改变位置走向,此球必定"别扭"或失误。传球队员则应将球传在同伴移动的方向上,并注重考虑防守者的位置。通常将球传在同伴远离对手的一侧或对手重心的异向及身后背向位置。就传球关系而言,一方面强调传球队员的主动性,另一方面更要强调选位队员的机动性,进而把握好传接时机与位置。这方面巴西、阿根廷、哥斯达黎加、塞内加尔等较为默契。

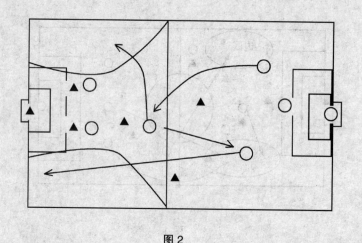

图 2

3.2.3　防守盯人与区域控制

中前场回防通常以"延缓、收缩"为原则,以"对口,控制盯人"为主要手段,抢占有利时空与区域位置,这样防守就获得了主动。实践中要求防守者回到以球为准点与本方端线所形成的平行沿线后方,并处于进攻者的内后侧位置,近球者实施紧逼盯人。而平行线的沿线远侧后方,应处其身前内侧实施区域盯人与控制,防止对手插上助攻。对于平行线前方实施盯人防守此时无实际意义,应退回保护,以多防少,从而有利于依球的位置来实施紧逼盯人或区域控制,这是处理好盯人与选位的基本要素(图3)。

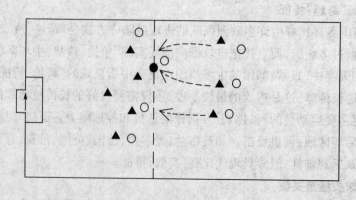

图 3

3.3　后场的攻防特征

3.3.1　整体协防中的前压与后收

守方应尽力把防守线推到中前场以减小压力,有利"亡羊补牢"守中有攻。保持好整体防守的层次、距离、队形,即"紧密性"。注意局部协防中的倒三角形(▽)底点移动所形成的动态阵势。通常3防2或4防3时,有拖后保护,但有时拖后中卫伺职于盯人职责,特别是对前插上来的前卫和边前卫,实施盯人,此时无保护,守门员担当起"新自由人"的职责。当2防2、3防3时,同样无拖后保护,则需对持球队员紧逼控制,另一防守队员位置回撤保护且兼顾协防,当然也可根据临场情况实施紧逼盯人,以防对手二过一传切突破(图4)。对于对手正面或正侧面的中长传进攻,后卫要先向前压(整体)给攻方传球者造成错觉(前压逼盯、留出后防纵深),通常由拖后中卫组织,而当传球人员处理或低头传球瞬间中卫应快速后收至所预见的落点上,边卫亦可用这种方法从而先于对手得到球,处理球,瓦解对方的进攻(图5)。

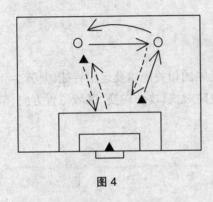

图4

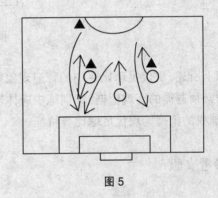

图5

3.3.2　个人防守问题

个人防守,尤其是边路的1防1能力,往往起着牵动全局变化的重要作用。易造成整体防线的被动后撤及中卫补位堵截时的交错动态。此时争抢传中球等最易"动中出错、出漏"。因此特别强调,对正面控球队员应采取先快后慢的接近方式,降低重心延缓推进,逼其回传,从而避免"猛扑被突"现象。在1防2时不要急于抢截持球队员的球,应延缓其进攻,重点防守2过1的前插队员或身后队员。另外,1防1更要了解对手特点,以利于防守。

3.3.3　门前有利位置与时机的选择

门前罚球区附近是攻防对抗的焦点。攻方要全力抢占有利位置和最佳时机,而不是"抢站"有利位置等待来球。这就要求先留空当,再抢空当冲向得分区域或点。过早行动,对手跟进,空当"撑死"效果较差,也易造成越位犯规。这就要求把握球的运行路线、时间、落点与人所到达的时机相吻合。其间,更不能忽视传球质量对进攻效果的影响。亦可根据前锋特点,去抢占有利位置,通过"压人""靠人"等手段与同伴做配合,创造进攻机会。

对于守方控制区域,选位盯人比球更为重要。球只一个,全场看得见,人却错综复杂,由于互相依赖造成"看球不看人"的进球现象屡见不鲜。比赛实践表明,球门区的前、中、后点与罚球弧顶点切线之间的区域是实施紧逼盯人的区域,其盯人站位选择又有身前、身后与身侧之分。对于中路进攻通常站于对手身后内侧;对于边路的进攻传球站于对方身前或前侧。由此形成的协防层次,使之分工明确,责任到位。前点身前球与人是盯人中卫伺职,过顶球身后球与人是中点或后点的协防者之责。因此,把握好盯人区域和盯人位置的选择是防守成功的重要因素(图6)。

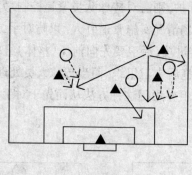

图 6

综上所述,现代足球比赛中的普遍现象所反映的相关规律及运用特征,是青少年足球训练中必须遵循的客观依据,即训练中应体现攻防对抗、攻防转换、区域位置方向、节奏时机、控球权的把握等现代足球比赛特征。

参考文献

[1]谢朝忠.抓住机遇、更新观念、再议对足球本质的认识[J].武汉体育学院学报,2002(2).

[2]邹勇,何志林,等.对第17届世界杯足球赛球队控球状况的研究[J].上海体育学院院报,2003(2).

[3]邦斯博,佩特森著,足球比赛体系与战术打法[M].王跃新,吕志刚译,北京:人民体育出版社,2002.

[4]张兵,李华飞.第17届世界杯足球赛各队战术运用的探讨[J].中国体育科技,2003(7).

[5]薛俊.第17届世界杯足球赛决赛阶段各队进球特征分析[J].中国体育科技,2003(7).

第13届亚洲杯进攻、防守技术运用研究

杨浩

（西安体育学院，西安　710068）

摘　要：运用观察统计法、文献资料法等方法，对第13届亚洲杯具有代表性的10支队伍14场比赛中常用进攻、防守技术在各个场区运用情况进行统计分析，结果发现亚洲各球队在对抗中传球技术、接球摆脱技术、运球突破技术以及7项防守技术能力方面有待于提高。

关键词：第13届亚洲杯；进攻；防守技术

1　前言

足球技术在比赛中有着特殊的地位，它是完成战术配合、决定战术效果的前提和保障。著名的前联邦德国足球教练员绍恩曾说过："足球运动最关键的决定性的部分是技术。"随着现代足球比赛攻守速度的不断加快、对抗争夺的日趋激烈，对足球技术也提出了新的更高的要求。本研究根据足球比赛的实战需要，提炼出4项进攻技术和7项防守技术，运用录像观察统计法、文献资料法等方法对2004年第13届亚洲杯足球赛14场比赛中11项技术运用情况进行统计、分析研究，从中总结出亚洲各支球队的技术特点和差距，为提高我国足球技术运用水平提供理论依据。

2　研究对象与方法

2.1　研究对象

本研究将参加本届亚洲杯的日本、韩国、中国、伊朗、阿曼、伊拉克、阿联酋、约旦、科威特、巴林、泰国、乌兹别克斯坦12支球队列为研究对象，并对其中14场28队次的比赛进行重点统计和分析。

2.2　研究方法

文献资料法：查阅近年来有关足球比赛技术研究方面的论文以及世界杯赛期间有关报刊杂志提供的相关资料。

观察统计法：通过观看电视直播，统计前、中、后场区各项进攻、防守技术运用情况。

数理统计法：对相关数据进行常规统计与整理。

归纳法：对各队在比赛中所采用的进攻、防守技术以及产生的效果进行整理归纳和综合分析。

2.3 统计概念和尺度

传球：传球队员周围 2 米范围内有守方队员进行逼抢即为对抗中传球，传球队员周围 2 米范围以外有守方队员进行逼抢或传球时无人逼抢即为非对抗中传球。准确地传球至本方队员为成功，传球出界、被对方抢断、力量过大均为失败。

接球：接球队员周围 2 米范围内有守方队员进行逼抢即为对抗中接球，接球队员周围 2 米范围以外有守方队员进行逼抢或接球时无人逼抢即为非对抗中接球。接球队员利用合理的接控球技术将球接控在脚下或摆脱开防守队员的紧逼即为成功，被防守队员破坏或抢断即为失败。

运球突破：控球队员运用假动作、变速等运球方法突破防守队员的阻挡。突破或越过对方的阻挡和抢截即为成功，被防守队员破坏或抢断即为失败。

抢球：用积极的方法争夺攻方队员控制之下的球。直接抢到球或使攻方失去对球的控制即为成功，反之为失败。

断球：在攻方传球给同伴时，先于对手进行抢截，以终止其传球配合。将球截获或使对方失去对球的控制为成功，反之为失败。

铲球：运用倒地抢截的方法，力争将球从对方控球队员脚下抢到或使对方失去对球的控制为成功，反之为失败。

争头顶球：守方队员用头部对空中球进行争抢。争顶后为本方控球即为成功，反之为失败。

封堵：守方队员用身体或脚积极阻挡攻方队员的传球或射门，造成对方传球或射门被阻挡或破坏即为成功，反之为失败。

夹抢：两名守方队员用积极的方法争夺攻方队员控制之下的球。直接抢到球或使攻方失去对球的控制即为成功，反之为失败。

围抢：3 名或 3 名以上守方队员用积极的方法争夺攻方队员控制之下的球。直接抢到球或使攻方失去对球的控制即为成功，反之为失败。

场区划分：将足球场划分为前场、中场、后场 3 个场区。两端球门线起，35 米范围内为前场、后场，中间 35 米区域为中场。

3 结果与分析

3.1 常用进攻技术运用情况分析

3.1.1 传球技术运用分析

从表 1 可以看出，前场传球共 1948 次，成功 1335 次，前场传球成功率为 68.5%；其中对抗中传球 1382 次，占前场传球次数的 70.9%，平均每队每场传球 49.4 次，成功率为 68.2%；非对抗传球 566 次，占前场传球次数的 29.1%，平均每队每场传球 20.2 次，成功

表1　前场传球技术运用统计表

	总数	比例	成功次数	失败次数	每场传球次数	每场成功传球次数	成功率
对抗	1382	70.9%	943	439	49.4	33.7	68.2%
非对抗	566	29.1%	392	174	20.2	14	69.3%

率69.3%；说明前场传球主要是在对抗状态下完成的，由于对方防守队员的紧逼和接应点少而造成传球成功率较低。

表2　中场传球技术运用统计表

	总数	比例	成功次数	失败次数	每场传球次数	每场成功传球次数	成功率
对抗	2438	42.6%	1975	463	87.1	70.5	81.0%
非对抗	3281	57.4%	2960	321	117.2	105.7	90.2%

　　从表2可以看出，中场共传球5719次，成功4935次，中场传球成功率为86.3%；其中对抗中传球2438次，占中场传球次数的42.6%，平均每队每场传球87.1次，成功率为81.0%；非对抗传球3281次，占中场传球次数的57.4%，平均每队每场传球117.2次，成功率90.2%；说明中场的传球以非对抗状态下传球居多，从观看录像中发现，各队都非常重视对中场的争夺和控制，中场传球主要是短距离传球、转移传球，接应传球点多，防守队员紧逼不太紧，所以成功率较高。

表3　后场传球技术运用统计表

	总数	比例	成功次数	失败次数	每场传球次数	每场成功传球次数	成功率
对抗	794	47.4%	617	177	28.4	22.0	77.7%
非对抗	880	52.6%	755	125	31.4	27	85.8%

　　从表3可以看出，后场共传球1674次，成功1372次，后场传球成功率为82.0%；其中对抗中传球794次，占后场传球次数的47.4%，平均每队每场传球28.4次，成功率为77.7%；非对抗传球880次，占后场传球次数的52.6%，平均每队每场传球31.4次，成功

率为 85.8% ;说明后场传球以非对抗传球居多, 从观看录像中发现, 后场主要是中远距离的传球, 由于逼抢队员较少、主动向前传球较多, 因此造成传球成功率高于前场, 但低于中场。

综上所述, 本届亚洲杯足球赛非对抗传球次数高于对抗传球, 中场传球技术运用次数最多, 其次是前场和后场; 从整体上来讲, 对抗中传球成功率较低, 中场对抗和非对抗传球成功率最高, 其次是后场、前场; 前场对抗中传球所占比例最高, 其次是后场和中场。说明各队都十分注意禁区前沿以及前场的逼抢, 应加强对抗中传球技术的训练。

3.1.2 接球技术运用分析

表 4 前场接球技术运用统计表

	总数	比例	成功次数	失败次数	每场接球次数	每场成功接球次数	成功率
对抗	942	76.2%	778	164	33.6	27.8	82.6%
接球摆脱	552	58.6%	410	142	19.7	14.6	74.3%
非对抗	295	23.8%	291	4	10.5	10.4	98.6%

表 4 显示, 前场运用接球技术 1237 次, 成功 1069 次, 前场接球成功率为 86.4% ; 其中对抗中接球 942 次, 占前场接球总数的 76.2% , 平均每场每队运用 33.6 次, 成功率为 82.6% ; 接球摆脱共 552 次, 占前场对抗接球的 58.6% , 平均每场每队运用 19.7 次, 成功率为 74.3% ; 非对抗接球 295 次, 占前场接球总数的 23.8% , 平均每场每队运用 10.5 次, 成功率为 98.6% 。说明前场接球以对抗性接球为主, 接球成功率较高, 其中一半以上的对抗接球要求运动员做摆脱性动作。无人逼抢情况下接球成功率也很高, 但是所占比例较小。

表 5 中场接球技术运用统计表

	总数	比例	成功次数	失败次数	每场接球次数	每场成功接球次数	成功率
对抗	1278	30.7%	1106	172	45.6	39.5	86.5%
接球摆脱	695	54.4%	566	129	24.8	20.2	81.4%
非对抗	2890	69.3%	2851	39	103.2	101.8	98.7%

表 5 显示,中场运用接球技术 4168 次,成功 3957 次,中场接球成功率为 94.9%;其中对抗中接球 1278 次,占中场接球总数的 30.7%,平均每场每队运用 45.6 次,成功率为 86.5%;接球摆脱共 695 次,占中场对抗中接球的 54.4%,平均每场每队运用 24.8 次,成功率为 81.4%;非对抗接球 2890 次,占中场接球总数的 69.3%,平均每场每队运用 103.2 次,成功率为 98.7%。说明中场接球以非对抗性接球为主,一半以上的对抗中接球运用摆脱性动作,但接球摆脱成功率相对较低,总体来讲各队在中场的接球技术水平较高。

表 6 后场接球技术运用统计表

	总数	比例	成功次数	失败次数	每场接球次数	每场成功接球次数	成功率
对抗	184	20.3%	163	21	6.6	5.8	88.6%
接球摆脱	72	39.1%	62	10	2.6	2.2	86.2%
非对抗	723	79.7%	718	5	25.8	25.6	99.3%

表 6 显示,后场运用接球技术 907 次,成功 881 次,后场接球成功率为 97.1%;其中对抗中接球 184 次,占后场接球总数的 20.3%,平均每场每队运用 6.6 次,成功率为 88.6%;接球摆脱 72 次,占后场对抗中接球的 39.1%,平均每场每队运用 2.6 次,成功率为 86.2%;非对抗接球 723 次,占后场接球总数的 79.7%,平均每场每队运用 25.8 次,成功率为 99.3%。说明后场接球以非对抗性接球为主,成功率较高。

综上所述,本届亚洲杯中、后场接球以非对抗接球为主,成功率较高;前场多在对抗中接球,成功率相对中、后场低;接球摆脱技术在中、前场运用较多,中场接球摆脱成功率高于前场。

3.1.3 运球突破技术运用分析

表 7 前场运球突破技术运用统计表

总数	成功率	成功次数	失败次数	每场运球次数	每场成功运球次数
340	57.7%	196	144	12.1	7

表 7 显示,前场运球突破共 340 次,平均每场每队运用 12.1 次,成功率为 57.7%。

表 8 中场运球突破技术运用统计表

总数	成功率	成功次数	失败次数	每场运球次数	每场成功运球次数
193	58.1%	112	81	6.9	4

表 8 显示,中场运球突破共 193 次,平均每场每队运用 6.9 次,成功率为 58.1%。

表 9 后场运球突破技术运用统计表

总数	成功率	成功次数	失败次数	每场运球次数	每场成功运球次数
6	68.0%	4	2	0.21	0.14

表 9 显示,后场运球突破共 6 次,平均每场每队运用 0.21 次,成功率为 68.0%。

综上所述,本届亚洲杯运球突破技术在中前场运用较多,尤其在前场运用最多,但成功率相对较低,说明亚洲球队一对一或一对多人运球突破能力有待于提高。

3.1.4 射门技术运用分析

表 10 射门技术运用统计表

射门次数	射正次数	射偏次数	射高次数	射进次数	后卫封挡次数	每场射门次数	每场进球数
337	89	88	70	55	35	12.0	3.9

表 10 显示,14 场比赛共射门 337 次,射正 89 次,射偏 88 次,射高 70 次,被后卫封挡 35 次,射进 55 个,平均每场每队射门 12.0 次,平均每场进球 3.9 个。说明亚洲球队制造射门机会能力以及射门得分能力有所提高。

表 11 射门方法及效果统计表

射门技术方法	射门次数	射门百分比	射进次数	进球百分比
接射	67	19.8%	15	27.3%
运、突射	73	21.7%	10	18.2%
凌空射	9	2.6%	0	0
头顶射	66	19.6%	13	23.6%
远射	67	19.8%	3	5.4%
抢点推、垫、补射	13	3.9%	3	5.4%
挑、吊射	5	1.5%	2	3.6%
任意球直接射	28	8.3%	4	7.3%
倒地铲射	4	1.2%	0	0
乌龙球	1	0.4%	1	1.9%
点球	4	1.2%	4	7.3%

表 11 显示，各项射门技术按运用次数多少排列依次为运突射、远射、接射、头顶射、任意球直接射、抢点推垫补射、凌空射、挑吊射、倒地铲射、点球、乌龙球；按射门进球多少排列，各项射门技术依次是接射、头顶射、运突射、任意球直接射、点球、抢点推垫补射、远射、挑吊射、乌龙球、倒地铲射、凌空射。

以上说明，本届亚洲杯运突射、远射、接射、头顶射、任意球直接射 5 项技术运用较多，依靠接射技术射门得分的比例最高，其余依次是头顶射、运突射、任意球直接射、点球、抢点推垫补射、远射、挑吊射、乌龙球。

3.2 常用防守技术运用情况分析

3.2.1 前场防守技术运用情况分析

表 12 前场 7 项防守技术运用统计表

	断球	抢球	铲球	争顶	封堵	夹抢	围抢
成功	66	59	2	3	4	11	4
失败	25	159	16	1	19	19	11
总数	91	218	18	4	23	30	15
比例	22.8%	54.6%	4.5%	1%	5.8%	7.5%	4%
成功率	72.5%	27.1%	11.2%	74.9%	17.4%	36.7%	26.9%

表 12 显示，各队在前场运用 7 项防守技术共 399 次，其中以抢球、断球技术为主，分别占全部 7 项防守技术运用次数的 54.6% 和 22.8%，其他 5 项防守技术运用较少；前场 7 项防守技术运用成功率最高的为争顶球技术，成功率为 74.9%，但运用次数极少，其余按成功率大小排列依次是断球、夹抢、抢球、围抢、封堵、铲球技术。说明抢球、断球技术在前场运用较多，各项防守技术在前场的运用成功率较低。

3.2.2 中场防守技术运用情况分析

表 13 中场 7 项防守技术运用统计表

	断球	抢球	铲球	争顶	封堵	夹抢	围抢
成功	476	155	40	117	29	74	52
失败	164	724	131	82	62	174	65
总数	640	879	171	199	91	248	117
比例	27.3%	37.5%	7.3%	8.5%	3.9%	10.6%	4.9%
成功率	74.4%	17.6%	23.4%	58.8%	31.7%	30%	44.5%

表 13 显示，各队在中场运用 7 项防守技术共 2345 次，其中抢球、断球技术运用相对较多，其次是夹抢、争顶、铲球、围抢、封堵技术。各项技术中断球技术运用成功率最高，为 74.4%，其他依次为争顶、围抢、封堵、夹抢、铲球、抢球技术。

3.2.3 后场防守技术运用情况分析

表14 后场 7 项防守技术运用统计表

	断球	抢球	铲球	争顶	封堵	夹抢	围抢
成功	463	162	66	165	78	133	99
失败	253	460	119	159	133	161	81
总数	716	622	185	324	211	294	180
比例	28.3%	24.6%	7.3%	12.8%	8.3%	11.6%	7.1%
成功率	64.7%	26.1%	35.7%	51%	36.9%	45.2%	55.1%

表 14 显示,各队在后场运用 7 项防守技术共 2532 次,其中抢球、断球技术运用相对较多,其余依次是争顶、夹抢、封堵、铲球、围抢技术;各项技术中断球技术运用成功率最高,为 64.7%,其余依次为围抢、争顶、夹抢、封堵、铲球、抢球。

综上所述,本届亚洲杯 7 项防守技术在中、后场运用次数居多,前场运用较少,运用较多的防守技术是抢、断球技术,其余依次为夹抢、争顶、铲球、封堵、围抢技术。从整体来讲防守成功率较低,说明亚洲各球队的防守能力有待提高。

本届亚洲杯各队运用断球技术共 1447 次,成功 1005 次,总的成功率为 69.5%,其中中场断球技术运用成功率较高;运用抢球技术 1718 次,成功 376 次,总成功率为 21.9%,其中前场、后场成功率相对较高;铲球技术运用 374 次,成功 108 次,总成功率为 28.9%,其中后场铲球成功率相对较高;争顶技术运用 527 次,成功 285 次,总成功率为 54.1%,其中,中、前场争顶成功率相对较高;封堵技术运用 325 次,成功 111 次,总成功率为 34.2%其中后场封堵成功率相对较高;夹抢技术运用 572 次,成功 218 次,总成功率为 38.1%,其中后场夹抢成功率相对较高;围抢技术运用 312 次,成功 155 次,总成功率为 49.7%,其中后场围抢成功率相对较高。

4 结论

(1) 本届亚洲杯足球赛非对抗传球次数高于对抗传球,中场传球技术运用次数最多,其次是前场和后场;从整体上来讲,对抗中传球成功率较低,中场对抗和非对抗传球成功率最高,其次是后场、前场;前场对抗中传球所占比例最高,其次是后场和中场。说明各队都十分注意禁区前沿以及前场的逼抢,应加强对抗中传球技术的训练。

(2) 本届亚洲杯中、后场接球以非对抗接球为主,成功率较高;前场多在对抗中接球,成功率比中、后场低;接球摆脱技术在中、前场运用较多,中场接球摆脱成功率高于前场。

(3) 本届亚洲杯运球突破技术在中、前场运用较多,尤其在前场运用最多,但成功率相对较低,说明亚洲球队一对一或一对多人运球突破能力有待提高。

(4) 本届亚洲杯平均每场每队射门 12.2 次,平均每场进球 3.9 个。说明亚洲球队制造射门机会能力以及射门得分能力有所提高。

(5)本届亚洲杯7项防守技术在中、后场运用次数居多,前场运用较少,运用较多的防守技术是抢、断球技术,其余依次为夹抢、争顶、铲球、封堵、围抢技术。从整体来讲防守成功率较低,说明亚洲各球队的防守能力有待于提高。

参考文献

[1]全国体育院校教材委员会审定.现代足球[M],北京:人民体育出版社,2000.

[2]杨一民,等(译).足球获胜公式[M],北京:人民体育出版社,1998.

[3]杨一民,等(译).荷兰青少年足球训练[M],北京:人民体育出版社,2002.

[4]杨一民,等(编译).亚洲足球教练员培训教程 A、B、C[M].北京:人民体育出版社,1999.

[5]李秀莲.98世界杯足球赛各参赛队进攻能力及特征[J].山东体育学院学报,2002(2).

[6]孟宁.对16届世界杯前8名球队防守技战术研究[J].南京体育学院学报,1998(4).

谈铲球技术在比赛中的重要作用

高欢，张志成

（武汉体育学院，武汉　430079）

摘　要： 铲球技术是当今世界足坛上一项运用广泛的技术动作，铲球技术作为争取时间、争夺空间的有力手段，不仅后卫要掌握，而且前卫、前锋也要掌握，怎样正确、合理地运用而获得优势是值得研究和探讨的，也是各个球队的重要课题之一。因此，对铲球技术在足球比赛中的运用情况及其重要性进行分析是十分必要的。

关键词： 足球比赛；铲球技术；进攻铲球；防守铲球

在当今高强度对抗的足球比赛中，铲球技术无论从运用的次数或技术运用的全面性、灵活性上都达到一个前所未有的高度，铲球技术掌握得好坏直接影响到战术目的的实现和比赛胜负，已成为一个不容争辩的事实。现代足球比赛中，由于比赛速度加快，拼抢的凶猛，争夺的激烈，运动员倒地铲球的技术越来越占有重要地位，铲球技术掌握得熟练准确，比赛中运用得恰当合理，就能扩大运动员在场上的控制范围，收到一般技术难以收到的效果。

1　研究对象与方法

1.1　研究对象：本文以第 17 届世界杯和 2004 年的中超联赛，共 12 场比赛为研究对象。

1.2　研究方法：通过录像对 12 场比赛共 24 个队进行统计，对统计的所有数据进行归纳和整理。

2　结果与分析

2.1　足球比赛中铲球技术动作的运用

2.1.1　铲球技术的运用

无论在进攻或防守上对手比自己离球更处于优势位置，自己已经无法采用其他办法获得球时，为争取时间、空间上的优势，先于对手处理球而暂时放弃自己的身体平衡，利用倒地、跪蹬和跃出的合理姿势用脚将球铲出或控制住。

2.1.2 铲球技术的特点

从1970年在墨西哥举办的第9届世界杯以来,欧洲和非洲各队均有精湛球技表现,运动员对球的控制能力和突破能力比过去有较大的提高,动作更加快速巧妙,防守者想要抢到球已很不容易,曾有运动员不惜用"犯规战术"来控制这种锐利的进攻,这又刺激了铲球技术的发展。

1974年第10届世界杯足球赛表明,铲球技术已被广泛应用,并发挥着巨大的威力,匈牙利对意大利的比赛双方铲球达61次,法国对阿根廷比赛竟高达91次,紧张、激烈的决赛,阿根廷和荷兰也高到61次。上述的数据表明,铲球不仅运用次数增加,而且使用范围也在扩大,不仅防守中作为抢球断球使用,进攻中铲传的配合、射门也使用。铲球技术在发展,难度也不断提高,动作也不断加快,使对方防不胜防,并给对方造成心理恐惧,分散注意力,以利于破坏对方控制与战术配合。

2.1.3 铲球技术在比赛中运用的成功率分析

足球比赛中不同场区、不同位置运用铲球的情况不一样,运用方式也不同。尤其是近年来,不仅是后卫运用铲球技术,中场、前卫、前锋均大量使用这一技术,使铲球技术在各场区、各位置发挥巨大威力。

从铲球技术发展看,它已从初期无目的破坏性铲球到今天有目的的进攻铲球,从防守的破坏到今天的前锋攻击铲球、铲射,发展到各个位置的广泛运用,这也是铲球今后发展的趋势。从世界杯和各个国家联赛来看,后场铲球成功率明显高于中前场,这是因为各队普遍重视后场的成功率,后场靠近球门,一旦铲球失误,对球门的威胁非常大,因此,防守队员一般在有较大把握的情况下采用。而中场相对传球点多,这给防守也增加一定的困难,因此铲球成功率低于后场,相对来说前场成功率较低。

2.1.4 运用铲球技术的效果

凶猛的铲球不仅在技术战术中能发挥巨大的作用,而且在精神气势上也能收到较好的效果。铲球不仅是一种积极防御的有效手段,而且发展成为一种效果突出的进攻技术。在近几届世界杯中,铲球和铲射技术使用越加频繁,正成为各国运动员的有力武器,并越来越显示出它的超强威力。有关铲球方面的战例,在世界大赛中屡见不鲜,例如在阿根廷对荷兰那场决赛中,当比赛进行27分钟,肯佩斯为阿根廷打进的第一个球就是典型的事例,肯佩斯接到来球后带球杀入对方禁区时,遭遇两名防守队员左右夹击,受到极大阻碍与干扰,在身体失去平衡、球也将失去控制的极端困难的情况下,抓住战机,快速及时倒地铲球射门得分。再如意大利与奥地利比赛,意队在禁区前打了一个传切配合,此球的球路早被奥队中卫佩策识破,他抢先几步带球后回传,但插上的意队前锋罗西从佩策脚下将球铲入奥队大门。2004年欧锦赛的希腊正是靠稳固的防守而创造神话,在最不被看好的情况下最终夺取了冠军,而凶狠的铲断则是希腊队防守成功的巨大法宝。因为抢断不仅仅能够抢下对方控制的球,而且能够给对方以震慑力,特别是在和善于控球的球队的比赛中,成功的抢断对对方的打击是非常大的,他们正是依靠凶狠的铲断才破坏了法国和葡萄牙这些以技术打法为主的传统强队的场上节奏,得以战胜他们。

综上所述,事实充分证明铲球技术已被广泛运用,无论在稳固城池,还是围城攻门,特别是激烈争抢关键时刻,铲球往往可立奇功,所以诸路大军的教练员无不狠抓铲球训练和运用,这必然促进铲球技术的迅速发展和提高。

2.2 铲球技术的分析

2.2.1 铲球技术的分类与比较

2.2.1.1 防守性铲球

防守性铲球是指比赛中为阻止对方进攻,从对方脚下抢回对球的控制权,以便发起进攻,它至少可分为铲抢、铲断、铲控 3 种。

(1)铲抢:对手控球时,运动员以合理的铲球动作进行突破性抢球。使对手失去对球的控制为铲球成功,否则为失败。

(2)铲断:在对手传球时,球未被对方同伴接触之前,运用铲球技术将球断掉。使对手失去对球的控制为铲球成功,否则为失败。

(3)铲控:对手控球时,运动员以合理的铲球动作,企图夺回控球权。取得控球权为铲球成功,否则为失败。

2.2.1.2 进攻性铲球

以进攻为目的的铲球,可分为铲传和铲射两种。

(1)铲传:运动员在比赛中运用铲球技术来达到传球的目的,凡使同伴得到球或可以得到球为铲传成功,否则为失败。

(2)铲射:运动员在比赛中运用铲球技术来达到射门目的,凡触球者为铲射成功,否则为失败。

2.2.1.3 进攻性铲球与防守性铲球的比较

表 1 进攻性与防守性铲球比较

指 标	统计	总数 (次)	平均每队 (次数)	成功率 (%)
防守性铲球	24	514	21.4	62.6
进攻性铲球	24	131	5.5	74
合计	48	645	26.9	64.9

从表 1 可见,防守性铲球共运用 514 次,进攻性铲球运用 131 次,两者呈显著性差异,这说明优秀足球运动员在运用铲球次数上,防守性铲球要明显多于进攻性铲球,也表明防守性铲球技术仍然在铲球技术中占有主导地位。对防守性铲球和进攻性铲球的成功率进行比较。两者无显著性差异。

2.2.2 各类铲球应用情况

表 2 显示,无论国内、国际,防守性铲球在比赛中运用最多、最广泛,以破坏对方进攻为目的的铲球在现代足球中仍占主导地位,但两者比较,中国甲级联赛的比例高于世界杯,两者具有明显的差异。而世界杯更重视进攻中的铲球使用,进攻性铲球明显高于中超联赛,各队愈来愈重视进攻性铲球,这也是世界足球的发展趋势。

表 2　各类铲球运用统计表

类别		第 17 届世界杯			2004 年中超			P
		次数	平均数（%）	百分比（%）	次数	平均数（%）	百分比（%）	
防守性铲球	铲抢	608	40.5	59.0	289	29.8	59.1	> 0.05
	铲控	74	4.9	7.2	46	4.6	9.2	> 0.05
	铲断	187	12.5	18.2	10.3	10.3	20.4	> 0.05
	合计	869	57.9	84.4	447	44.7	88.7	> 0.05
进攻性铲球	铲传	139	9.3	13.5	42	4.2	8.3	< 0.05
	铲射	22	1.5	2.1	15	1.5	3.0	< 0.05
	合计	161	10.7	15.6	57	5.7	11.3	> 0.05
	总计	1030	68.7	100.0	504	50.4	100.0	< 0.05

　　从各种铲球的运用情况看，除铲传外，两者各类百分比比较接近，无显著性差异。我国中超联赛中的铲传运用明显低于世界杯，两者差异明显。铲传是一种在高对抗中利用铲球技术将球传给本队队员的先进的传球技术，是锐利的进攻武器，在比赛中有较高的运用价值。在今后的教学训练中，我们应当有意识地加强铲传技术训练，培养进攻意识。

表 3　防守性与进攻性铲球成功率比较

类别		第 17 届世界杯			2004 年中超			P
		次数	平均数（%）	百分比（%）	次数	平均数（%）	百分比（%）	
防守性铲球	铲抢	608	275	45.2	298	129	43.3	> 0.05
	铲控	74	48	64.8	46	30	65.2	> 0.05
	铲断	187	95	50.8	103	37	35.9	< 0.05
	合计	869	418	48.1	447	196	43.8	> 0.05
进攻性铲球	铲传	139	93	66.9	42	27	64.3	> 0.05
	铲射	22	6	27.3	15	8	53.3	< 0.05
	合计	161	99	61.5	57	35	61.4	> 0.05
	总计	1030	517	50.2	504	261	45.8	> 0.05

　　从表 3 可以看出，防守性铲球和进攻性铲球的成功率，中超联赛和世界杯相似，两者无显著性差异，而铲断和铲射具有显著性差异，中超联赛铲断成功率低于世界杯。铲断是铲球技术运用较广泛的一种，需要运动员有极强的时空位置感，对球的运行路线有超前的预测能力及快速的反应和判断。铲断的运用是现代足球中一种积极的、带有攻击性的防守技术，应引起重视。

从铲射情况看，中超联赛成功率高于世界杯赛，这表明我国随着足球职业化的发展，比赛水平越来越高，比赛更为激烈，对方门前争取破门的拼抢十分激烈，射门欲望不断加强，因此铲射也是对方紧逼情况下破门得分的重要手段。

2.2.3　铲球技术分析的总结

铲球技术最初只是后卫在防守时运用的一种技术，往往后卫在被动情况下采用，是一种破坏手段。如今铲球技术不仅仅只为后卫所掌握，前锋、前卫在防守中也积极采用，出现了有目的的铲断、铲抢、铲控。因此铲球技术在防守中的作用也日益增大。

铲球破坏是在防守时为了阻止对方进攻，在无法用其他方法抢到球，并急于解除危险的情况下，将对方的球破坏掉。它通常在延缓对方的进攻或者解除本方危险时运用较多。

运用铲球技术将球断下，这种方法一般都是在进攻队员传球后，防守队员已经判断出球运行的路线，但由于时间和距离之差，不可能在正常情况下将球抢下，只能靠破坏自己的身体重心，用快速的倒地铲球技术将球断下。这是一种技术难度较高的铲球技术，它需要运动员具有良好的铲球技术，顽强的品质和准确的判断能力。铲断技术的出现可以说是现代足球运动中一种带有攻击的积极性的防守技术。

3　结论与建议

3.1　结论

(1)铲球技术已被广泛采用，成为现代足球攻防的一项重要技术。

(2)世界强队普遍重视进攻性铲球的运用，重点抓好后卫队员的铲球技术。

3.2　建议

(1) 在训练中既要提高运动员铲球技术水平，又要提高运动员铲球意识，从而达到加强运动员在比赛中的抢截能力和对抗能力的目的。

(2)从实战角度出发，促进运动员运用铲球技术向着合理、准确、突然的方向发展。

(3)对前锋、前卫队员也应抓好铲球技术学习，不失时机地运用铲球技术，逐步将争夺的交点由后场推向中场和前场。

参考文献

[1]孙文新．浅谈铲球技术的应用[J]．中国体育科技，1982(28):28.

[2]李向阳．铲球技术应用的分析[J]．山东体育学院学报，1992(2):51.

[3]从群．铲球技术在比赛中的运用[J]．湖北体育科技，1985(2):61－63.

[4]蔡平．希腊队铲球凶狠是最大法宝，进四强全靠整体防守[N]．东方体育日报，2004.

2004年中国足球甲级联赛武汉队技战术特点分析研究

王松岩,郭磊

(武汉体育学院,武汉　430079;武汉电力职业技术学院,武汉　430079)

摘　要: 通过对2004年中国足球甲级联赛武汉队全年比赛数据的统计分析,结合运动员的个人特点以及武汉队本身的技战术传统,根据2004年我国足球甲级联赛的具体情况,对武汉队在本年度所表现出来的攻防特点进行分析研究,为武汉职业足球的发展提供借鉴。

关键词: 甲级联赛;技术战术;攻防特点

1　前言

武汉队全称湖北武汉职业足球俱乐部天龙黄鹤楼队,隶属于湖北武汉职业足球俱乐部。俱乐部成立于1997年3月21日,董事长陈旭东,总经理朱建斌。武汉队现任主教练裴恩才,教练员陈方平、刘五一。比赛主场地武汉市汉口新华路体育场,可容纳观众1.8万人。球队近两年联赛战绩为:2002年甲B联赛第3名,2003年甲B联赛第5名。球队历任主教练有:丁三石、殷立华、朴钟焕、戚务生、胡之刚、科萨诺维奇、塞哈范、刘五一。

全队队员最大年龄为34岁、最小为19岁,平均25.2岁;主力阵容最大年龄为31岁、最小为21岁、平均27岁;全队平均身高180厘米,主力队员平均身高180.3厘米;体重平均73.3公斤,主力队员平均体重73.9公斤。武汉队作风顽强、敢打敢拼、斗志旺盛、团队意识强,在比赛中有较强的攻击意识和能力,能在全场各区域给对手较大的压力;有良好的体育道德风尚和公平竞争的体育精神,比赛中能尊重裁判员,尊重对手,尊重观众,服从裁判员的判罚。

2　研究对象与研究方法

2.1　研究对象

本文主要对湖北武汉职业足球俱乐部天龙黄鹤楼队在2004年度中国足球甲级B组联赛中的32场比赛进行分析研究。

2.2 研究方法

2.2.1 文献资料法。查阅武汉队和俱乐部相关基本资料,以及与研究相关的武汉队的比赛数据资料,为研究提供支持。

2.2.2 比赛统计法。对武汉队全年的比赛进行现场统计。

2.2.3 数理分析法。对统计数据进行分析整理。

3 结果与分析

3.1 本赛季全队基本情况分析

3.1.1 名次、积分、黄牌数、红牌数及其平均数

武汉天龙黄鹤楼队在中国足球甲级联赛的第一个赛季中,最终以第一名的身份晋级2005 年的中国足球超级联赛,该队全年共进球 54 个,平均每场进球 1.7 个;全年共得黄牌46 张,平均每场得黄牌 1.4 张;全年共得红牌 3 张(其中 1 张红牌为两张黄牌的累积),平均每场 0.09 张。

3.1.2 体能状况、心理状态以及水平发挥情况

本赛季武汉队队员的体能状况相对较好,大多数主力队员都能很好地适应 90 分钟比赛的需要。特别是夏季的几场比赛中,一改上一赛季不耐热、跑不动的现象,表现出了较好的跑动速度和奔跑能力,这也说明武汉队本赛季在体能方面比上一赛季有了较大的提高。但是队中个别年龄偏大的队员下半时比赛中存在有一定的体能问题,要依靠换人来保持场上体能水平。这一现象说明队员的体能状况存在一定的个体差异,也从另一个方面说明主力阵容有一定的年龄结构问题。

本赛季全队心理状态较稳定,队员在比赛的心理准备方面日趋成熟,逐渐显现出中甲强队的霸气。虽然 2004 年该队在外员和国内球员上作了一些调整,起用了一些新人,但其主力阵容人员结构合理稳定,战术打法特点明确,使得整个赛季队员心理状态较为稳定,在比赛中无论对强队、弱队,主场还是客场都能表现出强队的气势,打出自己的特点和水平。但是我们也应该看到,联赛末期在该队将要提前"冲超"的两个主场比赛中,由于社会各界给予了极大的关注以及"冲超"成功本身对球员造成的心理压力,且俱乐部和球队本身没有很好地给队员作好"减压"工作,导致运动员心理波动较大,致使两个主场的"冲超"失败。这也说明该队在个别重大场次、关键场次比赛中对运动员心理的调节还缺乏整套成熟的方法和经验,有待在以后的比赛训练中进一步完善。

3.2 武汉队比赛阵容、阵型及基本打法

3.2.1 武汉队基本阵型及主要变化

本赛季武汉天龙黄鹤楼队的基本阵型为 3 - 5 - 2, 只在个别场次采用过 4 - 4 - 2 阵型。3 - 5 - 2 是武汉队长期采用的一种比赛阵型,从 2002、2003 赛季到 2004 年的中甲联赛,武汉队主要是采用此阵型,人员配置也主要以此阵型为主,形成了一整套相对成熟稳

表1 武汉队基本主力阵容

序号	姓　名	号　码	位　置
1	江　涛	1	守门员
2	杨昆鹏	2	后　卫
3	黎梓菲	5	后　卫
4	马　成	6	前　卫
5	王文华	7	前　卫
6	李　昊	9	后　卫
7	张　斌	10	前　卫
8	王小诗	12	前　锋
9	罗　昊	13	后　卫
10	吴　鹏	15	前　卫
11	方　力	18	前　卫
12	胡卓伟	25	前　卫
13	威　尔	26	前　锋
14	维森特	29	前　锋

表2 武汉队主力替补

序号	姓　名	号　码	位　置
1	达科斯塔	4	后　卫
2	常卫魏	8	前　卫
3	邸　佑	11	前　卫
4	陈　黎	14	前　卫
5	宋德胜	21	前　卫
6	王　宇	24	守门员

定的战术打法。本赛季只有少数情况下，在比赛中根据具体情况做了一些人员上的调整。

3.2.2 基本打法

本赛季的武汉天龙黄鹤楼队总体上还是继承以往武汉队的传统，以快速灵活、讲究整体、控制中场、渗透突破为其主要打法，同时结合前锋个人能力抓机会得分；在防守方面主要采用区域盯人防守，注重后卫线个人防守能力的发挥，同时要求边前卫快速退守。

3.3 武汉队的主要进攻特点

3.3.1 主要打法特点、效果与典型进攻线路

武汉队是典型的3-5-2阵型打法，讲究整体配合、强调控制中场，进攻手段丰富、进

攻速度快,前锋队员个人能力强、得分能力突出,在 2004 年中甲各支队伍中形成了自己鲜明的进攻特点。其主要进攻方式有:中路进攻,在中路进攻中主要利用边路活动和前锋回接拉开中路空当,利用中路队员 6 号马成、10 号张斌、18 号方力等中场队员组织能力,结合前锋 27 号威尔、29 号维森特突出的个人运控球能力形成中路渗透突破;边路进攻中依靠中场快速的传控转移结合边前卫 15 号吴鹏、18 号方力的速度以及良好的运控球和个人突破能力形成边路的突破传中,再利用 27 号威尔良好的捕捉战机能力和 29 号维森特的身高和身体优势抢点射门;反击中,通过中后场的直长传直接传至前场,由前锋队员或前插的前卫队员利用速度和个人能力形成攻击。

其中要提到的是,武汉队本赛季引进的两名外员前锋 27 号威尔和 29 号维森特,这两人一高一快,在比赛中个人能力突出、捕捉战机准确、射门欲望强烈,是中甲队伍中少有的优秀前锋组合,很好地解决了以往武汉队进攻过程流畅而最后一击软弱的现象。本赛季 27 号威尔进球 22 个,29 号维森特进球 12 个,两人进球数占全队总数的 63%。

定位球进攻一直是武汉队的一个重要得分手段,并且方式多变有多名定位球好手。本赛季中武汉队任意球配合进球 7 个,角球配合进球 4 个,罚球点球进球 3 个,定位球进球共 14 个占全队进球的 26%。再有一点就是作为拖后前卫的 6 号马成,本赛季中禁区外的远射也是武汉队进攻体系中的一个重要组成部分(马成本赛季共进球 6 个,5 个是从禁区外远射的)。

3.3.2 前锋队员的能力和特点

本赛季武汉队的前锋主要有 27 号威尔、29 号维森特、12 号王小诗,其表现优异。特别是两名外援,个人能力突出、进球欲望强烈。27 号威尔,快速灵活、跑位积极、运控球和突破能力强,有强烈的进球欲望和优秀的捕捉战机的能力。29 号维森特身材高大强壮,跑动积极、活动范围大、运控球技术好,特别是在对方门前有良好的抢点意识和制空能力。12 号王小诗身材高大,跑位积极,有一定的制空能力,但在运控球能力和抢点射门意识方面与外员还有一定差距,有待进一步提高。

表 3　进攻、射门的主要情况

		罚球区内	罚球区外	上半时	下半时	攻入 30m	攻入 30m 成功率	任意球	罚球点球	角球
射	主场	104	134	127	111	37.9	64.9%	34	2	4
	客场	97	105	100	102	22.1	65.2%	38	1	15
门	共计	201	239	227	213	60	65%	72	3	19
进	主场	19	13	18	14			4	2	2
	客场	12	10	14	8			3	1	2
球	共计	31	23	32	22			7	3	4

3.3.3 中场组织核心队员的能力和特点

武汉队 6 号马成和 18 号方力应是本赛季表现最为稳定的中场队员了。无论是中场的组织进攻、传球助攻还是射门得分，这两名队员都表现出了中场组织核心应有的素质。6号马成是武汉队中后场组织进攻的"发动机"，该队员技术全面、心理稳定，在中后场有较强的传控球组织能力和良好的场上意识，不但进能攻防能守，而且还能主动远射得分。18号方力快速灵活、活动范围大、跑动积极、比赛经验丰富，是武汉队右前场主要组织者。该队员既能在中前场组织协调全队进攻，又能在右边路利用个人能突破传球助攻，是武汉队强调控制中场策略的主要执行者。两名队员32轮比赛首发出场数是：马成29场、方力28场，两人共进球7个，直接助攻得分6次。

3.3.4　后防队员助攻的能力和特点

武汉队本赛季主要采用3－5－2阵型，后卫线防守任务重、压力大，但在本方获得角球和前场边路的任意球时还是能上前抢点助攻，9号李昊一人为球队攻入4球，后卫线队员直接助攻得分6次。其中9号李昊身材高大、技术全面、脚法精湛，不但是武汉队的后防中坚，还是本队的任意球射手之一，在特殊场次还能作为前锋担当全队的进攻重任。

3.3.5　全场进攻的效果及存在的问题

2004年整个联赛过程中，武汉队进攻方面注重控制中场、传控配合，讲究进攻效果，在边路突破传中、中路传切渗透、快速反击以及定位球进攻方面最为显著。但是进攻中也存在着一定的问题，首先得分过于依赖外员前锋，虽然武汉队在本赛季中进球的队员有十个之多，得分手段也比较多样，前卫、后卫、任意球、角球以及远射都有得分，但两名外援前锋在本赛季中共进球34个占全队总数的63%。说明武汉队在得分结构上存在一定的问题。另外，中场组织核心之一18号方力，虽然技术全面、经验丰富，但2004年已经31岁，本赛季一些场次的比赛中已经暴露出体能方面的问题。从着眼2005年中超比赛的角度来看，这不能不说是一个较大的问题。

3.4　武汉队的主要防守特点

3.4.1　各区域的防守特点与布局

武汉队后卫线身材高大、技术全面、个人防守能力出色，防守时能采取有效措施重点盯防对方有威胁的队员；由攻转守时，边前卫回收较快能积极参与边路防守，在事实上形成防守时的5后卫；中路前卫队员也有较强的防守意识和能力，丢球后能在中场形成及时有效的逼抢，给对手以强大的压力；前锋队员在防守时能及时干扰或堵截对手以延缓其进攻速度，必要时能撤回中前场协助前卫防守。

3.4.2　前场、中场队员参与防守的情况、特点和能力

武汉队27号前锋威尔快速灵活、活动范围大、跑动积极，防守时常能回到中场配合前卫逼抢。边前卫18号方力、15号吴鹏速度快、个人防守意识强，防守时能快速回防，是武汉队边路防守体系的主力。另外6号马成技术全面、防守时补位意识好，是武汉队中路防守的重要成员之一，是后卫线前面的一道有力屏障。

3.4.3　整体、局部及个人防守的情况、特点和能力

武汉队在防守方面，主要在中后场采用区域结合盯人的防守战术，全队防守意识强，讲究整体，中场队员退守快，拼抢积极，能给对手较大的压力；后卫队员身体强壮，个

人防守能力出色,制空能力强大。利用中前卫队员的积极跑动在中场形成围抢,以及利用后卫队的个人防守能力有重点地采用盯人防守,是武汉队联赛中局部防守的两个重要特点。

表4　防守与失误的主要情况

		罚球区内	罚球区外	上半时	下半时	平均每场抢截	抢截成功率	任意球	球点球	角球
失	主场	8	4	3	9	24.8	46%	2	0	0
	客场	15	1	6	10	14.4	56%	2	0	3
球	共计	23	5	9	19	39.2	50%	4	0	3
被	主场	43	67	41	69			8	0	1
射	客场	97	72	77	89			17	4	15
门	共计	140	139	118	158			25	4	16

3.4.4　防守中存在的薄弱环节及主要问题

本赛季武汉天龙黄鹤楼队共失球 28 个,平均每场 0.88 个。由于武汉队采用 3-5-2 阵型,所以防守方面在很大程度上依赖前卫的协同,而武汉队在本赛季有时会出现被对手突破或传中后的后防线混乱情况,这些情况说明,武汉队的后卫队员和前卫队员在防守中配合的默契程度不够,而且在边前卫和拖后前卫队员与后卫队员的协同防守能力和协同防守意识方面还有待在以后的训练比赛中进一步提高。另外,在防对手的反击时过于依赖后卫队员的个人防守能力,从而加大了防守的危险性。如果一旦后卫队员失误或状态不好,容易造成失分,本赛季第 30 轮主场对厦门队比赛中,被对手在反击中利用个人突破后卫防守攻进 4 球就是一例。这些都是球队在以后的比赛、训练中应该注意的地方。

4　结论与建议

(1)全年 32 轮比赛,武汉队 19 胜 9 平 4 负,进 54 球,失 28 球,总计 66 分,中甲联赛排名第一名,并提前三轮晋级 2005 年的中超联赛。

(2)整个赛季武汉队主力阵容发挥优异,心理状态稳定,战术打法成熟,打出了自己的风格特点,表现出了顽强的作风和团结拼搏的精神。

(3)进攻手段多样,外员前锋能力突出。继承和发展了武汉队依靠整体结合个人能力快速灵活的传统进攻打法。

(4)防守层次分明,全队防守意识强,防守队员个人能力突出。

(5)在多场比赛下半时中有体能储备不足现象,这与主力阵容年龄结构老化有一定关系,建议在下赛季前做好年轻队员的培养工作。

(6)本赛季两名外员前锋共进球 34 个占全队总数的 63%。虽然武汉队进攻手段多样,但最后解决问题过于依赖外员,这对于球队长远发展不利。建议加快本队前锋的培养。

参考文献

[1]休斯.足球战术与技巧[M].杨一民,译.北京:人民体育出版社,1996.

[2]乔塞普·卢克巴切.足球进攻战术训练[M].北京:人民体育出版社,2002.

[3]邓达之.足球训练[M].北京:人民体育出版社,1999.

[4]邹勇,何志林,李震.对第17届世界杯足球赛球队控球状况的研究[J].上海体育学院学报,2003,(2).

[5]周毅.第16届世界足球锦标赛进攻战术运用结构模式的研究[J].西安体育学院学报,1999,(4).

[6]中国足球协会2000~2002年资料汇编.

[7]王新胜,周毅.高水平足球赛形成射门的防守过程模型研究[J].上海体育学院学报,2001,(5).

[8]张兵,李华飞.第17届世界杯足球赛各队战术运用的探讨[J].中国体育科技,2003,(7).

[9]唐峰.2000年欧洲足球锦标赛主要防守技战术运用分析[J].北京体育大学学报,2001,24.

[10]张晓春,刘建平.第16届世界杯足球赛进球情况分析[J].武汉体育学院学报,1999,(2).

2004年亚洲杯中国国家男子足球队
防守失误原因的调查研究

张廷安,李冬生,刘宏,曾丹,陈效科

(北京体育大学,北京　100084;中国足球协会技术部,北京　100061;

郧阳师范高等专科学校,湖北　丹江口　442700)

摘　要:用63项观察统计指标对2004年亚洲杯中国男子足球队比赛录像观察统计,运用数理统计等方法分析研究,得出中国男子足球队总体防守失误的主要原因有"选位不当""对射门队员盯人不紧""无意义犯规""动作过大或过猛犯规""对射门队员防守漏人""没有及时封堵传球队员""补位不及时""转身起动慢或速度慢"等。比赛进行到60分钟以后的这一时间段出现的防守失误较多。造成失球时防守失误的主要原因是防守队员"选位不当"和"守门员判断失误"。

关键词:亚洲杯;足球;防守;失误

在2004年亚洲杯足球比赛中,中国男子足球队(以下简称国家队)取得了第二名的好成绩,但是在比赛中还是暴露出许多的不足。本文通过对亚洲杯国家队比赛录像进行观察统计,试图较为客观地对国家队在比赛中出现的防守失误的原因进行深入的分析,为改进和提高我国男子足球运动员在今后的防守训练和比赛中的防守能力提供一定的理论参考。

1　研究对象与方法

1.1　研究对象

2004年亚洲杯中国男子足球队。以对射门队员的防守失误和给射门队员传球的进攻队员的防守失误为统计观察对象。

1.2　研究方法

录像观察统计法、文献资料法、数理统计法、系统聚类法。统计学处理使用Office Excel 2003、SPSS13.0 forwindows软件,对收集的数据进行系统聚类等分析计算。根据研究需要设计了63项统计指标表进行统计。

1.3　统计概念与尺度

（1）没有追盯攻方无球队员：指没有跟随攻方队员一起跑动并保持在他和本方球门之间的位置。

（2）故意犯规：在不犯规对方就要进球的情况下，防守队员故意犯规。

（3）保护不当：保护队员和抢球队员站在一条平行线上，没有相互保护的距离和角度，队员之间距离过大。

（4）无保护：指区域被突破，但队员间在有时间与条件的情况下，由于缺乏意识和行动没有采取互相间的保护造成被射门和失球。

（5）防守失误：本次研究对防守失误的界定是指在对进攻一方的防守中，因盯人不紧、保护不当、无保护、选位不当、漏人等因素而使进攻一方有射门机会并成功地完成一次射门行动，把这种情况下对射门队员和对最后一次传球队员的防守行为，以及在 1~8 区内防守犯规而使对方获得罚直接任意球或间接任意球，称为防守失误。

（6）速度慢：指队员没有尽全力防守或虽然尽全力但自身的起动速度、位移速度、反应速度等没有对方队员快。

（7）无意义犯规：指在对方队员的进攻不能对本方球门构成较大威胁时，而在本方罚球区附近区域犯规，从而使对方获得直接、间接任意球的机会。如：有一些没有必要的拉人或踢人等。

（8）没有及时封堵传球队员：指防守队员有时间和机会对传球队员施加压力，对其进行紧逼、封堵，但防守队员放弃了这样的机会，而使传球队员自如地传出有威胁的传球，从而使本方的球门受到威胁。

（9）防守不积极：指在比赛中队员受心理或体力因素的影响，表现出明显的不积极拼抢、封堵、跑动等。

（10）威胁性射门：指射正门框内，有一定力量、角度，有可能得分的射门。

1.4　防守失误区域及射门区域划分

根据中国足球协会发布的全国足球甲级队联赛射门统计区域图改编，如图 1。

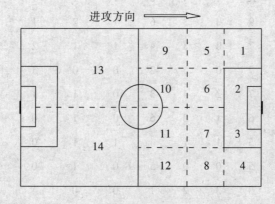

图 1　足球比赛场地划分示意图

1.5　录像观察中的统计处理

　　因中国队与卡塔尔的比赛录像目前只收集到了下半场，因此该场比赛的统计数据未包括在统计分析中。此外，由于中国队对印度尼西亚的比赛，对手未获得一次射门的机会，因此在对中国队的比赛失误分析时，也将其作为异常值处理，未纳入分析讨论之中。把罚球点球、直接任意球、角球、间接任意球分别按实际情况划归于直接射门、间接球射门等类别。射门被后卫挡出后对球门没有构成威胁的不算后卫防守失误。在 1~8 区因犯规等使对方获得任意球机会统计在内。由于一次防守失误可能是由于多方面的原因造成的，因此，在对数据分析时，防守失误的次数与失误的原因之间不存在一一对应关系。

2　结果与分析

2.1　被对方射门情况分析

　　由表1可以看出，在统计的4场比赛中对手射门共29次，平均每场射门7.25次。对手射进6球，平均每场射进1.5球。从射门的时间段来看，下半时对手射门的次数明显地高于上半时，下半时占68.9%，说明下半时我们的防守出现了许多的漏洞。更进一步地分析，在下半时的16~30分钟和下半时31分钟以后的被射门次数相同，这两个时间段内射门次数占总体被射门次数的55.2%，以全场90分钟的时间计算，这两个时间段之和(30分钟)仅仅占总时间的33.3%。因此如何加强国家队在全场比赛后30分钟的防守是值得关注的。

表1　不同时间段的防守失误原因统计表

失误原因	总体	失球	上半时	下半时	上半时 0~15 (分钟)	下半时 0~15 (分钟)	上半时 16~30 (分钟)	下半时 16~30 (分钟)	上半时 31~45 (分钟)	下半时 31~45 (分钟)
被射门	29	6	9	20	2	4	4	8	3	8
选位不当	12	4	4	8	1	1	1	5	2	2
对射门队员盯人不紧	9	0	3	6	1	2	1	2	1	2
无意义犯规	7	0	3	4	1	1	2	1	0	2
动作过大或过猛犯规	7	0	5	2	1	0	3	0	1	2
对射门队员防守漏人	7	2	4	3	0	1	1	0	3	2
没有及时封堵传球队员	6	1	0	6	0	1	0	2	0	3
补位不及时	5	1	1	4	1	1	0	2	0	1
转身起动慢或速度慢	5	0	0	5	0	1	0	1	0	3
守门员预判断失误	3	3	2	1	0	0	1	1	1	0
保护不当	3	0	0	3	0	0	0	1	0	2

续表

失误原因	总体	失球	上半时	下半时	上半时 0~15 (分钟)	下半时 0~15 (分钟)	上半时 16~30 (分钟)	下半时 16~30 (分钟)	上半时 31~45 (分钟)	下半时 31~45 (分钟)
防守不积极	3	1	0	3	0	0	0	1	0	2
造越位失败	3	1	1	2	0	0	0	1	1	1
抢球时机不当	3	1	2	1	1	0	1	0	0	1
争头顶球时机不当	3	1	1	2	0	0	1	2	0	0
断球时机不当	3	0	0	3	0	0	0	3	0	0
守门员站位不当	2	1	2	0	1	0	1	0	1	0
守门员犹豫不决	2	2	1	1	0	0	1	1	0	0
未补位	2	0	0	2	0	0	0	1	0	1
被运球过人假动作迷惑	2	0	2	0	1	0	1	0	1	0
断球后落点不好	2	0	1	1	0	1	1	0	1	0
对传球队员防守漏人	2	0	0	2	0	0	0	1	0	1
对射门队员没有盯人	2	1	1	1	1	0	0	1	0	0
该出击而未出击	1	0	0	1	0	0	0	0	0	0
守门员出击不当	1	0	1	0	0	0	0	0	1	0
守门员解围方式不当	1	0	0	1	0	1	0	0	0	0
故意犯规	1	0	0	1	0	0	0	0	0	1
来不及补位	1	0	0	1	0	0	0	0	0	1
铲球时机不当	1	0	1	0	0	0	0	0	1	0
抢球后落点不好	1	1	0	1	0	0	0	0	0	1
对传球队员追盯不紧	1	0	0	1	0	0	0	0	0	1
对射门队员追盯不紧	1	1	1	0	0	0	0	0	1	0
对传球队员盯人不紧	1	1	1	0	0	0	0	0	1	0

表2 总体防守失误原因聚类表

原因聚类	选位不当	对射门队员盯人不紧	无意义犯规	动作过大、过猛犯规	对射门队员防守漏人	没有及时封堵传球队员	补位不及时	转身起动慢或速度慢	守门员预判断失误	保护不当	防守不积极	…
4	1	2	3	3	3	3	3	3	4	4	4	…

2.2 对总体失误原因的分析

为了对总体的失误原因有一个较为科学合理的分析，采用了系统聚类法进行分类分析。系统聚类法的优点是：它不受样品或变量的排列顺序的影响，统计结果比较完整，可以对变量(样品)或记录进行聚类，变量可以为连续或分类变量，提供的距离测量方法和结果表示方法也非常丰富。如果把聚类类别定义为4类，从表2可以看出，第一类："选位不当"；第二类："对射门队员盯人不紧"；第三类："无意义犯规""动作过大或过猛犯规""对射门队员防守漏人""没有及时封堵传球队员""补位不及时""转身起动慢或速度慢"；其他的失误原因属于第四类。

结合表1和表2可以更加清晰地看出，"选位不当"和"对射门队员盯人不紧"是失误原因中的主要因素。针对进攻队员的技、战术行为，选取最佳防守位置，是防守队员赢得防守主动的前提。选位是否合理，关系到防守策略的选择与效果，选位及时、动作合理也是防守意识强的一种标志。队员选位不当主要表现为防守队员在忙乱中没找准合理位置；防守队员对进攻路线判断错误或被假动作迷惑；补位时没及时赶到合理位置。更重要的是，防守队员在防守过程中经常出现看球不看人，对战术发展预见能力差，选位意识不强，队员的第二反应慢，这些原因是造成"选位不当"和"盯人不紧"等的潜在因素，因此造成在局部区域的防守配合不严密，出现防守漏洞和薄弱环节从而被对方射门队员所利用。对射门队员盯人不紧主要表现在防守队员离对手的距离较远，在要害区域没有对其进行紧逼。防守队员之间的空当较大，在对方快速反击时措手不及；攻方队员突然插上时补位不及；由攻转守时没能尽快回撤，形成以少防多，在多个被攻击点面前防守队员捉襟见肘；防守行动缺乏协调一致，在进攻队员灵活多变的战术配合面前疲于奔命，忙中出错而漏盯人或盯人不紧；防守队员被进攻队员射门前积极的穿插跑动、交叉换位和假动作迷惑，未能迅速判断出进攻队员的意图而被突然摆脱。在局部区域被突破时，虽然有保护与补位，但是由于位置与时间欠妥以及抢截方法不够合理，阻止不了攻方队员的进攻。

在第三类中有一个非常值得注意的地方，就是在1~8区的"无意义犯规""动作过大或过猛犯规"较多。在统计的四场比赛中，平均每场比赛"无意义犯规"1.75次，"动作过大或过猛"1.75次。犯规的区域以5号区域为最多，共计6次；其次是6号区域，3次犯规；其他1、4、7、8号区域，各1次。光是这两项犯规就使得对手在禁区附近获得间、直接任意球平均每场3.5次。14次犯规中使对手对本方球门构成有威胁的射门6次。对日本队的比赛中，无意义犯规4次，动作过大犯规1次，动作过猛犯规1次，共计6次犯规。因此类犯规使对手获得2次有威胁的射门，其中有1次在5号区域犯规后，被日本队利用任意球配合攻破城门，失1球。本次比赛在我国举办，我们具有主场的优势，如果我们到国外去比赛，在禁区附近被判罚犯规的几率还有可能增加。在近三届世界杯赛中，利用罚任意球而射中的，已达到总进球数的1/4以上，这是一个惊人的数字。不少队的失败，都是由于在要害地区犯规被罚任意球而造成的。任意球已经成为现代足球比赛中得分的主要手段之一，亚洲的强队均能很好地把握住任意球进球的机会。因此，要时刻提醒我们的队员绝不能在要害地区随意犯规。要注意提高对任意球防守的重要性及危险性的认识，要有计划地安排对任意球的防守训练。

2.3　对比赛中失球的防守失误原因分析

表3　失球的防守失误原因系统聚类表

原　因	2 聚类	原　因	2 聚类
1:选位不当	1	9:造越位	2
2:守门员预判断失误	1	10:抢球时机不当	2
3:守门员犹豫不决	2	11:争头顶球时机不当	2
4:对射门队员防守漏人	2	12:抢球后落点不好	2
5:守门员站位不当	2	13:对射门队员追盯不紧	2
6:该出击而未出击	2	14:没有及时封堵传球队员	2
7:补位不及时	2	15:对传球员盯人不紧	2
8:防守不积极	2	16:对射门队员没有盯人	2

　　从表3对失球失误原因的系统聚类可以非常明显看出,在国家队的防守中,"选位不当""守门员预判断失误"是造成失球的主要原因,被聚类为第一类;"守门员犹豫不决""对射门队员的防守漏人""守门员站位不当"等被聚类为第二类。守门员位置的特殊性,决定了守门员的意识占主导地位,预判断与选位是守门员意识的集中体现,预判不准与选位不当是导致守门员失误的主要原因。守门员的预判和反应总是和其敏锐的观察与准确地判断分不开的;预判准确则表现为选位准确,自信心强;反应快则表现为判断准确,身手敏捷,球一到来伸手就能稳稳接住或挡出。优秀的门将此时总是表现出具有敏锐的观察力,能从容应对,及时化解险情。他所表现出的精湛技术和丰富经验,其实也是他对射门前攻守技战术对抗规律认识的深度与广度、心理和技术稳定的展现。比较来看,大赛中中国队守门员在技术运用上,表现出应变经验不足,反应欠机敏,自信心不强,技术主动不够,始终处于被动局面,失误和失球多就难以避免。"守门员预判断失误"和"守门员的犹豫不决"表现在准备不充分,移动欠灵活,节奏感差,球到眼前才慌忙倒地扑接,因而出现脱手等失误。

　　造成"对射门队员的防守漏人"可能的影响因素有:第一,与对手的进攻方式有关。现代足球比赛中的个人抢截与逼抢更加凶狠,因此,进攻的一方为了更快地突破对方的防线,利用传切配合是争取射门时间和空间的有效手段。在本次杯赛上,对手利用传切配合战术对我方球门构成了8次威胁性射门,其中被日本队利用传切配合攻入1球。比赛中当对方队员外围、边路传中或切底传中时,由于门前的中国队员不注意盯住无球队员的高速插上,造成对方射门而使本方失球。第二,与防守队员关注的重点有关。防守队员在比赛中,可能更多地关注同伴之间的相互位置及距离;关注保持整体的防守队形,而对前后左右的进攻队员的位置变化、对方突然的插上等缺少观察,造成防守中的漏人。第三,与防守队员之间的防守任务交接有关。当对方进攻队员进入两名防守队员之间的"结合部"区域或位置时,两个区域内的防守队员之间缺乏必要的默契、呼应、保护等。

高水平的运动实践者在战术行动时最先考虑的是要有明确的目的,不盲目行动。盲目行动在比赛中往往会造成失误,白白浪费体力,同时还会被对手拖入被动。当明确了自己的战术行动目的之后(如保护或盯人等等)就应当尽快付诸实施以达到自己的目的。显然下一步就是要寻找自己的防守对象了。要注意,在寻找自己的防守对象时,这个"对象"显然是一个广泛的概念,它可能是一个具体的对方队员,也可能是一片本方无人防守的空当,或者是对方队员的一条传球线路等等。这也是一个非常重要的意识概念。只有在明确了自己的防守"对象"之后,才能够根据与防守"对象"的空间位置关系来确定自己应当处于的防守位置;而当自己已经进入适当的防守位置后,显然应当考虑的是如何进行防守,即采用什么样的防守方法、手段来防守;在这一点确定之后,自然又应当考虑的是在什么时机实施最后的防守行动。完成具体防守动作的时机是防守成功的最关键因素,如果不能够在最佳时机实施防守行动,那么这种防守的效率或成功率必然是很低的,甚至是会失败的。上述防守战术思维决策活动表明,高水平的运动实践者防守时的战术思维决策有着"目的明确,步骤清晰,自然流畅,环环相扣"的显著特点。

比赛中大量失球的典型战例生动地说明,防守中的回位占据要害区域是防守成功的一个重要方面。但仅此一种防守技巧是不够的,进攻队员仍可通过插入要害地区的跑动,抢先创造和利用空间,构成对球门的威胁。因此,第三防守者对无球进攻队员的追盯,对巩固本方的防线具有特别重要的意义。

2.4 比赛上、下半时出现的防守失误因素分析

2.4.1 对比赛上半时出现的防守失误因素分析

分别对上、下半时统计的失误的原因次数进行排序和进行聚类分析(如表4、表5)。在上半时的失误原因中,"动作过大、过猛犯规"5次,是第一位的因素,被对手抓住此机会,有2次威胁射门,其中被日本队攻进1球,是失球的直接和主要原因,被聚类为第一类。出现此种情况,可能与比赛开始阶段双方队员比较兴奋,注意力不能较快地高度集中到比赛中;队员不能较好地控制自身的比赛心态;双方攻防的转换速度较快;对方的进攻推进速度或运球等的动作速度较快等等有直接的关系。同时,也不排除其他相关因素,如体力较好。

被聚类为第二类的是"选位不当"和"对射门队员的防守漏人",各失误4次,这与总体失误原因的聚类相吻合,同时也与失球失误原因聚类相吻合。在被攻入的6个进球中,上半时和下半时分别被攻入3个,其中一个被巴林队的快速反击攻入,这更加充分地说明了国家队的"选位不当"和"对射门队员防守漏人"是失球失误的主要因素。

在第三、四类中,突出地显示了"无意义犯规""对射门队员盯人不紧"以及"守门员的站位不当和预判断失误"。从表2、表3、表4的统计数据分析来看,我国足球运动中,后卫队员的"选位不当"和守门员的"站位不当",是一个非常突出的问题。这可能是在日常的训练中教练员较为注重球员有球技术训练,而对各种不同情境下的无球队员的选位和站位等个人技战术和全队配合细节,没有给予足够重视,特别在青少年的训练中这一问题会更加突出。

表4　上半时防守失误原因系统聚类表

原　　因	4类	失误次数	原　　因	4类	失误次数
1：动作过大、过猛犯规	1	5	10：守门员出击不当	4	1
2：选位不当	2	4	11：补位不及时	4	1
3：对射门队员防守漏人	2	4	12：造越位失误	4	1
4：无意义犯规	3	3	13：争头顶球时机不当	4	1
5：对射门队员盯人不紧	3	3	14：铲球时机不当	4	1
6：守门员站位不当	4	2	15：断球后落点不好	4	1
7：守门员预判断失误	4	2	16：对传球队员盯人不紧	4	1
8：抢球时机不当	4	2	17：对射门队员没有盯人	4	1
9：守门员犹豫不决	4	1			

2.4.2　对比赛下半时出现的防守失误因素分析

从表5可以看出，比赛下半时，防守队员"选位不当"失误明显增加。对这一问题的产生，可以从聚类的第二、三类中找到其中部分原因。在前三类的失误原因中，我们可以看到有一个潜在的影响因素在对其他的因素起作用，那就是属于第三类的"防守不积极"。通过对比赛录像的观察，在下半时比赛中，运动员无论从拼抢的积极性，还是对比赛的投入程度来看，大多数运动员在外围区域防守时采取"等"（等着对手来进攻，而不是积极地上抢、封堵以延缓对手的进攻）、"慢"（跑动或移动缓慢）的防守方式。当对手进入了射程范围以后，只有以犯规、被射门为代价来结束本次的防守行动。在前三类的10项失误因素中，可以认为与"防守不积极"有间接或直接关系的有：第一，"选位不当"，当感觉到对手的进攻威胁到球门时，匆忙地选位以封堵对手。第二，"没有及时封堵传球队员""对射门队员盯人不紧""补位不及时"，此三项均受"防守不积极"的直接影响而在不同时间、不同地点的比赛情境之下表现出来。总之，国家队应加强运动员对比赛的积极、认真态度的思想教育，不管是对弱队的比赛还是对较强队的比赛，只要是到了比赛场上，就应该尽自己的全力来完成比赛任务，每一个队员均全力做到"有球必争，有球必抢"。

对照表4和表5，上半时比赛中防守失误原因有17种，而在下半时却增加到了28种。被射门的次数上半时是9次，下半时是20次。而在下半时比赛的后30分钟，被射门的次数为16次，比上半时的被射门次数成倍数的增长。全部比赛下半场的3个进球均是在这一时段，占总进球数50%。从这个角度来看，国家队在下半时的比赛中暴露出的弱点既多又明显，特别是在下半时比赛的后30分钟。这一结果提示教练员应当注意要求队员在比赛过程中，特别是在比赛的后半程，注意力要始终保持高度集中，不能有丝毫放松。此外，要加强防守能力训练和身体素质训练。

表5　下半时防守失误原因聚类表

原　因	4类	失误次数	原　因	4类	失误次数
1：选位不当	1	8	15：争头顶球时机不当	4	2
2：没有及时封堵传球队员	2	6	16：对传球员防守漏人	4	2
3：对射门队员盯人不紧	2	6	17：守门员犹豫不决	4	1
4：转身起动慢或速度慢	2	5	18：守门员预判断失误	4	1
5：无意义犯规	3	4	19：该出击而未出击	4	1
6：补位不及时	3	4	20：守门员解围方式不当	4	1
7：保护不当	3	3	21：故意犯规	4	1
8：防守不积极	3	3	22：来不及补位	4	1
9：断球时机不当	3	3	23：抢球时机不当	4	1
10：对射门队员防守漏人	3	3	24：抢球后落点不好	4	1
11：动作过大、过猛犯规	4	2	25：断球后落点不好	4	1
12：未补位	4	2	26：对传球队员追盯不紧	4	1
13：造越位	4	2	27：对射门队员追盯不紧	4	1
14：被对手运球过人假动作欺骗	4	2	28：对射门队员没有盯人	4	1

3　结论

（1）从整体看来，防守队员特别是后卫队员的"选位不当"和禁区前沿的各种犯规是造成失球的最重要原因。而"对射门队员盯人不紧""动作过大或过猛犯规""对射门队员防守漏人""没有及时封堵传球队员""补位不及时""转身起动慢或速度慢"则是本次比赛中国家队防守失误的主要原因。

（2）从守门员的防守失误来看，在所丢失的球中"守门员预判断失误"和"守门员犹豫不决"是失球主要因素之一。因此加强对守门员正确合理的选位，提高对来球和比赛发展趋势的判断能力应当是今后守门员训练的重点内容。

（3）从时间特征来看，由于国家队队员在比赛最后阶段的30分钟内出现防守不积极，从而导致或诱发了其他一连串的防守失误和失分。因此如何提高全场比赛最后30分钟的防守能力，是我们在今后训练中应当重点解决的问题。

参考文献

[1] 中华人民共和国国家体育运动委员会．中国体育教练员岗位培训教材（足球）
　　[M]．北京：人民体育出版社，1997：162－163．

[2] 张贻琪，秦永生，等．世界杯足球赛测量评价方法研究[J]．天津体育学院学报，

2000,15(4):62-64.

[3]甲级队联赛技术统计场地射门区域图[EB/OL].http://football.Sport.org.cn/headpage/fnotice/ybxz/upload/attach/h2/h1/20041111142828map.doc.

[4]张文彤.SPSS11统计分析教程(高级篇)[M].北京:北京希望电子出版社,2002.

[5]周新华,等.对第15届世界杯足球赛决赛阶段失球因素的聚类分析与研究[J].体育科学,1995,15(6):39.

[6]张强,等.2002世界杯足球决赛中国队守门员位置防守技术运用分析[J].四川体育科学,2003(4).

[7]王民享,陈效科,等.97亚洲十强决赛输球的主要原因[J].北京体育大学学报,1998(1):77.

[8]董昱,张廷安,杨刚.少年男子足球运动员防守战术意识思维决策活动研究[J].北京体育大学学报,2003,26(2):274-276.

[9]全国体育院校教材委员会审定.现代足球[M].北京:人民体育出版社,2002.

世界杯足球赛进球时空特征探析

肖进勇，余吉成

（成都体育学院，成都　610041）

摘　要：通过对第 14～17 届世界杯足球赛全部进球统计分析，从中探索、发现足球进球的时间和空间基本特征与规律，并提出实战运用建议。

关键词：世界杯；足球赛；进球；时空特征

足球比赛的根本目的是获取胜利，而取胜的实现依赖于进球得分。因此对得分机会的把握和对射门行动的控制能力，成为影响球队竞技成绩的最关键因素。世界杯赛是足球运动最高水平的竞技大赛，通过对其不断研究，从中探找顶尖球队进球特征与原因，发现和辨析新的共性规律及发展趋势，可以继续充实足球教学训练基本理论，对提高各级球队实战得分能力具有一定指导意义。本文根据最近四届世界杯赛统计材料，对射门进球的时空特征进行概略辨析。

1　研究对象与方法

1.1　研究对象

第 14～17 届世界杯足球赛决赛圈共 112 场比赛全部参赛队。

1.2　研究内容

以常规指标进行统计分析，反映出 588 个进球的归类基本特征。

1.3　研究方法

录像观察统计法、文献资料法、对比及归纳分析法。

2　结果与辨析

2.1　进球的时间特征

2.1.1　进球时间段

表 1 显示，第 14～17 届世界杯赛上下半时各进球 239 个和 336 个，分别占总进球数

的 40.6% 和 57.1%。不仅上半时比下半时低约 17 个百分点,而且上半时各时段进球数均低于下半时相应时段。加时赛中进球很少,共 13 个,占 2.2%。但上、下半时进球也具有一定时段特征,即每半时后 15 分钟时段进球最多,前 15 分钟时段次之,中间 15 分钟时段较少。由此可得出规律:每半时前 15 分钟时段是射门高效期,下半时最后 15 分钟时段为进球高峰期,每半时,尤其是上半时的中间 15 分钟时段属射门低效期(图 1、图 2)。

表 1　第 14~17 届世界杯赛进球时段统计表

时间 届次		上半时					下半时					加时			合计
		15	30	45	衬时	小计	60	75	90	补时	小计	105	120	小计	
14	N	8	15	11	0	34	18	24	33	0	75	2	4	6	115
	%	6.9	13	9.6	0	29.6	15.7	20.9	28.7	0	65.2	1.7	3.5	5.2	
15	N	22	18	25	1	66	24	20	25	3	72	2	1	3	141
	%	15.6	12.8	17.7	0.7	46.8	17.2	14.2	17.7	2.1	51.1	1.4	0.7	2.1	
16	N	25	19	28	1	73	31	24	42	0	97	1	0	1	171
	%	14.6	11.1	15.2	0.6	42.7	18.1	14.3	24.6	0	56.7	0.6	0	0.6	
17	N	25	19	21	1	66	32	31	25	4	92	2	1	3	161
	%	15.5	11.8	13	0.6	41	19.8	18.4	15.5	2.5	55.3	1.2	0.6	1.9	
合计	N	80	71	85	3	239	105	99	125	7	336	6	7	13	588
	%	13.6	12.1	14.5	0.5	40.6	17.9	16.8	21.2	1.2	57.1	1	1.2	2.2	
场均		0.34	0.31	0.37	0.01	1.03	0.45	0.43	0.54	0.03	1.45	0.03	0.03	0.06	2.53

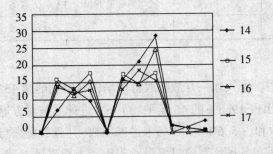

图 1　世界杯赛时段进球比例曲线　　　　图 2　世界杯赛时段平均进球曲线

　　通过进一步分析进球时段曲线可以发现,进球数量与队员在防守时因身体和心智暂时不适应激烈对抗状态所导致的犯错有较大关系。在比赛的初始 15 分钟时段,队员经由热身活动的相对低强度状态迅速达到比赛中的大强度运动状态,肌体负荷的迅速提升超过机能的适应速度,造成机能暂时不能适应而导致队员在行动和思维上容易出错。在这种情况下所受影响的程度是防守远大于进攻。这是由于进攻一方因掌握着控球权而享有较大自主支配球的自由,可以通过主动调整进攻行动缓解机能不适应所带来的负面影响。并且即使进攻行动出错,所受损失仅是失去一次取胜的机会,却并未承受输球的结果。相反,防守是被动行动,队员的防守效能不仅受制于机能的暂时不适应,还受制于对方的进攻行动,往往需要一段时间提升机能水平和了解、适应对手情况。不少队采取一开局就猛攻对方,向防守方大力施压,在达到机能和行动双重适应前守方处于易出错时段,一旦在要害区域犯错,便为攻方提供了进球机会,因此这一时段成为射门高效期。随比赛时间延续,到第二个 15 分钟时段,队员已基本达到双重适应,防守开始变得稳定、有效,不易出现错误或致命错误,导致进球的可能性有所下降,形成进球的低效期。当比赛进入结束前的 15 分钟时段,队员体力下降出现疲劳,作为被动者的守方特别容易出现注意力分散、反应迟钝、对球路判断失误以及行动不及等,造成防线漏洞甚至要害区位失防,从而增加了攻方进球机会,形成进球高峰期。由于防守效能主要依赖于身体能力,因身体疲劳所导致的防守效能降低,也成为下半时进球高于上半时的原因之一。因此,加强运动员身体训练,提高机体机能快速适应能力和抗疲劳能力,保证运动员有足够的体能储备,对取得比赛的胜利具有重要意义。

2.1.2　先开分获胜比较

表 2　第 14～17 届世界杯赛先开分胜负场统计表

届次 结果	第 14		第 15		第 16		第 17		合计	
	n	%	n	%	n	%	n	%	n	%
胜场	39	75	36	69.2	39	60.9	38	59.4	152	65.5
平场	7	13.5	9	17.3	16	25	14	21.9	46	19.8
负场	1	1.9	4	7.7	6	9.4	10	15.6	21	9.1
未进球	5	9.6	3	5.8	3	4.7	2	3.1	13	5.6
合计	52		52		64		64		232	

　　表 2 显示,在第 14～17 届世界杯赛中,先入球一方最终取得该场比赛胜利的达 152 场,占 4 届总比赛场数的 65.5%,明显超出占 19.8% 的 46 场平场(一方进球后被对方追平)数,更大大超过占 9.1% 的 21 场负场数和占 5.6% 的 13 场未进球场数。并且胜场数与平场数之和占到总赛场数的 85.3%,表明在各场比赛中只要设法先于对方踢进第一球,便能获得较大取胜概率。这是因为先入球一方不仅会受到进球鼓舞而增强信心,能以良好心态继续比赛,利于水平稳定发挥,而且也握住了对局势的主控权,可以根据赛局情况自主变化战术,使赛局继续向着有利于己方的方向发展。反之先失球一方,不仅容易产生焦躁情绪,影响对局势的正确判断和技战术的正常发挥,而且还面临两难处境:若不加强进攻则输球无可挽回;若大举反攻则后防更加空虚,反有扩大失球可能。即便有追回失球可能,却要连进两球方能胜出,难度颇大,故而守方在心理和局面上均处劣势。正因如此,先开比分使得获取全场比赛胜利的赢面占到七成和确保不败地位的胜算接近九成。但是通

过分析又可发现，先入球一方的胜场比例呈逐届下降趋势，到第17届已降低16个百分点。而平场比例和负场比例均呈逐届上升，至第17届已分别上升了8.4%和13.7%。尽管如此，先入球输面小的规律仍未改变，在现阶段足球比赛中先发制人不仅应继续成为各队优先择用的战术原则，而且还要进一步加强对反败为胜战术的研究。

2.2 进球的空间特征

2.2.1 进球途径

表3 第14～17届世界杯赛进球途径统计表

届次	途径	动态球进攻			定位球进攻					自误	合计
		中路	边路	小计	任意球	点球	角球	掷球	小计		
第14	n	48	29	77	13	13	9	1	36	0	115
	%	41.7	25.2	67	11.3	11.3	7.8	0.9	31.3	0	19.6
第15	n	53	41	94	23	15	7	1	46	1	141
	%	37.6	29.1	66.7	16.3	8.8	5	0.7	32.6	0.7	24
第16	n	70	44	114	20	16	16	0	52	5	171
	%	40.9	25.7	66.7	11.7	9.4	9.4	0	30.4	2.9	29.1
第17	n	58	53	111	16	14	17	0	47	3	161
	%	36	32.9	68.9	9.9	8.7	10.6	0	29.2	1.92	27.4
合计	n	292	195	397	72	58	49	2	181	9	588
	%	49.7	33.2	67.4	12.2	9.9	8.3	0.3	30.8	1.5	100

由表3可知，4届杯赛的动态球进球数多达397个，占总进球数的67.40%，超过定位球进球数的一倍，且4届杯赛都基本稳定在这一比例，表明动态球进攻始终是这几届世界杯赛进球的主要途径。但是在动态球进攻中，中路进攻入球数为292个，占总进球数的49.7%，远高于占33.2%的195个边路进球数，这也在历届杯赛中呈现出一致趋向，反映出中路历来是动态球进攻的高得分之途。

由于动态球射门是通过人球移动调动防守者不断离开选好的防位而实施射门，其成效必高于定位球即固定攻击点的静态射门。而动态球的中路进攻高入球原因，不仅在于中路正对球门，客观上提供了最大的射门角度，是进球的最佳方位，而且在于战术思想的变化，力求快速、简捷，制造直接威胁取得实效。尽管中路是守方的重点防御区，但在抓住各种由守转攻的机会先于对方布好中路防阵即以快反、快攻方式实施射门，则给予对方的攻击必是致命打击。由于各届杯赛中已呈现出低传次高进球特征，进攻时已不多采取边路进攻，如今采用1～2名前锋阵型使攻击手主要活动在中路，又因边路的距离与角度不便于直接攻门，必须将球转向中路再面对防守，需要增加传次使守方赢得占据要位的时间，因而最终射门结果都不如直接由中路进攻射门。此外，各队在实战中所采取的力控中、前场，集中攻击对方禁区前沿和禁区内的战法,也是中路进球量大的基本原因。

在定位球进攻中,任意球进球数最多,共 72 个,占总进球数的 12.2%;罚球点球进球数次之,共 49 个,占 8.3%;掷界外球进球数最低仅 2 个,占 0.3%,甚至不及 1.5% 的 9 个自误进球数。这反映出不同定位球的进攻效率,其进球比的排位与该种定位球的出现量、不同定位球所具有的特定方式及所放置的特定位置有关。任意球无论在数量、方式、位置诸方面均占优势,在定位球中居进球首位颇为正常,其他排位也均符合规律。

2.2.2 进球的施射地点

表 4 第 14～17 届世界杯赛进球施射区域统计表

施射区域 \ 届次	第 14		第 15		第 16		第 17		合计		平均 n
	n	%	n	%	n	%	n	%	n	%	
球门区内(1 区)	28	24.3	20	14.2	24	14	30	18.6	102	17.3	25.5
罚球点与球门区线(2 区)	45	46.1	57	40.4	70	40.9	65	40.4	237	40.3	59.3
罚球点与罚球区线(3 区)	15	17.4	22	15.6	38	22.2	28	17.4	103	17.5	25.8
罚球区外(4 区)	14	12.2	27	19.1	21	12.3	24	14.9	86	14.6	21.5
罚球点	13	11.3	15	10.6	16	9.4	13	11.5	57	9.7	14.3
合计	115		141		171		161		588		147

据表 4 统计,从罚球点假想横向延长线与球门区线之间地带(2 区)施射,共进球 237 个,占总进球数的 40.3%,居进球之首。其次是罚球点假想横向延长线与罚球区线之间地带(3 区),以及球门区内(1 区),此两区进球数几乎相等,分别是 103 个和 102 个,各占总进球数的 17.5% 和 17.3%。罚球区外(4 区)的射进数稍低,共 86 个,占总进球数的 14.6%,位列进球第四。在罚球点踢定位球的进球数最少,仅 57 个,不到总进球数的 10%。此情况反映出 2 区是射门进球的最要害区域,攻方占据此区完成射门,对获胜起关键作用。与 2 区紧邻的 1 区和 3 区也是进球的主要区域,此两区进球之和接近 2 区的进球数量。这是因为 2 区处于最佳射门距离,守门员对此区的射门往往反应和行动不及,并且 2 区的射门机会多是在突破了后卫防线已处于后卫身后,而守门员又未能出击的情况下取得的,此时施射者处于相对无防守状态,只要能在对方补防队员赶到之前将球射出,并能使球既避开守门员的防控范围又确保不偏出球门范围,守门员便无充足时间反应判断、移动救球,使得进球可能性大为增加。但在 1 区,因射门者距守门员位置太近,射出球易处于守门员的封控角度与范围之中;而在 3 区射门,通常并未完全突破对方防线,受到防守者的干扰限制稍多,故在此两区射门其进球数必然低于 2 区。4 区的射门因射距远达 30 米以外,远度的增加使球门相对变小,要从密集的攻防人群缝中将球射进球门,难度既大,守门

员也有时间判断球的运行并采取相应的救球行动,要求极高的远射准确度。射门者必须有很硬的射门功夫,需要对射出球的高低、速度、弧度等有极好控制,因而进球的可能性大为降低。至于在罚球点踢进的球数很少,则是由场上所获罚球点球机会并不多所致。

3 结论

(1) 参赛队总体进球效能并有一定时段特征,体现为每半时开局时段为进球高效期,中间时段为低效期,结束时段为高峰期,且下半时进球高于上半时。这既与运动员机体机能快速升启和较长时间的持续适应不了比赛负荷有关,也因机体的不适应影响于防守远甚于进攻所致。

(2) 在比赛中先入球一方总是具有很大主控优势,并操持较大的比赛胜算,至少基本上可以避免战败,因此先发制人打好开局力争早进球已成为各队普遍认可并实行的战术原则。

(3) 动态球进攻始终是世界杯参赛队进球的主要途径,而中路破门仍是动态球得分的首要支柱。定位球进球比远不及动态球,甚至略低于动态边路进攻。在其机会数量受限的情况下,应通过提高进球成功率增加进球比,需重点发展任意球、罚球点球和角球破门技战术。

(4) 动态球的最佳得分区在罚球点与球门线间的第 2 区域,与此紧邻的 1 区和 3 区属高得分区,而禁区外的 4 区为可得分区。努力提高在最佳得分区和高得分区创获射门机会的能力,积极发展在可得分区射门的技能,可望使进球现状得到相应改观。

参考文献

[1] 瞿优远. 世界杯进球 171[M]. 广东:珠海出版社,1998.

[2] 国际足联技术研究报告[J]. 中国体育科技,1995(11):41 – 43.

[3] 袁野,等. 世界高水平足球队进攻得分途径与手段分析[J]. 中国体育科技,2002(1): 27 – 29.

现代足球运动员瞬间战术决策
信息观察模式的研究

余吉成,李江幸

（成都体育学院,成都　610041）

摘　要：通过对 2000 年欧洲杯足球锦标赛决赛阶段优秀运动员在不同战术背景下瞬间战术决策信息观察的"模式"进行分析和研究,可以看出,在不同场区和不同对抗状态下,控球队员和接应队员的观察模式也不相同。中前场身后瞬间观察模式是足球比赛中制造破门得分机会的重要观察模式;控球队员和无球队员在不同的情况下,瞬间的观察决策模式是在择优的原则下按一定的方向和顺序来选择的,是具有一定规律性和普遍性的。这一结果,为今后足球战术训练提供了重要的理论信息和指导实践依据。

关键词：足球;战术决策;观察模式

1　前言

现代足球正朝着高速度、强对抗的方向发展,在高水平比赛中给予运动员完成各项技、战术动作的时间越来越短,空间越来越小。这就要求运动员在很短的一瞬间里必须做出正确的、合理的行动。这个行动来自敏锐的战术思维和决策。要进行一定的战术思维和决策,必然要在获得特定的战术行动决策信息的基础上,经过分析判断方能最后做出决定。"信息是思维过程中得以进行的基本资料,没有各种信息,思维难以进行。"据有关研究表明,"信息通过不同通道输入大脑,大脑的吸收率分别是：视觉通道83%、听觉通道11%、触觉通道3.5%、嗅觉通道1.5%、味觉通道1%。"由此可见,通过视觉获得必要的战术信息是足球运动员的最主要手段,可以说提高运动员的观察效率是提高运动员战术意识水平的重要方面。从这种意义上说,"观察能力是战术思维的基础"。

但从目前查阅到的文献来看,尚无人对足球运动员瞬间战术决策信息观察方式的选择趋势进行专门的研究。因此,对这一问题的深入研究具有一定的现实意义。

2　研究对象与研究方法

2.1　研究对象

2000 年欧洲杯决赛阶段的 31 场比赛。

2.2 研究方法

文献资料法：查阅有关足球战术意识、战术配合、信息观察方面的文献。

观察统计法：对 2000 年欧洲杯比赛进攻中的瞬间战术决策信息观察情况进行观察统计。

2.3 研究内容

2000 年欧洲杯决赛阶段所有进球特点与情况；进球重点区域运动员瞬间战术决策信息观察模式的运用情况；各种战术决策信息观察模式的具体分析及技术组成情况。

3 结果与分析

3.1 对 2000 年欧洲杯决赛阶段所有进球特点与情况的分析

首先，根据 2000 年欧洲杯决赛阶段的所有进球，将进球形式分为：一、定位球进门的形式；二、活动球进门的形式。定位球进门的形式分为角球、任意球、球点球三种；活动球进门形式分为失误、中路身后突破、中路配合突破、边路传中突破和个人带球突破等五种。然后根据录像将定位球和活动球进门得分的八种形式分组进行统计。从表 1、图 1 和图 2 可以看出，在总共 85 个进球中（决胜期罚中的球点球除外），中路身后突破的进球形式就有 28 个，占全部进球数的 32.94%；中路配合突破和边路传中突破的进球形式分别是 15 个，

表 1 进球形式统计表

进球方式	角球	任意球	球点球	失误	中路身后	中路配合	边路传中	个人突破	总数
进球数	4	10	8	3	28	15	15	2	85
百分比	4.71%	11.76%	9.41%	3.53%	32.94%	17.65%	17.65%	2.35%	100%

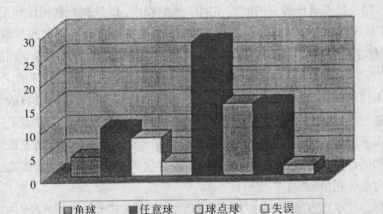

图 1 进球形式直方图

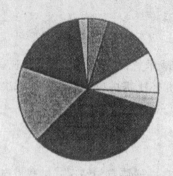

| ■角球 | ■任意球 | □球点球 | □失误 |
| ■中路身后 | □中路配合 | ■边路传中 | □个人突破 |

图2　进球形式饼图

分别占全部进球数的 17.65%；角球进门 4 个，占总进球数的 4.71%；任意球进门 10 个，占总进球数的 11.76%；球点球进门 8 个，占总进球数的 9.41%；失误进门 3 个，占总进球数的 3.53%；个人突破进门 2 个，占总进球数的 2.35%。中路身后突破、中路配合突破、边路传中突破这三种进球形式共攻入 58 个球，占全部进球的 68.24%，这还不包括由这三种进攻形式突破而造成的球点球。由此可见，这三种进门形式是足球比赛中非常重要的突破得分的方法和手段。因此，这三个进攻区域也是进球的重点区域。

3.2　对进球重点区域运动员瞬间战术决策信息观察模式运用情况的分析

　　足球是争夺时间与空间的运动项目。快速争夺时空主动权是足球比赛取胜的关键。时间是指进攻或防守队员在完成技战术过程中在时机、速度、节奏变化方面具有时间性的特征；空间是指攻守双方在距离、方位、角度方面具有空间性的特征，而双方争夺时空主动权的目的是争夺对球的支配权。所以足球比赛的时间与空间都有其特定的含义，主要体现在运动员高速运动与激烈对抗中对球速与落点、对手与同伴的位移速度和方向的观察与判断，完成技术动作时对时间与空间掌握的程序，以及充分利用场地发挥本队技、战术水平，争取射门得分等方面。争夺时空主动权，敏锐观察和准确判断是前提，足球意识和经验是基础，快速移动、高超的技术和同伴支援是保证。优秀选手最突出的特点就是视野开阔，时空判断能力强，能更早地预见会出现的局面，快速争夺控球的主动权，以达到本队的战术目的。现代足球对时空的争夺非常激烈，可供运动员完成技战术和处理球的时间越来越短，空间越来越小。这就要求运动员在很短的一瞬间，必须对下一步的战术做出正确的决策。世界优秀运动员在对抗激烈的情况下，在一瞬间就能发现对方最致命的防守漏洞和同伴最佳的攻击位置。因此，对世界优秀运动员瞬间观察模式的研究具有很高的说服力和应用价值。

　　足球比赛是攻守双方组成的，攻和守不断的转换组成了比赛的全过程。进攻一方的主要目标是通过多种有效的进攻战术配合，将球推进到对方防线的身后区域，力求创造破门得分的机会。对防守的一方来说，则必须通过占据、封锁要害的空间(防区)追盯进攻队员，设法将对方的进攻活动限制在本方防线的前面,有效地瓦解对方的进攻。足球比赛中双方运动员为了争取比赛的胜利,始终围绕着球进行着争夺与反争夺,限制与反限制的对抗竞争。足球比赛中控球队员极少可能一人独自完成由后场控球长驱直入到前场然后射门的整个进攻过程,必然要在同伴的配合下完成进攻。但是控球队员的行动决策对整个战术行动的进一步发展起着主导的作用。例如,当有进攻队员分别从边路与中路插上时,控球队员若将球传给边路的同伴,则攻方的继续进攻由边路展开,而当控球队员将球传给中路的同伴时,攻方的后续进攻则从中路展开。这种战术配合的变化取决于控球队员瞬间观察到的信息,然后做出正确的战术决策。控球队员瞬间战术决策信息的观察在此时的整个战术行动中起主导的作用和支配地位。当然,控球队员的这种主导作用有时是正确的,但有时也可能是不正确的。而世界优秀的足球运动员,却能在最适当的时候做出最合理的决定。我们对 2000 年欧洲杯决赛阶段在三个进球的重点区域中队员的瞬间战术决策进行分析,可以发现一些规律性的观察模式。

3.2.1 中路身后进攻的观察模式

有关资料指出,当今世界优秀足球队技术运用的趋向是,"传球第一选择是防守队员的身后,依次为向前传同伴的脚下,转移传球,最后选择是回、横传。"这向人们提示,世界优秀足球运动员在运用技术时,是按照一定的主次关系进行战术决策的。在如何正确解决自己将要面临的任务时,应当首先考虑哪一个方面,然后再考虑其他方面,要有一个主次之分、前后之分。当攻方队员进攻到中前场时,首先应将防守队员的身后区域作为第一观察点,当第一观察点没有可以突破的机会时,再对其他点进行观察。从欧洲杯进球录像分析中可以看出,中路身后进攻时运动员们的瞬间战术决策选择是远距离(防守队员身后)——中远距离——近距离这样一种由远而近的"向心式"观察模式。因此,在中前场时中路身后观察模式可以说是第一观察模式,根据不同的分类标准,其由一些具体的观察模式组成。

3.2.1.1 精确观察模式

在正式比赛中,防守方为了力保球门不被对方攻破,在中路一般都集中了较多的防守队员。在这种情况下,进攻方控球队员在快速进攻和激烈的对抗中要找到对方的防守漏洞,必须对场上同伴的位置和防守队员的位置做出敏锐的观察。在荷兰对南斯拉夫的比赛中,荷兰队 8 号控球队员在四名防守队员的围追、夹击下,一方面高速带球,另一方面观察到在自己的右前方 10 号和右侧方 9 号同时有两名同队的接应队员。该控球队员在很短的一瞬间对两个接应点做出了选择,右侧 9 号同伴身前有三名防守队员,如果将球传给他,他将面临三名防守队员的阻截,很难形成攻门的机会,只能是一次过度球。此时,控球队员精确地观察到了靠前的 10 号接应同伴处于更有利的位置,他正在高速前插,在他前面两名防守队员的身后有一个空当,于是将球传给了他。8 号控球队员却将球精确地传到了防守队员前后夹击的 10 号同伴的脚下,人到球到并由 10 号在守门员出击之前将球射入球门。所以,精确观察能在激烈的比赛中为运动员做出最佳的选择提供很好的决策信息。这种观察模式有一定程度的冒险性,因为观察稍有偏差,球就比较容易被防守方破坏。但一旦冒险成功,将创造有利的进攻局面,或构成威胁,或创造得分机会,即使失败也不会直接对本方产生危险。

3.2.1.2 连续观察模式

足球比赛中的进攻大多数情况下是由多名队员来完成的，高水平的球队在中前场防守队员密集的区域里常常采用连续的一次传球来突破对方的防线。因为，队员离对方球门越近，被限制的空间越多，一次性传球通过快速转移能够充分调动防守队员，使其在不断移动中产生漏洞，从而使进攻方达到突破防线射门得分的目的。要做到连续一次性传球必须有良好的连续观察作保障。从法国与丹麦的比赛中可以看到，法国队利用连续观察获得决策信息而组织战术，通过精彩的6次一脚传球攻入了一个非常经典的入球。我们从这支1998年世界杯和2000年欧洲杯冠军队伍身上可以看到，连续性观察模式是获得瞬间战术决策信息，提高球队技战术水平的重要方法。

3.2.1.3　多点观察模式

在足球比赛中，当出现某一战术局面时，运动员会从几种可行的具体的战术动作方法中选择其中一种"相对最好"的行动方法。这种选择建立在瞬间对多个传球点观察的决策信息反馈的基础上。从意大利与罗马尼亚的比赛配合中可以看到，多点观察模式在进攻中所起的重要作用。意大利6号队员控球发动进攻，在他附近共有3号、8号、10号、11号、9号、7号等六名接应队员，他根据对几个接应点的观察，瞬间做出决策。11号队员处于越位位置第一个被排除，3号、7号接球后形成攻门机会，9号、10号队员位置很好，但却被对方队员紧紧盯防，而8号同伴附近没有防守队员，他转身接球后就能形成很好的射门机会。虽然8号同伴位置很好，但传球的瞬间考虑到如果传低平球很可能被中间的防守队员截获，于是传了一个过顶球避开防守队员的阻截，准确地将球传到8号队员的脚下，并由8号队员轻松地将球射入罗马尼亚队的球门。这种多点接应时的观察模式，要求控球策动进攻的队员，在对手紧逼、围抢的情况下要对各接应队员的位置做全面的观察，通过观察反馈的信息对下一步战术行动做出正确的决策。

3.2.1.4　时间差观察模式

足球比赛中攻守双方运动员主要是争夺控球权，发动进攻制造破门得分的机会。对控球权的争夺有时是体现在对时间和空间的争夺上。世界优秀运动员在对手紧逼的情况下能很好的利用时间，表现出不早不晚恰到好处地把握传接球时间的能力，这种能力来自于他们熟练运用时间差观察模式获取信息，来指导自己的战术决策。在意大利与瑞典的比赛中，瑞典队利用时间差观察模式获取信息，正确地进行了一次恰到好处的战术决策，攻破了有混凝土防守之称的意大利队的球门。瑞典队6号队员从中线处发动进攻，旁边8号队员靠近接应，由于8号队员处在6号队员身后的位置，于是6号队员从中线一直向前运球十几米，等待8号队员从后边高速插上。这时意大利2号和4号防守队员上前夹击瑞典队6号队员，同时瑞典队8号队员正向对方两名防守队员身后快速前插，当8号队员刚好跑到与对方2号、4号队员平行时，6号队员将球向防守队员身后传出，使8号队员形成单刀球的机会，骗过守门员后轻松将球射进意大利队球门。这次漂亮配合之所以成功，是由于6号队员一直向前带球迫使对方两名防守队员迎上堵抢，而同时8号队员正向防守队员跑动的反方向高速插上，就在这一瞬间6号队员迅速的观察到这一进一出相向跑动所产生的时间差信息，于是做出决策将球向前传出最终突破对方防线射门得分。

3.2.1.5　远离防守队员观察模式

进攻原则中有很重要的一条,就是要求进攻队员在有些情况下远离防守队员,当然这种远离是相对的,只要能摆脱防守就可以了,而不是说一定要远离多少米。在葡萄牙对土耳其的比赛中,葡萄牙队7号队员控球发动进攻,在对方2号、3号、4号队员的围追阻截下观察到自己左、右两侧分别有8号和9号队员接应,8号队员和对方3号队员的距离太近,不能摆脱3号队员的防守;而右侧的9号同伴却远离对方2号防守队员,不在其防守范围内,能够形成突破机会,于是将球传给了他。9号队员接球后在无人防守的情况下将球射入球门。虽然由9号队员射门得分,但这次攻击成功的关键还在于7号队员利用观察捕捉到9号队员远离防守队员这一重要的信息,并做出了传球的决策。

3.2.2　中路配合进攻的观察模式

　　从前面的统计数据中可以看出,在前场没有纵深,身后没有空当时,通过中路组织传接配合进行有效的进攻,也是一种重要的得分手段。

3.2.2.1　第二空当观察模式

　　所谓第二空当,是指当一名进攻队员捕捉到一个有利的空当(第一空当)并牵制住防守队员时,使原区域出现空当(第二空当),第二名进攻队员迅速插向第二空当,接球突破防守。在中路进攻身后没有空当时,进攻一方要善于制造空当和利用空当。在南斯拉夫对斯洛文尼亚的比赛中,斯洛文尼亚6号队员在传球前,观察到8号接应同伴向斜前方跑动要球,盯防他的对方2号、3号队员跟着他一起跑动,同时还观察到9号队员也处于比较好的位置。通过观察他预测到8号队员在前插时,盯防他的对方2号、3号队员也被拉扯出来,在他们原来的地方出现了空当,正好可以被后面的9号同伴利用。于是6号队员将球传向了这一空当,由后面插上的9号射门得分。从这个配合可以看出,对第二空当的观察是在瞬间做出战术决策时一种很重要的观察模式。

3.2.2.2　预见性观察模式

　　足球比赛中对场上形势变化提前预知能力以及对球的方向、落点提前判断能力的高低,是衡量一名足球运动员战术思维能力高低的主要标志。世界优秀运动员在比赛中对场上形势的估计和提前判断的能力是非常高的,往往表现在恰到时机的传球和合理的跑位上。他们的这种能力是建立在善于利用预见性观察获取信息的基础之上的。从比利时对瑞典的比赛中,可以看到比利时队员利用预见性观察模式提前获取场上信息然后迅速做出合理决策的情景。当6号控球队员发动进攻时,8号队员在接球前对自己周围同伴的位置提前进行了观察,知道左右分别有4号、9号同伴接应,并预测到自己接球时对方3号防守队员一定会上前阻截,而这时3号队员身后出现的空当可以被4号同伴利用。由于8号队员已经提前预见到场上的位置变化情况,于是在回拖接6号队员的传球时,背身直接用脚后跟将球传至事先预计的可被4号同伴利用的空当,并由4号队员射门得分。这次配合成功的关键在8号队员能够利用预见性观察模式提前获取信息,并在瞬间做出正确的决策。

3.2.3　边路进攻的观察模式

　　边路进攻主要是指从两侧边路传中和斜线传中,由中路包抄射门的进攻方式。足球场地两边的区域被称为自由走廊,由于在比赛中防守方一般都投入大量的人员对中路进行密集防守,因此,在边路组织有效的进攻也是很好的破门得分的手段。从 2000 年欧洲杯决赛阶段的比赛中,我们发现通过边路进攻的进球占全部进球的 17.65%,由此可见其在进攻中的重要地位。

3.2.3.1　隐蔽空当观察模式

足球比赛中攻守双方除了对球的争夺外,还在进行智慧的较量。双方都在不断地猜测、判断对方进攻或防守的意图。作为进攻方,要想突破对方的防线,就得尽量不让对方判断出自己的进攻意图。同时,控球发动进攻的队员还要善于观察和利用隐蔽空当。当进攻在一侧发动和发展时,守方必然会把防守重心移向该侧,增加防守队员人数,缩小防守空间,控制有利位置以阻击和瓦解进攻。此时,另一侧的防守队员减少,空当增大,攻方如能突然、及时地将进攻转移至过一侧,由异侧队员展开攻击,突破防线觅取攻门机会,常能取得令人满意的效果。从西班牙对斯洛文尼亚的比赛中可以看到,斯洛文尼亚队员利用隐蔽空当观察模式从边路进攻的过程。斯洛文尼亚 6 号控球队员在中场边路发动进攻,附近 7 号、8 号接应队员都被对方队员盯防,6 号队员在控球的过程中观察到通过 7 号、8 号队员向右前方的跑动、拉扯,吸引了对方 2 号、3 号、6 号防守队员向右侧补位,同时在自己的左侧出现了一个非常隐蔽的空当,同队 9 号队员正从后面高速插向这一区域,于是将球传向处于左侧前方空当的 9 号同伴。9 号队员摆脱对方队员的防守接球后边路突破传中,由 8 号队员将球射中。整个配合过程,清楚地反映出斯洛文尼亚 6 号队员利用隐蔽空当观察模式获得决策信息而做出正确判断的能力。

3.2.3.2　紧逼情况下的观察模式

所谓紧逼是指防守队员几乎接触到被防守者,并且运用一个动作就可以直接阻碍进攻队员处理球的防守方法。足球比赛中常常提到利用宽度制造宽度,当中路防守队员密集时进攻方可以利用足球场两边的区域发动进攻。葡萄牙队 6 号队员拿球时被英格兰队 4 号紧紧地逼住无法转身,在这种情况下他为了控好球已没有多余时间观察身后接应同伴的位置,于是将球传给了边上远离防守队员的 7 号队员,7 号队员接球后对方 3 号、4 号防守队员紧逼上来,在没有更好传球点的情况下,7 号队员从 3 号、4 号防守队员中间将球传给靠近接应的 8 号队员,8 号队员面对对方 3 号、4 号队员的阻截,在中路没有突破机会的情况下又将球传向边路无人防守的 6 号队员,这时 6 号队员观察到中路 9 号队员处于较佳的攻击位置,于是将球传给 9 号,由 9 号队员鱼跃冲顶,将球顶入英格兰队的球门。紧逼情况下的观察模式的特点,就是通过控球队员不断观察就近同伴的接应位置,及时传球维持好控球权,通过传过渡球,耐心地寻找瞬间攻门的机会。

4　结论

4.1　足球运动员瞬间战术决策信息观察模式的特点

(1)控球队员瞬间战术决策信息观察模式在战术配合中具有主导地位。

(2) 战术决策信息观察选择从场区上来看,是先观察中路场区的战术决策信息,然后观察边路场区的战术决策信息;先观察前场的战术决策信息,再观察中场的战术决策信息,并且要在一瞬间精确地判断,做出正确的战术决策。

(3)有对抗和无对抗时战术决策信息观察选择是不同的。无对抗时,中路场区观察在前,边路场区观察在后;有对抗时,中路场区观察在后,边路场区观察在前;无论有对抗或无对抗,都先观察前场,然后是中场,最后是后场;在距离上的选择,有对抗时采用由近至远的"离心式"战术决策信息观察"模式",即先观察近距离场区,然后是中远距离场区,最后是远距离场区;无对抗时则采用由远至近"向心式"战术决策信息观察"模式",即首先观察远距离场区,然后是中远距离场区,最后是近距离场区。

4.2 足球运动员瞬间战术决策信息观察模式在实施中要注意的问题

(1)控球策动进攻队员要具有良好的视野,首先要看得见,才能传得出球;其次,要有扎实的基本功作保证,想将球传向什么地方就能传到什么地方;另外,控球队员还要有敏锐的观察和超前的预测能力。

(2)足球运动员瞬间战术决策信息观察模式的实施要有接应同伴强有力的支持。同伴在接应时要清楚自己所处的位置越不越位,是该横跑\斜插\前插还是回拖接球,跑到什么位置最有威胁等等,并且要有良好的基本技术和出色的身体素质作保证。

4.3 提高足球运动员的活动效率在于提高其战术意识水平

提高战术意识水平的关键在于提高运动员的战术思维及决策的效率。在进行战术意识思维决策活动中,瞬间高效率地获取必要的战术决策信息是进行正确战术意识思维决策的重要的基本前提条件。

4.4 所有的观察模式表明,现代足球比赛在强对抗、高速度的情况下,"简单""实用"的技战术思维和运用的能力,是未来足球发展的方向。

5 建议

(1)为了进一步完善足球理论,加深人们对足球运动员瞬间战术决策信息观察模式的理解,希望有更多的足球工作者对这方面的研究给予重视。

(2)各级教练员在平时训练中使运动员加强进行具体观察模式的理解和运用,逐步达到使用各种瞬间战术决策信息观察模式自动化的程度。

参考文献

[1]薛俊主编.体育科学研究[M].人民体育出版社,1996.

[2]杨一民.国际足球发展现状简析[J].北京体育大学学报,1997,4.

[3]张廷安.足球运动员战术意识活动的基本特征分析[J].西安体育学院学报,2000,3.

[4]林钟敏.思维能力与教学[M].厦门大学出版社,1993.

[5]田麦久,武福全.运动训练科学化探索[M].人民体育出版社,1998.

[6] ERNSTPOOEL(德),李百涵,韩力译.意识的限度——关于时间与意识的新见解.北京大学出版社,1995.

[7]张廷安,麻学田.战术意识活动在足球比赛中的表现特点分析[J].中国体育科技,1998,10.

[8]都祖德.现代足球射门进球的基本特征与趋势[J].体育科学,1981,4.

[9]全国体育院校教材委员足球教材编写组.现代足球[M].2000.

泉州女子足球四国邀请赛边路传中基本特征的分析研究

高欢,陈冲

(武汉体育学院,武汉　430079;
福建师范大学体育科学学院,福州　350007)

摘　要:通过对2005年泉州女子足球四国邀请赛中边路传中的传球区域、传球目标区域和传球性质等技术指标进行比较分析,探索女子足球边路传中的基本特征,寻找出中国女足与世界强队的差距,以期帮助改进训练,提高边路传中的实战效果。

关键词:女子;边路传中;传中区域;传中目标

1　前言

随着现代女子足球运动的发展,在加强防守的大前提下,各队尤其重视中路防守,这样给边路进攻提供了较为有利的条件,因此边路的攻防已经成为球队获胜的关键。本文通过对泉州女子足球邀请赛边路传中的基本特征进行统计分析,力求发现世界强队进行边路传中的特点和规律,找出我国女子足球边路进攻的差距,以期帮助改进我国女子足球队的训练,提高边路传中的实战效果。

2　研究对象和方法

2.1　研究对象

以2005年中国足协主办的国际A级赛事泉州女子足球四国邀请赛参赛的德国队、中国队、澳大利亚队、俄罗斯队的比赛为研究对象。

2.2　研究方法

录像观察法、文献资料法、数理统计法、对比分析法。

2.3　有关统计方法、尺度的说明

(1)传中区域划分:根据本文的研究内容,对边路传中区域划分为1_1、1_2、2_1、2_2、3_1、3_2、4_1、4_2,见图1。

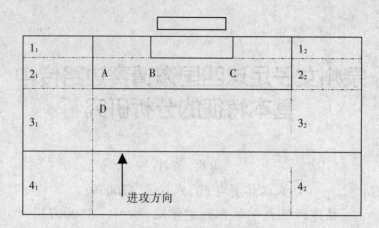

图 1　传中区域和目标区的划分

（2）传中的目标区域划分：依照常规的划分方法，将传中的目标区域分为后点、罚球点至球门线区域、前点以及罚球区外正面地带。分别为 A、B、C、D 区域，见图 1。

（3）传球性质：膝部以下为低球，膝部以上至头顶为平球，头顶以上为高球。

（4）成功：接应队员只要抢到点、触到球即为成功。

（5）失败：进攻队员的传中球被阻断和接应队员未抢到点、触到球。

3　结果与分析

3.1　边路传中的总体特征比较

边路进攻是整体进攻的主要手段之一，边路传中数量的多少和质量的高低可以反映球队边路传中意识和能力的强弱。从本次邀请赛来看，4 支球队在边路共传中 227 次，平均每场约 37.8 次，其中成功 44 次，共打进 7 球，占全部比赛进球数的 43.75%，边路传中战术不仅运用较多，而且运用效果也是相当可观的。但在总的 227 次传中中，仅仅形成射门 24 次，并且有 60 次的传中或是被后卫阻截，或是被守门员没收，或是直接出界，可见传中的质量并不理想，传中的效率并不高。

3.2　不同传球区域的基本特征分析比较

表 1 的数据显示，1 区和 2 区是澳大利亚队以及世界劲旅德国队在边路进行传中的主要区域。而中国队在 4 区有相对较多的传中，与上述两支队伍有明显的差异。从比赛录像来看，在 3 区传球是攻防队员同步冲向球门的一瞬间，防守队员不容易很好地选位和判断球的传中落点，使防守困难加大。同时进攻队员可根据对方的站位情况有选择多种进攻方式的余地，既可以与同伴做局部配合实施两肋进攻或个人突破，也可以向中路转移进攻或突入 2 区传中。在 2 区的进攻队员既可采用突破后向内运球，在可能的情况下实施小角度射门，又可根据场上情况进行传中，还可继续向 1 区突破。2、3 区具有选择多种进攻方式的余地，既可传中、射门，也可继续突破，使防守队员难以判断进攻一方的真正意图，是较

表 1   不同传中区域的传球情况的数据统计表

传球区	德国队			中国队			澳大利亚队			俄罗斯队		
	次数	成功	形成射门	次数	成功	形成射门	次数	成功	形成射门	次数	成功	形成射门
1_1	14	2	2	6	1	1	0	0	0	1	0	0
1_2	8	2	2	7	1	0	7	2	1	1	0	0
2_1	9	3	2	10	0	0	10	3	2	6	1	1
2_2	10	0	0	11	2	2	10	5	4	10	2	2
3_1	6	2	0	9	0	0	5	0	0	2	0	0
3_2	13	1	0	13	0	0	3	1	1	6	1	0
4_1	3	0	0	10	1	0	3	1	1	7	3	0
4_2	6	1	0	12	5	2	3	0	1	7	1	0

理想的传中区域。中国队在 4 区的传中次数较多,虽然队员能接到球,但真正形成有威胁的射门不多,效果并不理想。这主要是因为女子运动员力量相对较差,传球的脚法掌握不好,在离球门区较远的区域进行传中时,球的速度、力量、弧线都有所欠缺,准确性也不够,以致传中的球经常被后卫解围或被守门员出击拿到。此次比赛,德国队在 1 区的传中次数较多,主要采用下底向回传或横向传低球,此种战术威胁很大。攻方队员面对球门一旦触到球就有可能形成射门。而防守队员在回撤防守时,突然要变向启动,很容易失去位置,防守难度很大。但在 1 区进行传中时,由于女子运动员速度和力量欠缺,一旦无法摆脱防守队员,就容易被夹击或逼入死角,导致传球的难度增大。因此,在 1 区下底传中时一定要抓住传球的时机。

3.3   不同传球目标区域的基本特征分析比较

表 2   不同目标区的传球情况数据统计表

目标区	德国队			中国队			澳大利亚队			俄罗斯队		
	次数	成功	形成射门	次数	成功	形成射门	次数	成功	形成射门	次数	成功	形成射门
A	15	1	1	12	4	2	8	2	1	0	0	0
B	20	4	2	16	0	0	15	4	3	6	0	0
C	12	1	1	9	1	1	4	1	0	7	2	1
D	18	5	2	31	7	2	11	5	6	24	6	2

通过比赛录像观察,以及表 2 显示,世界强队德国队在比赛中选择传中目标区较平均,既有向球门的前点传低、平球,使包抄队员能在高速跑动中抢点射门,又有向球门后点

传高球由前锋争顶摆渡,由其他队员实施攻击。比赛中球传向何处主要取决于守门员和防守队员的站位以及场上的情况,变化较多,增大了防守的难度。而中国队在进攻中,较多的选择将球传向 D 区,由前锋争顶然后其他队员争抢第二点。这种战术单调、变化少,对方防守起来难度也不大。

3.4 不同性质的传球分析比较

表3 不同性质传球情况的数据统计表

	德国队			中国队			澳大利亚队			俄罗斯队		
	高球	平球	低球	高球	平球	低球	高球	平球	低球	高球	平球	低球
传中次数	31	12	23	44	12	9	24	6	10	26	7	4
成功	3	1	7	8	2	3	8	1	3	6	1	1
形成射门	0	1	5	2	1	2	7	1	2	2	1	0

统计结果显示,中国队从不同区域传向各目标区域的很大一部分为高球。在进行高球传中时,由于球在空中运行时间较长,防守队员可以有较长的时间准备站位,减小了防守的难度。另外,球在空中运行时很容易受风速的影响,增大了本方队员接球的难度。而世界强队德国队有很大比例的低、平球,见表3,尤其在1、2区向回传或横传时,很大比例采用低、平球,使防守队员没有充分的判断、选位时间,而进攻队员能够很轻松地快速插上抢点射门。

4 结论与建议

(1)在运用边路传中时,选择传中区域是至关重要的因素。2、3区是较理想的传中区域,在此区域具有选择多种进攻方式的余地,既可传中、射门,也可继续突破,使防守队员难以判断进攻一方的真正意图。

(2)在比赛过程中,传球目标区要富于变化,将球传向何处应根据守门员和防守队员的站位情况而定,根据场上的情况而定。

(3)中国女子足球队的传中球,有很大一部分是高球,防守队员防守起来难度不大。而世界强队德国队在比赛中有很大比例的低、平球,尤其是在1、2区向回传或横传时有较大比例的低、平球,使防守队员没有充分的判断、选位时间,而进攻队员却能够快速插上抢点射门,威胁很大。

(4)女子足球运动员在力量与脚法的掌握上有很大的欠缺,因此,平时应该加强这些方面的练习,以提高比赛中边路传中的效果。

(5)中国女子足球运动员与欧美强队的运动员在身高和力量上存在着明显的差距,过于单调的边路传中起不到好的效果。因此,应根据自身的特点,制订多变、灵活的边路传中战术,来弥补身高和力量上的不足,提高边路传中的效果。

参考文献

[1]马晓军,薛予阳.中外足球比赛边路传中基本特征的比较研究[J].辽宁体育科技,2002,(5):22－24.

[2]马晓军,陶璋,薛予阳.现代足球比赛边路传中基本特征的分析研究[J].湖北体育科技,2001,(3):39－41.

[3]刘言和,李向东.现代足球边路进攻打法浅探[J].浙江体育科学,1992,(2):31－34.

[4]李向东,郗冰杰.浅谈足球边路进攻战术[J].河南体育科技,1991,(1):28－31.

[5]赵勇.足球边路进攻战术探讨[J].山东体育科技,1999,(3):36－37.

[6]王钢.第三届世界杯女子足球赛进球情况探析[J].上海体育学院学报,2000,(1):73－75.

◆足球规则、裁判法

关于中国足球协会会员协会
裁委会评估方案的研究

何志林

（上海体育学院，上海 200438）

摘 要: 以中国足球协会下属各会员协会裁委会为研究对象,利用调查表对决定裁委会工作质量的评估指标,各指标的权重分配及评价标准的制订进行了调查,在此基础上制订了裁委会评估方案。运用评估方案对中国足球协会下属各会员协会裁委会试评,结果证明,本评估方案具有较强的科学性和可行性。

关键词: 足球协会;裁委会;评估

1 引言

各地方足协裁委会的工作质量对于能否培养高水平裁判员起着举足轻重的作用。足协对裁委会工作历来都非常重视,形成了一套裁委会工作内容和管理办法,但总的看来还是对裁委会的各项工作缺乏规范化管理,效果好坏无明确的衡量标准,只能凭主观判断运用概括性的语言给予定性评价,其评价结果既不能全面准确地反映裁委会的实际工作水平,也不利于各会员协会裁委会之间的横向比较。所以,科学地评价裁委会各项工作的好坏,是进一步深化足球改革,提高我国足球裁判员水平的一个重要课题。

为此,中国足球协会裁委会决定在"十五"期间,对我国各会员协会裁委会开展评估工作。2001 年 1 月,受中国足球协会裁判委员会的委托,我们开展了关于中国足球协会会员协会裁委会评估方案的研究。

2 研究对象与方法

2.1 研究对象

中国足球协会下属各会员协会裁委会。

2.2 研究方法

2.2.1 文献资料法

在整个研究工作中查阅了国内外有关评估方面的文献、理论著作和研究成果,了解同类研究中一些基本原则和方法,为最终拟订研究计划、选择研究指标和研究方法提供了文献依据。

2.2.2 专家访谈法

结合本课题,对全国足球裁判方面的专家进行专题访谈,他们的意见对于整个研究工作中每个步骤的进行和方案的最终形成起到了积极的作用。这些专家包括中国足球协会裁委会全体常委、各会员协会裁委会负责人和资深裁判长等。

2.2.3 问卷调查法

2.2.3.1 问卷的设计与构成

在做了大量预调查的基础上,结合本课题的需要,共设计了两份调查问卷:《关于中国足球协会会员协会裁委会评估指标的调查问卷》《关于中国足球协会会员协会裁委会评估指标权重分配的调查问卷》,问卷调查对象同上。

2.2.3.2 问卷的发放与回收

问卷发放数量分别为 38 份、46 份,回收数量分别为 36 份、38 份,回收率分别为 95%、83%,经检验,本调查符合社会学分析及研究的要求,其调查结果可以作为所需依据。

2.2.3.3 效度信度检验

为保证调查结果的真实性和有效性,在正式发放问卷前,对调查表进行了效度和信度检验。效度检验采用专家法,分别请 20 名专家就问卷的结构、内容、针对性等进行了检验,专家对问卷的认同率为 90%;信度检验采用再测法,在小范围内对同一组成员 ($N = 15$) 进行隔月 (30 天) 填写测试,经计算两份问卷的检验结果信度 R 值分别为 R1 = 0.87,R2 = 0.85,说明调查表信度较高。

2.2.4 数理统计法

所有问卷的调查结果均在赛场 566 计算机上用 Microsoft Excel 5.0 软件建立数据库,数据统计采用常规的百分率统计法,数据分析采用软件 SPSS 1.0 进行。

2.2.5 逻辑推理法

在研究过程中,运用相关的社会科学理论、体育专业理论和评估理论与技术,将调查的统计结果和访谈内容进行归纳、演绎、比较及推理。

2.3 裁委会评估方案研究工作流程

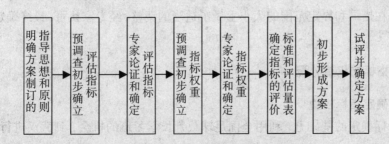

3 结果与分析

3.1 制订评估指标体系的指导思想与基本原则

3.1.1 指导思想

根据评估理论,结合本课题的研究,评估指标选择的指导思想是:"指标体系的选择必须在各会员协会裁委会各项工作的价值范围之内,即在具体选择指标时,能反映出中国足球协会对各会员协会裁委会各项工作方面的要求。"

建立本评估体系,预期达到以下目的:1)有利于提高地方足协裁委会工作质量;2)有利于规范裁委会的考核办法;3)有利于中国足协裁委会对各会员协会裁委会实施奖惩;4)有利于各会员协会裁委会之间的交流与学习。

3.1.2 基本原则

3.1.2.1 导向性原则 评估指标从总体上要体现中国足球协会裁委会对各会员协会裁委会工作的要求和各会员协会裁委会自身的发展方向,具有时代特征。

3.1.2.2 科学性原则 评估指标体系要能客观、真实、准确地反映出足协裁委会工作的本质属性,优化结构,最大限度地满足评估的需要。

3.1.2.3 客观性原则 评估指标的内容应标准化、客观化,使之能在广泛的范围内取得通用性的效果,反映真实情况,避免主观印象,通过测评得出明确的结论和数值等级。

3.1.2.4 可操作性原则 评估方案要简便易行,指标体系、权重分值和实施办法等具有很强的可操作性。

3.2 评估指标的确定与论证

3.2.1 初步确定评估指标

裁委会工作好坏的相关因素很多,且相互关系错综复杂。为了准确地确定评估指标,通过大量的预调查,我们归纳、整理、确定了8项一级指标,25项二级指标,34项三级指标,初步确立了评估指标框架。

3.2.2 专家论证评估指标

在评估指标框架初步确定的基础上,进行了全国范围内的专家问卷调查,根据专家对评估指标赞同意见的集中程度,我们确定赞同率66.67%为指标的入选阈值,赞同率在66.67%以下的指标舍去,初步形成评估指标,然后又进行了第二轮和第三轮的问卷调查,对于个别指标在措词和界定范围的大小上做了适当的调整,经专家认可,最终确定评估指标(表1)。

3.3 确定各指标的权重分配

3.3.1 初步确定指标权重

在评估指标确定的基础上,利用全国足球裁判长学习班的机会,到武汉进行了调研,

表1 裁委会评估指标权重分配表

一级指标	二级指标	三级指标

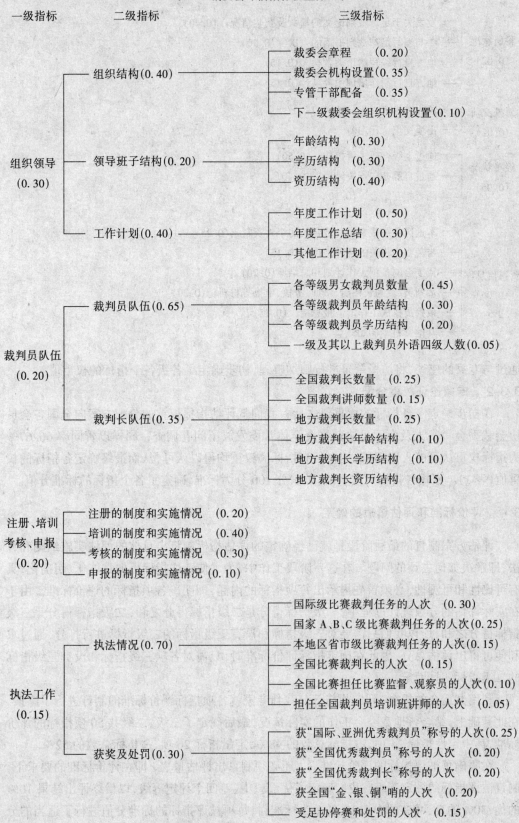

一级指标 | 二级指标 | 三级指标

组织领导 (0.30)
- 组织结构(0.40)
  - 裁委会章程 (0.20)
  - 裁委会机构设置(0.35)
  - 专管干部配备 (0.35)
  - 下一级裁委会组织机构设置(0.10)
- 领导班子结构(0.20)
  - 年龄结构 (0.30)
  - 学历结构 (0.30)
  - 资历结构 (0.40)
- 工作计划(0.40)
  - 年度工作计划 (0.50)
  - 年度工作总结 (0.30)
  - 其他工作计划 (0.20)

裁判员队伍 (0.20)
- 裁判员队伍(0.65)
  - 各等级男女裁判员数量 (0.45)
  - 各等级裁判员年龄结构 (0.30)
  - 各等级裁判员学历结构 (0.20)
  - 一级及其以上裁判员外语四级人数(0.05)
- 裁判长队伍(0.35)
  - 全国裁判长数量 (0.25)
  - 全国裁判讲师数量 (0.15)
  - 地方裁判长数量 (0.25)
  - 地方裁判长年龄结构 (0.10)
  - 地方裁判长学历结构 (0.10)
  - 地方裁判长资历结构 (0.15)

注册、培训考核、申报 (0.20)
- 注册的制度和实施情况 (0.20)
- 培训的制度和实施情况 (0.40)
- 考核的制度和实施情况 (0.30)
- 申报的制度和实施情况 (0.10)

执法工作 (0.15)
- 执法情况(0.70)
  - 国际级比赛裁判任务的人次 (0.30)
  - 国家A、B、C级比赛裁判任务的人次(0.25)
  - 本地区省市级比赛裁判任务的人次(0.15)
  - 全国比赛裁判长的人次 (0.15)
  - 全国比赛担任比赛监督、观察员的人次(0.10)
  - 担任全国裁判员培训班讲师的人次 (0.05)
- 获奖及处罚(0.30)
  - 获"国际、亚洲优秀裁判员"称号的人次(0.25)
  - 获"全国优秀裁判员"称号的人次 (0.20)
  - 获"全国优秀裁判长"称号的人次 (0.20)
  - 获全国"金、银、铜"哨的人次 (0.20)
  - 受足协停赛和处罚的人次 (0.15)

一级指标　　　　二级指标

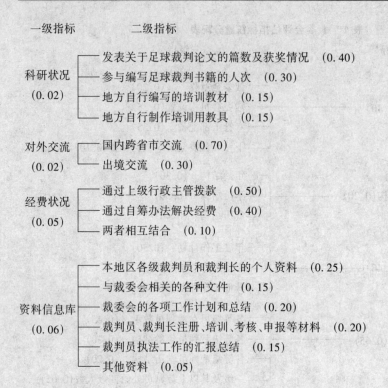

科研状况
(0.02)
┌ 发表关于足球裁判论文的篇数及获奖情况　(0.40)
├ 参与编写足球裁判书籍的人次　(0.30)
├ 地方自行编写的培训教材　(0.15)
└ 地方自行制作培训用教具　(0.15)

对外交流
(0.02)
┌ 国内跨省市交流　(0.70)
└ 出境交流　(0.30)

经费状况
(0.05)
┌ 通过上级行政主管拨款　(0.50)
├ 通过自筹办法解决经费　(0.40)
└ 两者相互结合　(0.10)

资料信息库
(0.06)
┌ 本地区各级裁判员和裁判长的个人资料　(0.25)
├ 与裁委会相关的各种文件　(0.15)
├ 裁委会的各项工作计划和总结　(0.20)
├ 裁判员、裁判长注册、培训、考核、申报等材料　(0.20)
├ 裁判员执法工作的汇报总结　(0.15)
└ 其他资料　(0.05)

通过与专家的座谈,将访谈笔录进行归纳整理,初步确定了各级各个指标的权重值。

3.3.2　专家论证权重分配

在初步确定了各指标的权重值之后，我们就评估指标权重的分配方案向全国各会员协会裁委会负责人及中国足协裁委会全体常委发放了问卷调查，同样以赞同率 66.67% 为指标权重认可的入选阈值,结果所有指标的权重均得以认可,从而最终确定各指标的权重值(表1)。根据各指标的权重值,以满分 100 分为标准,确定了各个指标的标准分值。

3.4　评价标准和评估量表的确定

评估方案制订的最后阶段是就已经确定的评估指标制订出具体的评估实施细则和方法,即解决如何去评的问题。在这一阶段工作中,为了使评估指标更加具体化、明确化,具有可比性和可测性,必须首先揭示出每项指标的内涵,即明确各项指标的评价标准。由于在实际评估的分数统计过程中,一级指标得分是二级指标得分之和,二级指标得分是三级指标得分之和,所以我们只需要对三级指标和没有三级指标的二级指标进行打分,通过求和便可得出评估总分,因此在确定指标评价标准时,只需对各项三级指标和没有三级指标的二级指标统计而定。

利用九运会的机会,到广州与部分裁判专家就各项指标评价标准的制订进行了座谈,在此基础上,结合各地裁委会工作的实际情况,最后确定了三级、二级共 50 项指标的评价标准,其中定性指标 24 项,占指标总数的 48%,定量指标 26 项,占指标总数的 52%。

在明确了被评指标的评价标准后,还必须制订出评估量表,即在评价标准的要求下,制订被评指标的评定等级。我们确定了优、良、中、差四个评定等级,以最终评出结果 10% 的优,30% 的良,40% 的中,20% 的差为标准,将每项被评指标的标准分值进行了适当的分配。需要指出的是,我们在确定各项定量指标的评估量表前,就这些定量指标中所涉及的数量、人次、百分率等量化指标向全国有代表性的会员协会裁委会发放了调查问卷,根据他们提供的数据,采用统计学中百分位数的方法,明确了各定量指标在优、良、中、差四个不同评定等级中人次、数量及百分率的分配数目,具有一定的科学性。此外,根据我国足球重点城市普遍要好于省、自治区的情况,将二者分开进行评估,相应制订出两份评估量表。实践证明,分块评估得到了各会员协会裁委会的一致认可。

最终形成了《对中国足球协会会员协会裁委会进行评估的实施细则和方法(试评稿)》(见附件)。细则由四部分组成:一、实施细则;二、评估内容和评价标准;三、评估量表(A:足球重点城市的评估量表,B:省、自治区的评估量表);四、评分表。

3.5 评估方案试运行的结果与分析

3.5.1 方案的试评结果

为了进一步验证方案的科学性与可行性,经中国足协裁判办公室同意,我们向中国足协各会员协会裁委会下发了《对中国足球协会会员协会裁委会进行评估的实施细则和方法(试评稿)》,开始实行试评工作。课题组已收到全国 21 个会员协会裁委会寄回来的自评材料,其中足球重点城市 11 个,省、自治区 10 个。

由于此次是自评,课题组在收到各会员协会裁委会寄回来的评分表后,依据评价标准和评估量表的要求,对各指标的得分及自评总分进行了核查,发现各会员协会裁委会在打分过程中有往高分靠的趋势,鉴于评估方案中一些量化指标各会员协会裁委会提供了数据,根据他们提供的数据并结合评价标准和评估量表,我们对于一些量化指标数据与评价标准明显不符合的指标的分值进行了修订,对于量化指标数据与评价标准符合的指标和所有的定性指标则保留了原分值,最终得出修订分值(表 2)。

表 2 评估方案试运行结果表

地区	自评分值	修订分值	省、自治区对方案的意见		地区	自评分值	足球重点城市修订分值	对方案的意见	
			同意	基本同意				同意	基本同意
江苏	81.5	80.3	√		北京	89.1	89.1	√	
湖北	78.4	76.3	√		上海	86.9	87	√	
辽宁	73.4	72.8	√		大连	84.1	82.4		√
陕西	70.1	68.5	√		天津	83.8	81.1	√	
四川	65.8	64.4	√		武汉	81.8	77.3	√	
河南	62.7	59.6	√		广州	80.7	77.8	√	
贵州	55.5	55	√		重庆	78.9	74.6		√
河北	52.5	50.8	√		沈阳	77.4	72.3	√	
宁夏	44.7	43.9	√		青岛	72.3	71.1	√	
福建	30.1	29.4	√		延边	71.6	66.6		√
					南京	46.6	47.2		√
总计			10		总计			7	4
百分比			100%		百分比			64%	36%

在各会员协会寄回给课题组的材料中,还包括了他们对本评估方案的一些看法,普遍认为,通过此次评估,使他们在充分肯定成绩的同时也发现了裁委会工作中存在的一些问题和不足,该评估方案的实施将使各会员协会裁委会的工作更加规范化,对于推动地方裁委会的建设有很强的指导作用,有利于从整体上提高本地区以至中国足球裁判水平。

3.5.2 评估方案的可行性分析

(1)从各会员协会裁委会的自评分及修订分来看,各会员协会裁委会的得分比较符合事实,基本上反映了各会员协会裁委会工作业绩的实际情况。

(2)从统计学角度来看,我们利用 SPSS 软件对各会员协会裁委会的分值进行了 PP 图检验。结果显示,各会员协会裁委会的分值经换算后各点近乎成一直线,基本符合正态分布。

(3)在课题组所收到的 21 份材料中,对本方案持同意意见的共有 17 家,占 81%,基本同意的有 4 家,占 19%,基本不同意和不同意的没有,说明各会员协会裁委会都比较赞同此方案。

(4)从中国足球协会裁委会全体常委对本评估方案的认同程度来看,常委中有62.5%的人持赞同意见,32.5%的人持基本赞同意见,说明常委也都比较赞同此方案。

据此,我们认为本评估方案是基本可行的。

4 结论

(1)根据评估理论及裁委会工作的特点,在确定裁委会评估指标时遵循四大原则:导向性原则、科学性原则、客观性原则和可操作性原则。

(2)在大量、多轮次调查的基础上,通过专家的论证,逐步确定了评估指标、指标权重、评价标准和评估量表,最终形成评估方案。

(3)从评估方案试运行的结果看,各会员协会裁委会根据方案都能独立地开展自评工作,自评结果基本上反映了他们工作的实际情况,说明本评估方案具有较强的可操作性。

(4)参与试评的 21 个会员协会裁委会和中国足球协会裁委会全体常委都比较赞同本方案。评估试运行的结果从统计学角度分析,呈正态分布,说明本评估方案是基本可行的。

运用有利条款促进足球比赛更公正更精彩

倪玉明,朱六一

（武汉体育学院,武汉　430079）

摘　要:掌握好有利条款是足球竞赛规则对裁判员的重要要求,运用好有利条款更是衡量裁判员水平高低的标准之一。本文就如何掌握运用好该条款进行阐述与研究,供同行借鉴。

关键词:有利条款;足球比赛;竞赛规则;裁判员;足球技战术

1　前言

足球竞赛规则演变、发展到今天,其精神实质并未改变:

(1)对等原则,即对比赛双方一视同仁;

(2)保护运动员健康;

(3)促进足球技战术的发展;

(4)提高比赛的观赏性。

这些均与有利条款运用得当与否有非常直接的联系。为此,要想导演好一场精彩的足球比赛,应十分重视有利条款的研究。

2　关于有利条款

在足球竞赛规则第五章裁判员权限和职责中"有利条款"是这样阐述的:"当一个队被犯规而根据有利条款能获利时,则允许比赛继续进行。如果预期的'有利'在那一刻没有接着发生,则判罚最初的犯规。"

根据该条文的要求,裁判员在对犯规队作出判罚之前,很重要的条件就是要预见到判罚的结果将对谁有利,如果判罚的结果有利于被犯规队,裁判员应果断地运用有利条款不予判罚。

3　如何正确掌握、运用有利条款

(1) 首先裁判员思想认识上要搞清有利的条件与防守的动机,即攻方虽被侵犯犯规,但由于球还在攻方控制下,存在明显的进攻或得分机会,就不能让守方因犯规而得逞,必须让比赛继续下去。裁判员有利手势为双手前举,手臂向前稍作连续挥动。

（2）裁判员要有宽阔的视野与敏锐的预见，这就要求裁判员时刻保持较大的观察面，并且预见随时可能变化的情况，同时对犯规发生地点的周围环境、双方队员位置、比赛发展趋势等做到心中有数。这样当犯规发生后可立即作出"判"与"不判"的反应。这是掌握与运用"有利条款"的重要前提条件。

2002 年第 17 届世界杯决赛阶段，全世界最优秀的裁判员在 64 场比赛中有许多成功的判例值得我们学习（表 1）。

表 1　第 17 届世界杯掌握有利条款成败情况

	成功		失败		合计	
	掌握	补判	未掌握	未补判	成功	失败
次数	681	60	19	6	741	25
（%）	91.9	8.1	76	24	96.7	3.3

由上表可以看出裁判员共成功运用有利条款 741 次，平均每场达 11.6 次，成功率达 96.7%。正因为很好地运用有利条款，所以出现很多精彩进球。如在小组赛中巴西对阵土耳其，当比赛进行到上半时 46 分钟，土耳其 10 号巴斯图尔克带球突破，巴西队员犯规，韩国主裁判金咏洙示意继续比赛，土耳其队 10 号接着把球斜传到罚球区内，这时同伴 9 号哈桑及时插上大力抽射首开纪录。

做更进一步研究时发现，由于裁判员很好地运用有利条款，使得净比赛时间得到增加，这既减少了停顿又提高了比赛的观赏性。在本届世界杯 64 场比赛中共犯规 2195 次，平均每场 34.3 次。如果裁判员没有掌握好有利条款，那么每场仅因此就会增加 11.6 次的停顿，难以达到每场净赛时间大约 53 分钟，这样比赛就显得不太流畅，也降低了观赏性。

在近几年国内联赛中，我国裁判员也有很成功的判例。如攻方队员突破时被守方在罚球区前绊倒，但裁判员示意继续比赛，这时旁边插上的另一攻方队员拔脚怒射，球应声入网。

（3）裁判员在运用有利条款时必须考虑场上比赛气氛、队员犯规性质及后果。如果气氛紧张，队员犯规性质恶劣及后果严重，特别是有意报复，应及时判罚少考虑有利，在维护比赛正常进行时也有效地保护运动员的身体健康。反之如果双方情绪正常，则应多考虑有利条款运用。总之在运用有利条款时一定要合理、合时、合情，不能由于掌握有利使比赛演变成"战争"。这正如许多名哨常常告诫的那样："掌握有利条款，一定要审时度势，万万不能以失去对比赛的控制为代价。"

（4）学会不同区域使用有利条款。当攻方推进到中场或攻到对方罚球区附近，守方队员犯规而攻方仍保持攻势，裁判员不宜鸣哨。而在本方后场附近对方队员犯规而球处于双方均可控制的范围时则少考虑有利。这里有两种情况是需要重点考虑的，一是场区，二是双方均可控球。尤其需要指出在罚球区这个特殊的区域里，守方出现应判球点球犯规时一般不考虑"有利"条款。

在第 17 届世界杯前、中、后场三区的有利掌握情况，客观地反映这种规律，值得我国裁判员学习（见下图与表 2）。

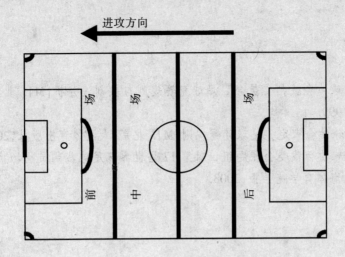

表 2　第 17 届世界杯掌握有利条款区域分布情况

	前场	中场	后场	合计
次数	146	544	76	766
（%）	19	71	10	100

从上表可以看出,在掌握有利条款次数时中场最多,前场其次而后场最少。说明中场是双方争夺要害地区,犯规次数多,提供给裁判员掌握有利的机会也多,所以效果明显;至于后场由于失球后守方快速回收,加上裁判员掌握有利很谨慎,故后场出现机会最少。

(5) 注意掌握好"如果预期的"有利在那一刻没有发生,则按最初的裁判（众所周知1996 年前,裁判员在运用有利条款时不补判。之后才执行补判原则,效果较好）。但这一时刻应掌握在 3 秒钟之内,否则时过境迁再进行判罚效果就很不好。

(6)在运用"有利条款"后,裁判员根据队员犯规情况在死球时再补出示红、黄牌;这种处罚方式既符合规则精神,效果也很理想。

4　结论

(1)"有利条款"的制订充分体现足球竞赛规则的精神实质。

(2)正确掌握与运用"有利条款"有利于比赛结果,也能有效遏制投机取巧行为。

(3)运用"有利条款"最多的为中场,其次为前场,最少区域在本方后场。

5　建议

(1) 我国各级裁判员应深入理解、积极运用"有利条款",努力学习国内外高水平裁判员的好经验,为足球比赛创造最佳环境,提供最好的服务。

(2)我国各级教练员应认真学习"有利条款",为比赛的胜利创造条件。

参考文献

[1]中国足球协会裁判委员会.足球竞赛规则与裁判法分析[M].北京:人民体育出版社,1999.

[2]中国足球协会审定.足球竞赛规则[M].北京:人民体育出版社,2002.

[3]中国足球协会裁委会课题组.对第17届世界杯足球裁判员临场执法状况的研究[J].上海体育学院学报,2003.

对我国 U-17 足球运动员比赛中红、黄牌判罚情况的研究与分析

柳志刚

（上海体育学院，上海 200438）

摘 要：U-17 年龄段是足球运动员成长的最关键时期，在规则允许的范围内学会如何比赛，是这一年龄段重点解决的问题。通过对我国 U-17 足球运动员比赛中红、黄牌判罚情况的研究与分析，了解青少年运动员在比赛中被判罚红、黄牌时心理、技术动作等方面的变化情况，为在比赛中最大限度地避免红、黄牌出现提供参考，使他们养成良好的比赛习惯。

关键词：足球运动员；比赛；红、黄牌；判罚

1 前言

足球比赛中红、黄牌的判罚，是指运动员屡次违反规则，以不正当的行为伤害对方，破坏足球竞赛中公平竞争的原则而实施的最为严厉的处罚手段。比赛中红、黄牌的出现，不仅给对手造成伤害，同时也会影响到本队运动员的心理变化和技、战术的发挥，甚至影响到比赛的最终结果。长期以来，我国足球运动员对足球竞赛规则缺乏认识，对在比赛中的犯规行为不够重视，导致在比赛中不必要的红、黄牌时有出现。

U-17 年龄段是运动员成长的最关键时期，在规则允许的范围内学会如何比赛，是这一年龄段重点解决的问题，了解规则，合理运用规则进行比赛必须从青少年抓起，使他们养成良好的比赛习惯。

本文通过对 2004 年度我国 U-17 足球运动员在比赛中红、黄牌判罚情况进行研究与分析，了解青少年运动员在比赛中被判罚红、黄牌时心理、技术动作等方面的变化情况，为在比赛中最大限度地避免红、黄牌出现提供参考。

2 研究对象与方法

2.1 研究对象

2004 年度全国 U-17 足球联赛预、复、决赛 39 支参赛队共 270 场比赛。

2.2　研究方法

观察法、数理统计法、问卷调查法。

2.3　统计尺度

80 分钟比赛时间内,以裁判员出示的红、黄牌为准。

3　结果与分析

3.1　红、黄牌被判罚次数

通过对预、复、决赛 270 场比赛红、黄牌进行统计(表 1),被判罚红、黄牌共 560 张,其中黄牌 523 张,红牌 37 张,黄牌平均每场 1.94 张;红牌平均每场 0.14 张。从表 1 中可以看出,复赛、决赛中被判罚红、黄牌平均次数明显高于预赛阶段,比赛水平的提高,对抗程度的加强,运动员在比赛过程中紧张程度、心理状态都有所变化,从而造成红、黄牌次数的增多,说明青少年运动员的心理、技术动作相对不稳定。从被判罚红、黄牌人数看,被判罚黄牌共有 350 人次;红牌 34 人次,在 560 张红、黄牌中,有 123 人次在全年的比赛中出现过两次或两次以上的红、黄牌,而受到停赛一场或多场的处罚,并影响各队的比赛成绩。这必须引起青少年运动队教练员的重视,对在比赛中容易出现红、黄的"重点"队员,必须进行赛前的教育和比赛中有效地控制,使他们从小养成良好的比赛习惯。

表 1　预、复、决赛阶段红、黄牌被判罚次数统计

次数 比赛	场次	黄　牌				红　牌			
		次数	$\bar{x}$	人次	$\bar{x}$	次数	$\bar{x}$	人次	$\bar{x}$
预赛	222	391	1.76	262	0.97	21	0.095	18	0.08
复赛	28	87	3.10	49	1.75	11	0.39	10	0.35
决赛	20	45	2.25	39	1.91	6	0.3	6	0.3
合计	270	523	1.94	350	1.30	37	0.14	34	0.13

3.2　红、黄牌出现的主要时段

从图 1 中可以看出,红、黄牌出现的次数随着比赛的进行而明显地增加,特别是在比赛临近结束时出现的次数最多。此时运动员体能的下降、比分的变化、对抗程度加大等情况都会导致运动员情绪波动,技术动作失控,造成红、黄牌次数增加。

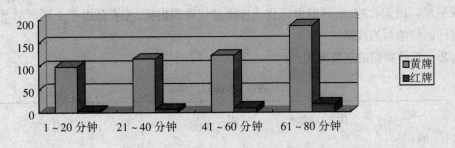

图 1　不同时段红、黄牌出现次数

3.3　红、黄牌出现的主要区域

被判罚红、黄牌的地点分布很广,几乎在球场的每一个区域都出现过红、黄牌,但相对集中的则出现在罚球区附近和球场左侧区域。在 570 张红、黄牌中,出现在罚球区附近区域的有 148 张,占总次数的 26%,球场左侧区域有 97 张,占总次数的 17%。足球比赛中,罚球区附近是攻、守双方争夺最为激烈的区域,运动员的犯规动作也出现最多。球场左侧区域红、黄牌较多的主要原因是由于目前我国足球裁判员在执法过程中主要采用对角线的跑动原则,有些运动员则利用球场左侧裁判员的身后或距裁判员较远的区域实施犯规动作。这对裁判员的跑动能力也提出了更高的要求。

3.4　红、黄牌被判罚情况分析

3.4.1　红牌判罚的主要原因

表 2　红牌判罚情况

原　　因 ＼ 次　　数	判罚次数	占总次数
第二次警告	13	35%
严重犯规	8	22%
暴力行为	7	19%
破坏对方明显进球得分机会	6	16%
使用无礼、侮辱语言及动作	3	8%

从表 2 中可以看出,出现最多的是因第二次警告而被红牌罚令出场,共判罚 13 次,占总次数的 35%。在第一次被警告后,不但没有吸取教训,反而更加急躁,反映出青少年运动员在比赛中心理和技术动作的不稳定性。其次为严重犯规和暴力行为,分别占 22% 和 19%,表现在比赛进行或停止时,运动员的目的不是在球,而是故意向对方施加暴力性犯规行为。避免这种犯规的发生,要重点加强对青少年运动员的职业道德教育。在最新的足球竞赛规则中,对用可判为任意球或点球的犯规破坏对方向本方球门移动或明显进球得分机会的犯规,判罚的尤为严厉。面对这种情况,青少年运动员技术动作运用较草率,容易

造成犯规。用无礼的、侮辱的语言及动作而被红牌罚出场，主要是由于个别运动员控制不住自己的情绪而造成的。

3.4.2　黄牌判罚的主要原因

表3　黄牌判罚情况

原　因＼次　数	判罚次数	占总次数
非体育道德行为	297	57%
延误比赛重新开始	107	17%
不退出规定的距离	66	13%
以语言、行动表示异议	32	6%
持续违反规则	30	5%
未经许可进入、离开比赛场地	10	2%
合　　计	523	100%

从表3中可以看出，被判罚黄牌的主要原因为：第一，非体育道德行为，共297次，占总次数的57%，表现在运动员为了在比赛中取得利益，而采取不正当的行为。其次是延误比赛重新开始，共判罚88次，占总次数的17%，主要表现为裁判员鸣哨停止比赛后，运动员为了延误比赛时间故意将球抱起或踢远。第三，当以角球、任意球恢复比赛时，运动员不退出规定的9.15米，目的是为了拖延比赛时间，降低任意球的威力。第四，对裁判员的判罚以语言或行动表示异议，主要表现为当裁判员判罚后过多地进行辩解，导致被警告。第五，连续违反规则，在被判罚犯规重新开始比赛后，仍继续违反规则。第六，未得到裁判员的许可进入或离开比赛场地。从以上所判罚黄牌情况看，绝大部分的黄牌是完全可以避免的，反映出青少年运动员在赛场上的行为不成熟，对规则缺乏理解。

3.5　被判罚红、黄牌时双方运动员身体接触情况

表4　双方队员身体接触情况

	比赛进行中	比赛停止时	总计	占总次数
有身体接触	292	43	335	60%
无身体接触	90	135	225	40%
合　　计	382	178	560	100%

表4显示，在被判罚红、黄牌中通过身体接触而造成犯规的有335次，占总次数的60%；无身体接触被判罚红、黄牌的共225次，占总次数的40%；比赛进行中判罚红、黄牌382张；比赛停止时判罚178张。众所周知，足球比赛是一项身体高度对抗的运动，比赛中身体接触在所难免，特别对于青少年足球运动员来讲，要避免红、黄牌的出现，除了提高在对抗中技术运用能力外，还要学会在无身体接触，特别是在比赛停止状态下，控制自己在场上的言行。

3.6　造成红、黄牌的主要因素

通过对被判罚红、黄牌共 100 名运动员进行问卷调查,经归纳分析,发现运动员在比赛中判罚红、黄牌主要因素如下:

3.6.1　心理的变化

40% 的调查者认为,在比赛中被判罚红、黄牌主要是由于心理变化造成的,依次表现为:

(1)比分的变化影响了情绪。

(2)不能容忍对方犯规,出现报复行为。

(3)对方运动员先出现挑衅、刺激性行为。

(4)比赛达到白热化,体力下降,情绪特别急躁。

(5)认为裁判员出现了错、漏判而影响到自己的情绪。

以上方面反映出青少年运动员比赛中情绪控制力较差,容易受到外界的影响。

3.6.2　技术运用不当

认为自己因技术动作运用不当而造成红、黄牌的共 35 人,占被调查人数的 35%。他们在主观上没有故意犯规意图,只是在抢截球时技术动作运用不合理,造成动作过大。这反映出青少年运动员技术动作运用上欠合理、欠规范。

3.6.3　平时训练中养成的不良习惯

25% 的运动员认为,平时训练中所养成的不良习惯被带到比赛中,造成不必要的红、黄牌。调查发现,各队在平时的教学比赛中很少有裁判员参加,更不用说使用红、黄牌,所出现的犯规动作没有及时有效地制止,很容易养成不良的比赛习惯。

3.6.4　对竞赛规则不了解

20% 的运动员反映,他们平时对竞赛规则学习较少,特别是不了解规则的新变化,造成红、黄牌的出现,这需要运动员加强规则的学习,以适应规则新的变化。

3.6.5　其他原因

10% 的运动员对自己比赛中出现红、黄牌的原因说不清楚,完全在无意识的状态下出现犯规行为,反映出青少年运动员思维方式不成熟。

4　结论与建议

(1)比赛对抗程度的加强,运动员心理的变化是造成红、黄牌的主要原因。要避免红、黄牌的出现,必须加强青少年运动员心理、职业道德教育和技术动作合理运用等方面的训练。

(2)比赛后期是红、黄牌出现最多的时段,随着比赛即将结束,各队要对运动员的行为进行有效地控制。

(3)加强足球竞赛规则的学习,是避免红、黄牌出现的重要手段。

(4)平时训练中应加强对犯规运动员的教育,使他们养成良好的比赛习惯。

参考文献

[1]段嘉元. 对法国世界杯红牌的研究[J]. 中国体育科技,1998(12).

[2]聂志强,孙志新. 足球比赛攻守对抗中身体接触的研究[J]. 中国体育科技,1998(3).

提高裁判员的综合素质是
做好裁判工作的关键

于泉海，郑军

（沈阳体育学院，沈阳　110032）

摘　要：提高裁判员的综合素质是一个细致的系统工作。裁判员素质的高低直接影响比赛的质量，甚至影响到社会的稳定。特别是当前我国职业联赛备受人们的关注。笔者将裁判员的综合素质概括为：思想素质、能力素质、知识素质、身体素质，并对其进行逐一分析，旨在为足球裁判工作者提供参考。

关键词：裁判员；综合素质；足球

目前比赛中的一个不对等的条件，也是世界上足球强国也没办法解决的一个难题，就是职业运动员踢职业联赛时，却是业余裁判员来执法职业联赛。这是一个不争的事实，也是目前无法解决的问题。在我国更加难以解决。即使解决了用职业裁判员来执法职业联赛，也难解决场上的错判和漏判，也难保持这块沃土的纯洁。意大利甲级联赛中的 AC 米兰队，尤文图斯队等都多少得到他们职业裁判员的"照顾"，再看韩、日世界杯赛场上集中了世界上最优秀的裁判员，现在回头看错、漏判还少吗？国际足联主席布拉特曾说过：我们不能容忍越来越职业化的足球，而比赛中最重要的角色之一的裁判员却仍旧是业余的。职业化裁判难实现，业余裁判就不好做。但是，不管何时，只要有比赛都要由人来执法，只要有人群的地方都有左、中、右，都有真、善、伪。否则，就没有冤假错案之说了。因此，只要由人来执法，错、漏判总是难免的。正如布拉特所说的"因为足球不是一项科学化的运动，足球必须保留它人的一面，包括人因此所犯的所有错误，它是这项吸引人的运动的真实特征的反映。"但是，最根本的保证是提高裁判员的综合素质，使裁判员在执法过程中不犯错误或少犯错误，使足球运动健康地向前发展。因此，裁判员的综合素质应概括为：思想素质、能力素质、知识素质、身体素质。

1　思想素质

思想素质由思想、意志、品格三要素构成。

1.1　高尚的思想

作为一名足球裁判员，首先要有坚定的社会主义信念和强烈的事业心，对振兴中国足球有高度的责任感，勇于实践不断进取。应树立为促进中国足球水平提高而服务，为促进各运动队技战术水平提高而服务,为观众欣赏精彩的足球比赛而服务的思想,并为之奋斗终生。

1.2　顽强的意志品质

要想成为一名高水平的裁判员,要有坚忍不拔的毅力,能够克服各种困难知难而上,锐意进取,大胆实践,迎接挑战。无论在工作中,在家庭里,在社会上,特别在裁判工作中,能经受住任何挫折、名利、荣誉和各种的考验。任何时候,任何情况下坚持抵制任何不正之风和腐败现象的侵蚀。始终保持清醒的头脑,时时刻刻严格要求自己,诚实、正直、不为个人谋私利。陆俊能够参加韩日世界杯决赛的裁判工作,是他多年来在裁判工作中用顽强意志执著追求的结果。

1.3　高尚的品格和职业道德

高尚品格和良好的职业道德是做好裁判工作的灵魂。每一位裁判员任何时候都要严以律己,任何比赛的执法工作都要坚决做到"廉洁、公正、严肃、认真、严格、准确"。在新形势下,树立正确的世界观、人生观和价值观,为事业乐意牺牲一切。

正反两方面的经验证明:思想素质是足球裁判员做好工作的基石。崇高的理想、顽强的意志品质、高尚的品格和职业道德是裁判员在任何艰难困苦的环境中奋斗不息的保障,是抵御形形色色诱惑的力量源泉。

2　足球裁判员的能力素质

2.1　基本能力

(1)跑动选位能力;

(2)识别动作的能力;

(3)观察能力;

(4)运用规则的能力;

(5)心理承受能力;

(6)交际能力。

2.2　特殊能力

(1)识别佯装假摔的能力;

(2)有利条款的运用能力;

(3)处理突发事件的能力。

3　知识素质

(1)对裁判工作的感性认识;

(2)足球运动和竞赛规则的理论知识；

(3)体育基础理论知识；

(4)外语水平。

4 身体素质

所谓足球裁判员的身体素质，就是指在训练和执法过程中，在力量、速度、耐力、柔韧、灵敏等方面机体工作能力的表现。从韩日世界杯赛上我们看到当今的比赛不仅高强度、高对抗、高速度，而且攻防节奏转换快，密度大，裁判员没有很好的体能根本跟不上比赛的速度。因此，对裁判员的身体素质要求也越来越高。为了减少裁判员的错、漏判，使比赛顺利进行，国际足联也在不断地为提高裁判员的体能采取一些措施，并修改体能测试标准，促进裁判员体能的提高。

中国足协裁委会与国际接轨，对中国足球裁判员每年在各级别的全国比赛前都进行体能测试。体能测试不达标者，赛区不安排裁判工作，返回原单位也不给予报销往返路费，当年不再安排裁判执法任务。所以，作为我国的业余裁判员在自己的原单位，一定要坚持有计划的体能训练，否则到赛区体能测试不及格就意味着被淘汰。现在我国的国家级、国际级的裁判员自觉地坚持体能训练已蔚然成风，并取得了显著成绩。如国际裁判员陆俊，始终坚持有计划的体能训练，在2001年12月被国际足联选派执法韩日世界杯决赛的裁判后，又进行了系统的体能训练。2002年3月19－23日，国际足联组织全体世界杯执法裁判员在韩国首尔集中学习并进行身体素质测验，陆俊50米跑2次成绩为6秒4，6秒7；200米跑2次分别为25秒2，26秒1；12分钟跑为3100米。其中50米、200米跑的成绩均为第一名，12分钟跑也在所有裁判员中排前10名，表现出陆俊的良好体能，也代表了中国裁判员的精神风貌。这次测试后，国际足联科研人员为所有裁判员配发了POLAR表，此表是对裁判员进行身体训练监控指导的一种监测仪，科研人员运用先进的医学技术，通过国际足联E－mail，对裁判员体能训练进行监控，使训练更加有针对性，更加科学化。从3月19日－6月22日，陆俊始终在国际足联专家的指导下进行体能训练，使身体一直保持良好的状态，在世界杯大赛中陆俊发挥出色，做了两场主裁受到了国际足联的赞赏，为中国裁判员争了光，为中国足球争得了荣誉。

5 小结

提高裁判员的综合素质是一项细致的系统工作。裁判员素质的高低直接影响比赛的质量，甚至影响到社会的稳定。特别是当前我国的职业联赛备受人们的关注。2005年又要开始进行"中超"联赛，我国的裁判员又面临新的考验。比赛对裁判员执法的要求更高、更严格了，因此，每个裁判员要认真、自觉地提高自身的综合素质。思想素质是做好裁判员工作的灵魂；能力素质是做好执法工作的基础；知识素质是做好裁判工作的力量源泉；身体素质是做好执法工作的保证。我们要向陆俊学习，学习他多年来对裁判工作孜孜不倦的精神。从他身上我们可以看到提高裁判员的综合素质不是一朝一夕就能完成的。要在长时间的执法工作中,一点一滴去做,要有坚强的意志,一步一个脚印地去提高,要用高尚的品格和职业道德来树立良好形象和权威。不久的将来,在世人面前将展现出一支高素质、高水平的裁判队伍。

参考文献

[1] 中国足球协会审定. 足球竞赛规则[M]. 北京:人民体育出版社,2005.

[2] 中国足球协会审定. 足球竞赛规则与裁判法分析[M]. 北京:人民体育出版社, 2002.

[3] 黑晓虎. 论足球裁判员的道德素质[J]. 西安体育学院学报,2002(51).

[4] 洪家云. 我国男子足球裁判员的现状及发展对策[J]. 体育学刊,2002(3).

[5] 洪家云. 对我国足球裁判学术研究的探讨[J]. 湖北体育科技,2002(2).

[6] 谭海. 对我国现役高水平国家级足球裁判员的体能训练和营养补充的研究[D]. 北京体育大学,2004.

◆足球的多学科研究

运动性疲劳的机制与消除手段研究

——足球比赛中疲劳过早产生的原因及应对措施

刘晓宇，郑亮

（武汉体育学院，武汉 430079；

山东农业大学体育与艺术学院，泰安 271000）

摘　要： 通过对足球比赛中疲劳的研究，找出疲劳过早产生的原因，并针对性地找出训练指导方法，以改善运动员的运动能力、提高他们在比赛中的竞技能力，为足球教练员实施体能训练提供一定参考。

关键词： 运动性疲劳；足球比赛；技术；技巧

1　研究目的

运动性疲劳是机体在运动中引起的运动能力和身体机能暂时下降的现象，是运动进行到一定阶段必然出现的生理功能变化。足球比赛作为一种高强度、多间歇、充满激烈对抗的运动项目，也不可避免地会产生疲劳，但如果过早产生就会对运动员乃至整支球队技战术的发挥产生很大的影响，有时甚至决定整场比赛的结果。疲劳的过早产生会导致运动员在比赛中神经肌肉的工作能力下降，在场上表现为动作僵硬，速度降低，反应迟钝，技术动作失误增多，对抗力下降，这就使得球队在比赛中士气下降，防守漏洞增多，导致失分。相反，如果能在比赛中延缓疲劳的产生，或者在疲劳出现后能尽快消除，则可以减少因疲劳产生的无谓技术失误，从而避免更多的体力消耗，有效地发挥技战术，掌握比赛的主动，战胜对手。目前国内外对于运动性疲劳的研究不少，但针对足球比赛中疲劳的研究则甚为少见。所以，对于足球比赛中疲劳的研究不仅具有重大的理论意义，而且对于指导训练、改善运动员的运动能力、提高在比赛中的竞技能力都有实际应用价值。

2　研究方法

2.1　文献资料法

通过收集、查阅中国足球有关文献资料，进行分析归纳。

2.2　对比研究法

对国内外足球方面的信息进行对比分析。

2.3　问卷调查法

对参加全国足球高、中、初级教练员岗位培训班的部分教练员,以及中超、中甲俱乐部部分教练员进行问卷调查,共回收有效问卷 102 份。

2.4　专家访谈法

对中国足协及体育学院有关足球界专家、学者共 16 人进行了访问。

3　结果分析

足球比赛的特点是攻防始终处于不断变换中,随着比赛攻防不停地转换,足球运动员必须具有连续往返的奔跑能力和随机应变的能力。在比赛中,运动员要进行大量的各种重复性快速爆发用力的运动,如起动、冲刺、变向、多次急停、急转以及走动、慢跑、快跑、站立等(表 1)。

表 1　足球运动员各种跑动类型的平均时间及标准差　　　　　　(单位:秒)

	A	B	C
走动	2990 ± 480	2588 ± 353	2575 ± 350
慢跑	1767 ± 569	2034 ± 443	1889 ± 498
快跑	308 ± 124	371 ± 122	425 ± 150
站立	232 ± 160	262 ± 183	397 ± 123
冲刺跑	104 ± 53	262 ± 183	143 ± 120

A(欧洲和南美洲),B(日本天皇杯),C(日本学生比赛)(Yamanaka *et al*.,1998)。

问卷调查显示,61.7% 的专家、教练员认为,训练程度不高、生理机能(主要是能量储备和恢复能力)、训练的量和强度、力量不能达到比赛要求,导致比赛中过早出现疲劳;15.3% 的专家、教练员认为,比赛的水平、重要性以及对比赛的态度所带来的精神压力加剧了疲劳的产生;12.6% 的专家、教练员认为,技术水平不高、肌肉活动效率低下、能量支出增多,加快疲劳的产生;9.2% 的专家、教练员认为,比赛地的气候、海拔高度等,也会使运动员较早产生疲劳(表 2)。

表 2　足球专家、教练员调查人数统计表

职称	教授	副教授	讲师	教练员			岗培班教练员		
				甲 A	甲 B	乙级	高级	中级	初级
人数	7	15	18	5	8	4	6	21	18

3.1 足球比赛中疲劳过早产生的原因

运动性疲劳是一种正常现象,但过早产生疲劳则不正常,其原因是多方面的。目前国内外关于运动性疲劳的产生机制存在几种理论:堆积学说(主要是乳酸)、内环境紊乱学说、能源物质耗竭学说、保护性抑制学说、突变理论等。而在这里,将针对足球比赛的特点,从训练程度、心理、运动技术水平、场地气候等方面来分析研究疲劳过早产生的原因。

3.1.1 训练水平不高是导致比赛中过早出现疲劳的主要原因

(1)训练中不能结合运动员的生理特点进行有针对性的训练,致使运动员在比赛中由于身体能量储备不足,不能满足比赛中大量的能量消耗。

①高能磷酸系统(ATP – CP)是足球运动的主要供能系统。比赛中 CP 反复动用,在间歇期再次有氧合成(图1),而如果平时训练水平不高,ATP、CP 储存不够或有氧能力差,导致比赛中 CP 恢复不足,人体运动中需要的能量不得不过早、过多依靠糖的无氧酵解来维持。由于糖酵解供能的速率约为磷酸肌酸的 1/2,供能能力下降,而且产生乳酸,身体疲劳,跑速下降。

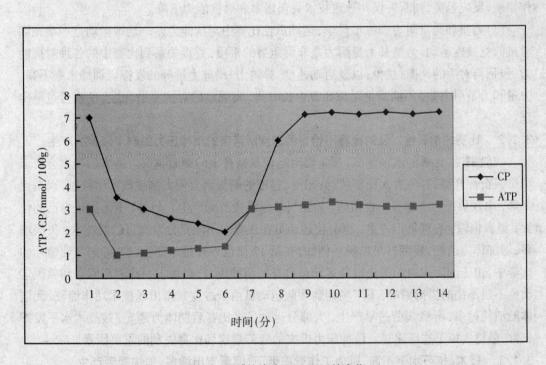

图 1   足球比赛中 ATP、CP 的变化

②足球比赛长时间大强度的运动主要依靠糖酵解供能,运动中体内糖类物质大量消耗,如果训练水平不高,会导致比赛中肌糖元含量和血糖浓度大幅度下降。肌糖元不足会减少能够产生足够张力的肌纤维的数量,而且能被动员去补充肌肉力量亏损的肌纤维也更少了,导致肌肉疲劳,不能产生更大的力量。加上脑细胞对糖浓度的变化非常敏感,血糖含量下降直接影响脑细胞,造成中枢神经疲劳,大脑皮层工作能力下降,反应迟钝,加速了身体疲劳。

(2)训练量和强度安排不合理,不能在比赛期出现、保持最佳状态。通常采用有氧耐力水平和无氧耐力水平来衡量运动员长时间、大强度运动的能力。在训练的不同时期合理地安排量和强度会使运动员具有良好的有氧和无氧能力,从而在比赛中出现和保持良好的竞技状态,延缓和推迟疲劳的出现。反之,疲劳会过早出现。

①长时间保持较高竞技状态的能力在足球比赛中是非常重要的。"有氧是无氧的基础",有氧耐力水平不高会导致不能充分动用机体内的能量物质,降低无氧效率,如前所述,比赛中后半段出现的CP恢复不足是由于有氧能力较低或下降导致。另外,还会限制机体摄氧、输氧、有氧能力,不利于尽快消除乳酸和非乳酸氧债。这些都加速了疲劳的出现,而且机体的恢复也会相对变慢。

②足球比赛多次高强度的跑、冲刺要求运动员具有良好的无氧耐力水平。无氧耐力主要是指糖酵解能力和机体组织耐乳酸能力。比赛中长时间大强度的运动主要依靠糖酵解供能,糖酵解供能的好坏对运动员能否在比赛中多次快速跑、冲刺跑影响很大。糖酵解能力不高会导致比赛后半段能量供应不足,奔跑能力下降。糖酵解供能必然会产生乳酸,如果机体不具备在酸环境下运动的能力,也会导致疲劳,技术稳定性下降,奔跑速度缓慢,动作僵硬,反应迟钝,判断失误并导致技术失误增多和对抗能力下降。

(3)力量和力量耐力训练不科学,运动员在比赛中对抗能力差。足球运动是一项充满对抗的竞技性运动,力量和力量耐力是非常重要的素质,直接关系到比赛中的各种对抗能力,包括与对手的冲撞、拼抢,以及启动速度、弹跳力、踢球力量等的发挥。训练水平不高,力量和力量耐力差,不能满足足球比赛中长时间、高强度的对抗要求,也会使疲劳过早出现。

3.1.2 比赛的重要性以及对比赛不恰当的态度所带来的精神压力加剧了疲劳的产生

一般来说,比赛的水平越高、越重要对运动员精神上的刺激越高。适宜的刺激会使运动员兴奋性升高,容易进入比赛状态;相反,过度的刺激则会使大脑皮质产生抑制,兴奋性下降,出现焦虑和急躁等不良情绪,加速机体思维疲劳的产生。另外,不能摆正自己的位置,想赢怕输,心理负担过重,也会使运动员在比赛中不能充分发挥自己的技术,失误增多,增加体力消耗,疲劳过早出现。例如,在第17届世界杯足球赛小组赛韩国与葡萄牙的比赛中,由于国际国内的舆论以及运动员自身的精神压力,再加上一些客观因素和韩国运动员不屈不挠的拼搏精神,下半场葡萄牙队运动员由于过度紧张出现技术动作僵硬,无谓体能消耗过多,导致疲劳过早产生,大部分运动员在比赛后期体力透支,技战术水平发挥失常,最终失掉了这场比赛。精神压力带来的疲劳是这场比赛失利的重要因素。

3.1.3 技术、技巧水平不高,肌肉工作效率低下,能量支出增多,加快疲劳产生

足球比赛相比其他运动有许多特殊的要求,包括加速、减速、变向、急停、争头顶球、抢断以及所有各种与比赛直接相关的技术、技巧,虽然这些无规则的跑动、技巧相对正常跑动增加了额外能量消耗,但由于足球比赛中这些跑动总距离很小,触球总时间只有约一分钟,各种技巧的运用持续时间也非常短,因此只在很小程度上影响了总的能量供应,同时这些技巧的应用却大大提高了进攻和防守的成功率,就整场比赛而言,实际上是节约了能量支出。相反,技术、技巧水平不高使比赛中失误增多,无谓能量消耗过多,加剧疲劳产生。

另外,足球比赛中洞察力差,会加剧思维疲劳,导致机体乳酸含量不成比例地升高,乳酸过早出现也会加速机体疲劳的产生。

3.1.4 比赛场地、气候、海拔高度等对运动员的影响

在泥泞湿滑、凹凸不平的场地或雨天比赛,运动员需要付出更多的体能与精力维持身体的平衡,保证技术正常发挥,这也会使得运动员过早产生疲劳。

高温天气下比赛会使机体大量排汗,失水失盐过多以致电解质平衡紊乱,发生肌肉疼痛和痉挛;如果湿度较高,还有可能导致体内产热过多,散热受到影响,热量在体内大量积累,体温大大升高,水盐代谢紊乱,严重影响体内的生理机能以及中枢神经系统的机能活动。

海拔高度对运动员的机体工作能力也有影响。例如,1970年在墨西哥(海拔高度2300米)世界杯足球决赛阶段,各队普遍由于没有高海拔比赛的经验而表现不佳。据统计分析,在这样的高度下最大吸氧量下降15%,5公里跑能力下降9%。这主要是由于最大吸氧量下降,相对产生更多的血乳酸,使奔跑能力下降。

3.2 延缓疲劳过早产生的相应措施

(1)通过科学训练提高训练水平,发展运动员耐疲劳和在大强度比赛中快速恢复的能力,推迟疲劳的出现。

表3 全年身体素质训练的重点排序

		非赛季	赛季	赛季间歇期	赛季
有氧训练	低强度	3344 4455 5555	4433 4343 4343	4334 4445 4343	4343 4343 4343
	高强度	2223 3234 4445	4555 5555 5555	5443 3345 5555	5555 5555 5444
无氧训练	速度耐力	1111 1111 2234	4555 3453 4534	5431 1135 4453	4534 5345 3453
	速度	1111 1111 2234	4555 5555 5555	5552 2245 5555	5555 5555 5554
肌肉力量训练	基础力量	3334 5555 5543	2222 2222 2222	2222 2222 2222	2222 2222 2222
	功能性力量	2222 3333 3344	4343 4343 4343	4342 2234 4343	4343 4343 4322
	肌肉速度力量	1111 1112 3333	3333 3333 3333	3332 2233 3333	3333 3333 3333
	柔韧性力量	3232 3434 4444	4444 4444 4444	4443 4443 3344	4444 4444 4444

1,非常低优先性;2,低优先性;3,较高的优先性;4,高优先性;5,非常高的优先性

训练中注意量和强度的合理安排,一般来说,足球运动员的有氧能力的主要练习方法是练习速度控制在有氧代谢供能幅度之内的持续负荷法,强度应达到最大负荷量的70%,吸氧量应达到最大吸氧量的75%;无氧耐力的提高主要是提高肌肉的无氧耐力水

平，一般采用控制间歇时间的大强度训练方法比较好，这也是提高 ATP、CP 的快速分解、合成能力的一个重要手段。另外，加强酸性环境条件运动的训练，使机体能忍受较长时间的刺激，从而适应和提高乳酸耐受能力，能在比赛产生的酸环境下保持良好的竞技状态，正常发挥运动技术水平。

为了满足比赛的身体要求和保证整场比赛中运动员技术的发挥，足球运动员需要一个出色的身体素质。因此，身体素质训练是综合训练计划中一个重要的部分。然而，身体素质训练重点及数量的安排取决于很多因素，像不同的运动员、比赛其他方面的能力以及不是专门设计来发展身体素质的训练课的运动强度。在制订身体素质训练计划时要考虑赛季的阶段。一年可以分为非赛季、赛季和赛季间歇期。表 3 展示了在一年不同的时期如何判定不同的身体素质训练。给定的数量较高，但训练形式更重要。然而，必须强调的是由于一个球队的专项要求，不同身体素质在优先发展方面有很大的差异。下面简要介绍一种赛季身体素质训练的安排。

在赛季中有氧强度训练应该放在优先的位置。对优秀运动员来说，速度训练还有速度耐力训练也应该合理地进行。通过频繁的、只有短时间休息的长时间训练课可使耐力保持下来。在赛季中力量训练的程度应该由总的有效训练时间决定。

（2）提高运动员的运动技术水平。进行足球相关动作及各种非正常方向的跑动的练习，并熟练掌握，在比赛中正确合理地使用这些技术、技巧能提高肌肉活动效率，降低能量消耗，减缓疲劳。

（3）注意比赛心理状态的调节，教练员不仅要做好运动员的身体技战术训练，也要注重运动员的心理自我调节能力的训练，使运动员能端正比赛动机，正确认识比赛，确定良好、稳定的心理定向，保持良好的赛前状态。比赛中有坚定的自信心，做好打逆境球的准备，勇敢顽强的拼搏精神会增强运动员克服疲劳的能力。赛后尽快从胜利的兴奋或失败的沮丧中摆脱出来，为下一场比赛做好准备。

（4）饮食和营养。合理的营养可以加速疲劳恢复或延缓其产生，足球运动员的膳食中应含有充足的碳水化合物、高质量的蛋白质、适量的脂肪以及丰富的电解质和维生素（表 4）。

表 4　足球运动员的能量、蛋白质、脂肪和碳水化合物（CHO）摄入

项目	季节	能量 （千卡）	蛋白质（克） （%）	脂肪（克） （%）	糖（克） （%）	资料来源
足球	赛季	4952	170	217	596	(Jacobs *et al.*, 1982)
足球	赛季前	4492	159	168	586	(Hickson *et al.*, 1986)
足球	赛季	3346	201	138	389	(Hickson *et al.*, 1986)
足球	赛季	3392	127	127	400	L. Piearce C. Williams

（5）赛中尽可能在规则允许范围内进行补液，防止大量失水造成有氧供能能力和肌肉力量下降，以及脱水造成内环境紊乱。运动饮料是一种功能性饮料，有着明确的使用目的：

提供能量,延缓疲劳。因此,运动饮料中必须提供足够的糖分和某些可以延缓疲劳的物质,比如维生素、电解质等,而不能仅仅是水。

(6)在平时的训练中学会如何在高温或高温高湿度的天气训练、比赛时合理分配体力,防止体温急剧升高及高强度运动出汗而导致脱水;学习雨天踢球的注意事项及技巧,避免出现过多失误带来无谓的能量消耗;提前适应比赛地高温、高海拔对身体的影响,以及提前和在比赛间歇进行适宜的高温、高海拔训练,均有助于延缓疲劳的过早出现。10～14 天的适应性练习会产生较好的效果,进一步的适应性练习将使运动员具有在高海拔或高温条件下良好的比赛能力。

4 结论

(1)训练水平不高会导致比赛过早产生疲劳。采取科学训练方法,在赛前控制训练的量和强度,储备能量,发展力量以及耐力(有氧耐力和无氧耐力)和在大强度比赛中快速恢复能力,可以延缓疲劳的出现。

(2)提高运动员的技术、技巧可以提高肌肉工作效率,降低比赛中无谓的能量消耗,防止疲劳过早产生。

(3)比赛的重要程度较高及对比赛的态度不恰当,会导致运动员的判断能力下降、肌肉僵硬、动作变形、失误增多,加剧了疲劳。端正比赛动机,树立良好的自信心和顽强拼搏精神可以增强运动员克服疲劳的能力。

(4)合理的饮食营养以及在比赛中的补液可以延缓疲劳的产生和加速恢复,防止脱水引起内环境紊乱。

(5)天气、场地、海拔高度等都会对运动员的身体机能产生影响,适宜的适应性训练可以提高在这些不利环境、条件下的运动能力,延缓疲劳的过早产生。

参考文献

[1]杨锡让.实用运动生理学[M].北京:北京体育大学出版社.1998.

[2]比约恩·埃克布洛姆.足球[M].陈易章,译.北京:人民体育出版社,2003.

[3]全国体育院校教材委员会审定.现代足球[M].北京:人民体育出版社,2002.

[4]张继辉.运动性疲劳的产生与消除[J].体育成人教育学刊,2003,19(2):71-72.

[5]毛亚杰.对恢复运动性疲劳的探讨[J].武汉体育学院学报,2001,35(5):55-56.

[6]田文秀.浅析运动性疲劳的产生与消除[J].山东体育科技,2001,23(4):65-66.

[7]陆剑峰.运动性疲劳的发生机制[J].广州体育学院学报,1995,15(3):25-30.

[8]钟大鹏.运动性疲劳的产生与消除[J].武汉体育学院学报,2002,36(5):50-51.

[9]张国君.足球运动员的运动性疲劳产生与恢复[J].继续教育研究,2002(6):100-101。

对我国青年女子足球运动员
嫉妒心理的初步研究

郑原

（武汉体育体院，武汉　430079）

摘　要： 通过对我国青年女足运动员嫉妒心理的测试，描述了我国青年女足运动员嫉妒心理的情况，比较并初步分析了不同年龄段、不同位置间青年女足运动员的嫉妒心理的差异性，为选材、训练和竞赛提供依据。

关键词： 青年女子；足球运动员；嫉妒心理

1　前言

所谓嫉妒是对某方面超过自己的人怀有强烈不满情绪的自私心理。也就是说，对自己以外的人占了较优的地位，或者是自己宝贵的东西被别人夺取或将被夺取的时候所产生的情感。它常表现在角色更替中的人与人的关系上，是一种适应性不良的社会心理现象。

康德在其《道德的形而上学》中提出："嫉妒是忍着痛苦去看到别人幸福的一种倾向，是一种间接的、怀有恶意的想法，也就是说一种不满，认为别人的幸福会使本身的幸福相形见绌。因为我们懂得在衡量幸福时，不是根据它的内在价值，而是把它和别人的幸福相比较的过程中做出估量，并且进一步把这种估量形象地表达出来。"可见，嫉妒产生的根源在于嫉妒者与他人的一种比较。差异是比较的前提，比较是嫉妒的起因。只要是嫉妒，就会有破坏性动机。这种动机可能表现为一种愿望：如希望、幻想别人失去所得，哪怕共同毁灭；也可能伤害自身或他人；还有可能转化为激情，变为自己进步的动力。采取哪一种行为表现，取决于个人的认知、个性及所处的环境。并非所有的嫉妒都会产生破坏性。只要通过适当的手段和方法，就可以抑制和转化嫉妒的副作用，甚至在客观上产生一定的正向作用。

嫉妒是公正的监视器。人总是通过与别人比较来了解自身的价值，衡量自己在集体中的地位和成就。在一个小的集体中，任何一个成员微小的获得，都会引起与之具有可比性的人满怀嫉妒心理的关注。因此，在一个集体中，相同的条件，相同的努力，能否获得相同的利益和权利，领导是否会有失公正而过分偏袒某些人，奖罚制度是否公正合理等，都会受到人们因怀嫉妒之心而带来的关注。虽然他们关注的本意不是公正，而是期望因为公正使自己所得而使别人失去。但不可否认，嫉妒心理在某种程度上对公正起到了监督作用，使一些领导者为了不影响集体的效益而作出公正的决策。

嫉妒对求胜心具有激发作用。成功者与嫉妒者的共同点就是都有较强的好胜心，嫉妒只是求胜未能实现的扭曲表现。但只要是一个理智健全而又不安于现状的人，就一定能认识到：要使心理达到真正的平衡，必须战胜挫折，自己取得成功，而不是依赖、企求或使他人失败。因此，在现实生活中，这些人往往以对手为目标，以被嫉妒者的成功为刺激因素，加倍努力，奋起直追。但需注意的是由嫉妒心理引起的创造性激情持续短暂。最初以被嫉妒者为对手，希望被嫉妒者承认或重视自己而激情高涨。但是，当内心的不平衡逐渐平静时，人往往又屈从于自己的惰性和现实，学会容忍和宽容自己的失败，激情随之消失。因此，嫉妒者要想成功，要使激情持久，就必须有坚强的意志力，树立更高更远的目标，指引自己前进。对于一个团队来说，每一个队员都要处理好与队友的关系，正确看待别人的优点和优势，正确地处理好对别人的优点和优势的嫉妒心理。所谓正确处理，就是把对别人的嫉妒化为上进和奋起直追的勇气和动力，从而使整个团队拧成一股绳，表现出团队的超能力，表现出"团队精神"。

我国当前的青年女足运动员即将担负起 2008 年奥运会足球夺冠的重任，但目前女足的社会化程度和基础远不及男足，况且成年女足成绩正在下滑，因此对我国青年女足队伍的基本情况进行研究已经刻不容缓。严峻的现实迫使中国足协必须未雨绸缪。一项建立我国青年女足技术档案的基础性工程在 2001～2002 年的全国青年女足梧州冬训中正式展开。嫉妒心理是其心理指标之一。对青年女足运动员的嫉妒心理进行研究，有助于对我国青年女足的嫉妒心理情况全面掌握和了解，有助于青年女足选材体系的建立及指导训练和竞赛，也有助于 2008 年奥运会重点队员的选拔和培养，其意义重大。

2　研究对象

以 2001 - 2002 年 24 支青年女足队伍梧州冬训的 466 名运动员为研究对象。

3　研究方法

3.1　心理问卷法

采用《成功心理训练》(上海三联出版社出版　颜世富编)中嫉妒心理问卷对 466 名运动员进行测试。

3.2　数理统计法

对所测数据的处理均采用 spss 统计软件。

4　结果与分析

根据测试量表，嫉妒心理评分标准如下。

表 1 显示人的嫉妒心理测试得分的高低，得分越高，人的嫉妒心理越强烈。

嫉妒心强烈型表示你比一般人更容易产生嫉妒心理，你相当敏感，稍稍感到自己被歧视或不如别人时，就会产生较强的嫉妒心。你即使处于优越的地位，也会担心别人随时夺

表1　嫉妒心理评分标准

得　　分	评　　定
32～40	强　烈　型
24～31	时　发　型
16～23	克　制　型
8～15	平　和　型

去这个位置。当你有嫉妒心时就会有一种强烈的外泄心理。有了这种嫉妒心,常会给你带来不快的心情。尽管你在许多方面都高人一筹,也备受器重,但你往往不会合群,心胸不够开阔,因此你得到的虽多,但失去的也不少。

嫉妒心时发型表示你具有一般人容易产生的嫉妒心理,但平时你不会轻易产生,通常也不影响队友之间的交往和你的生活,但对特定的事或在一定的时候,你也会产生强烈的嫉妒心。处理得好时,嫉妒会成为你上进的动力,让你获得成功;处理得不好时,你则会以狂风暴雨式的姿态不择手段地拆别人的台。但你又有较强的反省力和较大的勇气主动认错,因而事后你不会怨恨在心,反而会主动地找人和好。

嫉妒心克制型:你常有自我满足感,平时很少让别人觉察到你的嫉妒心理。你也会在某些场合产生嫉妒心理,只是你能够克制忍耐,情绪决不外露,并常用其他事情来冲散抵消。一般说来,你不仅能自我控制,而且工于心计,富于理智,能听进别人的话,因此你往往能把嫉妒的心理化为上进的力量。但你也会有处理不好嫉妒的时候,因而弄得自己和别人都不愉快,幸好这种局面只是短暂的。

嫉妒心平和型:你很少有嫉妒心理,独自悠然自得,对小事毫不介意,遇事达观,不自我烦恼。可能是由于你对周围环境无动于衷,根本不想把自己同别人作比较,也可能是由于你对自己抱有极大的自信,认为嫉妒是愚蠢不体面的表现,即使有些事让你感到意外和不服,但你能在产生嫉妒初期就采取调节或转化的措施,所以你很少有嫉妒别人的言行,与人的关系融洽。

表2是我国24支青年队间独立性检验结果。表2显示,我国青年女足嫉妒心理的测试平均水平为16.2分,对照评分量表,表现为克制型,接近下一档平和型。这种类型的人存在的嫉妒心理在可以控制的范围之内,前面我们分析过,适量的嫉妒对一个队的发展能起到一定的正向作用。那就是,嫉妒可促使人去奋进、向上、竞争,以提高自己各方面的能力,求得超过对方而得到好评。由此说明我国青年女足运动员的嫉妒心理对一个队的发展能起到一定的正向作用。

嫉妒心理与队伍水平有一定的关系,水平较高队运动员的嫉妒心理都处在一个适度的水平,有利于球队的管理和团结。如上海、大连、河北等队,她们都是全国女足当中前几名的球队,测试结果为克制型,说明我国青年女足较高水平的队伍的嫉妒心理都处在一个适度的水平。由表2得知,我国青年女足绝大部分运动员的嫉妒心理测试所得结果的离散度较小,这对于一个团队来说,是非常有利的,也是一个正常的现象。但是也有几个队,如江苏、四川、解放军等队,运动员测试结果离散度很大。

表 2　全国女足 24 支青年队间独立性检验结果

人数	平均分	标准差	显著性水平	
西安	24	15.8750	2.96813	0.052 > 0.05
山东	24	15.2083	3.05001	
长春华信	7	18.1429	3.28778	
青岛	22	14.6818	2.98227	
成都	19	15.4211	2.87355	
兰州	20	16.8500	3.34467	
长春兰星	18	15.8333	3.65014	
辽宁	19	15.4737	3.32279	
天津瑞泰	19	15.7895	2.43992	
吉林冰川	18	15.2778	2.46876	
大连	23	16.9130	2.95286	
上海	17	17.7059	2.75601	
天津林克森	18	15.8889	3.23381	
河南	25	16.2800	2.66958	
河北	17	16.4706	2.42687	
江苏	18	16.5556	4.24572	
四川	16	17.3125	4.11045	
清新基地	9	16.3333	2.34521	
解放军	21	17.3810	4.85259	
北京	19	15.4737	2.31825	
广东	23	17.3791	2.49030	
武汉	27	15.8148	2.46572	
广州	21	15.6190	3.39818	
中国足校	20	16.0500	2.43818	
平均水平		16.1914		

　　由表 2 得知,将近 1/2 的球队得分在 15 分等级上,根据测试量表的标准,嫉妒心理处在平和型一档。这种嫉妒心太弱,不能在一个球队内营造一个相互竞争的环境和氛围,不利于整个球队的发展和进步。这些球队在联赛中都处在中下游,如果把嫉妒这一心理指标作为一个突破口,对球队整体成绩的提高能够起到一定的作用。

　　另外,我国 24 支青年女足队伍的嫉妒心理在 0.05 水平,说明我国青年女足的嫉妒心理各队之间没有显著性差异。表 2 表明,青岛队得分最低,平均为 14.6818 分,嫉妒心理刚刚接近平和型一档;上海队平均得分最高,为 17.7059 分,两者仅差两分多。这表明运动员对一些强于自己的人过于漠然。

我国青年女足指的是 U–18 年龄段的运动员,但由于各地女足的后备力量普遍不足,几乎每个队都有一部分小于或大于此年龄段的运动员 (表3),因此我们对不同年龄段的女足队员的嫉妒心理进行了检验。

表 3 不同年龄段运动员的嫉妒心理的独立性检验

	人数	平均分	显著性水平
14 岁以下	65	15.3077	
U–17	308	16.2208	0.006
17 岁以上	65	17.1385	

结果表明:不同年龄段的青年女足运动员的嫉妒心理有显著性差异。这表明我国青年女足运动员的嫉妒心理并不是整体性问题。它随着年龄的增长逐步增高并产生明显的差异。

随着年龄的不断增大,思想逐渐变得成熟,针对强于自己的人出现嫉妒心理是一种正常的现象。由表 3 得知,这种增长是呈阶梯式的,如果这种嫉妒心理能够控制在一定的范围之内,并能激发出运动员积极向上的动力,不影响一个团队的团结,是非常好的,也是值得鼓励的。但是应该引起我们注意的是,是不是随着年龄的增长嫉妒心理也呈直线增长,直到变得非常强烈。那时这一批运动员已成为成年人,会不会造成非常不利的后果。所以我们要有提前预防的措施。

足球队的位置一般分为守门员、后卫、前卫和前锋。表 4 是不同位置青年女足运动员的嫉妒心理的独立性检验结果。

表 4 不同位置运动员的嫉妒心理的独立性的检验

	人数	平均分	显著性水平
守门员	40	16.4500	
后卫	156	16.6474	0.016
前卫	150	15.6133	
前锋	97	16.4021	

结果表明,我国青年女足各位置间的嫉妒心理有显著性差异。说明在各位置上,我国青年女足运动员的嫉妒心理是不一致的,存在明显的区别。前卫得分最低,平均分为15.6133,属于嫉妒心理测试的平和型一档,前锋、守门员、后卫的测试结果都为克制型。

在一个足球队当中,前锋的主要任务一般为射门得分,必须进球才能体现自己的价值。后卫的主要任务为防守,必须保证本队不丢球才算很好地完成了防守任务,守门员更是如此。所以只有前卫队员相对来说压力较小,这个位置特点使得前卫的得分较低在意料之中。因此在训练中,前卫在嫉妒心理方面应该得到提高。

5 结论与建议

(1)我国青年女足运动员的嫉妒心理都处在一个适当的水平,且各队之间没有显著性差异。

(2)不同年龄段间嫉妒心理存在显著性差异,且随着年龄的增长,嫉妒心理水平逐步增长,趋成熟。

(3)不同位置间嫉妒心理也存在显著性差异,表现出不均衡的特点。前卫水平最低,其他一般。

近几年来,中国女足在世界大赛中成绩下滑和我国各地青年女足团队精神不是太强的现实,提示青年女足各队尤其是教练员,要加大对训练、比赛的管理力度,在训练和比赛中针对嫉妒心理专门进行教育、强化。为此笔者建议:青年女足应把嫉妒心理作为心理训练的一个突破口,带动其他心理因素的提高。真正使青年女足的心理训练纳入到训练竞赛的各个环节,变被动为主动,由无意变自觉。这对于2008年实现夺冠,再造铿锵玫瑰有极其重要的现实意义和重大的战略意义。

参考文献

[1]颜世富.成功心理训练[M].上海三联书店,2001.

[2]三味工作室.SPSSV10.0 for windows 实用基础教程[M].北京:希望电子出版社,2001.

对2005年我国U-18女子足球运动员技能测试及成绩评定办法的研究

刘红兵,孟宁

(南京体育学院,江苏 210014)

摘 要:通过对我国U-18女子青年足球运动员技能测试内容和成绩评定办法进行分析,发现现行测试系统对于我国女子青年足球运动员技能提高和整体竞技能力有一定促进作用,多数测试项目可以作为中高级运动员选材和发展潜力的独立评价依据,少数测试项目脱离比赛实际尚需改进,对此提出了改进建议。

关键词:女子足球;技能测试;足球运动员选材

1 前言

我国U-18(18岁以下)女子青年足球运动员是2008年奥运会的主要后备力量,其竞技能力的高低,对整个中国女足水平的提高有着重要影响。2005年4月3-15日,我国19支U-18女子足球队在广州、江苏等地参加全国女足联赛并进行技能测试,为本研究的顺利进行提供了机会。对U-18各支队伍的比赛成绩和技能测试成绩进行综合评估的主要目的,是通过比赛提高竞技能力的同时,避免各支队伍急功近利,片面追求比赛成绩而忽视对运动员基本技能的要求和训练。由于现代足球技术动作的速度明显加快,竞争性和对抗性增强,因此对运动员的个人技术提出了更高的要求。根据这一发展趋势,在比赛开始前对各参赛队伍进行了技能测试,按照技能测试成绩占20%,比赛成绩占80%的比重,以综合评定成绩决定最后名次。

技能测试的执行,对青少年优秀运动员的选材测试增加了量化的标准,丰富了我国足球中高级选材测试的内容,使其可以作为选材的独立评价的重要依据,对运动训练水平和运动发展潜力的判别提供了量化评价参考,为各省市代表队的训练提供了重要的指导思想,也为教练员更彻底地了解运动员提供了量化指标。

2 研究对象与方法

2.1 研究对象

参加江苏泗洪赛区各代表队,分别为:天津汇森、天津市体校、长春华信、江苏华泰、山东、西安博爱、西安飞人 7 支女子足球队,共计 132 人。

2.2 研究方法

2.2.1 文献资料法

查阅与足球运动员技战术训练有关的文章,以及训练学的相关内容。

2.2.2 测量法

根据中国足协统一的测试标准和要求,对泗洪赛区的 7 支女足队伍的 132 名运动员进行技能测试。

2.2.3 观察法

有目的地对参赛的女运动员在测试和比赛过程中所表现出来的技战术运用情况进行观察和记录。

3 各项技能测试方法

3.1 头顶球射门

场区:头顶球区域为罚球区内,在球门区内设一个限制区。

方法:将 15 名测试队员分成 5 组,每组 3 名队员。测试队员站在规定的罚球弧内,传中队员站在罚球区外距球门线 16.5 米处。测试开始时,一队员将球传给传中队员,传中队员接球后快速带球下底传中。3 名顶球队员开始跑位,跑位路线不作具体规定,跑到罚球区内抢点顶球射门。两个方向各传 3 次,共计 6 次。可直接头顶球入门,也可反弹地面一次入门。

要求:

(1)传中队员接球后必须在 4 秒钟内将球传出。否则,按失败 1 次处理;

(2)传中队员的传球目标区是罚球区和球门区部分区域;

(3)顶球队员每顶完一次必须跑回罚球弧内,准备做下一个动作;

(4)在限制区内头顶球无效。

计分方法:

(1)传进规定区域,进 1 球得 2 分;

(2)头顶球击中门梁或门柱均算进球(不包括击中门梁或门柱出界的球)得 1 分;

(3)鱼跃头顶球(动作运用合理)每进一次在原得分基础上加 2 分。

3.2 折线运球

场区:在两条平行线上,分设 A、B、C、D、E、F 6 个点,每条线各点之间的距离是 9 米,每两个点之间相距 9 米,A、C、E、F 为一条线,其中 E、F 间为终点线,B、D 和起点为一条线。

方法:运动员站在起点线后,当运动员运球越过起点线时开始计时。

运动员必须按虚线运球,球不能触碰两条线上的标志(脚触碰标志不算犯规),分别在 A、B、C、D 标志前过线后折线变向运球,到终点时,运动员须在 E、F 之间终点线之外踩停住球,计时停止。每人 2 次机会。

要求:

(1)运球折返时,球的整体必须越过标志前的线;

(2)运动员、球不能绕过标志;

(3)运动员运球越过 E、F 终点线后,一只脚必须将球踩定。

操作要求:

(1)计时并严格监测违规行为;

(2)记录成绩。

3.3 运控过杆

场区:长 25 米,6 面角旗杆。杆间距离从起点到第一根杆是 3 米,最后一根杆到终点是 2 米,其余杆间距离为 4 米。

方法:测试队员持球站在起点后,球动开表计时,过完最后一个杆后快速运球冲过终点线,人或球最后过终点线停表,每人 2 次机会。

要求:

(1)遇第一个红旗杆,用脚背内侧连续内扣绕杆一圈(左右脚均可);

(2)遇第一个黄旗杆,做单脚在球上外跨,异侧脚外拨球,过杆(左右脚均可);

(3)遇第二个黄旗杆,做单脚踩球向后拖拉,再向斜前方推送,过杆(左右脚均可);

(4)遇第二个红旗杆,用脚背外侧连续外扣绕杆一圈(左右脚均可);

(5)遇第三个黄旗杆,做左晃右过动作或右晃左过动作,过杆(左右脚均可);

(6)遇第四个黄旗杆,做右拖左推动作或左拖右推动作,过杆(左右脚均可);

(7)若出现滑倒和过杆技术动作不符合规定可重测 1 次,如再失败,则没有成绩。

操作要求:1 人严格监测每个过杆动作,1 人计时并记录。

得分方法:秒表计时间。

3.4 跑动射门

场区:设两个边长 5 米 ×5 米的方形测试区域,两个测试区域分别在罚球。

区前沿线后,两个测试区的中心点分别与两个球门柱垂直距球门线 19 米。

方法:测试队员不持球站在测试区线后,传球队员和球设在测试区前沿上。测试开始时,传球队员传地滚球至测试区域内,测试队员快速迎球跑进测试区内抢点射门。左右侧各传 3 次,射门队员两个区域左右脚各射门 3 次,共计 6 次。

要求:

(1)测试队员采用任何脚法射门均可,但必须大力射门;

(2)6 次射门必须在 30 秒之内完成;

(3)测试队员每完成一次射门后,必须退出测试区域绕旗杆一次;

(4)不得有接球动作;

(5)左脚或右脚只能在一个区域内射门 3 次。

计分方法:

(1)球射入球门两侧的小门得 3 分,射入门内中间区域得 2 分;

(2)球踢在门梁、门柱反弹进入罚球区,得 1 分。

3.5 守门员测试内容

移动、扑球、手抛球、脚踢球等,测试方法(略)。

4 测试指标构成与分析

4.1 头顶球射门

这项测试是以传球队员的传球→跑位→顶射三个技术组合和传中队员的接球→运球→传球的三个技术组合混合组成。测试的目的是在模拟比赛的状态下,测试运动员组织进攻过程中的技术特点,以及队员之间边路组织进攻的能力。

但是,在测试过程中出现了这样的现象:多数队员为了获得更好分数,在做技术动作的时候,明显和比赛要求的节奏不相符合,严重脱离了比赛中为摆脱防守队员的逼抢而快速、准确完成技术动作这一要求。例如,在测试中,为了让队友更舒服地头顶射,边路队员最后一脚的传中球高而飘,没有速度,没有质量,而这种传球在实际比赛中很少有机会完成射门,在现代足球训练和比赛中,这种传中球脚法早已淘汰。现代足球正朝着高速度、强对抗的方向发展,赛场上给予运动员完成各项技、战术动作的时间越来越短,空间越来越小。要想真正适应激烈争夺中的快速攻守,最重要的因素是速度。特别是快速中运用技术的能力、完成技术动作的速度以及技术动作之间的衔接速度。如果缺乏速度,那么再漂亮的技术在比赛中也难有"用武之地"。

所以,必须了解此项测试的目的,防止运动员为测试而测试,注重测试成绩和得分,而忽视了比赛中快速、合理、有效的技战术的运用。

4.2 折线运球和运控过杆

足球比赛的运、控球技术在进攻技术中占有重要地位,它是进攻战术配合、决定战术效果的前提和保证。而本次测试的两个项目都是以时间指标来衡量运动员控球技术能力的,而且都是以规定的路线和规定的动作来要求运动员完成测试项目,这样不能准确反映运动员在比赛中的实际控球技术能力。比赛过程是千变万化的,往往运动员不可能用规定的路线和动作完成本队的技战术配合,要根据场上的具体情况,果断运用合理有效的技术动作来完成战术配合。运动员在测试过程中只注重速度,而忽视了完成技术动作的质量,与实际比赛中的技术动作要求相差甚远。

我们知道,现代足球技术是与速度、目的、意识、意志、位置,以及即兴等因素相结合的复合技术。在测试过程中,单纯地以时间来作为衡量指标,仅仅突出了完成技术动作的速度因素,而不注重技术动作的质量,无形中造成了对于其他因素的重要性的忽视。所以,在确定此类测试项目时,应该综合各类因素,力争全面而客观地衡量运动员的各项技术。

4.3 跑动射门

此项测试比较能够恰当地衡量被测试者的射门能力,在要求完成速度的同时,规定了射门的角度。唯一不足的是在完成射门的时候,没有对抗因素的介入,使得动作的完成多少有些与实际比赛脱离,若能在测试中适当引入一定的对抗因素,会更加客观地反应技术动作的实效性。

5 测试成绩及评价结果

本次比赛和测试代表了我国女子 U-18 足球运动员最高水平。按照技能测试成绩占 20%,比赛成绩占 80% 的比重,综合评定两项成绩决定最后名次,其比赛成绩及评定结果如表 1。

表 1 我国女子 U-18 足球运动员比赛成绩及技能测试综合评定结果

队伍名称	比赛名次	得分	技能测试名次	得分	综合名次	得分
江苏华泰	1	0.8	1	0.2	1	1.0
西安飞人	2	1.6	3	0.6	2	2.2
天津汇森	3	2.4	2	0.4	3	2.8
西安博爱	4	3.2	5	1.0	4	4.2
山 东	5	4.0	4	0.8	5	4.8
长春华信	6	4.8	6	1.2	6	6.0
天津体校	7	5.6	7	1.4	7	7.0

因泗洪赛区参赛队伍只有 7 支,样本量小,不适合进行相关性检验,但还是可以发现,比赛成绩和技能测试成绩是有一定的关系的,比赛成绩靠前的队伍,技能测试成绩也基本靠前,个别队伍出现浮动,但是浮动不大。由此表明,在 U-18 这个年龄段,技术技能因素在竞技能力中已经占有重要地位。另外,各队最后的综合评定名次与比赛成绩完全相同。这种情况的出现,主要是因为本次技能测试在综合评定中所占权重的进一步减少,只占 20%,就造成了少数球队技能测试明显占优,比赛名次靠后的情况下,综合排名并不能靠前。天津汇森和山东队,在技能测试中就分别领先于西安飞人和西安博爱,但是因为比赛成绩靠后,就无法超越了。

在我国足球运动员梯队的划分中,女子 U-18 队伍是成人队伍的预备队伍。按照足球运动训练规律来说,基本技术及技能已经基本成型,此时对此类队伍进行技能测试,是否合乎时宜,尚值得商榷。因为,在此时进行技能测试,已经无法督促此年龄段运动员进行深入的基本技能训练。

6 结论与建议

技能测试对于我国女子青年足球运动员技能提高和整体竞技能力的提高有一定促进作用,不仅使教练员、运动员在平时的训练过程中,能重视和加强基本技术的训练,而且多数测试项目也可以作为运动员选材和发展潜力的独立评价依据。

本研究是对代表我国最高水平的女子 U – 18 足球运动员所进行测试的结果和评价方法的探讨,对测试内容的科学性和实用性有进一步的研究发现。头顶球射门应限制边路队员传中球高度,更接近实战。折线运球、运控过杆以及跑动射门等项目都应该引入对抗因素。而且在对此年龄段运动员继续进行技能测试是否合乎足球训练规律,值得探讨。

参考文献

[1]钟添发 . 运动员竞技能力模型与选材标准[M] . 北京:人民体育出版社,1994.

[2]石岩 . 定量运动负荷和个性特征对动觉准确性和动觉稳定性的影响[J] . 心理学报, 1996, 28(2):131 – 137.

[3]谢红光 . 持续大负荷和机能下降时运动员某些感受性变化特征的实验研究[J] . 体育科学, 1999(6):50 – 54.

足球教学与训练网络站点的开发研究

邓达之，王松岩

（武汉体育学院，武汉 430079）

摘 要：在我国全面实施素质教育，改革传统教育的教育改革背景下，运用网络多媒体技术手段进行网络远程辅助教学，已成为当今教育改革的一个重要趋势和发展方向。通过对"足球教学与训练网站"的研究，试图为各大中专院校体育院系的足球教学和训练提供一定参考。

关键词：足球教学与训练；网络远程教学；Internet；网络站点

1 研究目的

运用教育学、计算机科学、体育教育学和运动训练学等学科的相关理论与方法，结合足球运动的特点，设计、开发多媒体足球教学与训练网站，探索计算机网络辅助教学在足球教学与训练中的应用，丰富足球教学与训练手段，实现较大规模的远程教学与训练，优化足球教学与训练过程，提高足球教学与训练效率。

2 研究方法

2.1 文献资料法

2.1.1 文字资料

参阅有关的书籍，查阅关于网络多媒体站点制作应用及足球教学训练研究方面的期刊，掌握网络应用原理和技术，借鉴教育学理论和方法。

2.1.2 图形、图像资料

收集、分析有关的体育资料片、足球比赛录像片、国内外足球教学训练录像片以及其他相关体育项目的教学训练资料片。

2.2 调查法

通过走访、咨询有关专家、教授，征求其意见和建议，以确定足球运动基本理论和教学训练内容以及与之相应的教学训练目标体系的合理性。并通过问卷调查、网络电子留言的形式，了解使用者对网络多媒体足球教学训练网站实际需求的意见和建议。

2.3 系统设计法

系统设计法是以整体系统的观点看待事物，将研究对象及其相关的事物看做一个系统进行分析优化的方法。本研究即按照系统理论的基本原理，将编制的内容按照相互间的逻辑联系，选用有针对性的适用的手段与方法，组成不同的局部系统。

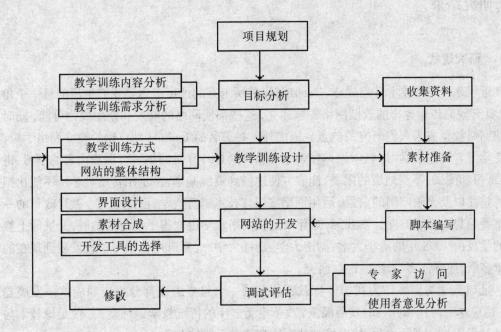

图1 足球多媒体教学训练网站的设计开发流程图

2.4 软件编制法

以 Windows XP 中 IIS(Internet Information Server) 所提供的 WEB 解决方案为开发环境，采集系统所需的各种素材，使用 Dreamweaver、Flash、ASP 等动态网页开发工具将各种素材系统按要求整合，以超文本动态网络站点的形式提供给使用者。

2.4.1 开发软件

本系统的开发采用了 Macromedia 公司的 Dreamweaver MX 网页开发软件。Dream-weaver 是第一款能够让开发人员、编程人员和设计人员在多种服务器平台上，可视化地创建和编辑数据驱动 Web 应用的软件产品。这意味着开发者只要学习一种设计环境即可，而不用再去考虑客户端的输出需求。它能使开发者在主流服务器平台上创建 Web 应用，这些平台包括用于创建 ASP 应用的 IIS(Internet Information Server)、创建 CFML 应用的 Allaire ColdFusion，以及创建 JSP 应用的 IBM Websphere 和 iPlanet Web Server、Enterprise Edition。它也可以与 ODBC、ADO 或 JDBC 数据库源链接，或通过 COM 对象和 JavaBeans 与传统数据库链接，从而全面实现客户端对网络服务器的自由动态访问。

2.4.2 开发原则

本网站在具体的编制过程中主要遵循了教学性、科学性、控制性和开放性原则。为使整个网站的设计与制作能正确反映现代足球教学与训练的基础知识和技术、战术发展水平,既要充分运用现代信息传播理论和体育教学理论的最新成果,体现计算机和网络的交互性优势,突破传统教学与训练模式,又要严格遵循足球教学与训练规律,选用素材和组织教学与训练活动,要符合认知心理学的原理。

3 研究结果

3.1 研究现状

近年来,网络技术日趋成熟,Internet 以前所未有的速度渗透到我们生活的每一个角落,具有较高传输速率的校园网络普遍建立,这些都使网络的开发和使用成为可能,同时也使网络教育成为人们研究的热点。国内外一些著名的 Internet 站点纷纷设立网络学校,接受学习者的注册学习。教学网站使学生和教师通过计算机网络进行课程内容的学习、讲授、练习和测试,不受地域的限制,能够方便地做到资源共享,显示出传统教学所不能比拟的优越性以及无限广阔的前景。运用网络多媒体技术进行教学,已成为当今教育改革的一个重要趋势和发展方向。在我国,近年来远程网络教学也取得了一定的发展,开展网上教学的学校由 1998 年的清华大学、湖南大学、浙江大学、北京邮电大学等学校发展到现在的三十多所,还有许多学校在探索、研究。

足球教学与训练作为我国体育教育体系的一个重要组成部分也应顺应这一发展趋势,适应这一时代和社会的发展潮流,改革沿袭多年的传统教学训练模式,使足球教学与训练过程逐步实现最优化,从而推动整个体育教育手段的改革。

值得一提的是,迄今为止,有关足球教学训练方面的计算机网络多媒体辅助教学训练网站的研究报道尚不多见。据我们在"中文科技期刊数据库"上检索,1994 - 2003 年全国上网期刊中有关网络多媒体课件的论文(全选检索)1400 多篇,而体育类的只有 45 篇,足球类为零篇。这也从另一个侧面说明现代网络多媒体技术在我国足球教学训练领域的应用是亟待解决和具有开拓性研究的前沿课题。

3.2 系统运行环境

3.2.1 服务器端运行环境及要求

本软件是在 Windows XP 环境下使用 Dreamweaver 研制开发的网络站点系统,要求软件运行于网络服务器端。其对 100 ~ 200 台规模局域网服务器的基本运行环境及设备的主要要求为:

(1)CPU 要求 Intel P4 2.0G 以上,256MB 以上 DDR 内存;

(2)硬盘空间 80GB 或更多;

(3)使用 Windows NT、Windows XP 或 LINUX 操作系统;

(4)配置 CDROM 或 DVDEOM 光驱。

3.2.2 客户端运行环境及要求

(1)CPU 要求 Intel P Ⅱ或 Intel P Ⅲ以上主频,64MB 以上内存;

（2）硬盘空间不得少于 10G；

（3）Win98 以上中文操作系统；

（4）配置 100M 网卡或调制解调器；

（5）配置声卡。

3.3　软件的主要功能和特点

3.3.1　界面友好,易于操作

本网站在页面设计上体现了简洁、明快的设计原则,力求做到文字输出语句短,语言精炼,意义明确,重点突出,屏幕色彩淡雅,动态图像鲜明等,尽可能为学习者营造合适的软件环境。

3.3.2　知识诊断功能

网站的知识检测系统设置了一些不同类型的问题,学习者在回答问题的同时,系统对答案会做出相应的评价,从而激发学习者进一步思考问题并加强操练。

3.3.3　在线交流功能

网站提供了功能强大的 BBS 和留言簿服务,为使用者提供了一个讨论、交流的场所,以便使用者提出个人的建议或意见,从而促进网站的发展和提高。

3.3.4　网站本身的动态化管理功能

本网站利用 SQL Server 数据库系统作为后台数据库系统,存放主要学习内容。也就是说通过对网站本身内容的网络数据化设计,实现管理员对网站内容的在线实时更新。

3.3.5　辅助教学功能

多媒体技术自身的集成性、控制性、交互性等特点,使足球教学训练网站具有激发学生学习兴趣、调动学生积极参与、提供多种学习途径等作用,这些都是对传统足球教学过程的丰富,也是对足球教学的一种辅助。

3.3.6　网络化远程教学功能

Web 技术和足球教学训练知识的结合,以及 Internet 和网络软、硬件的良好发展前景,使得足球教学与训练在实现大规模的网络化远程教学方面成为可能,并将成为现代足球教学训练的一个发展方向和趋势。

3.3.7　具有强大的资源共享和信息交换功能

4　主要结论

（1）通过我们对足球教学与训练网站的开发和研究,使用 Dreamweaver ASP 等动态网页开发工具,开发具有教学与训练功能的足球教学与训练网络站点是可行的。

（2）本文研究的"足球教学与训练网站"可以在任何提供有 Web 服务的局域网或国际互联网服务器端运行。通过网络提供的强大功能实现足球教学与训练的网络化和远程化。

（3）本网站系统为使用者设计提供了动态信息服务和多种资源共享服务,为使用者提供了全面的信息和资源交互平台,吸引学习者参与其中,从而实现了本系统的教学

功能。

  (4) 在我国全面实施素质教育, 改革传统教育技术的教育改革背景下, 运用网络多媒体技术手段进行网络远程辅助教学, 已成为当今教育改革的一个重要趋势和发展方向。"足球教学与训练网站"的研究主要针对大中专院校的体育院系的学生, 建议在有条件的学校推广。

足球多媒体素材数据库整合与中间件设计

兰 亚

（成都体育学院，成都 610041）

摘 要：随着计算机多媒体技术的发展，许多与足球项目相关的多媒体元素已经逐渐运用在足球教学与足球科学研究中。Internet 及 WWW 的出现，使计算机的应用范围更为广阔，各种各样的应用软件需要在各种平台之间进行移植，或者一个平台需要支持多种应用软件和管理多种应用系统，软、硬平台和应用系统之间需要可靠和高效的数据传递或转换，使系统的协同性得以保证。这些都需要一种构筑于软、硬件平台之上，同时对更上层的应用软件提供支持的软件系统，而中间件正是在这个环境下应运而生。只有建立服务器级的多媒体数据库，以及与该数据库交互的中间件，才能使足球教学、训练以及众多学科之间互相利用多媒体资源，共享多媒体资源。

关键词：足球；多媒体素材；整合；中间件

1 前言

信息时代的降临不仅改变着人们的生产方式和生活方式，而且改变着人们的思维方式和学习方式。当信息技术向教育领域迅速扩展，使学校课程与教学模式面临着前所未有的挑战时，也出现了跳跃式发展的新机遇。正是这一机遇使现代教育技术正式从教育的铺助地位上升到教育改革发展的核心，成为推动教育现代化的有力武器。在信息时代，传统的教育观念、教育方式和教学手段已经无法适应现代信息社会的需要。为培养信息社会的高素质人才，我国教育领域正在面临着深刻的技术革命和产业革命。现代网络通讯技术、多媒体技术和计算机技术的日益成熟，为现代教育产业的起步创造了良好的机遇。

足球作为体育教学的一个分支，一直沿袭传统的优秀的教学方式"以身作则，身体力行"，但传统的示范总是在重复中低效率地进行。随着计算机多媒体技术的发展，许多与体育项目相关的多媒体元素已经逐渐开始运用在体育教学与体育科学研究中，足球也不例外。但这些多媒体元素基本上是杂乱无章的，足球项目与各学科之间更是没有交流或无法交流。要使这些众多学科之间可以互相利用多媒体资源，共享多媒体资源，只有建立服务器的多媒体数据库，以及与该数据库交互的中间件。

2　研究方法

2.1　文献资料法

通过对"足球与多媒体",以及"计算机"相关关键词的查阅,充分了解国内外对该方面内容的研究现状。虽然涉及足球的文献资料相当丰富,但足球与计算机,足球与多媒体相结合的论文、课题基本没有。

2.2　实验研究法

因为多媒体素材相当丰富,数据量也相当大,所以合理地设计存储相当重要。必须通过反复的实验验证,才能保证该数据库的高效使用。

3　研究结果与分析

3.1　足球多媒体素材数据库整合

3.1.1　多媒体操作系统

当前使用的 Windows2000、WindowsXP 以及 WindowsServer 2003 都是功能非常强大的图形窗口式多媒体操作系统,GUI(图形用户界面)的设计使得 PC 的用户界面焕然一新。Windows 的开发环境以及各种支持的软件日趋成熟,使得开发软件越来越方便,数据处理能力较之前的 DOS 系统有了质的飞跃。系统能很好地支持多媒体功能及网络。

3.1.2　足球多媒体采集、开发和创作工具

多媒体应用开发工具是多媒体系统的一个重要的组成部分。这是多媒体专业软件人员在多媒体操作系统之上开发的一种工具,供应用领域的专业人员组织多媒体数据,并把它们联结成完整的多媒体应用系统工具。多媒体数据(信息媒体)包括载递信息的文本、图形、音频、视频、动画等多种形式。本课题的目的有二,一是科学地整合关于足球的各种多媒体原始素材;二是管理通过足球多媒体开发和创作工具创作的成品和半成品多媒体程序和素材。足球原始素材采集、开发工具具体来说有:Microsoft 的 Office 套件实用程序 Word 可以作为文字的开发工具;Microsoft 的 Office 套件实用程序 Excel 可以作为表格的开发工具;Adobe 公司的 Photoshop、CoreDraw 等可以作为平面图像开发工具,其图像的获取渠道较多,可通过网站下载、扫描仪扫描及数码产品获取等多种形式;简报幻灯制作程序有, Mecromedia 公司的著名软件 Flash 及 Microsoft 的 Powerpoint 等;音频可以用 Cool Edit Pro 软件制作;视频可以用 Adobe 公司的 Premiere 制作、剪辑,原始素材来源多是通过视频采集卡采集电视片段以及通过 DV 摄制现场录像等;动画制作较多的使用 Discreet 公司的 3D Studio MAX 及人物动画制作软件 Poser 等;多媒体集成多采用全球最著名的多媒体制作软件 Mecromedia 公司的 Director 及 Flash 制作。

3.1.3 数据库管理系统

数据库管理系统具有操作和管理数据库的构造、数据的录入、编辑、查询、统计功能。MPC（多媒体计算机）上流行的数据库软件有 Microsoft® SQL Server™2000 及 Oracle 等，本课题将采用 SQL Server™2000 来存储、管理足球多媒体数据。SQL Server™2000 扩展了 Microsoft SQL Server7.0 版的性能、可靠性、质量和易用性。Microsoft SQL Server 2000 增加了几种新的功能，由此成为大规模联机事务处理（PLTP）、数据仓库和电子商务应用程序的优秀数据库平台。Microsoft SQL Server 2000 是为创建可伸缩电子商务、在线商务和数据仓储解决方案而设计的真正意义上的关系型数据库管理与分析系统。Microsoft SQL Server 2000 可以方便而安全地通过 Web 访问数据；允许从 URL 通过 HTTP 进行访问和查询；利用可扩展筛选机制，将高性能全文检索扩展到带格式的文档；简化英文查询（自然语言查询）。这样有利于本课题要求的数据存储和通过网络传递多媒体数据。

表 1　足球多媒体素材数据库建设示意

列名	数据类型	长度
ID	int	4
文本	nvarchar	50
文本 1	text	16
图像	image	16
音频	navarchar	50
视频	navarchar	50

如表 1 所示，Microsoft® SQL Server™2000 将大于 8000 个字符串和大于 8000 个字节的二进制数据存储为称做 text 和 image 的特殊数据类型。大于 4000 个字符的 Unicode 字符串被存储在 ntext 数据类型。本课题大多是图片、大文本等大数据对象，SQL Server 正好可以发挥其优势。例如，将一个有关用户信息的大文本文件（.txt）导入到 SQL Server 数据库中，应将这些数据作为一个数据块存储起来，而不是集成到数据表的多个列中。为了达到这个目的，可以创建一个 text 数据类型的列。然而，如果必须存储当前作为标记图像文件格式（TIFF）图像（.tif）存储的、每个大小为 10KB 的微标，则需创建一个 image 数据类型的列。如果要存储的文本数据是 unicode 形式，那么应使用 ntext 数据类型。每个 text 和 ntext 数据值都有排序规则。当合并或比较两个具有不同排序规则的 text 和 ntext 值时，排序规则的优先顺序规则决定操作所使用的排序规则。Image 数据中的数据被存储为位串，SQL Server 不对它进行解释。Image 列数据的解释必须由应用程序完成。例如，应用程序可以使用 BMP、TIFF、GIF 或 JPEG 格式把数据存储在 image 列中。读取 image 列的数据的应用程序必须识别该数据格式并正确显示数据。Image 列所做的全部工作就是提供一个位置，用来存储组成图像数据值的位流。通常情况下，text、ntext 或 image 字符串是存储在数据行外的大型（可达 2GB）字符或二进制字符串。数据行只包括一个 16 字节的文本指针，

该指针指向一个树的根节点,该树由映射存储串片段的页的内部指针构成。另外,文本、音频和视频还可以以字符串 nvarchar 数据类型的形式保存该真实内容的路径,来简化编程的内容,并可以提高读取速度。

3.1.4 足球多媒体关键技术

在开发多媒体应用系统中,要使多媒体系统能交互式综合处理和传输数字化的声、文、图信息,实现面向三维图形。立体声音、彩色全屏幕画面的技术处理和传播效果,它的关键技术是要进行数据压缩、解决大容量信息存储、专用芯片、多媒体通信和网络化等。

3.1.4.1 数据压缩技术

数字化的视频和音频的信息量之大是十分惊人的,其中数据量最大的是数字视频。一幅中等分辨率的彩色数字视频图像的数据量约为 7.37MB 帧,对活动影视画面来说,若帧传递速率为 25 帧/秒,如果存放在 100MB 的光盘中,只能播放 4 秒钟。由此可见,如果不经过数据压缩,数字化音频、视频都是目前计算机难以承担的。数字化音频和视频数据压缩编码方法有许多,如视频图像的压缩编码;脉冲编码调制(PCM)、变换编码、预测编码;静止图像的压缩技术 JPEG 算法;运动视频图像的压缩技术 MPEG 标准、DVI 压缩算法、H..261 算法;音频数据压缩技术 MPEG – Audio 算法等。其中视频采用较多的压缩算法是作为 DVD 基础的 MPEG2 编码,音频较多的采用 MP3 的压缩标准。

3.1.4.2 大容量信息存储技术

多媒体信息的特点是信息量大,适时性强。即使对其进行过压缩,其数据量同样的惊人。因此寻找大容量、高速度的存储器也是关键技术之一。除了利用大型工作站、服务器存储大量优秀的多媒体素材外,与其他存储介质相比,DVD – ROM 光盘以其价格低、容量大,可批量生产等优点作为首选。

3.1.4.3 多媒体专用芯片

专用芯片是多媒体计算机硬件体系结构的关键。多媒体计算机要想快速、实时地完成视频和音频信息的压缩和解压缩、图像特技效果、图形处理及语音信息处理等任务,专用芯片是必不可少的。

3.1.4.4 多媒体通信技术

多媒体通信技术是多媒体技术和通信技术相结合的产物。理想的多媒体通信方式是人们可以在任何地点、任何时间通过通信网络进行多媒体信息交换。随着电子、计算机技术和声像技术的不断发展,影像通信也随之迅猛发展,但在多媒体通信过程中,由于网络带宽有限,实现全屏幕全彩色动态图像传送还比较困难,所以对图像信号处理、音频视频信息的实时传输、共享显示的实时传输问题都需要关注,这些问题直接影响影像的通信质量。

3.1.4.5 多媒体网络技术

多媒体网络技术是计算机技术和通信技术发展的必然趋势,多媒体数据的压缩为通信提供了技术支持。多媒体网络的主要功能是多媒体通信和多媒体资源共享。要实现足球多媒体信息以及其他多媒体素材、程序的共享,必须设计可以通过网络进行调用的中间件,这个中间件的设计是本课题的难点,也是重中之重。

综上,足球多媒体素材的采集制作,入数据库如图 1 所示。

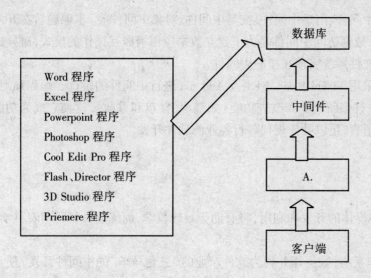

3.2 足球多媒体素材中间件设计

计算机技术迅速发展,从硬件技术看,CPU 速度越来越高,处理能力越来越强;从软件技术看,应用程序的规模不断扩大,特别是 Internet 及 WWW 的出现,使计算机的应用范围更为广阔,许多应用程序需在网络环境异构平台上运行。这一切都对新一代的软件开发提出了新的需求。在这种分布异构环境中,通常存在多种硬件系统平台(如 PC,工作站,小型机等),在这些硬件平台上又存在各种各样的系统软件(如不同的操作系统、数据库、语言编译器等),以及多种风格的用户界面,这些硬件系统平台还可能采用不同的网络协议和网络体系连接。如何把这些系统集成起来并开发新的应用软件是一个非常现实而困难的问题。

操作系统、数据库、中间件,一直被誉为软件产业的"三套马车"。随着计算机技术的飞速发展,各种各样的应用软件需要在各种平台之间进行移植,或者一个平台需要支持多种应用软件和管理多种应用系统,软、硬件平台和应用系统之间需要可靠和高效的数据传递或转换,使系统的协同性得以保证。这些,都需要一种构筑于软、硬件平台之上,同时对更上层的应用软件提供支持的软件系统,而中间件正是这个环境下应运而生。如果说操作系统、数据库是地基,应用系统是大厦,那么中间件就是高楼大厦的框架。

由于中间件技术正处于发展过程之中,因此目前尚不能对它进行精确的定义。比较流行的定义是:中间件是一种独立的系统软件或服务程序,分布应用软件借助这种软件在不同的技术之间共享资源。中间件位于客户机/服务器的操作系统之上,管理计算机资源和网络通讯。

从中间件的定义可以看出,中间件是一类软件,而非一种软件;中间件不仅仅实现互连,还要实现应用之间的互操作;中间件是基于分布式处理的软件,定义中特别强调了其网络通讯功能。

随着计算机软件技术的发展,中间件技术也已经日渐成熟,并且出现了不同层次、不同类型的中间件产品。按照 IDC 的分类方法,中间件可分为六类。分别是数据访问中间件、远程过程调用中间件、消息中间件、交易中间件、对象中间件等。本课题旨在开发以数据为核心的中间件。数据访问中间件是为了建立数据应用资源互操作的模式,对异构环境下的数据库联接或文件系统实现联接的中间件。

本课题将采用 Visual Basic. NET 及 Ado. net 进行中间件的设计、编程和测试。Visual Basic. NET 具有许多新功能和改进功能(如继承、接口和重载),这使它成为功能强大的面向对象的编程语言,足以胜任现代各行各业的软件开发。

4 结论

(1)足球多媒体的开发和利用,将有助于足球教学、训练以及科研朝着科学、高效的方向发展。

(2)与操作系统、数据库并称为软件产业的"三套马车"的中间件开发,使足球多媒体素材能被跨平台、网络异构环境平台上的多种程序调用和运行。

(3)中间件的开发将是一个严峻的挑战。

参考文献

[1]马燕,等. 多媒体网络课件设计与开发[M]. 重庆:重庆出版社,2001.

[2]Rockford Lhotka, VB. NET 业务对象专家指南[M]. 北京:清华大学出版社,2004.

[3]Evangelos Petroutsos Richard Mansfield, Visual Basi. NET 工具集[M]. 北京:电子工业出版社,2004.

[4]黄迪明,等. 软件技术基础[M]. 成都:电子科技大学出版社,2000.

影响足球比赛电视转播质量的因素及其对策研究

赵厚华,王景波,孙永生,胡京生,杨雷

（沈阳体育学院,沈阳　110032）

摘　要：通过文献资料、观察等方法对影响足球比赛电视转播质量的因素及其对策进行研究。主要结论：足球比赛电视转播由画面和声音构成，因此，足球比赛电视转播质量主要受电视画面质量和声音质量的影响。电视画面受到比赛质量、环境背景、导播水平的影响；声音受评论员解说、现场同期声等因素的影响。提高我国足球比赛电视转播质量要从导播技巧、环境背景、评论员解说、现场同期声四个方面进行改进。

关键词：电视转播；对策；足球比赛

1　研究目的

电视这种声画同步即时传输的大众传播方式给现代足球提供了强有力的载体，通过电视观赏足球比赛已成为部分电视观众的一种娱乐休闲方式。截至 2002 年 9 月，我国 4 岁以上电视观众的总数为 11.15 亿人，占 4 岁以上全国人口的 93.9%，电视机的社会拥有量为 4.48 亿台[1]。另一项 2002 年 10 月由零点指标网委托零点对京沪穗汉四城市的 1752 名市民的调查中，有 38% 的被访者承认自己是球迷[2]。近几年，随着我国足球电视观众的日益增多，以观众为本，提高电视收视率，是我国电视工作者的重要任务之一。提高足球电视转播质量不仅有利于满足电视观众观赏高质量足球比赛的需求，而且有利于提高节目收视率和广告暴光率，吸引赞助商、广告商投资，从而提高电视台经济效益。

2　研究方法

2.1　文献资料法

通过报刊、书籍、网络收集研究资料。

2.2　观察法

观看世界杯和国内外足球比赛，了解足球电视转播的制作技巧及其内在规律。

3 研究结果

3.1 影响足球比赛转播质量的因素

足球比赛现场直播是电视节目中最具有生命力的一种形态，它是以足球现场的多机位拍摄、现场编辑与卫星传播直接相连的现场直播的即时传送为主体，综合背景资料，相关知识介绍，演播室的串联、评述，现场的记者采访及多个现场之间的交流为一体的综合报道系统。电视直播产品与现场看球相比具有自身优势：由于电视可以应用一些制作技巧，如快节奏、慢镜头、重放、特写等，因而能使观众看得更清楚。此外，通过插入有关信息，如与比赛有关的一些赛况介绍和技术分析等，有利于观众全面了解比赛情况，提高观众的欣赏水平。足球比赛电视转播由画面和声音构成，因此，足球比赛电视转播质量主要受电视画面质量和声音质量的影响(图1)。

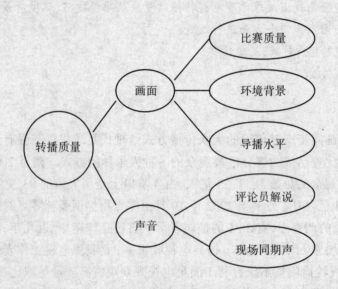

图1 影响足球比赛电视转播质量的因素

3.1.1 电视画面质量

电视画面质量主要受比赛自身质量、环境背景和导播水平的影响。

(1)比赛自身质量：高质量足球比赛本身是提高转播质量的基础。足球比赛作为一种精神文化产品，主要依靠观众的感知。通常情况下，观众通过下列因素来感知足球比赛质量的高低：高难度技术完成的数量与质量；运动员配合的娴熟性与成功率；运球突破的次数与成功率；攻入前场30米的次数；运动员或全队的控球能力；定位球的质量；全场射门的数量与质量；双方攻防节奏的掌握和比赛对抗程度。

(2)环境背景：环境背景受草皮质量、运动员服装颜色、观众上座率、赛场环境的整洁程度的影响。绿油油、浓密的草皮能提高视觉效果。双方运动员服装颜色深浅搭配造成的色差，便于观众识别。观众上座率对转播效果也有影响，座无虚席的现场观众会形成浓烈的赛场氛围,相反,稀稀落落的看台就使得赛场过于冷清。另外,赛场环境的卫生状况、广告和标语等设施的规整程度都会影响转播的效果。

(3)导播水平:电视导播是制作高质量电视产品的关键。电视转播的制作水平受摄像机的数量、机位设置和编辑技巧的影响。多机位设置能够使观众全面了解球场发生的事件,全景、特写、慢镜头的合理运用能够给观众带来视觉冲击。利用戏剧化元素使比赛更有感染力。字幕的运用能够使电视观众获得更多的赛事信息。

3.1.2 声音质量

电视转播的声音主要由评论员解说和现场同期声合成。足球评论员对双方实力、比赛阵形、技战术的解说水平对足球比赛转播质量有很大影响。现场同期声包括来自场内和场外的声音。如场内传球的声音,场外教练员的大声喊叫、观众的呐喊声等。画面与声音的完美融合给观众带来强烈的视听享受。

3.2 提高我国足球比赛转播质量的对策

足球比赛是由运动员、裁判员、教练员、观众构成的一个系统。系统中的每一个要素在电视制作中都是不可缺少的。足球电视转播要将比赛现场发生的情况呈现给观众,要让观众看清楚场上所发生的事件,要介绍比赛的看点,分析比赛双方攻守的态势,也要注意提高广告的暴光率,维护好赞助商和广告商的利益。根据影响足球比赛转播质量因素的分析,可以采用以下措施来提高足球比赛转播质量:

3.2.1 提高导播水平

电视导播能否编辑出高质量的产品首先基于摄像机数量和机位设置,其次是使用戏剧化元素和插入字幕技术。

(1)合理安排摄像机数量和机位设置:足球赛事采用多机位直播,通常使用几台甚至十几台摄像机在比赛现场拍摄,同步剪辑、播出,在比赛发展的过程中以不同的机位、不同的镜头画面引领观众观察现场。2002年法国世界杯赛的现场直播给电视观众留下了深刻的印象,法国人在每个赛场都安排了17部摄像机,他们的机位设置和分工如下:1号和2号机从高处拍摄比赛场地的中间部位。1号摄像机拍摄的是全场比赛的画面,2号机拍摄较近的中间画面。3号和4号机高度与1号机相同,只是面对两个半场的罚球区附近,其作用是记录助理裁判员在比赛中是否发生误判。5号机设在替补席附近,可以拍摄运动员之间的谈话,以及教练员的情况。6号机也设在替补席附近,拍摄接近球的运动员,并利用慢镜头拍摄在罚球区附近发起的进攻。7号和8号机设在球门的后面,用于拍摄罚球区的各种攻防转换的情况。9号机根据比赛时太阳的位置设在一方球门的背后,以便用于拍摄战术配合的画面。10号机为相反角度拍摄用机,机位设在高处,可以解决1号机不能解决的问题。11号和17号是便携式摄像机,可用于拍摄参赛球队从进场时的各种活动,以及演奏国歌时的情况。比赛进行中,这两部机器可用于拍摄各角落中的活动。12号和13号这两部机器是设在球门网后面的微型摄像机,遥控操作,记录进球时的细节。14号和15号机设在观众席的中部,面对罚球区,利用慢镜头拍摄罚球区内的各种攻防转换情况。16号机架设在接近体育场的一个高处,用于拍摄体育场全景,它在城市中的位置及周围的环境。

(2)利用戏剧化元素：足球比赛存在着复杂的、多元的心理活动层面，把握和充分调动这些层面的因素，使之形成一个接一个的矛盾悬念和峰回路转的情节，让观众产生紧张感，同时通过细节强化塑造人在比赛中的形象，使观众对比赛结果的关注和对人物命运的关注形成高度统一，这就是所谓体育赛事转播中的戏剧化元素利用[3]。利用戏剧化元素进行比赛转播，运用编辑加工等各种传播手段，刻画出冲突过程中不同人物的细微的心理变化，如运动员在比赛中的性格流露，教练员不同的指挥风度以及观众群体随着比赛发展情绪的喜怒哀乐。在足球现场直播的过程当中，由于事件发展过程中总会有信息重复、冗长、乏味的时空，如果一味地将镜头对准缓慢进程中的现场，人们就会对比赛失去兴趣。这时就需要及时地插入一些与比赛事件有关的背景资料、知识介绍以及一些精彩的慢镜头回放、特写，将它们与现场的新闻信息有机地结合，使现场的新闻增值。一般来说，全景和远景镜头多用在描述运动员之间配合时使用，特写运用在运动员运球突破、罚点球、球出界、换人、运动员受伤、守门员扑接球、踢球门球、运动员犯规、运动员越位、裁判员出示红黄牌、裁判员鸣笛开始或结束比赛、教练员的神情、观众对进失球的反映等。慢镜头描写运动员犯规动作、运动员越位、守门员扑接球的动作等。射门进球是慢镜头回放的重要表现内容，一般从球门正面、侧面、后面三个角度来展现精彩入球的瞬间（表1）。此外在比赛转播中利用双视窗直播也会取得较好的收视效果，双视窗可以把观众关注的热点问题展现出来，在第一时间里获得最大的信息量。

表1 足球比赛导播技巧

导播技巧	应用
全景	运动员之间配合时使用
特写	运动员运球突破、罚点球、球出界、换人、运动员受伤、守门员扑接球、踢球门球、运动员犯规、运动员越位、裁判员出示红黄牌、裁判员鸣笛开始或结束比赛、教练员的神情、观众对进失球的反映
慢镜头	运动员犯规动作、运动员越位、守门员扑接球的动作、射门

(3)插入字幕：字幕是赛事转播不可缺少的一个组成部分，转播时制作片头、双方运动员名单和俱乐部标识、双方采用的阵形、比赛的技术统计资料、比赛时间显示、比分、最新战况等，这些内容也正是目前我国各地方电视台容易忽视的方面。这里需要强调的是，俱乐部标识的使用有助于我国职业足球俱乐部品牌的创建。另外，为了维护广告商和赞助商的利益，足球电视转播也要注意场地广告的暴光率。近几年出现了场地广告商减少的趋势，主要是场地广告过多造成的。影响广告暴光率另一个因素是主摄像机的位置，足球比赛80%的镜头来自主摄像机。在足球比赛转播当中，四周广告牌一般能获得13分钟的暴光时间，但主摄像机位置放得不好，却可能将这个时间减去40%。反过来讲，位置好的话能够产生额外效果，有时能达到22分钟[4]。场地广告达不到效果还可能是因为广告牌摆放或设计不好，造成屏幕上的不清晰，这时就要调整广告板角度，简化广告设计内容，耐克和阿迪达斯是这方面的行家，非常值得我国企业学习。

3.2.2 改善赛场环境

改善赛场环境要从以下几个方面着手：(1)各俱乐部要加强主场草皮的维护和保养，提高草皮的完整度。(2)为了提高分辨率，双方运动员要采用深浅颜色不同的服装，服装颜色不要超过3种。(3)提高比赛上座率。研究表明，足球比赛上座率与观众的满意度和忠诚度相关，观众满意度、忠诚度越高，现场出席人数就会越多。(4)改善赛场卫生状况，规整场地设施、标语等。

3.2.3 提高评论员解说水平

足球评论员解说得好会吸引观众观看。解说总体上包括背景介绍、同步解说、现场评论三大块[5]。(1)背景介绍：背景介绍概括起来有赛事背景、人物背景、专业背景、外围背景。赛事背景主要介绍这是某某比赛，该赛事的大致情况、参赛双方水平、在联赛中所处位置等。人物背景主要介绍明星运动员的技术特点，拼搏进取的精神等。专业背景主要介绍双方技术战术打法与足球运动发展潮流等。外围背景主要介绍与比赛相关的历史、地理、人文等情况。(2)同步解说：电视转播因摄像机角度或场地限制，画面时间短暂，反映现场情况不充分时，评论员要加以必要说明、解释和评价，以补充画面不足。(3)现场评论：评论内容包括对比赛的进程进行的预测性评论和比赛进行完一个段落后，评论员根据场上双方表现进行小结式评述、分析。评论时机是把大背景和较长的评论放在赛前或比赛间隙中以及比赛场面较平淡时运用。

3.2.4 利用现场同期声来发挥电视多通道传播的优势

现场同期声是指在直播当中同时录下的新闻人物讲话的声音和比赛现场的各种背景声音，包括现场效果同期声和现场采访的同期声两种。现场同期声特别是人物富有个性的语言和其他典型性的背景声音，能够充分体现出电视新闻声画互补的整体宣传效果。同期声的应用可以使电视观众产生"身临其境"的感觉，现场观众的欢呼声、助威的号声以及运动员的呐喊声等同期声烘托足球比赛现场环境气氛要比解说词和旁白更具有丰富性和客观性。同期声还能增强电视画面的运动感。运动员踢球会产生声音，既然有传球的声音存在，那么真实记录这种声音，就会达到最真实的传播的效果。在第17届世界杯的电视直播中，观众不仅可以听到场内进攻队员的传球声音，而且可以听到场外现场球迷的欢呼声以及一些激情教练员在足球场边大喊大叫的声音。声音与画面的完美结合充分满足了电视观众欣赏高水平足球比赛的需求。

4 主要结论

(1)电视直播作为一种声画同步即时传输的大众传播方式，由画面和声音构成，电视画面受比赛质量、环境背景、导播水平的影响，声音受评论员解说、现场同期声因素的影响。

(2)提高我国足球比赛电视转播质量要从足球比赛本身质量、导播技巧、环境背景、评论员解说、现场同期声等方面的改进着手。

参考文献

[1]曹亚宁. 2002 年全国电视观众抽样调查显示我国拥有电视观众 11.15 亿人电视机社会拥有量 4.48 亿台[N]. 中国新闻出版报,2002 - 12 - 24,(1).

[2]凌梓. 中国足球迷文化初探. www.people.com.cn.

[3]杨华. 利用戏剧化元素强化体育赛事转播的传播效果. www.zijin.net.

[4]惠子. 足球场地的广告[N]. 经营市场报,2002.06.08.(8).

[5]王喆. 体育解说的述与评. http://www.tjtv.com.cn.

1994-2003年以来我国足球科研论文分析

王卫宁，范启国

（长江大学体育学院，荆州　434020；湖北经济学院体育部，武汉　430205）

摘　要： 对1994-2003年在国内中文体育类核心期刊上公开发表的足球论文进行研究后认为，10年来发表的论文在数量上呈逐年直线上升的趋势。研究内容多样化，主要集中在足球基本技术、战术与足球教学与训练上。但在足球与其他学科的关系上以及足球场地、器材方面的研究较少。

关键词： 足球；科学研究；论文

1　研究目的

自1992年6月的"红山口会议"确立中国足球要走职业化道路以来，中国足球职业化已经走过10多年的路程了。在这风风雨雨的10年中，人们一直都在朝着同一个目标——中国的足球运动跻身于世界强队之列不断奋斗。为了实现这一目标，广大的足球爱好者，特别是站在足球教学与训练一线的教师与教练员们，真可谓是仁者见仁，智者见智，在足球运动理论方面进行了多层次、全方位的研究，对我国足球运动的快速发展起到了积极的推动作用，并产生了较大的影响。

本文旨在对1994-2003年我国足球科研论文的数量、内容、期刊分布以及研究领域等指标进行定量研究，从而了解我国足球运动科学研究的热点、现状及发展方向，以促进我国足球运动科学研究的进一步发展。

2　研究对象与方法

2.1　研究对象

对1994年1月-2003年12月由全国体育院校图书情报工作委员会编制的《全国中文体育期刊篇名目录》中的《北京体育大学学报》《上海体育学院学报》《武汉体育学院学报》《西安体育学院学报》《成都体育学院学报》《广州体育学院学报》《天津体育学院学报》《中国体育科技》《体育科学》《体育与科学》《中国运动医学杂志》《浙江体育科学》《体育学刊》《体育文史》《中国学校体育》15种中文体育类核心期刊中有关足球科研的论文进行统计分析。

2.2 研究方法

(1)文献资料法;

(2)数理统计法;

(3)逻辑分析法。

3 研究结果与分析

3.1 论文刊发量分析

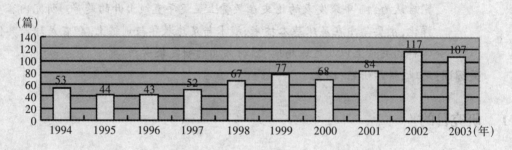

图1 1994-2003年体育核心期刊足球论文刊发量曲线图

从图1可以看出,10年间,在核心期刊上发表的足球论文在数量上从1994年的53篇上升到2003年的107篇,合计712篇,年均71.2篇。总体上呈逐年上升的态势。2002年的论文发表量较之1994年的53篇翻了一倍有余。从图中可以看出,在核心期刊的发表量上有几个明显的起伏,究其原因,可能是由于1994年、1998年和2002年受世界杯足球赛举办的影响而使大多数学者引起了重视,从而促进了研究成果的增加。但是值得一提的是,虽然10年间在核心期刊上共发文712篇,但平均每年每刊发表仅4.74篇。这从一个侧面反映出,足球论文的刊发量虽有明显上升的趋势,但其工作的力度仍需继续加强。

3.2 科研论文刊发类别统计

从表1可以明显地看出,《中国体育科技》期刊上发表的足球论文在数量上居于首位,10年中共发表足球论文132篇,占总论文篇数的18.5%。其他依次是《广州体育学院学报》87篇,《武汉体育学院学报》77篇,《西安体育学院学报》72篇和《北京体育大学学报》60篇。而数量最少的是《中国运动医学杂志》,10年间共发表论文5篇。由此可见,《中国体育科技》和《广州体育学院学报》《武汉体育学院学报》《西安体育学院学报》以及《北京体育大学学报》是我国足球运动科研理论宣传的主要阵地。

3.3 科研队伍

据统计,10年间在中文类体育核心期刊上发表的足球科研论文作者主要是以高等体

表 1   1994 – 2003 年体育核心期刊论文刊发类别统计一览表

	1994 (年)	1995 (年)	1996 (年)	1997 (年)	1998 (年)	1999 (年)	2000 (年)	2001 (年)	2002 (年)	2003 (年)	合计
北京体育大学学报	0	2	1	4	2	10	10	12	9	10	60
上海体育学院学报	2	3	4	3	3	0	2	1	3	4	25
武汉体育学院学报	2	1	2	3	3	15	9	10	15	17	77
西安体育学院学报	6	6	7	4	5	9	8	9	10	8	72
成都体育学院学报	0	0	1	1	2	2	1	6	7	9	29
广州体育学院学报	4	7	0	1	8	8	11	12	19	17	87
天津体育学院学报	0	1	2	2	3	5	5	3	6	3	30
中国运动医学杂志	0	0	0	0	0	0	1	1	2	1	5
中国体育科技	24	13	6	20	21	11	10	5	13	9	132
中国学校体育	6	2	3	1	2	4	1	3	1	1	24
浙江体育科学	1	2	5	0	0	0	0	1	1	5	15
体育与科学	6	1	4	5	7	3	3	7	7	5	48
体育科学	2	3	2	5	7	3	2	11	5	3	43
体育学刊	0	1	0	1	1	2	2	2	7	7	23
体育文史	0	2	6	2	3	5	3	1	12	8	42
合计	53	44	43	52	67	77	68	84	117	107	712

表 2   15 种体育核心期刊足球科研论文科研队伍一览表

作者单位	篇数	百分比(%)
体育院校	464	65.1
普通高校体育院系	211	29.7
机关及科研单位	28	3.9
其他	9	1.3

育院校教师为主,共 464 篇,占发表总量的 65.1%;普通高等学校的体育教师发文位居第
二,约占 29.7%,而以机关和科研单位发表的论文数量较少,今后应重视这类单位的足球
科研人员。

3.4   科研领域

由表 3 可知,10 年来,我国足球科研内容主要集中在足球理论、技术、战术、教学与训
练上,共 504 篇,占论文总量的 70.8%。其中足球理论研究 272 篇,占 38.3%;技术、战术
研究基本上与教学训练研究持平;而在场地器材和足球与其他学科的关系上的研究还处

表3　15种体育核心期刊足球科研论文研究内容分类一览表

	足球综述	技术战术	教学训练	基础科学	组织俱乐部	规则裁判法	场地器材	与其他学科的关系	其他
篇数	272	117	115	60	46	37	1	7	57
百分比(%)	38.3	16.5	16.2	8.42	6.53	5.23	0.14	0.92	7.95

于十分劣势的位置。

3.5　科研合作

表4　15种体育核心期刊足球科研合作类型一览表

合作类型	篇数	比例(%)
同一单位同专业	427	60
同一单位跨专业	60	8.4
跨单位跨同专业	213	29.9
跨单位跨专业	12	1.7

由表4可知,10年来我国体育类核心期刊足球科研论文在合作类型上,主要以同一单位同专业的科研论文为主,占总数的60%;其次是跨单位同专业的科研论文,占总数的29.9%;而同一单位跨专业及跨单位跨专业的足球科研论文在总数上只占10%。

4　结论和建议

4.1　结论

(1)10年间,我国足球科研论文在体育核心期刊的年度发表量呈明显上升趋势。

(2)科研方法丰富。现在足球科研方法逐步改变了过去以经验总结等单一方法为主的局面,科研人员更加注重多种科研方法的综合运用,并运用了现代化的科学手段,使其研究的广度和深度都有很大的提高,交叉学科的研究越来越广泛和深入。

(3)在足球科研的队伍中,高校教师起到了带头作用,在发表论文的数量上,高校教师最多。

(4)在足球运动科学研究的领域方面,足球基本技术、战术与教学训练几方面的研究比较多,足球场地器材设备和足球与其他学科的关系方面的研究较少。

(5)在足球运动科研合作方面,主要是以同单位同专业和跨单位同专业为主,跨单位跨专业的合作目前为数较少。

4.2　建议

（1）我国足球科研论文在体育核心期刊的年度发表量虽然有明显上升的趋势,但数量明显不足。基于此,要大力加强足球运动科研人员的专业理论和科研方法的培训,使其由技术型、训练型向理论型与科研型相结合的方向快速转化。

（2）在足球运动科学研究队伍中,应鼓励广大足球教练员进行科学研究,使其成为科学研究的又一支骨干力量。

（3）应积极拓展足球运动的研究领域,特别是青少年足球与女子足球等方面的研究有待加强。

参考文献

[1]董海宇.我国足球职业化以来科研状况分析[J].辽宁体育科技,2003,25(1):81－82.

[2]周毅,等.中国女子足球后备人才现状、发展布局与对策的研究[J].广州体育学院学报,2003,23(1):47－50.

[3]陈效科.关于12种中文体育期刊足球论文的统计分析[J].广州体育学院学报,2001,21(4):120－124.

[4]周毅,汤际澜.我国世界杯足球赛技战术论文的研究现状与分析[J].南京体育学院学报,2003,17(6):16－18.

◆足球产业

浅析我国足球产业的现状与发展对策

高 博

（上海体育学院，上海　200438）

摘　要：采用文献资料法和专家访谈法等，阐述了我国足球产业发展的现状，对我国足球产业发展进程中存在的不足和一些制约因素进行论述，探讨和总结了足球发达国家发展足球产业的先进经验，并对如何发展我国足球产业提出了相应的对策建议。

关键词：足球产业；足球市场；职业俱乐部

1　前言

随着我国经济体制改革的深化，按照市场经济规律发展竞技体育，竞技体育走向产业化已经是必然趋势。我国自建立足球职业俱乐部运行机制以来，足球产业作为一项新兴的产业正在经济生活中发挥着越来越重要的作用。越来越多的人开始意识到足球产业的发展离不开企业的参与，离不开经济规律的制约。足球产业在很多欧美发达国家已经成为国民经济运作的重要内容，形成像今天这样一种成熟的产业状态，有一个长期孕育的成长过程。与足球发达国家相比，我国的足球市场还不健全，中国足球界如何更好地适应国家经济体制转换、适应市场经济体系的形成，足球产业该如何发展，这仍是一个值得深入研究的课题。本文主要通过文献资料法、专家访谈法和逻辑推理等研究方法，分析我国足球产业发展进程中比较突出的制约因素，提出了促进我国足球产业发展的几点对策，以供有关部门参考。

2　足球产业的概念

在产业经济学中，"产业"的概念是比较明确的，产业是指国民经济中生产同类产品行业的集合。"产业"的概念是介于微观经济组织和宏观经济组织之间的"集合概念"，它既是某种同一属性企业的集合，又是国民经济以某种标准划分的一部分。足球产业是市场经济的必然产物，是人们对足球运动的需要发展到一定的程度和层次以后所产生的结果。足球产业的产品不像工农业那样单纯，其产品非常广泛和复杂，具有其自身的产业特性和产品特性。因此，界定足球产业的概念既要符合经济学和产业学的理论，也应当体现足球的特点及与其他事物之间的本质区别。

考虑到与国际足球产业的接轨,综合以上叙述,将足球产业的概念定义如下:足球产业是指以满足人们多样化足球需求而进行的一切生产性和经营性组织的组合。足球产业是围绕足球运动所进行的经济活动,包括足球比赛的商业运作、足球队伍的投入与产出、足球运动无形资产的开发、足球用品的生产和销售,以及与足球产业相关的餐饮业、运输业、广告业等方面的经营。

3 我国足球产业的发展现状

我国足球产业起步较晚,20世纪90年代初,党的十四大提出建立社会主义市场经济体制和国务院颁布《关于加快发展第三产业的决定》,给体育界提出了新的要求,要适应新的形势就必须对原有体育体制和运作机制进行全面的改革。1992年6月北京红山口会议之后,提出了"中国足球运动改革总体方案",明确了我国足球体制改革的方向,指出了足球要尽快步入产业化,实行足球俱乐部体制,尽早把足球推向市场。随着职业足球俱乐部在全国范围内的建立和职业联赛的开始,作为体育体制改革的突破口,中国足球开始步入实施产业化发展的轨道。1994年是我国实行职业足球俱乐部体制进行主客场联赛的第一年,比赛得到各界的支持,足球市场异常火爆,现场观众达600多万人次,电视观众更是高达10亿多人次。火爆的球市吸引了越来越多的国内外企业进入中国足球产业市场,当年投入的资金即达数千万元人民币。这不仅搞活了足球产业的市场,增强了足球运动的社会影响力,同时也极大地改善了足球设施,促进了足球人才的流动和现代足球理念的传播,丰富了人们的业余文化生活和精神文明建设,使足球产业化和市场化的发展充满了勃勃生机。

我国通过实施主客场赛制职业联赛和对俱乐部管理体制的改革,大大推动了足球竞赛表演市场的发展,在职业联赛初期形成了相当的市场规模和稳定的经济效益。如1994年中国足协同国际管理集团签订了5年合作协议书,根据协议,国际管理集团以120万美元(约合1000万人民币)获得1994年甲A联赛的冠名权,以后每年以5%的额度递增。1999年又同国际管理集团签订了5年合同,自这一年度起,甲A联赛更名为"'99百事可乐全国甲A足球联赛",继续加大了合作的广度和深度。据有关部门统计,1998年我国足球甲A联赛门票总收入1亿多元,1999年整个足球市场的收入约7亿元,甲A足球俱乐部的冠名权转让、电视转播权、服装和场地广告、运动员转会收入、门票收入和销售球迷用品等收入平均可达3000万人民币。至此,中国足球体制改革初具成效,步入实施产业化发展的轨道并初步构建起足球产业的基本框架。

然而,由于中国目前尚处在计划经济向市场经济过渡和转轨的过程中,经济实力有限,市场不规范,法制法规不健全,从业人员整体素质偏低,管理水平和措施严重滞后,使得中国足球产业及市场从开始就带有明显的特色,不同于其他足球发达国家的足球产业和市场。中国的足球改革还远远没有达到足球产业化发展的需求,这就不可避免地出现了许多新的困难和问题,同时也付出了相当大的代价。无论是中国足球协会、职业俱乐部,还是参与足球市场经营的企业都真正体验到了足球产业化市场竞争中的喜悦和困惑、收获和艰辛、希望和残酷。当阔绰的企业老板将大把的资金投进足球市场时,对自己在这一市场中能够占据怎样的位置,他们并无成算。球市的火爆、对地方政府政策倾斜的期待、对占领足球市场可能带来的利润的乐观估计,都成为他们争先恐后投资足球的理由。但由于外部经济形势的变化,更由于足协对市场利益的垄断,他们所得到的与原来所期望得到的相去甚远。在以大连万达为代表的民间资本频频"撤资"之际,国际资本"飞利浦""百事可乐"也加入了"撤资"的队伍,一时间,投资中国足球的"资本"似乎染上了"资本无力综合征"。启动中国职业足球联赛的开创者之一、英国人埃弗里就一针见血地指出:赞助商的利益得不到保证,他们为什么还要继续赞助呢?从近几年的联赛看,投资足球的"资本"一再缩水,球市低迷,曾经的繁荣不在,中国足球的产业化发展陷入了困境。

4 我国足球产业发展存在的问题

4.1 我国足球产业市场体系发育不完善,法制建设还不健全

一个完善的市场体系应该是门类齐全、层次有序、结构合理的组织体系。我国足球市场主要集中在大中城市和经济较发达地区,分布层次极不合理。各职业俱乐部尚未完全成为自主经营的经济实体;协调足球市场买方与卖方交易活动的经纪人制度有待健全和完善。发展足球产业的龙头是竞赛表演业,基础则在于足球健身娱乐和青少年技术培训,加上足球无形资产的经营开发,基本构成了足球产业的主体和支柱。足球职业联赛在我国经历了十几年历程,虽然整体上保持着较高的上座率和良好的社会影响,但我国足球职业联赛的技术水平和实际产生的经济效益并没有达到理想的状态。

足球市场的迅速发展,足球产业的有利可图,使得各种资金通过不同渠道纷纷进入足球市场,这固然扩大了足球市场的发展空间,但这些以市场经济为取向的资金,带有太多的功利性目的。我国足球联赛自诞生以来,对足球市场影响最大的"黑哨""假球"等现象几乎每年都有,刚刚上演的中超联赛也不例外。由于各方面的原因,使得"黑哨""假球"屡禁不止,观众有被愚弄、上当受骗的感觉,足球比赛的观赏性大打折扣,对比赛逐渐丧失热情和信心。由于"拜金主义"的影响,使得不少运动员也受侵袭,缺乏理智、道德和敬业精神,不刻苦训练,不严格自律。加之俱乐部对某些"大牌"球星的一味迁就,导致队内人心涣散,纪律松懈,一些作为公众形象的运动员因不文明的举动,起到了负面作用,大大降低了球市的吸引力,极不利于足球运动水平的提高。所有这些,皆因足球市场缺乏以法制为本的管理。因此,为了进一步推动足球产业的健康发展及提高我国足球水平,足球市场的法制建设急需健全和完善。

4.2 我国足球产业体制创新滞后,产权关系界定不清

我国足球体制改革初期,由于认识上的不足,新体制的诞生并没有明确产权关系。随着新体制的运作和足球产业的发展,因产权关系不清而产生的矛盾和问题逐渐成为焦点。例如,我国足球联赛的所有权问题,俱乐部认为联赛的产权应当由出钱出力的俱乐部方控制,国际惯例也是如此,中国足协不应该拥有对联赛的所有权,更没有联赛的使用、转

让和处分的权力。按理说,俱乐部是足球比赛的生产单位,俱乐部通过自己的生产,可以获得利润。但在现行体制下,俱乐部生产的原料(运动员)、设备(场地)要自己投资,但产品都归足协所有,不仅没有利润而且是血本无归。如此,国家体育总局与中国足协、足协与各地方俱乐部、俱乐部与运动员的产权关系不明确,必然会出现权力和利益上的冲突,也势必阻碍足球产业的发展。

4.3 我国足球产业受到的政策倾斜度不够,缺乏稳定和优惠的扶持政策

政府的产业政策对加快完善我国足球市场和足球产业化发展起着非常重要的作用,及时建立和完善我国足球产业化相关的完整的产业政策,能为加快我国足球产业进程创造良好的环境。足球发达国家的先进经验是,在鼓励社会和个人投资足球产业方面,采取低息贷款或贷款贴息政策、减免税或税款返还政策等。大部分发达国家对企业赞助足球比赛和运动队采取免税政策。我国虽然不同地方对足球产业经营都有相应的政策和措施,但缺乏稳定性和持久性。目前,税务部门仍然把对足球事业的赞助活动视为捐助,企业不能像广告等其他营销手段那样作为成本和税前开支,只能改用广告名义走账,这样容易挫伤企业赞助的积极性。

4.4 我国足球无形资产的开发有待进一步加强

足球无形资产是一种巨大的资源和财富,是足球组织机构和产业部门资产的重要组成部分。我国足球俱乐部对足球无形资产在市场中作用的认识有待于进一步提高,因为无形资产是俱乐部赖以生存和发展的真正资金来源。如比赛的冠名权、冠杯权、商标权、电视转播权、广告和彩票等。国外俱乐部、中介公司及足球组织机构利用足球无形资产取得商家和企业的赞助,企业则利用赞助足球赛事或球队的机会提高知名度和树立形象,并创品牌和扩大产品的影响。这是被广大企业和商家广泛采用的经营策略,这种赞助主要是达到企业及其产品的广告和宣传作用。有实力的商家和企业对赞助各种国际足球比赛、国内职业联赛及著名俱乐部队的商业价值普遍看好。现在 Coca Cola、Adidas、Nike 等十余家国际知名大公司,都是国际足联指定的正式赞助商,每家公司提供的赞助费不低于 3000 万美元。1998 年世界杯足球赛的广告收入超过 10 亿美元,世界杯吉祥物销售收入达 14 亿美元,出售其他相关产品收入为 11 亿美元。

5 发展我国足球产业的对策

5.1 进一步深化足球体制改革,将足球俱乐部真正实体化

目前足球职业联赛存在的问题并不是对改革的否定,恰恰相反,这些问题正是召唤着更进一步的改革。在我国足球职业化进程中,最大的进步就是足球体制的改造。在体制改造上虽然初步完成了从计划经济向市场经济的转型,但从根本上并没有完成从消费型向产业型的转型,使之成为市场的主体,还不能实行自主经营、自负盈亏。近几年欧洲职业足球俱乐部向企业化、公司化方向发展,其主要特征是实行股份制,而不是会员制,以吸引更

多的企业参与经营、管理,充分发挥大家的优势。为此,各国职业足球俱乐部都为顺应足球产业的发展,先后进行了股份制的改造,如英格兰的曼联、纽卡斯尔等;意大利的尤文图斯、AC米兰、帕尔马等。国外的实践证明,股份制完全适合在市场经济中职业足球俱乐部进行体制改造与构建。因此,我国足协应积极制订相应的法规,完善俱乐部体制改造,与国际惯例接轨,为我国足球步入全球范围的足球市场进行产业化经营与开发提供必要的条件做准备。采用股份制足球产业集团的形式,将多个热衷于我国足球的社会经济团体、公司进行合作联营,共同开发我国的足球市场。通过股份制创建我国足球产业集团,实行品牌发展和延伸战略。

5.2 加强足球产业的法制建设,完善足球市场运行体系

我国现有的法律法规不够健全,导致市场行为没有一定章程,纠纷不断。因此,相关部门要积极制定有关法规,完善职业足球产业化经营的市场运行体系和机制,规范足球市场的管理,如广告市场、比赛市场、票务市场、运动员市场、电视转播市场、球队标志市场、球队专利产品市场等等。足球产业的良性发展有赖于司法的大范围介入,短期内可能要触动许多人的利益,但是要分析这些人的利益是否合法,不合法就得打击,并且要严打。要将危害足球产业市场良性发展的事物用司法手段剔除出去,只有建立起严格的法制体系,才能保证足球产业长期稳定发展。

5.3 明确利益分配关系,成立职业联盟

无论是中超联赛还是中国足协杯赛,每一场比赛的投资者都是俱乐部,而整个联赛或杯赛是所有比赛的总和,因而由此产生的所有有形及无形资产——包括比赛、广告、杯名、电视转播权等等的所有权、经营权应当属于全部参赛俱乐部而不是其他什么人或组织。综观世界开展职业足球发达的国家,几乎都有职业联盟或职业联赛委员会之类的组织。职业联盟是由职业俱乐部选举产生,代表职业俱乐部的利益从事经营活动的组织。职业联盟除保留国家足协应有的权利外,把管理、经营职业联赛的权利归还给俱乐部,让俱乐部真正有自主权和经营权,从根本上缓和俱乐部与国家足协的矛盾,调动俱乐部的积极性,使职业联赛真正拥有一种良性循环的制度。中国足球成立职业联盟的时机已经成熟,这是解决当前中国推行职业化足球所存在的一系列矛盾最有效的手段和方法。

5.4 加大足球产业管理人才和经营人才培养力度,提高从业人员素质

我国足球产业经营管理人才缺乏是一个严重问题,在现在的各类经营管理者当中,一则他们大多是运动员或教练员出身,虽然熟悉足球行业,但却缺乏市场经济和经营管理知识,更缺乏商品和服务的意识;另则是刚刚介入足球的生产商和经营商,他们对足球缺乏了解,短时间内无法将足球与产业经营完好的结合起来。从我国足球市场的实际出发,国内体育院校和综合大学的体育院系可以利用各自优势或与财经大学合作,着手于体育经营管理人才的培养工作。有重点地培养懂得市场规律、经济规律、市场供求规律以及能按市场规律和经济规律来处理与监督我国足球市场的专业人才。否则,我国足球产业化将会成为空中楼阁、举步艰难。所以我国务必要加强足球产业化从业队伍的管理,实施资格认

证制度,培养一批高素质的人才。

5.5 投资足球产业的商家和企业要树立承担市场风险的意识

如果说企业向足球投资仅以宣传企业为目的的话,那么用尽量短的时间达到最大的宣传效果就成为企业家们追求的目标,这无可厚非,因为这符合经济学原理。但在市场经济中遨游,一定得树立市场风险意识,特别是在职业足球市场雏形阶段更是如此。并非每一个投资足球产业的投资者都能得到丰厚的利润,一开始进入足球产业不要把期望值定得太高,要树立市场风险意识,做好长期投资的心理准备。1998 年,中国足坛一度出现了经济危机,许多职业俱乐部不堪负债经营,相继出售股份和易帜退出足坛。原因就是投资者开始把搞足球看得太容易,进入不具备造血功能和良性循环的足球市场后,经营不当,投资过大。面对如此大的市场风险,投资者们在制定赚钱经营战略的同时,也要有对付赔钱的战术,对足球竞赛的残酷和经营竞争的激烈要有所准备,只有这样才能充分享受足球产业经营开发所带来的骄傲和荣誉。

5.6 提高我国职业足球运动技术水平,加大足球后备人才培养力度

足球产业的发展与提高职业足球运动水平并不矛盾,两者相互制约、相互促进、互为前提,两者既有相同之处,又有本质的区别。提高职业足球运动水平,只能从职业足球内部的运作着手,而不能依靠经济的手段来替代按照足球规律办事的程序,但可以用产业化经营开发的思路去指导足球后备力量的培养,把足球后备人才的培养也当做足球产业化经营开发的一部分来抓。以科学训练的手段、产业化经营开发的视野,认真抓好青少年足球后备人才的培养工作,促进职业足球运动水平的提高,真正达到促进我国足球产业迅速发展的最终目的。

参考文献

[1]麻雪田,王崇喜：现代足球运动高级教程[M]. 北京:高等教育出版社,2002.

[2]周毅. 中国职业足球的产业化经营与对策[J]. 天津体育学院学报,1999,14(3).

[3]鲍明晓. 体育产业——新的经济增长点[M]. 北京:人民体育出版社,2002.

[4]张吉龙. 论中国足球产业[J]. 体育科学,2001,21(1).

[5]韩勇. 中国足球俱乐部内幕[M]. 北京:中国城市出版社,1998.

[6]蔡向阳,连瑞华. 中国足球产业走向的理性思考[J]. 体育科学研究,2001,5(2).

[7]张西平,史兵,等. 论我国职业体育的法制化建设[J]. 上海体育学院学报,2000,24(4).

[8]张鲲,张西平,等. 我国职业足球几个热点问题的探讨[J]. 西安体育学院学报,2000,17(4).

[9]邱晓德. 论中国足球产业的经济泡沫现象与经营机制软着陆[J]. 天津体育学院学报,2000,15(1).

青少年足球运动员培养的成本与收益研究

郑鹭宾,王立新

(上海体育学院,上海 200438)

摘 要:通过对 2005 年在河南省足协注册的 97 名 U – 15 青少年足球运动员的调查,对这批青少年足球运动员的个人家庭在经济和非经济方面的投入与付出进行了分析研究,以探讨目前培养青少年足球运动员个人家庭的经济成本与非经济成本的构成,从而探明此项培养中个人家庭的经济投资费用及非经济方面的投入程度。在确定各项成本的基础上,对个人家庭投资的预期收益做进一步的调查并从理论上进行了分析评估,为致力于培养青少年足球运动员的个人家庭投资和投入提供参考,同时为有关部门的政策制定提供现实和理论上的依据。

关键词:经济成本;非经济成本;机会成本;预期收益

1 前言

一个国家足球运动水平的高低,在很大程度上取决于青少年培养的成功与否。然而,我们青少年培养的研究重心似乎仍停留在体制与模式,训练与比赛等方面。随着社会主义市场经济的不断发展与完善,市场机制的调节作用将充分得以发挥,忽视青少年培养的经济因素,尤其是缺乏对社会构成单位——家庭经济投入的研究,将会对改革发展中的中国足球市场产生不利影响。因此,对我国目前青少年足球运动员培养的成本与收益从家庭投资层面上予以分析研究,能够为我国足球的社会化、市场化、职业化发展提供参考。

2 研究对象与研究内容

2.1 研究对象

河南省足协 2005 年注册 U – 15 足球运动员及其个人家庭。

2.2 研究内容

个人家庭在培养青少年足球运动员中的经济和非经济成本以及预期的收益;进行此项培养的动机以及投资的影响因素。

3 研究方法

3.1 文献资料法

通过中国期刊网、上海体育学院图书馆,查阅了国内外有关人力资本研究、青少年运动员培养、义务教育等方面的著作和学术、学位论文。

3.2 专家咨询法

主要访问了洛阳足球学校校长岳金玉、河南建业外国语足球学校校长王随生以及其他部门相关领导。

3.3 问卷调查法

问卷发放的对象为运动员的家长,利用走访运动员家长以及运动员返家归队期间,发放及回收问卷。共发放问卷 97 份,回收 86 份,其中有效问卷 79 份,问卷回收率为 88.6%,有效回收率为 81.4%。

4 结果与分析

4.1 研究对象的基本情况

2005 年在河南省足协登记注册的 U－15 足球运动员共有 97 人,分别来自洛阳和郑州两地,其中洛阳足校的运动员 60 人,郑州的运动员来自河南建业外国语足球学校共 37 人,基本情况如表 1 所示。

表 1　调查对象基本情况表

队员人数	平均年龄($M \pm SD$)	平均训练年限($M \pm SD$)
79	14.10 ± 0.61	6.44 ± 1.36

对该批运动员家庭收入的调查结果显示,家庭收入近五年来平均每年的收入情况如表 2 所示。

表 2　家庭收入基本情况调查表($N = 79$)

家庭年平均收入	最高	最低	平均($M \pm SD$)
单位(万元)	25	1	3.61 ± 3.09

可以看出,各个家庭在收入上存在着比较大的差异(标准差 3.09)。3.61 万元的家庭

平均收入在河南省属于较高的水平，近年来河南省城镇居民家庭人均可支配收入，2002年6245元，2003年6926元。而我国城镇居民的平均收入在6000元左右。

4.2 河南省青少年足球运动员培养的个人成本分析

本研究中的成本是指个人家庭为完成青少年足球运动员培养这项活动而放弃的资源的总价值，这些资源是个人家庭培养青少年足球运动员的要素，一般表现为人力、物力和财力。根据成本内涵的不同，将其划分为经济成本和非经济成本。经济成本是指家庭在这项培养活动中所投入的货币数量；非经济成本主要是机会成本及投入的风险等。

4.2.1 经济成本

从理论上讲，培养青少年足球运动员的投资来自于国家、企业、社会及个人等几大投资主体。所谓投资主体，是指具有独立投资决策权并对这项投资负有责任的经济法人或自然人。这里个人的投资支出实际上多表现为从事足球训练的青少年个人家庭的支出，是个人家庭为接受这种教育培训而实际消耗的费用，也就是家庭在这项培养活动中所投入的货币数量。

通过对调查问卷的数据分析，对于实际消耗的费用项目，学费及训练费分别占据了第一和第二位，为投入的主要支出项目。主要的支出项目具体的分布排位情况见表3。

表3　费用支出项目排序调查表（N = 79）

费用项目	学费	训练费	住宿费	伙食费	装备费	医疗费	冬训费	交通费	其他
均值	6.70	6.11	4.59	4.89	4.73	2.30	4.58	1.97	1.87
标准差	0.87	1.00	1.06	0.99	1.11	1.44	1.46	1.18	1.26
极差	5.00	5.00	4.00	4.00	4.00	5.00	5.00	4.00	5.00
最小值	2.00	2.00	2.00	2.00	2.00	1.00	1.00	1.00	1.00
最大值	7.00	7.00	6.00	6.00	6.00	6.00	6.00	5.00	6.00
排位	1	2	5	3	4	7	6	8	9

注：表中"均值"意为通过七点量表赋值后该项的均值。

河南省 U – 15 足球运动员个人家庭到目前的大致经济投入如表4所示。

表4　经济成本投入情况调查表（N = 79）

	家庭平均投入	足校前训练时间（年）	足校前平均投入（万元）	足校训练时间（年）	足校期间平均投入（万元）
均值	8.18	2.87	1.79	3.66	5.39
标准差	2.85	1.41	1.49	1.26	2.37
极差	12.00	5.00	9.70	6.00	12.00
最小值	3.00	1.00	0.30	1.00	1.00
最大值	15.00	6.00	10.00	7.00	13.00

训练时间存在的差异是由于不同的运动员个人条件和他们所处的环境造成的，经济方面投入的差异与开始训练的时间长短、间接成本的投入以及存在某些"隐性支出"有关。

4.2.2　非经济成本调查与分析

个人家庭在青少年足球运动员培养方面，不仅在经济上有所支出，同时也付出了大量的人力、物力和时间等，这些资源也是完成这项培养活动的构成要素。相对于投入的货币数量的经济成本，这些要素构成了个人家庭投入培养活动的非经济成本，这种成本在理论上被称为机会成本。

个人机会成本，即受教育者在接受教育期间所使用的全部资源因用于此项教育活动而不能用于其他用途的最大可能损失。机会成本不是明显可见的成本，它与实际花费的成本不同，是教育成本中的无形成本。尽管每个家庭为培养青少年足球运动员付出了可观的机会成本，但实际上并未增加对此种培养教育的投资，它只是一种无形的成本。理论上，评估教育的个人机会成本时通常考虑以下几个方面：

（1）时间成本。对于这批运动员而言主要指放弃收入的延续时间，相对于参加工作的同龄人来说，这批 U－15 运动员放弃收入的时间为 3 年或者更长一些时间。

（2）就业概率。在体育领域中，竞技体育运动员培养的高淘汰率是青少年足球运动员培养中个人家庭投资必须慎重考虑且不得不面对的一个客观因素。而在对运动员家长的调查问卷中显示出较为明显的主观倾向，多数家长对未来自己的孩子从事足球的可能性持乐观态度。26.6% 的家长认为孩子成为职业选手的可能性很大，46.8% 的家长认为可能性较大，仅有 6.3% 的家长认为可能性较小。主观上的偏爱，对项目了解程度不足，缺乏相应的横向比较等因素造成了家长较为普遍地对竞技体育人才选拔培养的残酷一面认识不足，见表 5。

表 5　进入职业队可能性调查表

		频数	百分比（%）	有效百分比（%）	累计百分比（%）
有效	很大	21	26.6	26.6	26.6
	较大	37	46.8	46.8	73.4
	说不清	16	20.3	20.3	93.7
	较小	5	6.3	6.3	100.0
	合计	79	100.0	100.0	

（3）风险成本。除了承担与物质资本一样的市场价格风险外，人力资本投资还要承担生命因素的风险。在青少年足球运动员的培养过程中，运动员会因病、因伤以及其他意外因素而导致运动生涯终结，投资也随即沉没。作为竞技运动员培养的投资，这种风险比多数其他领域的投资风险更大，这是为数不少的青少年运动员人力资本成本无法收回的主要原因之一。调查结果显示，家长对于此种风险的认识程度普遍不足，见表 6。

由数据可以看出，对于未来职业的影响因素，家长较为普遍的观点是将个人条件、教

表6　投资风险认识程度调查表　（N＝79）

	教练因素	个人条件	家庭环境	自身努力	训练条件	生活条件	伤病因素	队友影响	运气机遇	其他因素
均值	6.10	6.30	4.62	5.76	4.61	3.22	2.67	2.47	4.22	1.79
标准差	1.36	1.12	1.51	1.42	1.30	1.18	1.62	1.64	2.07	1.11
极差	5	5	6	6	5	5	5	6	6	4
最小值	2	2	1	1	2	1	1	1	1	1
最大值	7	7	7	7	7	6	6	7	7	5
排位	2	1	4	3	5	7	8	9	6	10

注：表中"均值"意为通过七点量表赋值后该项的均值。

练员及自身努力放在最为重要的地位，这样的认识显然在某种程度上是主观的，投资与此项教育培养能否获得预期效果首先要取决于孩子的能力素质，而这种能力在从事训练进入足校后所表现出的只是部分的和片面的，今后是否能够成为职业运动员会受到多种不确定因素的影响。如调查显示，对于伤病这一在体育人力资本投资中较为重要的影响因素，除非发生这种情况，家长往往不会引起重视。

(4)机会成本。综合以上有关机会成本的因素，通过调查分析我们发现，在目前河南省青少年足球运动员的主要培养模式下，对这些青少年运动员而言，最大的机会成本是为专业训练而影响的文化课学习，这无疑造成了这些青少年足球运动员未来择业的困难，这种机会成本的产生将会严重影响运动员一生的发展机会。

对运动员家长关于是否让孩子继续高中学习的意向的调查显示，即使有上高中的可能性，不少家长也对其必要性持否定态度。

对于目前文化课的学习情况，只有极少数家长认为有进步，占5.1%；而多数家长则认为孩子的文化课学习有退步或退步很大，分别为35.4%和16.5%，见表7。

表7　文化课学习情况调查

		频数	百分比(%)	有效百分比(%)	累计百分比(%)
有效	有进步	4	5.1	5.1	5.1
	说不清	34	43.0	43.0	48.1
	有退步	28	35.4	35.4	83.5
	退步很大	13	16.5	16.5	100.0
	合计	79	100.0	100.0	

可见目前的培养状况对青少年的文化课学习有一定的负面影响。造成以上现象的原因：第一是由于传统错误观念的影响，人们还较为普遍地认为运动员不需要太高的文化水平。第二是由于升学竞争的现实压力，全国平均高中的毛入学率约为47.5%，而河南作为

全国人口第一大省，还要略低于此水平，升学、择校、高考的压力在河南省体现得尤为突出。第三，即使考入高中还要面临更加激烈的高考竞争，假如不能考入为数不多的几所重点中学，基本高考无望。第四，大学毕业生近年来就业形势也并不乐观。

4.3 青少年足球运动员培养投资的收益分析

4.3.1 预期经济收益

家庭投资培养青少年足球运动员，对未来职业的经济收入的预期是重要因素(表8)。

表8 对未来成为足球运动员的预期经济收益调查表

	最低收入预期(万元)	最高收入预期(万元)
均值	38.96	254.43
标准差	27.76	143.71
极差	95.00	550.00
最小值	5.00	50.00
最大值	100.00	600.00

对于成为一名职业足球运动员，家长的预期经济收益在38.96万元至254.43万元之间。家长对于最低经济收入和最高经济收入的预期值有较大的差异，这也说明个人家庭对于未来收益的判断是较为主观的，不同的信息渠道和环境以及家长的认识判断能力是造成这种差异的主要原因。即使这种差异存在，从预期值上仍然反映出职业足球的经济收益对于个人家庭来说是具有吸引力的。

4.3.2 预期非经济收益

表9 从事足球训练对于未来出路的收益程度调查表(N=79)

	职业运动员	进入体育院校	进入普通高校	从事与足球相关职业	从事与足球不相关职业
均值	6.43	6.37	5.14	5.66	3.11
标准差	1.09	0.92	1.66	1.28	1.84
极差	5.00	5.00	6.00	5.00	6.00
最小值	2.00	2.00	1.00	2.00	1.00
最大值	7.00	7.00	7.00	7.00	7.00
排位	1	2	4	3	5

注:表中"均值"意为通过七点量表赋值后该项的均值。

家长中较为普遍的认识是:将来自己的孩子能成为职业运动员,进入职业俱乐部最为理想,投资上可以获得最好的回报;在未能成为职业运动员的情况下,学会并利用足球的一技之长,还可以选择体育院校之类的高校。造成这种思想认识的部分原因在于河南省的升学压力很大,与其让孩子参与投入成本很高的中考与高考竞争,不如利用自己从事足球运动的特长,做就业与升学两手准备(表9)。

4.4　个人家庭培养青少年足球运动员的投资动机和影响因素分析

4.4.1　个人家庭培养青少年足球运动员的投资动机

追求私人收益最大化是个人投资者投资的基本动机。一般来说,个人和家庭对某项教育、培养进行投资,其动机和目的基本上有两点:一是通过投资与接受教育获得一种心理上的享受和精神上的满足;二是通过投资与接受教育完成其劳动力尤其是智力的再生产,从而获得一定的社会地位,取得一定的经济收益或者满足。

4.4.2　个人家庭培养青少年足球运动员投资的影响因素分析

个人家庭教育投资是投资主体最原始的形式,而个人家庭对教育投资支出的多少,实际上是诸多因素共同作用的结果。

(1)家庭的经济条件。个人家庭收入水平越高,或收入增长的速度越快,个人对教育的投资支出会越多;反之,个人对教育的投资支出会越少。在目前我国社会主义市场经济条件下,完成义务教育之外的继续教育是需要一定的支付能力的。

(2)职业需要。一个人完成某一阶段的教育之后,必须参与社会经济活动。但他只有具备某些基本的知识和技能之后,才能成为一定经济活动的参与者。因此为了谋求职业必须投资与接受教育。家庭培养青少年足球运动员,其人力资本即竞技能力的形成,正是为成为一名职业运动员所做出的必要投资。

(3)个人条件。青少年在成长过程中,个人的天生条件、兴趣爱好对家庭培养的投资也会起到一定的影响作用。通过调查发现,多数家长在培养孩子从事足球训练上进行投资数年至今,就是因为他们相信就个人条件而言,自己的孩子具有成为职业选手的素质,见表10。

表10　家长对孩子个人条件的判断情况调查表(N = 79)

	身体形态	身体素质	技术水平	战术水平	心理水平	智力水平	兴趣爱好	精神毅力
均值	5.68	5.73	5.68	5.43	4.83	5.44	5.25	4.05
标准差	1.16	0.87	1.13	1.06	1.14	1.37	1.52	1.85
极差	5	5	5	5	5	5	6	6
最小值	2	2	2	2	2	2	1	1
最大值	7	7	7	7	7	7	7	7
排位	2	1	2	4	6	3	5	7

注:表中"均值"意为通过七点量表赋值后该项的均值。

可以看出,家长一般会主观认为自己的孩子在身体、技术、战术等方面具有从事足球运动的优势,只是需要心理上的成熟和吃苦耐劳的精神。而在孩子兴趣爱好方面没有得到足够的重视,这也显示出这项投资的功利性特征。家长在对于孩子个人条件的判断上具有较为普遍的主观性。

(4)社会因素。足球运动在全世界具有广泛的影响,中国足球职业化的改革,地方足球的文化传统,升学就业压力等社会因素也在不同程度上影响着个人家庭投资足球运动员的培养,表 11 显示了社会因素的影响。

表 11 社会因素对家庭投资的影响调查表 （N = 79）

投资影响因素	均值	标准差	极差	最小值	最大值	排位
足球运动魅力	5.78	1.19	6	1	7	1
中国足球的发展	5.70	1.37	5	2	7	2
本地足球传统	5.23	1.66	6	1	7	3
朋友亲戚的影响	3.95	1.93	6	1	7	5
升学就业的压力	4.90	1.62	6	1	7	4
其他	2.12	1.57	6	1	7	6

注:表中"均值"意为通过七点量表赋值后该项的均值。

5 结论

(1) 河南省青少年足球运动员的培养,至 U – 15 这一年龄段,平均训练年限为 6.44 年,个人家庭在此方面的经济投入约为 8.18 万元,其中进入足球学校前投入约为 1.79 万元;足球学校期间为 5.39 万元。年平均投入约占家庭平均收入的 33.19%,对于多数青少年运动员的个人家庭来说这笔费用是较高的。

(2) 在非经济成本方面,通过对机会成本及其各项影响因素的分析研究,发现个人家庭在此项投资的风险上认识有所不足;而最大的机会成本对于他们则是因从事这项培养训练而对文化课学习造成的负面影响,这将会影响运动员的未来发展。

(3)个人家庭投资培养青少年足球运动员是多种因素共同作用的结果。不同的家庭经济条件造成了投资比例上的差异;多数家长表示这种投资是为了职业的需要,即培养职业足球运动员的需要。

(4)个人家庭对此项投资培养的经济预期收益是很高的,对未来职业足球运动员的经济收入预期值在每年 38.96 ~ 254.43 万元之间。在非经济收益上,目前多数家长肯定了孩子在身体素质、技战术水平方面的收获,同时也承认文化课学习方面的不良状况。对于未来的收益,成为一名职业运动员显然投资的收益最大,即使不能走上职业运动员的道路,在考取体育院校等高校方面也会有相应的优势。

6 对策与建议

(1)个人家庭在做出投资培养青少年足球运动员的决定时,应当充分考虑各种经济和非经济的因素。经济因素方面主要有家庭收入状况、家庭储蓄以及最大可能的负债能力;非经济因素方面主要应当考虑的是孩子的现实条件及未来的发展状况。同时要对竞技项目人才培养的特点和规律有一定的认识,既要看到未来的收益,也要了解培养过程中存在的各种风险。

(2)个人家庭在进行此种投资时需要对这种投资的特征有所了解。青少年足球运动员的培养是一个长期的过程。因此家庭在此方面的投入往往也具有长期性和连续性。要把一名普通的青少年培养成为一名职业足球运动员至少需要十年左右的时间;而青少年运动员自身特点及其家庭状况是各不相同的,是否能够保持这种投资的相对稳定性和连续性,对个人家庭能否实现未来的收益至关重要。

参考文献

[1]舒尔茨.教育的经济价值[M].吉林人民出版社,1982.

[2]舒尔茨.论人力资本投资[M].北京经济学院出版社,1990.

[3]莫志宏.人力资本的经济学分析[M].经济管理出版社,2004.

[4]赵曼.人力资源开发与管理[M].中国劳动社会保障出版社,2001.

[5]范先佐.教育投资体制改革的理论与实践问题研究[M].第2版.华中师范大学出版社,2003.

[6]中国足球协会.中国足球协会运动员管理条例.2004.

[7]中国足球协会.中国足球协会足球学校暂行管理办法.1998.

[8]中国国家统计局.中国教育统计年鉴2002~2003年版.

2004 年民营资本投资广东足球的现状分析研究

周毅,曾播思

(广州体育学院,广州　510075)

摘　要: 通过对 2004 年广东地区的三家俱乐部的分析,发现民营资本投资广东职业足球存在不同程度的经营问题,同时面临挑战和机遇,为此提出建议,为中国足球民营资本投资提供一些参考。

关键词: 民营资本;投资;足球

1　前言

　　广东足球是实行职业化较早的体育产业之一,从实施开始,民营资本对广东职业足球的投资就没有停歇过。如早期的广东健力宝、广州松日、广东宏远、广州吉利、广州太阳神,到现在的深圳健力宝、广东科健、广州日之泉,都是民营资本曾经或正在投资运作的俱乐部。作为民营企业,他们把广东职业足球看做是一个具有巨大经济效益潜力的市场,十年过去了,品尝过"广东足球螃蟹"的民营企业都真正体验到了足球产业化市场竞争中的喜悦和困惑、收获和艰辛、希望和残酷,他们为广东足球职业化发展立下了汗马功劳。但很多民营企业投资足球后又选择退出,原因是多方面的,其中一个重要原因就是中国足球市场缺乏公平公正的足球竞争环境和纯市场化的足球俱乐部。与众多拥有官方背景的足球俱乐部相比,单纯靠几家民营企业孤军奋战,而得不到广东各级政府在政策上的支持和相关法规的保障,也是民营资本退出投资广东职业足球的一大原因。

　　目前民营资本投资广东职业足球遇到一些挫折,是因为中国职业足球目前没有真正按照职业化的市场规律去发展,并不代表广东职业足球没有出路。由于足球本身规律的制约,再高的投入也不可能在短时间内得到足够的盈利。广东职业足球从中国职业化开始就在探索按市场规律操作的新路,在广东经营足球俱乐部,靠吃"皇粮"的时代已经逐步结束,民营资本的投入已逐渐成为各职业足球俱乐部的主要经费来源。当前大量的民营资本不是不想进入广东职业足球产业,而是因为目前职业足球的大环境还不够好,让部分精明的民营企业家不敢轻易进入广东职业足球市场,暂时只能持观望态度。

　　因此,当我们站在更高的层面上来审视广东职业足球的发展方向、运行规律和经营策略时,就会发现民营资本投资广东职业足球具有强大的发展势头。广东足球如想最终走向社会化及真正的职业化,其过程必然需要各界人士的通力合作与一系列的政策、法规及制度来支持和规范,这样,民营资本才能全身心地投入广东职业足球,为广东职业足球真正职业化作出贡献,让广东足球重现辉煌。

2　研究对象和方法

2.1　研究对象

广州日之泉足球俱乐部、深圳科健足球俱乐部、深圳健力宝足球俱乐部。

2.2　研究方法

运用文献资料法、专家访谈法、实地考查法、问卷调查法和数理统计法。

3　结果与讨论分析

3.1　有关概念的界定

在由何金泉主编的《中国民营经济研究》中,所谓民营经济是指由民间、社会团体、个人、家庭、家族及其他非政府所有和经营管理并独立承担市场风险和民事责任的经济组织。在魏宇辉主编的《民营经济概论》里,民营经济指的是非国有的所有制形式和经营方式的总称。资本是指能带来未来效益而具有现值的东西。民营资本指的是自然人或法人所有或经营的经济成分。在本文研究中,民营资本的范畴指的是非国有国营的经济成分。

3.2　民营资本的现状分析

3.2.1　广东民营资本的基本状况

2003 年以来,广东凭借党的十六届三中全会和《中共广东省委、广东省人民政府关于加快民营经济发展的决定》的春风,民营经济发展呈现出勃勃生机,经济发展迅速,成为推动国民经济竞争性行业发展的重要支撑力量。广东民营经济实力显著壮大,发展水平居全国前列。民营企业的规模和水平不断提高,龙头企业迅速崛起。至 2003 年末,广东私营企业户均注册资本达 140 万,比上年末增长近 7 个百分点,其中注册资金在 1000 万以上的为民营企业达 6871 户,1 亿以上的为 154 户。年产值或销售额在亿元以上的超过 300 户。

2003 年,民营经济投资亦大幅增长,成为广东投资高速增长的重要增长点。民营经济发展环境优化,进一步激发了民营企业投资的积极性,这一年,广东民营经济固定资产增长达 1633. 12 亿元,增长 30. 0%,增幅高出全社会固定资产投资 3. 5 个百分点,对广东投资增长的贡献率上升至 37. 0%。全年民营经济到位资金 1844. 39 亿元,增长比投资完成额高 4. 6 个百分点。

2004 年,广东民营经济继续保持良好的迅速发展势头。一季度,规模以上民营工业企业实现增加值 191. 13 亿元,同比增长 23. 9%,增幅高于广东工业平均增幅。民营经济完成投资 339. 29 亿元,占全社会投资的 35. 2%,增长率为 33. 2%,其中私营个体投资增长率为 77. 5%;民营经济投资对全社会投资增长贡献率达 40. 5%,成为广东经济增长的主要推动力量。

从以上资料可以看到,广东民营资本具有良好的发展势头及相当雄厚的经济实力,随着国家相关政策的支持,对社会的投资正以一日千里的速度增长,只要有适合的项目和需求,民营资本必将大举进行投资。

3.2.2 2004年投资广东职业足球的民营资本现状

2004年1月18日,拥有广州足球俱乐部股权的广州市足球协会、广州市足球发展中心和广州市香雪制药有限公司等第三方法人代表或代表,就广东市足球协会和广州市足球发展中心全部转让持有的广州足球俱乐部70%股权一事进行了表决,并一致通过由东莞日之泉集团有限公司以一元价格承接俱乐部70%的股权。香雪公司代表在股东大会上表达了香雪方面的意见:香雪暂时不以经营者的身份参与俱乐部的运作。也就是意味着新赛季香雪公司不会再继续向球队投资,这样不再注入资金的香雪公司的股份将越来越少。目前,广州日之泉足球俱乐部的股东有三家:东莞日之泉集团(66.67%)、广州香雪制药(28.56%),广东日之泉贸易有限公司(4.77%)。作为控股权的日之泉集团在合同中表示:"我们要经营广州足球俱乐部两年以上,两年经营期间不得再次转让;保证今后两年的每年运作经费不少于2500万元。"东莞日之泉集团有限公司是一个全方位、多业务的集团公司,总部设在珠三角腹地东莞中堂镇。2004年以来,通过投资广州足球,日之泉集团在广东的发展日新月异,企业产值直线上涨,已经成为广东水产品市场中的佼佼者。

3.2.2.1 投资深圳健力宝足球俱乐部的民营资本状况

2002年12月30日,广东健力宝集团从中国平安保险股份有限公司手中全资收购深圳市足球俱乐部,并成功进行股份制改造,俱乐部的名称更名为深圳市健力宝足球俱乐部有限公司。广东健力宝集团有限公司成立于1984年,经历20年的风雨历程,已经成长为一个以饮料为主导产业,集制罐、塑料、包装、药业、酒业、食品、体育、房地产等为一体的大型现代化企业集团,曾连续8年被评为全国工业企业500强,2003年入选中国500强。

在2002年以前,健力宝集团的股权结构是三水政府持75%股份的国有企业,其中广东健力宝饮料厂持健力宝集团60%股权,广信企业发展公司持15%,澳门南粤集团有限公司持10%,香港顺明企业有限公司和广东金盛卢氏集团有限公司分别持7.5%。2002年1月,浙江国投受托以3.38亿元收购健力宝75%的股权(三水政府此前拥有的75%股权悉数转让,并把从澳门、香港两家公司回收的5%股权也一并转让),3.38亿元的出资人为张海、裕兴老总维沙及港人张金富,张海个人持有健力宝超过50%的股份,成为健力宝新掌门人。

张海进入健力宝后的运作思路是充分利用其多年形成的品牌价值和市场影响,到资本市场多方融资,用于扩大生产并走上多元化发展路径,将健力宝从单一的饮料生产扩展到各类实业和资本投资市场。但是更钟情于运作式获利的张海却越来越偏离了多元化所必须遵循的两个条件:围绕主业和量力而行。结果,到2004年7月份,健力宝账面上的负债已经达到了80%以上,远远超过安全警戒线,原本应该用于饮料生产的银行贷款、供应商应付款、经营商预约款,都被以种种方式挪出来用作它用,投入到不应该投资的金融领域,到最后,光这些经营性负债就超过了10亿元。至此,健力宝集团陷入困境,员工工资被拖欠2个月,贷款利息无法支付,生产几乎完全停顿,市场濒临瘫痪。健力宝集团的困境,也极大地影响了深圳市健力宝足球俱乐部后半赛季的运作。

3.2.2.2 投资深圳科健足球俱乐部的民营资本状况

深圳科健足球俱乐部原名广东雄鹰足球俱乐部,科健公司最大股东的科健公司总裁郝建学原来对俱乐部控股70%,在中国足协要求俱乐部股份改造以后,科健用了500万从广东省足协那里将雄鹰俱乐部的30%股权买下,成为完全控股。2004年,深圳科健足球俱乐部正式在深圳注册,主场设在深圳体育场,成为一支深圳本土企业投资球队。

中国科健股份有限公司成立于1984年,隶属于中国科学院,1994年顺利完成股份制改造和股票上市工作,成为深圳证券交易所的第一家高科技上市公司(深股0035,中科健A)。中国科健股份有限公司是中国最早涉足移动通讯领域的企业之一,始终领先于国内同行。2001年,中科健销售额实现14.6亿元,排名中国电子信息百强企业第55强,以卓越的质量管理得到了国际质量认证权威机构的认可,获得了TL9000认证证书,成为中国第一家通过TL9000国际质量管理体系认证的国产移动电话厂商。

2004年,科健集团的状况日下,根据中科健2004年第三季度财报显示,截至2004年9月30日,中科健负债总额已达15.02亿元,其中流动负债合计达14.64亿元,短期还款压力已经相当巨大。公司盈利状况已达到上市以来的最低谷。前三季度,中科健主营业务收入为15.2亿元,净利润却亏损3104.9万元,公司预计全年将首度出现亏损。科健集团的困境,让深圳科健足球俱乐部经营也极度困难,俱乐部的成绩一落千丈。根据深圳晚报资料,科健集团拖欠俱乐部教练员、运动员工资奖金达半年之久,金额为350万元左右。

3.3 2004年民营资本投资广东职业足球的现状分析

3.3.1 民营资本与广东职业足球的渊源

中国足球在了解资本,资本也在重新审视中国足球。从这个意义讲,甲A 10年也差不多就是资本和足球相互打量的10年。在这样的观望里,有收获,更多的则是困惑。但是资本的介入使中国足球形成了一个市场雏形是不争的事实。从1994年中国职业联赛开展以来,民营企业与广东足球俱乐部的合作就没有间断过,可以说,广东职业足球的发展史,其实也就是民营资本在广东足球市场的投资史。在众多的民营企业中,最早涉足广东职业足球市场的是广东宏远集团和广东太阳神集团,随后有松日电器集团和吉利集团。

3.3.2 2004年民营资本投资广东职业足球俱乐部的状况

(1)广州日之泉足球俱乐部的联赛状况。广州日之泉足球队2004赛季里总共征战32轮,在32场比赛中,日之泉队12胜、16平、4负,总共打进47球,失29球,积52分,名列第四。日之泉队这个赛季与冲超失之交臂的原因可能有很多,最重要的不外乎两点:(1)俱乐部冲超的目标不明确,在赛季中期日之泉队在积分上已经被武汉黄鹤楼队以及珠海中邦队抛离。(2)俱乐部的运作受时间限制。2004年1月,托管于广州足协的广州足球俱乐部才找到日之泉集团接手,转让时间已经逼近中甲联赛开局,并且日之泉集团此前仅仅经营过乙级球队,对于中甲俱乐部的管理和经营都是刚刚上路,影响了俱乐部的运作。

(2)深圳健力宝足球俱乐部的联赛状况。2004年11月24日下午,中超联赛第20轮,深圳健力宝队以40分的积分,高出第二名的山东队8分,而提前两轮夺取首届中超联赛冠军,这也是中国职业联赛十一年来产生的第四支顶级联赛冠军队伍,同时这又是广东足球的第一支球队获得职业联赛冠军。深圳健力宝足球队这个冠军是在俱乐部拖欠运动员5个月的工资以及700多万元的奖金的情况下获得的,球队能在如此困难之下不乱套,并且让运动员在比赛中兢兢业业去打拼,与主教练朱广沪的关系是分不开的。

(3)深圳科健足球俱乐部的联赛状况。深圳科健足球队在首届中超联赛里总共征战32轮,在32场比赛中,深圳科健队9胜、12平、11负,总共打进44个球,失40个球,积39分,名列第十。科健队在第15轮就曝出俱乐部欠薪传闻。本来作为中甲球队,科健足球队的整体水平还是相当不错的,它以获得2001年第九届全运会第四名的广东青年队为班底组成,2002年参加当年乙级联赛以22胜2负的战绩在50多支球队中脱颖而出顺利冲入甲B。在2003年甲B联赛中,这支最年轻的球队获得了第7名的不错战绩,其赏心悦目的技术型打法曾受到众多专业人士的交口称赞,被认为是一支非常有潜力与希望的年轻队伍。但随着科健集团的衰落,球队状况一落千丈,运动员普遍情绪低落,最终只能在中游队伍立脚。

3.3.3 2004年广东职业足球俱乐部的投资经营状况分析

(1)广州日之泉足球俱乐部的投资经营情况

在全国的职业足球环境里,广州足球是最早走上职业化和市场化道路的,甚至在一些经营管理的相关教材中,广州足球市场化已经是一个学术的案例。一个赛季下来,日之泉足球俱乐部在联赛中的经营状况从收支方面来看还是比较不错的,具体表现在:

①收入情况。为了让日之泉集团接手后广州足球能够良性发展,广州市体育局为日之泉集团解决了一些不必要的花费,"零转让"首先让日之泉集团获得了整支球队,还包括广州足球队的阶梯队所有权。一年来,俱乐部总收入大概有1080万元。其中球队冠名占74.1%、门票占6.47%、主场广告牌占1.84%、运动员转会占15.3%、会员费占0.45%、其他占1.84%。此外,日之泉集团在接手广州足球后放弃了原有的乙级球队,也放弃了部分集团产品广告的投入,这些让日之泉集团能够抽回将近1200万元投入到日之泉足球俱乐部的运作上。

②支出情况。俱乐部一年的支出大概2169万元,全年支出见表1。

表1 2004年日之泉足球俱乐部经营收支统计表　　　(单位:万元 RMB)

支出项目	2004(年)	比例(%)
工资、奖金	680	31.35
外员费用	212	9.78
主场比赛费用	320	14.75
客场比赛费用	480	22.13
装备费	50	2.31
专项支出	300	13.83
其他	127	5.85
总计	2169	100

(2)深圳健力宝足球俱乐部的投资经营情况。健力宝集团自从张海入主后,据说两年一共投入了将近 1.2 亿元用于健力宝球队和俱乐部的建设,但是迄今为止,健力宝集团只收回了 2 千万元的投资,亏损在一亿元左右。2004 年由于经营开发方面投入不足,加上联赛中期俱乐部股东的变更和健力宝集团的经营出现重大问题,俱乐部 2004 年需要的投资原为 9000 万元(如获得冠军加奖金 1000 万元),主要投资预算项目见表 2。

表 2　2004 年健力宝足球俱乐部主要投资预算统计表　　　　(单位:万元 RMB)

支出项目	2004(年)
买运动员	1300
运动员、教练员工资	4000
引用外员	1000
客场比赛费用	600
主场比赛费用	800
比赛奖金	1000
总计	8700

但真正一个赛季下来,俱乐部获得投资不到 2000 万元。俱乐部自身经营收入总共不到 1000 万元,主要为:(1)场内广告牌进账 300 万元。(2)中国足协联赛分成 300 万元。(3)门票收入接近 150 万元。根据俱乐部提供的资料显示,由于多种原因,2004 赛季,健力宝球队主场比赛门票收入最高为 16 万元,最低不到 7 万元,扣除场租、灯光、安保和其他成本,俱乐部所剩无几,整个赛季下来,全部门票收入还不到 150 万元。而胸前背后广告因俱乐部要宣传股东及健力宝集团产品和品牌故没跟外面企业谈洽,失去一笔可观的收入。

据了解,2004 年整个赛季下来,健力宝足球俱乐部负债总额达到 5000 多万元人民币。作为中超元老的冠军俱乐部,站在所有足球俱乐部梦寐以求的巅峰之际却因经济困境而前途未卜。关于俱乐部的欠债困境,本文在后来的调查中又获得资料显示,其实 2004 年俱乐部的经营困境很大程度上是由俱乐部的两大股东造成的。从财务审计报告中发现,目前俱乐部的两大债务人正是三水正天和健力宝集团。前者欠俱乐部广告费 2380 万,后者欠俱乐部股权转让费 1800 万,假如这些钱能够到达俱乐部的账上,那么健力宝足球俱乐部的经营状况或许是另一种局面。

(3)深圳科健足球俱乐部的投资经营情况

2004 年是科健足球俱乐部参加职业联赛以来转折的一年。由于科健集团的经营出现危机,对俱乐部的投资大大缩减,俱乐部在运营上可谓费尽心机求生存,但终究难以逃脱集团陷入困境和足球大环境萧条的双重夹击,最终不得不从年初的踌躇满志走向年末的曲终人散。

从花都转到深圳后,科健足球俱乐部曾带着几分"大干一场"的豪情,他们从高丰文足校买来一支二队,俱乐部后备队伍得到完善;教练员组成上,王宝山、董礼强等在国内足坛赫赫有名;刚刚安顿好,俱乐部建设和招商就双管齐下,尤其是后者成效多多;胸前背后广告很快卖了出去,场地广告牌得到落实,每场最佳球员冠名有了,和业余足校的合作谈成了……赛季伊始,俱乐部通过招商进账 400 多万元。

科健俱乐部之所以在招商方面下如此苦功,很大程度上源于对资金短缺局面的预计。2003 年在花都比赛时,俱乐部开支就一直紧张,甚至现在还欠上个赛季的赢球奖金。2004 年度科健俱乐部预计投入 2000 万元,在中甲俱乐部已属于中下水平,在赛季开始的头两个月,运动员工资和奖金的大头就来自俱乐部招商收入,而非投资方的直接注资。球队在深圳的高额开销很快就让俱乐部捉襟见肘。据了解,俱乐部转到深圳后打一场比赛的成本为 15 万元,其中包括场地租金、裁判员接待费、大巴租金等各方面费用,与在花都的三四万元相比大幅增加。中甲与中超的收入差距是明显的,科健足球俱乐部没有从足协那里拿到 1 分钱,招商收入在前 3 个月全部花完后,资金危机很快来临。而投资方科健公司此时只给了俱乐部不到 200 万元,这仅能勉强维持俱乐部的正常运转,运动员、教练员、俱乐部工作人员的工资全部停发。困难之下,科健俱乐部招商的努力并没有停止,这是试图"自救"的一个措施,但实际上与赛季初相比已步履维艰。

由于众所周知的原因,国内足球市场在下半年跌到历史最低谷,多数商家对科健俱乐部的合作建议失去兴趣,甚至原有的合作也因为这个原因难以进行,年度预算中应有的集团投资资金也不能到位,科健俱乐部由此难以走出环境与资金的双重危机。到 2004 年赛季结束科健俱乐部拖欠运动员和教练员工资长达 8 个月,还有近 10 场的赢球奖金。据深圳市劳动监察部门核实,科健俱乐部共欠薪 350 万元。在劳动部门的督促下,科健俱乐部已于 12 月补发了运动员和教练员工资及奖金 200 万元,尚欠 150 万元等待解决。

科健俱乐部在投资方科健集团无力支持下决定彻底退出足坛,俱乐部剩下的工作,一是转卖运动员,二是还债。

3.4 2004 年民营资本投资广东职业足球存在的问题

3.4.1 中国职业足球的大环境较差

不彻底的职业化改革留下了莫大的体制黑洞。由于足协及其下属公司垄断了从联赛冠名权、主赞助商、场地广告到电视转播权等大部分的足球资源,又动辄强制联赛让道,使正常和正当的足球产业经营根本无法展开。对广东足球出现颓势的原因日之泉足球俱乐部刘孝五副总认为,其中最重要的一点就是足球市场不公平竞争,大量国企进入后烧钱不心疼,抬高了足球的门槛,直线上升的俱乐部投入让广东民营企业难以承受,导致投入不足,经营不善,大量足球人才流失。可以预料,在中国足球职业联赛体制没有健全的大环境下,民营资本投资广东职业足球的道路不会平坦。

3.4.2 部分资本投资广东职业足球的动机不纯

在广东职业足球的发展过程中,民营资本的投资起了很大的促进作用,但部分民营资本投资职业足球的动机值得考究。允许民营资本利用足球达到其他目的,关键在于这一目的是否正当。如果利用经营足球进行资本寻租,把经营足球变成资本运作的载体而不是产业,那投资的动机肯定不纯。资本运作有正、负两种,融资是正面的资本运作,套钱是负面的。前者是为了继续投资,后者圈到钱就转向了,给足球俱乐部的经营发展带来不可估量的损失。

3.4.3 民营资本自身经营不善导致俱乐部的困境

目前广东职业足球俱乐部在经营运作中的所需资金来自民营资本的投资，但近几年来，部分投资企业由于种种原因，经营方面出现困境，甚至资不抵债，导致对俱乐部的投资锐减，无力支付俱乐部的所需费用，直接后果就是俱乐部的欠薪风波，成绩下滑，最终结果是俱乐部转让或解体，深圳科健的情况是最典型的例子。

民营资本投资广东职业足球存在的问题给广东足球管理部门及决策者带来一连串的思考，值得和需要我们深入去探讨。

3.5 未来民营资本投资广东职业足球面临的挑战和机遇

3.5.1 民营资本投资广东职业足球面临的挑战

探讨民营资本投资广东职业足球的发展不能单从民营资本足球俱乐部所遇到的问题和前景来分析，而必须把它放到宏观经济背景中去分析。对民营资本来说，了解投资市场存在的不利因素和有利因素，对作出正确的投资决策至关重要。因为，前者有益于躲避投资风险，后者有利于把握机遇获得更大的回报。从当前广东省的整体发展及宏观经济的走势看，民营资本投资广东职业足球主要面临下列几个方面的挑战：

(1)通货紧缩的宏观经济背景；

(2)国内其他省市足球俱乐部强有力的竞争；

(3)职业足球市场的主体不成熟；

(4)职业足球市场管理不规范；

(5)高素质体育经营人才匮乏。

3.5.2 广东职业足球市场发展面临的机遇

尽管民营资本投资广东职业足球存在着上述几个方面挑战，但是综合各方面的情况，我们认为，今后民营资本投资广东职业足球的发展前景是机遇大于挑战。民营资本投资广东职业足球的机遇主要有以下几个方面：

(1)广东 GDP 的持续增长和居民收入水平的不断提高；

(2)人口增长和城市化进程加速使广东职业足球市场潜在的消费群体巨大；

(3)需求结构和消费结构调整带来的机遇；

(4)"入世"带来的机遇。

4 结论和建议

(1)结论

①民营资本的发展一日千里，企业规模和数量不断增大，具有较强的经济实力，投资增长速度惊人。

②中国足球开展职业联赛以来，民营资本对广东职业足球发展起到了很大作用。由于广东足球在缺乏政府的支持下水平日益下滑，民营资本投资的俱乐部在中国足球大环境恶劣的情况下经营遇到困难。

③通过对 2004 年广东地区的三家俱乐部的分析,发现民营资本投资广东职业足球存在不同程度的经营问题,值得我们思考和研究。

④民营资本投资广东职业足球的发展趋势与中国足球的大环境的改变相关联,加强中国职业足球的体制改革和法规建设,广东足球会有新的发展,重现辉煌。

(2)建议

①民营资本进入足球市场,一定要有风险意识,目前投资广东足球市场获利是比较困难的,企业要考虑自身的经营状况和对俱乐部的经营是否有操作能力。

②面对广东足球市场的下滑,在中国目前的足球环境下,政府还是应该给予俱乐部一定的支持,不是资金方面,而是经营领域和俱乐部硬件建设上。

③相关政府部门要确保立法速度跟上职业化发展步伐,认真探讨、借鉴有利于职业足球发展的政策,如俱乐部上市及足球彩票的可行性,促进足球产业的发展。

◆足球发展史

从蹴鞠和现代足球的差异透视中国足球

刘先进,王 军

(广州体育学院,广州 510075)

摘 要: 对"蹴鞠"和现代足球的起源背景以及发展进行了比较,看出蹴鞠对中国足球的潜意识影响。针对中国足球普遍存在的临场技术运用能力差、比赛能力差进行分析,认为中国足球需要建立适合自己的足球理念,才能促进中国足球的发展。

关键词: 蹴鞠;现代足球;足球理念

国际足联主席布拉特先生 2004 年 7 月 15 日在第三届世界足球博览会上正式宣布,足球运动起源于中国春秋时期的齐国的都城淄博。蹴鞠(古代足球游戏)起源于中国,而现代足球(11 人制比赛)1863 年起源于英国。在现代足球开始在世界各地蓬勃发展的时候,作为足球运动发源地中国的足球运动水平长期徘徊在一个较低的水平线上停滞不前。

1 蹴鞠与现代足球的起源背景

1.1 蹴鞠的起源背景

蹴鞠运动起源于中国古代春秋战国的战国。《战国策·齐策》中记载:"林淄甚富而实,其民无不吹芋鼓瑟,击筑弹琴……蹴鞠者。"蹴,即踢的意思,鞠则指球。虽无法考证当时蹴鞠是什么样的,但是可以肯定的是社会开展的蹴鞠多是平民式的休闲娱乐,具有群众性、娱乐性,与军队的练武手段、庙堂祭祀的鞠舞在性质上已有很大的区别。

1.2 现代足球的起源背景

现代足球 1863 年起源于英国。据史料记载,在中世纪英国便有了类似今天的足球运动,但是当时足球比赛在城市的街道上进行,对参加的人数、犯规无规则限制,比赛场面混乱不堪,声音嘈杂,而且比赛中往往使沿街的一些店铺和居民的财物受损,被称为"暴民足球"。这已经与中国的蹴鞠的起源背景有了很大的差异,主要体现在该项运动的对抗性、激烈性上。

2 蹴鞠和现代足球的差异

2.1 蹴鞠的发展轨迹

蹴鞠经过若干年的发展,逐渐增加了竞赛性和军事性。在汉代的时候,出现了裁判员、比赛规则、"鞠城"(比赛场)和"鞠室"(球门),其主要作用是提高士兵的军事素质。唐代以后的蹴鞠运动就转化为娱乐性质的,即白打踢法,主要流传于民间的自娱性活动和宫廷节日宴席的他娱性活动。随着蹴鞠的派生运动"马球"和"踢毽子"的逐渐流传,以及明朝的皇帝禁止这项运动和清朝期间大力发展满族的体育运动,中国古代足球游戏在清代中叶就逐渐绝迹了。蹴鞠运动在中国古代的发展中,主要是娱乐性和表演性的,与现代足球的对抗性具有较大差异。

2.2 现代足球的发展方向

现代足球诞生之后,随着竞赛规则的不断变化,比赛越来越具有竞争性、对抗性,特别是近几十年来足球运动飞速发展,比赛阵型也由最初的"一卫九锋"、"四卫六锋"逐渐发展到今天的"全攻全守"打法。目前现代足球已经发展成为融整体性、对抗性、多变性和艰辛性为一体的现代体育运动。

2.3 蹴鞠和现代足球差异

综观蹴鞠在中国的发展,其主要的表现就是个人技巧,个人的花活,仅仅局限于个人技术、技巧的练习和表演。也就是说白打踢法是我国古代足球游戏蹴鞠运动的主要形式,基本是自我欣赏的表演性游戏,内容主要包括自我表演控球、基本脚法练习和各种花式踢法,即使两个人和多人的比赛,主要也是对踢,比较传接球的准确性、各种花活的比赛。而现代足球运动不仅有个人技术,同时还包括着整体、对抗、位置、移动、方向、配合、观察、交流和规则等内容,其内涵更丰富,外延更宏大。

现代足球的基本功夫不同于蹴鞠,除了技术、身体外,最重要的是足球意识。运动员在场上要有良好的空间感,有良好的和同伴配合的意识。因此可以说,虽然二者均以脚"踢球"为主,但差别迥异,蹴鞠和现代足球根本就不是一个思想体系。

3 蹴鞠对中国足球训练的潜意识影响

中国是一个文明古国,人们的思想体系和思维模式很多情况下都受统治中国几千年的思想体系的影响,几千年的历史对国人的各方面的影响根深蒂固。中国足球的发展受中国历史及其长期熏陶的氛围的影响,在足球思想和足球意识里,潜意识地受到蹴鞠运动很深的影响。

中国足球在 20 世纪 50 年代起步的阶段,就将集体、对抗的训练,化解成为分散、分割、拆零式的个人练习,化解成了非对抗性练习,一练就是 50 年,并由此将中国足球推向了一个怪圈:平时不比赛。即使目前在基层的青少年的训练中,仍然有很多的足球教练员,仍然坚持只练技术,不打或者少打比赛的习惯。单独看中国足球运动员的技术,每个队员和国外球员的差距都不大,但是一旦参加比赛,由于运动员欠缺更好的足球意识,不能加强相互间的配合,便形成不了球队整体的力量。

平时训练的基本功练习,就相当于蹴鞠,局限于个人技术、技巧练习,并且主要的精力和时间都花在这个方面,家长和教练员都不断地监督加强基本技术的练习,忽视了比赛能力的培养。国内的青少年颠球达到几千个的不在少数,但是竞赛场上不会比赛,不知道怎么融合到整队中,不能识别场上的局面,不能在对抗激烈的比赛中做出合理的、有创造性的动作,甚至连平时最基本的技术都不能完成。

4 足球发达国家荷兰的足球理念

在荷兰的青少年训练中,强调的足球运动员的比赛能力或者说取胜的因素包含三个部分,即"TIC"原则。"T"(technical)就是技术,"I"(insight)就是洞察力,"C"(communication)就是交流。技术可能是最重要的,但是过分地强调,会限制其他因素的发展。荷兰足球观主要包括以下的几个方面:(1)力争从比赛中获得最多;(2)反复练习;(3)正确的训练。1985年,荷兰足球协会经过对荷兰足球俱乐部的青少年足球训练工作进行了大量的研究之后,将街头足球中最有价值的部分融入到了青少年足球训练中,即通过发现比赛目的和目标来学习踢足球。在训练中借助4对4比赛及其变化方式来达到学习的目的,运动员真正到足球比赛中来学习踢球,教练员也必须以这一方式来组织训练。

在比赛场上从容进行比赛所需要的素质仅仅靠个人单独练习是练不出来的,靠非对抗的练习也不能达到目标,只有在集体对抗的训练中才能够获得。足球运动的两个先决条件是:(1)离不开一定数量的人,要依靠大家共同来踢球;(2)离不开攻守对抗和比赛,二者缺一不可,任何个人和非对抗训练,实用价值都是有限的。从国外运动员的成长经历可以看出,他们从小在马路上、沙滩上,总是与一大群孩子一起踢球,总是在进行比赛,重复的、不间断的实战演练,锻炼了他们的才能,增长了大量的实战经验,进入俱乐部后,他们在正确的理论的引导下,经过更严格的集体练习和对抗练习,逐渐走上职业足球的道路。而中国青少年训练往往采取单一动作的练习以及个体的锻造,与国外运动员的整体训练、组合技术和实用技术的练习是完全不同的培养模式。

5 对中国足球发展的建议

5.1 正确理解足球原理,形成自己的足球理念

中国足球界过去没有能真正去解释足球运动的本质,也就是说没有构建自己的足球理论。虽然在教科书和教材里出现了一些对足球的整体性描述,但大都局限于足球运动的表面现象。荷兰的足球观是从足球"对立的运动中"去描述的,他们提出了"足球是一种比赛""足球是一种复杂的比赛""足球是一种流动性极强的比赛"等概念,进而得出足球意识

是足球运动最重要的因素;运动员的能力培养必须联系比赛实际,在攻守的对抗中才能发展的结论。在正确的足球理念的指导下,荷兰足球一直长盛不衰,培养了一批又一批的优秀人才。日本、韩国在确立了自己的足球理念之后,仅仅是几年的时间也取得了长足的进步。中国足球的发展最重要的也是要建立自己正确的足球理念,在其指导下,快速提高我国的足球水平。

5.2 正确认识足球运动的要素

在中国的教材和教科书中,把足球运动分为四大要素,即技术、战术、身体、心理要素,而在实际操作中一直将四大要素看成并列的关系,一般都采取单独的分割式训练,没有主次,没有层次,没有区别,体现不出整体性,始终将无对抗性的技术训练作为整个训练的基础。荷兰足球把足球运动的要素分为"T""I""C",这其中包含了比赛的所有能力并直接影响比赛水平。因为足球比赛是一个不停顿的、流动的整体,运动员的 TIC 越好,他的竞技水平就越高,应付比赛的能力也就越强。作为整体来讲,内部诸要素之间是相互影响、相互制约和相互作用的,不能孤立对待任何一个,要从整体来看待每一个要素,做到层次分明。

5.3 改进训练方法

足球运动员要想有效地控制比赛,必须依赖他们识别特定比赛场面的球场意识,这些比赛局面是战术思维和战术行动的唯一支撑点。运动员必须清楚本方控球时、对方控球时以及控球权发生改变时应该做什么。这些能力的培养必须在实际的比赛中,在攻守对抗中提高。近年来,中国聘请了大量的外籍教练员,花样新颖的训练方法逐渐被国内教练员接触和接受,虽然准备活动和结束部分也都出现了新手段,但是在实际的训练中,也就是训练的最主要的部分,没有出现更多的实质性的东西,主要还是足球理念不清晰。训练内容、训练目标以及训练指导理论,应该在一个正确的足球理论的指导下,逐渐改进,步入正轨。

5.4 普及正确的现代足球理论

学习和普及正确的足球原理,是中国目前最重要的一件事情。除了专业的足球管理者以外,对各级各类体育院校、足球学校的老师和学生,都应该全面普及足球理论。学习和普及足球原理,最大的意义在于对中国青少年足球运动员的培养,在于中国足球今后的发展。中国足球要发展、要提高,最终是要靠基础,有了正确足球原理指引的教练员和管理者,培养了大批的优秀足球后备人才,中国足球就会走上正确的发展道路。

参考文献

[1]何志林. 现代足球 [M]. 北京:人民体育出版社,2000.

[2]Bert Van Lingen. 足球训练 [M]. 杨一民,等译. 北京:人民体育出版社,2002.

[3]陈易章,等. 足球 [M]. 北京:人民体育出版社,2003.

[4]刘秉果,等. 蹴鞠——世界最古老的足球 [M]. 北京:中华书局,2004.

[5]谷明昌. 现代足球理论[M]. 北京:北京体育大学出版社,2005.

析"蹴鞠"与"英国民间足球"差异及影响

赵治治

（首都体院，北京　100088）

摘　要：从人类学、社会学、进化论的角度对中国古代足球"蹴鞠"与现代足球的祖先英国民间类似足球在起源、运动形式等方面进行分析，结果显示无论在起源上、运动形式上，还是在社会性及最终结果上，中国古代足球与英国民间足球存在很大区别，这种建立在社会文化传统上的区别与差异至今还有可能影响我们对足球特别是对抗的理解。

关键词：蹴鞠；民间足球；文化

1　前言

传统历史文化对足球的影响是巨大的，各国的足球理念都是以各自的文化背景为依托，这种文化不但影响我们对足球运动的理解，还渗透到足球的比赛和训练中。中国足球水平落后的原因是多方面的，但对足球理解的片面性是制约中国足球水平提高的重要因素之一。要提高足球运动水平，有必要探讨中国足球理念形成的历史渊源。本文通过对中国古代足球运动"蹴鞠"与现代足球的前身英国民间足球演变过程的差异，来探讨不同传统文化对足球文化的影响，以便更新观念，促进中国足球水平提高。

2　起源的不同

作为一项古老的体育运动，足球运动可上溯到人类社会的史前文明甚至更远，即使没有文字记载，我们也能想象到，作为有喜怒哀乐的高级生物人类在早期的进化过程一定经过对地上圆形物体滚动所产生的好奇及就近肢体对这一物体的作用而产生的惊奇与满足。世界上有许多民族在早期都有脚踢球的历史。从这一点上看足球的起源是多元的，运动的形式也是多元的。在这里有两个重要因素决定了足球的演变过程：一个是构成球的物质不同，决定了以何种方式进行娱乐和在娱乐中采取何种技术；还有一个是不同的社会及军事上的不同需求决定了不同的参与方式。

世界上最早有文字记载的足球运动是中国的蹴鞠，起源可追溯到五千年前的黄帝时代，西汉刘向在《别录》中记载"蹴鞠"黄帝军中之乐，所以练武之。在1972年长沙马王堆出土的士书《十六经》中记载了黄帝蚩尤之战，充其胃以为鞠，使人踢之，多种者赏。《别录》中称黄帝创造足球是练武之用。《十六经》中说除了练武手段，还是军中的娱乐游戏。由此推断当时的"蹴鞠"可能是介于练武与娱乐之间的一种身体活动。

战国时期，蹴鞠在当时的齐国很流行，《史记·战国策》中记载苏秦为联合齐国抗秦，派使者去齐国与齐王的一段对白"临淄其富者而实；其民无不吹竽蹴鞠者"，南宋吴军也用"临淄重蹴鞠，西域好击刺"的诗句来描述当时的蹴鞠活动。

到西汉时期"蹴鞠"已非常普及了，这项运动当时既受到了贫民的喜爱，也受到了贵族的青睐。西汉的横宽在《盐铁记》中的"贵人之家，蹴鞠之乐"和"康庄驰逐，穷巷蹴鞠"就分别描述了当时贵族与平民踢球的情景。汉武帝的宠臣董贤家中甚至养了一批会踢球的人，可见，足球运动在当时社会的广泛性。

唐朝随着物质文明的极大发展，足球制作工艺的改进，女子蹴鞠开始盛行。"蹴鞠屡过飞鸟上，秋千竟出垂杨里"描述了当时太平祥和、歌舞升平的民间蹴鞠情景。"包藏着一团和气，踢弄出百般可妙"则描述了当时女蹴鞠的种种风情，婀娜多姿的动作与形态。

世界其他地区最早有球类运动的文字记载的，一个是在公元前古希腊长篇史诗"奥得赛"故事的主人公 Odsseus 在海上遇险被冲上海岸，被国王 Laodamas(劳达马斯) 的女儿 Nausikaa(娜丝卡) 发现，当时娜丝卡正在和仆人在沙滩上玩一个大紫色球，这种球的玩法是一个人用手抛球，另一个人在空中将球接住，这里没有用脚踢球的描述。另一个是现在保存在雅典国家考古博物馆的一个在 Piraeus(皮雅厄若斯)发现的公元前五世纪的一个雕刻，上面描述了一个人用大腿颠球。

实际上公元前 2000 年在古希腊就有一个被叫"埃佩斯卡洛斯"的游戏，这种游戏的比赛性质、场地及人数(12)有点像足球，但这项游戏规定只能用手不能用脚。与"埃佩斯卡洛斯"几乎同代的古希腊还有一项游戏"哈帕斯通"。也有人认为实际上是同一种运动两种不同叫法，"哈帕斯通"一词来源于古希腊文的词根 arpazo 意思是"我抓住了"，也是一种用手玩的游戏。到古罗马时期，古罗马人觉得光有手玩不够刺激，将"埃佩斯卡洛斯"和"哈帕斯通"的游戏演变成一种新游戏——"哈帕斯托姆"。哈帕斯托姆(希腊文译为一种小球游戏)比赛使用的是一种小的硬球，这种游戏一直延续了几千年。比赛是在长方形的场地中进行，中间画一条直线，再画两条底线，双方各出 5 ~ 12 人不等，比赛的目的是双方用尽可能多的时间将球控制在本方半场内，以控球时间长者为胜。"哈帕斯托姆"有一条规定，即只能阻挡和抢夺控球者，这种限定促进了复杂传球技术的发展，并有向技巧化发展的趋势。这种比赛尽管允许用脚，但比赛中用脚的机会并不多。这种游戏有点像现在的橄榄球，古罗马恺撒大帝经常用这种方法来训练士兵和实战战术演练。古罗马在 1066 年向外扩张侵略中，又将这一游戏传到英国，在这一游戏传到英国之前，在英国民间当时已存在几种形式的类似足球的游戏。像"投掷""踢石头赛""营地球赛"，实际上对现代足球运动起巨大推动作用的是这种英国的民间足球及类似足球的运动。当时的这种早期的民间足球赛都与宗教活动联系在一起，比赛经常在忏悔节、复活节、圣诞节等宗教假日中进行，有时也在春夏秋冬的季节交替中进行。这种原始野蛮的被称为"暴力足球"的运动当时还不是真正意义上的足球，因为这种比赛可以用手、脚等身体的任何部位，但从极其强的对抗性来看，已具备了现代足球的雏形。

19 世纪中叶英国工业革命为现代足球的发展 提供了机遇，工业革命需要大批熟练技术工人，为培养熟练工人，各类公立、私立学校纷纷建立。足球在学校中广泛开展，来自不同地区不同背景的学生匆匆凑到一起，由于没有统一规则，场上动作容忍程度不同，使比赛充满了冲突。为避免冲突，建立统一规则成了当务之急。1864 年在英国剑桥大学制定了一部规则，其中有两条内容具有划时代的意义：第 13 条规定"除了手臂肩膀以外的身体任何部位均可触球"；第 14 条"除了抱人，用手推，拽绊和任何踢对方胫骨等禁止外，所有的攻击认为是合理的"。这两条里程碑似的规定推动了现代足球的诞生，从此现代足球进入全新的发展时期。

综上所述，"蹴鞠"的起源与现代足球的起源有两点不同。首先，蹴鞠是军中习武和娱乐的手段，既起源于军中，必然要制定一套规矩来约束士兵游戏，使其达到习武和娱乐的目的，随着比赛中某些行为的限制，游戏的习武功能日渐下降和娱乐成分日渐加大，"蹴鞠"渐渐地淡出军营，流向民间。起源于英国类似足球游戏则不同，它起源于社会民间，源于人类自然生存的模仿，源于人的基本生存需要，源于极度的宗教狂热，这种宗教的狂热是当时社会下层劳动者物资极度贫乏的替代物与精神支柱，中世纪所有的身体活动都起源于宗教活动。其次，"蹴鞠"是一项统治阶级和平民都喜欢的游戏。不同阶级的利益不同，观念也不同，"蹴鞠"能被不同阶级的人所接受，说明这项游戏的本质不损害各阶级的利益及观念，同时也说明"蹴鞠"的中庸性及文明性。而英国类似足球不同，它广泛受到贫民喜爱的同时却受到了上层社会的强烈反对和抵制。在 1314—1660 年的 300 年间，被王室及地方政府禁止的足球及相关运动的记录超过 30 次，更有讽刺意义的是英国最早的有关足球的史料是禁止踢球的禁令，其中写到"这项运动产生的巨大骚乱可能引发邪恶之念，这是一种不忠诚的无意义的无聊的运动"。由此可以看出上层社会对足球运动的态度，其原因可能是足球的暴力性、自然性，体现在场上行为动作的原始性和场地的随意性，而这些特征为现代足球运动的发展提供了广阔的发展空间，打下了坚实的基础。还有一点是参与者不同，蹴鞠源于士兵军中习武，很快就发展到男女老少都喜爱和参与的一种运动，从这一点可以看出足球的包容性和技巧性。英国类似足球的参与者仅局限于青壮年男子，说明这一项运动对身体能力及攻击能力要求的极限性。以上三点不同决定了蹴鞠和英国民间足球在起源性质上、内在本质上有根本的不同。

3　形式的不同

汉朝"蹴鞠"有专门的比赛场地"鞠城"，鞠城的场地要求平坦，球门称"鞠室"，鞠室位于鞠城的两端，鞠室形状像一间小屋，鞠室的多少没有严格的限制，由于当时的球是实心的，弹性不好，因此当时的鞠室设计很低。蹴鞠比赛有比赛规则和裁判员，比赛规则称"例"或"常"，裁判员称"长"或"平"，汉代刘韵在"七略"中说"蹴鞠"其法律规定多，说明当时的规定具有法律意义。史料中没有具体规则条例的记载，因此执法的客观性有待考证。蹴鞠比赛场上人数有明显的限制，游戏双方人数要相等。到唐朝冲气足球的出现使这一时期的蹴鞠与早期的蹴鞠在形式上有很大不同，由早期同场对抗演变成隔网对抗。由于身体对抗因素的消失，不需要剧烈运动以及蹴鞠的表演成分和艺术成分的增加，女子蹴鞠开始盛行，此后蹴鞠渐渐变成一种纯为观者表演的女子游戏。

英国民间足球则不同，除了哈帕斯托姆有一些简单的规则外，大部分民间对抗赛没有场地限制,球门可设在街道的两头,场地也可设在两个城市和两个村庄的中间,两球门距离几百米或几十公里不等。比赛时间也不确定,可以几个小时,也可以几天。双方上场人数也不同,可以几十人乃至几千人,比赛时谁想参加什么时候参加都可以,中途也可以退场,比赛没有裁判员也没有比赛规则,比赛中双方要翻山越岭,穿树林,跳沟渠,有时候你会看到几十个人在泥塘中拼抢。在比赛中有时还可以骑马,双方使用各种招数——尽管这些比赛有些残忍和粗暴,但不乏类似战争中的战略和战术。比赛结束后,你会看到队员们像刚刚从战场上回来似的头上鲜血淋淋,关节脱臼,骨折,这种伤害会影响他们的寿命和健康。卡鲁16世纪以后,尽管比赛形式没有改变,但参赛者已不像以前那样杂乱无章了,其身份的代表性开始形成,例如:制鞋匠队对阵裁缝队,单身汉对阵已婚者等等。

两种足球在形式上存在两点不同。一个是区域不同。蹴鞠活动主要位于城乡人口集聚区,有相对固定的比赛场所,民间娱乐也有一个比较狭窄的街区或小范围空地进行,不需要剧烈的奔跑。英国的民间足球则不同,场地位置不限,可以在人口集聚的城镇,也可以在人烟稀少的乡间地头,场地区域也不限,大的相距十几公里,小的也有几百米,需要剧烈的身体运动。另一个不同是规则形成不同。蹴鞠的规则伴随着蹴鞠的起源而形成,规则是社会观念在运动场上的体现,规则的制定说明社会文化及思维模式已深深地影响到蹴鞠的运动行为。而作为现代足球祖先的英国民间足球自14—19世纪中叶近五百年间一直处在一种自然的环境中,是一种带有身体竞争的、原始的、自然的、开放的、带有感情色彩的传统社会活动。自然传统的活动历来拒绝接受社会约束,因为这种约束是社会意志及法律对运动的限制,没有这些限制,场上的行为大大得到了解放。

4 社会性的不同

体育运动的社会性包含两方面,即参与性与观赏性。"蹴鞠"在这一点上与古欧洲的足球有很大不同。随上层社会的广泛参与,蹴鞠很快由一种介于军事与娱乐之间的身体锻炼演变成一种娱乐性游戏,最后又演变到观赏性游戏。从黄帝的"所以练武也"到汉朝的"蹴鞠为乐"和唐朝的"蹴鞠屡过飞鸟上,秋千竟出垂杨里",我们很容易看到这种蹴鞠演变的轨迹。《史记·战国策》就把蹴鞠与吹竽、鼓瑟、弹琴、击筑、斗鸡、六博等作为上至达官贵人,下至贫民百姓的娱乐消遣活动,汉朝的鞠客存在显示蹴鞠在当时已经成为一种观赏性娱乐活动,这种向纯技巧纯艺术的演变过程到唐朝时期达到高峰。蹴鞠这时已完全被社会观念所左右,蹴鞠的形式要以是否代表这种社会观念的观者的兴趣为转移,为取悦观者,更好地欣赏动作的技巧,将动作有所放慢,以使观赏,取消对抗性就成为一种必然。为取悦他们更好地观看动作的细节,强调动作过程的技巧性、观赏性、艺术性,重视动作的表现过程而忽视比赛结果就成为一种必然。为取悦他们对优美肢体的欣赏,娇娜的姿态,风情万种的女子蹴鞠的出现就成为一种必然。

除了"哈巴斯托姆",中世纪英国的民间足球及类似活动的社会性主要表现在参与性,其观赏性是次要的,因为这类比赛没有固定的场所,比赛是跨街、跨村、跨市和在乡野间进行,几乎所有人都参加比赛,因为居民住地本身就是球队的一方,参与比赛已成为一种责任与义务。由于比赛没有限制,勇猛粗暴就成为获胜的必备条件,作风勇猛与体魄强壮的人受到推崇。由于比赛没有任何规定限制,所以对比赛结果很看重,比赛的目的是为了战胜对方,为达到这一目的不择手段。

体育运动的社会性取决于不同的文化背景,特定的社会环境决定特定的社会文化心理,决定体育运动的不同社会含义和不同观赏点。中国传统文化讲究"道"和"中庸",推崇以德服人的"天道",鄙视强加于人的"霸道"。这种普遍存在的"崇文"社会心理影响着社会存在与社会行为,从初唐强烈对抗的"秦王破阵"到盛唐的"霓裳羽衣"的演变,从激烈拼杀的"唐代马球"到宋金"单球门马球"的进化,无不显示出社会文化对体育运动的巨大影响。"蹴鞠"也不例外,从一种竞争激烈的对抗性军事训练手段演变成一种隔网的技巧游戏,最终变为一种展现女子肢体的表演。

英国等北欧国家的文化背景有所不同,中世纪欧洲生产力低,生活艰辛,战乱不断,社会无序,形成一种自然的"丛林法则"。社会文化思想使人们想通过某些"仪式""决斗"等方式达到速成"强者"形象的目的,从而使自己处于社会相对优越的位置。英国类似足球恰恰为这种"强者"提供了舞台,在毫无规则下的"暴力足球"使人们能亲眼目睹在极度野蛮的"丛林"中强者出现的过程。社会文化思想对这些强者的崇拜,对这种产生"强者"的社会形式的认可,使社会形成一种弱肉强食、持强凌弱的风气,在这一点上与中国传统文化大相径庭。还有一点是中国封建思想文化的影响,这种文化的表现是重形式,轻内容;重过程,轻结果,其本质是封建社会对人性的扭曲,封建社会僵化保守的思想对变革与公开竞争的天然的恐惧感。这些思想通过封建礼教等各种场合固定的社会礼仪、仪式、规矩来约束人们的行为,通过各种固定的顺序和形式对社会行为过程进行规范,反映到"蹴鞠"场上,一方面是人为地设定礼仪及行为规范,另一方面是"蹴鞠"者对自己的行为过程的谨慎,这自然导致了对结果的忽略。当然这种忽视还有另一个原因,就是当时这种"文明"社会不愿看到"蹴鞠"场上因身体暴力性而出现强者的形象。

5　最终结果的不同

"蹴鞠"从黄帝的"所以练武之"到汉高祖的"蹴鞠以此为乐令皆无此,故而不乐",再到唐宋朝的"鞠客",统治阶级在参与过程中将自身的观念、习俗、礼仪等影射到足球场上,使比赛多些当时社会认可的观点和行为,少些本能冲动和激情,使蹴鞠这项运动依附于社会,并沿着一种社会设定的狭长通道发展。蹴鞠的产生与消失有三个重要因素:

首先是对肢体的限制,蹴鞠在产生之初就对肢体的参与程度进行了严格的限制。古语中"蹴"就是踢的意思,"鞠"是球的意思。名称对内容的实质具有很大的概括性,游戏动作完全局限到下肢,不允许上肢部位参与。上肢特别是手是人类区别于其他动物主要特征之一,在文明社会的早期,手的活动是生命存在的基础,其重要性等同于生命。从进化论角度讲,手是激烈行为与应急状态下本能的肢体反映,限制手的活动是一种人为的限制比赛行为的方式,统治阶级通过对这种肢体的限制来显示法律及社会意志在球场的存在。有意识自我限制需要有极强的自控力,这种自控力是特定场合下服从特定意志的前提与保证。对肢体的限制使蹴鞠的身体对抗程度受到了极大的限制,而强烈的对抗性是现代足球的精髓,是区别于其他运动项目的核心标志。因此蹴鞠尽管外在表现形式是用脚踢球,但其本质已走向一种独特的进化过程。

第二是脱离了对抗。蹴鞠发展到唐朝时主要有两种形式的比赛:筑球和白打。尽管玩法不同,但有一点是相同的,就是比赛已脱离了同场对抗,这时的蹴鞠就其本质而言与足球已完全不同了。造成这种结果有其必然性,首先决定于人的基本生存方式,农业背景的民族生存方式与牧业背景的民族生存方式不同,农业民族的技巧和智慧在生存中起到了主要作用,而好斗性是次要的。蹴鞠的存在形式离不开这种生存方式衍生出的社会文化,并以是否符合这些文化来确定观赏的认同。其次,蹴鞠产生之初上肢活动的限制导致对抗性的下降和技巧性的提高,技巧性提高的过程同时也是游戏性质变化的过程,这种对技巧的追求,又进一步促使人们为提高技巧能力而降低了对抗性,这时蹴鞠的性质由同场对抗演变到隔网对抗,是这一过程所产生的一种必然结果。

第三点,女子蹴鞠的形成。唐朝是中国历史上最昌盛的时期,社会进步,物质丰富,国泰民安,各种文化思想百花齐放,佛教儒教中的"崇尚文明,鄙视野蛮,重文轻武,立静恶动"的观念对肢体动作的文明性及艺术性提出了更高的要求。这时女子蹴鞠应运而生。充气球的出现,对抗性的消失导致动作的缓慢,使女子蹴鞠的盛行成为可能。从唐朝到元朝蹴鞠渐渐成为一种纯粹的女子技巧表演,这一时期的词曲杂剧中多有描述。这时的女子蹴鞠已不仅仅是为了娱乐,还能满足那些在封建思想枷锁下的观者一种本能的欲望。这些词类的描述中渗透着淡淡的介于艺术与色情之间的美感。"包藏着一团和气,踢弄出百般可妙",这时的蹴鞠已没有丝毫足球运动的雏形,连男子参加也成为多余。

英国类似足球从中世纪的投掷等民间对抗游戏到现代足球运动,是一条自然的发展过程,较少受社会意识和观念的影响。现代足球形成同样有三个关键的因素:

首先是将脚踢球的动作引入到游戏中。公元11世纪"埃佩斯卡洛斯"和"哈帕斯通"游戏都不允许用脚踢球,古罗马人将脚踢球引入了游戏。手是格斗的重要工具,但光有手不够,手脚并用成为一项以球为媒介的身体素质的决斗是一个飞跃。因此,很多学者把这种包括脚踢手拉在内的对抗性游戏"哈帕斯托姆"视为现代足球运动的祖先。

其次是1066年"哈帕斯托姆"传入英国。这时的"哈帕斯托姆"已有了初步的规则,对场地及场上人数也有一定的要求。由于文明的进步及场地的限制,场上行为已不像从前那样野蛮了。但在当时的英国除了"哈帕斯托姆"以外,还有一些其他的类似足球的比赛,像投掷、踢瓶赛、敲石头、营地赛。这些比赛还采用原始野蛮的游戏方式——格斗取胜,"任何人一旦得球后,立即变得像疯子一样对企图控制他的人抢夺"。"哈帕斯托姆"与这些民间对抗性比赛的共存为现代足球的形成与发展提供了广阔的土壤和空间,初具了现代足球产生的两大要素。外形——"哈帕斯托姆"提供了简单的规则,场地,脚触球及相应的文明行为。本质——以投掷为代表的乡间比赛的极端野蛮、激烈的对抗以及人们对这种原始疯狂与野蛮的一种宽容与理解。这两条要素的相互影响与结合为现代足球运动的产生打下了坚实的基础。

第三点是剑桥规则的产生。剑桥规则产生的背景来自两方面,一个是19世纪早期英国开始的工业革命引发了封建地主阶级与新生的资产阶级的矛盾,到19世纪中叶这种矛盾更加突出。这一时期的社会冲突反应到学校中,学校秩序一片混乱,学生间殴斗,相互欺辱,这些现象反映到学校的足球比赛中,比赛场上野蛮、残酷,双方像打架一样混乱一团,

"脚踝被踢得红一块紫一块。球衣被撕得支离破碎,脚下裹着被撕碎的零布头。对手用脚踢,手拉等除了谋杀以外的一切手段从对手中抢球。对手的鞋子前面都包了一层铁皮。许多人的脚踝都被踢伤"。为使足球比赛能够顺利进行,必须要制定一部限制肢体参与,限制野蛮及恶意的行为的规则。另一个原因是公立学校的学生生源不同,在球场上,不同的足球背景中成长的人匆匆拼凑在一起,由于没有统一规则,对同一动作的粗鲁标准认识不同,这意味着比赛充满冲突。为避免造成场上紧张的形势,建立一个统一规则是人们迫切希望的。

1863年以剑桥大学牵头的6所公学学委制定了剑桥规则,规则的制定规范了足球场上的行为,明确禁止上肢触球和恶意动作。统一规则的制定,结束了足球场上的混乱局面,为现代足球的发展奠定了基础。

6　结论

(1)过早地限制上肢的参与使蹴鞠成为现代足球的起源存在先天不足,人类的上肢与其他物种的前肢同为自然界生存与奋斗的首选工具,在早期运动技能粗糙时代对上肢运动的限制使人体运动的自然性和野蛮性受到约束,人们将注意力集中在提高限制肢体的能力与技巧的同时,对抗程度大为降低。这些中国几千年形成的文化积淀有可能直接影响我们对足球本质及对抗重要性的认识,影响我们处理训练与比赛的关系。

(2)重形式,轻结果,蹴鞠的演变过程是一个对抗性逐渐消失,娱乐成分和表演成分逐渐加大的过程,这导致了蹴鞠比赛过程中的技巧表现成为重要的衡量水平高低的标志。这种文化思想有可能影响到我们对足球的认识,在训练中非对抗条件下的技术练习和战术套路练习所占的比例较大,以及训练中以练带赛的现象可能与这种沉淀的文化意识有关。

◆ **其他**

"飞利浦"大学生足球联赛带来的
校园体育文化思考

张磊,李莉

（武汉体育学院,武汉　430079）

摘　要: 通过对中国大学生足球联赛即"飞利浦"大学生足球联赛所引发的校园体育
文化现象的探讨,阐述了校园体育文化的特点、内涵以及对整个大学校园文
化的影响,认为校园体育文化是学校发展的一个重要组成部分,是社会文化
在一定程度上的缩影。"飞利浦"大学生足球联赛带来的多元性的校园体育文
化,给我们更多的启示。重视和加强校园体育文化建设,对学校的精神文明建
设,对学生的素质教育及全面发展都具有重要意义。

关键词: 校园;体育文化;联赛

　　校园体育文化是学校体育的重要环节,它直接影响学生的体育意识、体育态度、体育
价值观以及对体育的情感、兴趣、愿望、需要。"飞利浦"大学生足球联赛是中国高校足球史
上第一个采用社会化、产业化运作模式的大学生足球联赛,它将足球运动在高校的普及和
提高推到一个史无前例的高度,也为全面实施素质教育、加强校园体育文化建设提供了强
大的平台和载体。

1　校园体育文化

　　校园体育文化是"在学校这一特定的范围内所呈现的一种特定的体育文化氛围。是人
们在教学和科研实践过程中所创造的体育精神财富和物质财富的总和。即学校的师生
员工在体育教学、健身运动、运动竞赛、体育设施建设等活动中形成和拥有的所有的物
质和精神财富,以及体育观念和体育意识。它是以学生为主体,以课外体育文化活动为
主要内容,以校园为主要空间,以校园精神为主要特征的一种群体文化"。这种特定的文
化氛围是和学校的培养目标、校风校纪、生活方式等内容相联系的。校园体育文化是一种
有着深刻内涵和丰富外延的独特的文化现象,校园体育文化和校园德育、智育、美育文化
等一起构成了校园文化群,它又与竞技运动文化、群众体育文化一起组成了广义的体育文
化群。

1.1 校园体育文化的特点

校园体育文化是一种独特的文化现象,是以体育竞技、健身、休闲娱乐为表现形式,以校为空间,以学生教师为参与主体,以课余活动为主要内容,以文化的多科学、多领域的广泛交流及特有的生活节奏为基本形态,并具有时代特点的一种群体文化。是一个多层次、立体化的有机整体,是校园文化的重要组成部分,也是推动校园文化发展的最有效的催化剂。健康的校园文化,既需要有高雅的学术活动作为支撑的骨架,又需要有活泼的文体活动作为丰富的血肉。这样,整个校园文化才会向生动活泼、健康向上的方向发展。

学校体育的目标是增强学生体质,培养身心健全的一代,为学生终身体育奠定基础,为中华民族发展和国家的可持续发展提供强大的人力资源和体质基础,校园体育文化是为学校体育的目标服务的。层次丰富的文化内涵决定了校园体育文化是一个内涵广泛、系统开放的文化形式,既有严谨的科学方法、健全的组织结构,又有丰富的人文资源。体育健康观、价值观是校园体育文化的本质与核心,它决定了校园体育文化的目标、制度与方法既是校园体育的组织形式,也是体育意识的体现。它涵盖了体育教学、科研、课外体育活动、运动队管理、业余体育竞赛、体育协会和体育交流等全方位制度、方法的确定,而物质是体育文化的基础也是客观保障,包括体育设施、器材、教材和师资队伍的建设等。

1.2 校园体育文化的作用

校园体育文化作为一种社会文化,是学校在长期的教学实践过程中逐步形成的,更是在广大师生直接参与和精心培养下发展起来的。它对改善学生的智能结构,加强学校与社会的交往,传承、借鉴人类社会的文明,提高学生的积极性、主动性和创造性,促进教育改革的深入发展具有特殊的地位和作用。

丰富多彩的校园体育文化是挖掘学生潜能、启发智力、促进能力发展的广阔天地,是最受学生欢迎的一种群体文化,也是学生从"自然人"向"社会人"转轨的助动力。校园体育文化生活可谓是精神文化的大舞台。有了校园体育文化,就营造出教育的氛围,增添了学校的活力,使校园生活变得多姿多彩,有效地提高了人们的生活质量。

2 "飞利浦"足球联赛促进校园体育文化的发展

"飞利浦"联赛(中国大学生足球联赛)作为国内知名的体育赛事,不仅为足球运动选拔人才方面作出了突出贡献,更对活跃校园文化生活,特别是促进校园体育文化发展起到了相当的作用。

2.1 "飞利浦"大学生足球联赛发展现状

由于足球运动具有激烈的对抗性,更由于具有丰富的文化氛围,所以深得广大青年人,尤其是大学生的推崇和喜爱。2001年,"飞利浦"中国大学生足球联赛的成功举办,已成为中国高校体育文化的一面旗帜。根据联赛资料统计,到2004年总共有1000多所高校参与,400多所高校直接参加。与以往的大学生足球比赛不同的是,"飞利浦"足球联赛经过了一定程度的商业炒作,其所构建的大平台已逐渐被人们认可。其宣传手段采用了电视、广播、报纸、因特网等多种媒体,承办"飞利浦"大学生足球联赛,可以宣传学校,提高学校知名度,增强学校的无形资产。目前,有很多高校都把参与"飞利浦"足球联赛看成宣传学校与兄弟院校交流的一个重要的窗口,当做学校的一件大事来抓。学校领导已不是简单地把它看成一项体育赛事,而是把它与全面教育,学校体育文化发展,培养学生优良品质和精神,学校的形象宣传等联系在一起。各承办院校很重视比赛间隙时间的利用,各种形式新颖的表演不但烘托了现场气氛,同时也向人们充分展示了自己学校的文化特色与精神风貌。所有承办院校都是全校动员,成立阵容强大的筹备委员会,全力以赴投入"飞利浦"联赛的筹备工作,力求借此机会进一步推动校园文化建设。

2.2 "飞利浦"大学生足球联赛启动校园体育文化新时代

"飞利浦"大学生足球联赛已经把校园体育文化的推动工作,当成与整个联赛同等重要的工作来做。各承办院校在组织比赛的同时,在赞助商的协助下策划了校内的丰富多彩的文艺、体育文化活动,如主持人大赛、飞利浦主题词征集、飞利浦最佳乐队、飞利浦体育摄影大赛、飞利浦足球嘉年华、体育文化沙龙等。这些活动的开展,为学校进行素质教育提供了一个新的渠道,不仅影响了在校的学生,又会反过来促进联赛的发展。足球,在这里已经不是简单的一种游戏,它是求学的梦想,文化的诠释,个性的张扬,新概念的舒张,青春活力的释放。"飞利浦"联赛的所到之处都为大学校园注入了另一种文化,一种现代的、激情的、团结的、积极的理念,大学校园的文化底蕴,更让足球带上了一种全新的感觉。

"飞利浦"大学生足球联赛不但是一项足球运动赛事,同时也承担了高校大学生身心健康教育的责任,承担了营造校园足球文化、体育文化的责任。足球运动本身就是一项团队合作的运动,"飞利浦"联赛不仅是11个人在场上相互配合与对手进行较量的比赛,它更是承载着一种团队合作的集体主义精神,一种拼搏向上的精神风貌,而这些,对于运动员本身,对青年大学生,对一所学校都会是一种极好的教育素材和精神财富。教育是通过启发引导学生自愿进行自我教育实现的,良好的校园体育文化所营造的向上的体育精神,将会使学生亲身感受到体育对人心灵的启迪和熏陶,潜移默化地影响到学生人格的塑造,进而与校风学风相结合,融入到学校独特的氛围之中。体育是身体和心灵结合的良好媒介,在体育运动之中,学生作为身心健康的人,在与大自然亲近的过程中,在与同类竞争的过程中,感受到自然之美好,人类之美好。而"飞利浦"大学生联赛将一种奋斗、合作、拼搏、进取的足球精神带入校园,有助于学校体育精神的形成,促进了校园体育文化的构建。

2.3 市场化、社会化的运作丰富了校园体育文化的构建

任何体育事业要想发展,就必须和商业化结合,这是一条无可争议的规律,大学生足球联赛也是一样。中国现在有1000多所高校,在校的学生和教工有近千万人,这个群体在文化素质和思想观念上都处在时代的前列,是一个具有巨大影响力的群体。从传播学的角度来讲,大学生市场更具稳定性和集中性,广告对其产生的影响对于树立广告商的形象具

有非常显著的效果。这对赞助商的产品宣传、人才招募、企业的发展都将产生不可估量的效应。正是因为"飞利浦"足球联赛的外部推广宣传，参加联赛的院校越来越多，"飞利浦"大学生联赛受到更多赞助商，特别是国内体育用品制造商的青睐，成为了体育用品公司提高产品知名度，增加品牌亲和力的重要途径。在"飞利浦"大学生足球联赛每个赛季的决赛阶段，各体育用品公司就会通过竞争为各进入决赛阶段的队伍提供比赛服装，如格威特公司、锐克公司、李宁公司等，这不但为大学生联赛带来充足的资金，还成为联赛的一道靓丽的风景线。飞利浦公司更是对大学生联赛给予极大的支持，并且进一步投入策划人员和巨额资金，在大学生中展开"飞利浦球迷俱乐部""飞利浦足球地带""飞利浦足球公园"等一系列的活动。通过这些活动充分领悟和享受"亲和、青春、激情、创新"的校园体育文化氛围。"飞利浦"联赛在大学校园找到了自己广阔的空间，所有承办单位都将此作为一次良好的机会，以加强校园文化建设，营造良好育人氛围。并通过此项活动培养学生参与竞争的意识，团结拼搏精神，体育健康观念，服务奉献思想，爱校爱家的情感等，这正是素质教育的重要内容。

3 加强校园体育文化建设推动学校全面发展

健康的校园文化，既需要高雅的学术活动为主干，也需要活泼的体育活动为枝叶。青年学生富有青春活力、朝气蓬勃，是学校体育文化的建设主体。校园体育文化对促进精神文明建设也有着良好的作用，在良好的体育文化氛围影响下，可以使师生们心情舒畅，精神愉快，积极自觉地投入到体育锻炼中去。反过来，又能获得更多精神上的愉悦和满足。

高校体育具有教育、社会两重性。体育活动是人的精神与物质的高度统一，体育对身体行为放纵的同时激发了情感，解放了思想，对中国主流文化的影响意义重大。校园体育文化形成的主体是大学生，体育运动的一个重要特征就是鼓励和要求不断创新，只有不断创新才能立于不败之地。大学生在参与体育运动中，正是在"努力拼搏，不断创新，战胜对手，成为强者"的信念中潜移默化，这种文化特征是校园文化建设必不可少的灵魂。在校园体育文化建设中，要积极倡导健康的体育精神，如爱国主义，集体主义，拼搏进取精神，敬业笃学精神，竞争开拓精神等。要把体育精神与学风建设，校园体育文化与社会文化融为一体，没有校园体育文化对社会文化的主动适应就没有真正意义上的校园体育，没有校园体育文化对社会文化的超越，校园体育文化便没有生命力。

4 结束语

"飞利浦"大学生足球联赛体制正在逐渐改进和完善，我们应该随着联赛的改善从而一步步地来充实大学校园足球文化，开展更加有内容有意义的校园文化活动，使学生不单通过足球运动来增强体质，更重要的是获得身体以外更多的收获。让社会更多地关注大学生足球运动，更多地关注大学生体育，更多地关注大学生生活，这才是"飞利浦"大学生足球联赛运动蓬勃发展的动力。

参考文献

[1]熊建平,周明星.中国大学生足球运动的思考[J].山东体育学院学报,2001(4).

[2]董海宇.全国大学生足球联赛的探讨[J].山东体育学院学报,1999(4).

[3]麻雪田,王崇喜.现代足球运动[M].北京:高等教育出版社,2002.

[4]钱杰,姜同仁.中国高等体育教育发展模式研究[M].北京:北京体育大学出版社,2004.

[5]2004年飞利浦中国大学生足球联赛总决赛秩序册[Z].2004.

广东省地下"赌球"问题调查及对策

王君，邹居禄，周毅

（广州体育学院，广州　510075）

摘　要：采用文献资料、调查访问法对深圳、广州、珠海、湛江、东莞、佛山、韶关、江门、汕头、潮州、梅州、肇庆等广东省各地区的地下"赌球"进行调查，并对广东省地下"赌球"的起源与现状、地下"赌球"的危害性以及地下"赌球"猖獗的原因进行了分析，旨在为相关部门整治地下"赌球"提供对策。

关键词：广东省；足球；足球彩票；地下赌球

"赌球"在广东被称为"赌波"，属私彩的一种，是以足球为赌博工具、载体，未经国家允许擅自发行、销售而牟利的彩票，是一种非法的经济活动。如果说足球博彩中，彩票"博"的成分占主要的话，那么"赌球"的"赌"的成分则是最主要的。目前，国内各大城市都不同程度地存在着赌球问题，而其中以广东的赌球现象最为炽热，这是因为广东是国内足球赌博的源头，其中心是深圳、广州、珠海、湛江、东莞、佛山、韶关、江门、汕头、潮州、梅州、肇庆等地区，而其投注对象主要有国外的英超、意甲、德甲、西甲以及国内的中超、中甲联赛，此外世界杯、欧洲杯、美洲杯、亚洲杯是赌球投注的重要赛事。本文采用文献资料、调查访问法对广东省地下"赌球"进行调查，通过对广东省地下"赌球"的起源与现状、地下"赌球"的危害性以及地下"赌球"猖獗的原因进行分析，为相关部门整治广东省地下"赌球"提供决策依据。

1　广东省地下"赌球"的起源与现状

广东省的赌球是 1994 年前后由澳门经深圳传入广东的，开始只是酒吧等娱乐场所招引顾客的一种手段，规模也较小，仅限于三五成群的朋友之间消遣娱乐，资金也大都是现金形式。后来，规模不断扩大并出现了专门设赌的庄家，形成了规模化、集团性赌球。1998年世界杯前后逐渐达到了高潮，并开始有了东南亚大的赌博集团的涉入。目前，广东省各地的地下赌博场所大多与境外勾结，而且组织形式越来越严密，庄家的反侦察能力也越来越强，一般采用电话投注、银行转账的形式交易，并且形成了类似联盟团伙，庄家之间相互扶持、统一行动，将风险降到最低，利益提到最高。据《新闻周刊》调查，2002 年世界杯期间，仅广州一市的赌球投注额就不下 50 亿，广东省的投注额超过了 100 亿，有可能达到200 亿。平时，广东赌球的投注额也高得惊人，据广东赌圈内人士估计，广东足彩最高一期的单期销售量 2 亿左右，而每期仅广州一市的地下赌球金额就不下 2 亿。地下赌球的投注额是足球彩票销售量的 10 倍以上。目前，由广东产生的赌球风气已经蔓延辐射到了成都、上海、北京、沈阳、柳州、南宁、厦门、西安、武汉等地,这些地方也出现了类似广州的赌博场所。

2　地下赌球的危害性

2.1　严重干扰社会主义市场经济秩序

在2003年召开的广东省政协九届一次会议上,广东省政协委员梁平提交的一份《关于制定相关法规打击地下私彩》的提案中指出,广东省地下赌球在比赛旺季,一周就能流出几十亿资金,数目之大,令人触目惊心。由于地下赌球大多有境外背景,因此,导致大量资金外流,保守地估计,广东省每年都有数十亿元资金逃避国家财政、税收监管体系之外,所以地下赌球严重干扰了社会主义市场经济秩序。

2.2　扰乱社会正常秩序,严重影响社会稳定

由于地下赌球没有强大的保底基金和社会声誉作后盾,以及缺乏相应的政策法规的保障,因此极易出现因庄家无力赔付而引发严重的社会治安案件,甚至刑事案件。而事实上,只赚不赔几乎是所有私彩庄家的信条。庄家携私款潜逃的现象也屡有发生。近年来,因赌球而引发的非法拘禁、盗窃、故意伤害、杀人、抢劫、绑架勒索、贪污等各种刑事案件大量增加,严重扰乱了正常的社会秩序,影响了社会稳定。此外,赌博场所为了牟取暴利操纵和控制黑恶势力也成为一种趋势,同时也增加了查禁的难度,增加了社会不安定因素。

2.3　对足球本身影响严重,直接导致假球、"黑哨"等丑恶现象

目前,国内足球界的假球、"黑哨"等现象已经成为公开的秘密,也成为各界普遍关注的问题,而地下赌球正是其滋生的温床和直接成因。球员参赌或被收买,甚至球员直接坐庄,裁判员收"黑钱"降低了联赛的可观赏性和诚信度,严重阻碍了足球竞赛表演市场的发展。更有甚者会使一个俱乐部上亿元的投入或者几个赛季的辛勤努力毁于一旦,这种现象往往对健康联赛的打击是致命的。

2.4　腐蚀国家公务人员尤其是领导干部,滋生腐败

地下"赌球"属于"灰色产业",为了逃避法律制裁,牟取暴利,庄家愿意拿出赌资的一部分来贿赂、收买与之有利益关系的各级国家公务员。部分意志力不坚定的人往往经不起金钱、美色的诱惑,甘愿为其利用,充当他们的保护伞,甚至直接参与其中。其结果不但使政府蒙受较大的经济损失,而且往往造成恶劣的政治影响。

3　广东省地下赌球猖獗的原因分析

3.1　广东省具备博彩的经济基础和闲暇条件

广东经济发达,尤其是改革开放以来,广东群众在当地政府的带领下,充分发挥"敢为

人先"的传统精神,艰苦创业,实现了经济的巨大飞跃,成为中国的经济大省。2002 年广东 GDP 达 11770 亿元人民币,2004 年 GDP 达到 16039.46 亿元人民币,占全国 GDP 的十分之一强。而且广东也是人口大省,常住人口 7783 万,并且由于广东的工商业发达,外来务工人员也是人数庞大,这些人不论是广东当地人还是外来流动人口,大部分具有闲置的资金和固定的休闲娱乐时间。因此,博彩需要具备的两个条件,即有钱和有闲,在广东都得到了满足。

3.2　广东省的足球氛围和彩民基础好

众所周知,广东是我国南派足球的发源地,广东人历来对足球特别爱好,不仅自己踢,而且也爱看,对足球赛事更是有几分研究。同时,由于广东处于改革开放的前沿,广东人成为国内最早可以收看英超、西甲等国外联赛的幸运儿,因此在英超、西甲等国外赛事的预测上,广东球迷比其他人心得更多。

3.3　广东省所处的特殊的地理环境

由于广东邻近港澳,不论足彩还是地下赌球都受到这一因素的较大影响。在广东足彩销量屡屡排名全国第一的同时,广州和深圳两地却经常轮换省内销量的头把交椅。这其中都有港澳的资金进入购买足彩的原因。同时,特殊的地理位置使得东南亚地区的赌博集团,通过澳港与内地赌博场所联系,甚至直接在内地开盘。

3.4　转型期的社会背景原因

目前,中国社会处于由计划经济向市场经济转轨的过程中,社会的变化也带来了人们思想认识和文化价值的一系列变化,加之广东历史上就积淀下来的重利传统,因此,广东人更加重视商业文化价值,更加崇尚竞争、进取和功利。在这种大的社会、文化背景下,许多人都渴望"一夜暴富",而足球博彩不但满足了人们的博弈心理,也给人们提供了这样一个机遇。

3.5　广东长期以来积淀而成的"博弈"文化的影响

广东由于在历史上远离中原文化,地处沿海,因此造就了广东人的冒险精神,而冒险和投机是一对孪生兄弟。赌博在广东有上千年的历史,根深蒂固。花会、番摊、山铺票、白鸽票、闹姓、字花、麻雀、天九、纸牌、诗票、牛牌、彩票,乃至斗鸟、斗鸡、斗蟋蟀,五花八门的种类遍布城乡无孔不入,几乎没有什么东西是不可赌的。而清朝乾隆嘉庆时期粤东地区的白鸽票,就是我国最早的彩票形式之一。《清稗类钞》中描写广东人的赌博,"胜则攫赏而去,不胜则以衣履为质,再不胜则以人为质"。"博弈"文化长期影响着广东人的性格、心理与习惯。

4　足球彩票的销售额与地下赌球投注额存在巨大差距的原因分析

有关部门针对地下赌球猖獗情况,本着"堵不如疏"的观点,希望发行足球彩票能够打击私彩泛滥。然而,足彩发行已第五个年头了,地下赌球不但没有消亡,而且大有愈演愈烈之势,这不能不引起我们的思考。

4.1　法制不够健全,对地下赌球打击力度不够

　　作为一种市场潜力难以估量的博彩活动,博彩业也亟需自己的游戏规则。当前我国的彩票立法还停留在部门、地方立法的层次,各地制定的法规、规章差异很大,对私彩销售的处罚手段不够严厉,力度不大。就广东省来说,有关部门对地下赌球的处罚一般是根据《中华人民共和国治安管理处罚条例》中适用赌博的条款,处以3 000元以下罚款或15天以下行政拘留,根本不能对私彩活动起到任何震慑作用。法制不健全,最终要以国家财产的巨大损失为代价。因此,应尽快将博彩业纳入法制轨道。

4.2　地下赌球蕴含暴利,诱惑力极大

　　"天下熙熙,皆为利来;天下攘攘,皆为利往。"地下赌球蕴含暴利,每期的赌球开盘,庄家手头的投注资金动辄数以亿计,且不需要提取公益金,不需交税,也不存在固定返奖率,因此赌博集团能从中获取巨额利润。所以,赌博集团为了暴利,甘愿以身试法。而地下赌球简单刺激的玩法及巨额奖金的诱惑,也使得许多人愿意参与其中。

4.3　地下赌球查禁困难

　　虽然国内目前加大了对地下赌球的打击力度,但"道高一尺,魔高一丈",赌博集团和参赌者的组织、活动也越来越隐蔽,反侦察能力也越来越强,客观上增加了查禁难度。进行地下赌球交易时,参赌者须在集团开设户口,才能直接投注。而且参赌必须要经过熟人介绍后才能向集团登记,并被编配一个号码。以后客户投注时,可以直接用电话和集团联系,说出号码和投注数额。赌球集团收受投注时,虽会用电话录音、笔记记账等方式记录投注客户及投注数目,但这些证据极易销毁。而且目前开始采用互联网进行赌球的手段,其隐蔽性更强,侦察难度更大。

4.4　足球彩票自身还有待完善

　　由于我国足球彩票起步较晚,因此还存在许多需要完善的地方。如足球彩票的玩法单一,趣味性、刺激性不够,中奖率低和反奖率低,以及湖北"4.20"体彩事件和西安"宝马事件"等彩票舞弊案的曝光都严重损害了公彩的可信度。

4.5　对地下赌球的危害性的宣传力度不够

　　目前,许多彩民还没有真正认识地下赌球的实质及其危害性,有些人甚至还对此充满好奇,想寻求机会亲身一试。他们不知道:只有3%的人能够赢钱,另外97%的人基本上都是输钱,而那部分赢钱的人恰恰就是庄家,也只有庄家才能真正赚钱。

5　整治地下赌球的对策

　　目前,社会上存在的地下赌球活动已经引起了有关部门的高度重视,并开展了声势浩

大的专项整治活动。2005年4月8日国务院办公厅经国务院同意后向各省、自治区、直辖市人民政府、国务院各部委、各直属机构、体育总局及公安部转发的《关于做好2005年足球比赛有关工作的意见的通知》中严令公安部要对地下赌球活动给予严厉的打击。本文认为，整治查禁地下赌球除了政府相关职能部门高度重视之外，还应从以下几个方面入手。

5.1 尽快出台彩票法，将彩票产业纳入法制轨道

目前世界上开展博彩活动的120多个国家和地区中，绝大多数完成了国家立法。一些法制比较健全的国家由于管理有序，费用降低，已经形成彩票业的良性循环。然而，我国依然没有《彩票法》，中国彩票业实质上依然在走"先发行，后立法"的路子。随着我国民主化、法制化进程的加快，彩票立法已迫在眉睫。据悉，广东省人大常委会向全国人大常委会提出彩票立法建议，并向最高人民法院建议，在司法活动中对"赌博犯罪事实的认定"制定必要的司法解释。相信，彩票立法指日可待。

5.2 学习国外先进经验，对足彩本身加以规范和完善

"打铁还要自身硬"，目前足彩本身还存在许多不够规范和完善的地方，如2002—2003赛季，足球彩票放弃部分英超，转而加入德甲和法甲，将原本就很热门的英超盘口原封不动地归还给了地下庄家。尤其在广东，地下庄家收受的投注中当时约有2/3是针对英超赛事。所以，我们今后还应从创新丰富足彩玩法，提高中奖率和可信度等方面来提升足彩魅力。只要足彩魅力提高了，大部分彩民会"弃私从公"的。

5.3 加强宣传教育，培养彩民理性意识，丰富群众文化生活

由于参与地下赌球的人很多都处于社会中下层，对地下赌球的危害、本质认识不足，同时由于经济条件和发财翻本心切，往往越穷越赌，越赌越穷，最后倾家荡产，甚至走上违法犯罪道路，严重影响社会治安。因此，相关部门要加强对地下赌球本身及其危害事例的宣传，同时努力丰富广大群众，尤其是农民的文化生活，这也是社会主义精神文明建设的重要组成部分。

5.4 各方面共同协作，进行综合治理，从而加大对地下赌球犯罪的打击力度

各地方的基层党政领导，应对地下赌球高度重视；足球管理机构和各俱乐部也要加强对球员和工作人员的教育和监管力度；各地公安机关应加强警力，与港澳等地警务部门加强联系，给地下赌球予以重拳打击，并鼓励群众对地下赌球进行举报等。在各部门的通力合作和综合治理以及全社会的共同打击下，广东省的地下赌球将无藏身之地。

参考文献

[1]范克琛. 对我国足球彩票的发展现状分析[J]. 辽宁体育科技,2002,24(6):77－78.

[2]肖平,郑中中. 关于国外足球彩票经营管理模式的研究[J]. 中国体育科技,2000, 36(12):3－5.

[3]李楠. 广东私彩问题研究及对策 [J]. 嘉应学院学报 (哲学社会科学), 2004, 22
　　(2):114 – 118.

[4]江一河."赌波"汹涌[J]. 新闻周刊,2002,6(17):17 – 19.

[5]曲昌春. 足球彩票[M]. 北京:中国商业出版社,2001.

[6]叶曙明. 其实你不懂广东人[M]. 广州:广东教育出版社,2005.

图书在版编目(CIP)数据

足球理论与实践：全国体育院校足球论文汇编/邓达之主编.
—北京：人民体育出版社，2006
ISBN 7 - 5009 - 3057 - 7

Ⅰ.足…　Ⅱ.邓…　Ⅲ.足球运动 - 文集
Ⅳ.G843 - 53

中国版本图书馆 CIP 数据核字(2006)第 106925 号

＊

人民体育出版社出版发行
北京市昌平环球印刷厂印刷
新 华 书 店 经 销

＊

787 × 1092　16 开本　18.75 印张　427 千字
2006 年 7 月第 1 版　2006 年 7 月第 1 次印刷
印数：1—2,000 册

＊

ISBN　7-5009-3057-7/G·2956
定价：25.00 元

社址：北京市崇文区体育馆路 8 号(天坛公园东门)
电话：67151482(发行部)　邮编：100061
传真：67151483　　　　邮购：67143708
(购买本社图书，如遇有缺损页可与发行部联系)